Gaby Hauptmann

Lebenslang mein Ehemann?

D1876428

Gaby Hauptmann

Lebenslang mein Ehemann?

Roman

PIPER

Mehr über unsere Autoren und Bücher:
www.piper.de

Für meine Schwester Karin

Von Gaby Hauptmann sind im Piper Verlag 26 Bücher erschienen, u. a.:

Suche impotenten Mann fürs Leben
Nur ein toter Mann ist ein guter Mann
Scheidung nie – nur Mord!
Plötzlich Millionärin – nichts wie weg!

MIX
Papier aus verantwortungsvollen Quellen
FSC® C083411

ISBN 978-3-492-06158-2
© Piper Verlag GmbH, München 2019
Satz: Satz für Satz, Wangen im Allgäu
Gesetzt aus der Adobe Garamond Pro
Druck und Bindung: CPI books GmbH, Leck
Printed in the EU

Sanne

Meine Tochter sagte, es seien die Hochhaus-Hyänen.

Das half mir auch nicht weiter. Aber zumindest bin ich abends mal hingegangen, ich wollte sie mit eigenen Augen sehen, diese Frauen, die aufgespritzt und zurechtgemacht vor den Banktürmen auf ihre Beute warten. Immer zur gleichen Zeit, sagte meine Tochter. Und wenn sie dann aus ihren Büros kommen, die Businessmen, werden sie taxiert. Von Weitem Anzug und Schuhe. Beim Näherkommen Gürtel und Krawatte. Und ganz wichtig: die Uhr! Zum Feinjustieren noch die Frisur. Starfriseur oder Türke um die Ecke?

Dann schlagen sie zu.

Aufrechter Sitz, Beine überschlagen, Busen präsentieren, Lippen schürzen. Die gebleachten Zähne zeigen. Sie wissen: Es gibt Männer, die wollen genau so eine Frau an ihrer Seite. Keine zum Diskutieren, keine für eine gemeinsame Zukunft. Ihre eigene Zukunft haben diese Männer schon fest im Auge, diese Zukunft braucht ein schmückendes Beiwerk, etwas fürs Bett, eine Kreditkarten-Beauty.

Meine Tochter kennt sich aus. Sie arbeitet ebenfalls in einem der Banktürme und sieht sie Abend für Abend dort sitzen.

Ich habe es zu spät gemerkt.

Sie heißt Amanda, hat mir meine Tochter eines Abends gesagt. Oder sie nennt sich zumindest so.

Aha, habe ich total blauäugig geantwortet, und was soll mir das jetzt sagen?

Nur falls du dich wunderst, dass Papa plötzlich Überstunden macht. Und so.

Und so?

Und so??

Er hat einen neuen Chef, antwortete ich naiv.

Ja, sagte sie, der Chef heißt Amanda und ist eine Hochhaus-Hyäne.

Ich war sprachlos. Dann beobachtete ich ihn. Und unser Bankkonto.

Es tat sich was.

Sowohl auf unserem Konto wie auch bei ihm selbst.

Diametral zu seiner schwellenden Brust nahm unser Kontostand ab. Nicht, dass mich das sonderlich beunruhigt hätte, ich verdiene mein eigenes Geld. Ich bin nicht abhängig von seinem Einkommen als Investmentbanker. Aber eines wollte ich doch wissen: Wozu brauchst du zurzeit eigentlich so viel Geld?

Und er: Ich habe ein paar neue Firmen im Blick. Die Aktien gehen gerade runter, aber die werden gewaltig kommen.

Wer gerade gewaltig kam, war er, da war ich mir sicher, allerdings nicht bei mir.

Unser Sex beschränkte sich auf ein Minimum. Midlife-Crisis, sagte er. Ich kann derzeit nicht.

Kopfsache.

Unterleibssache, dachte ich. Amanda.

Eine Hochhaus-Hyäne. Muss ich mich mit so einer auseinandersetzen? Hab ich das nötig? Aber sehen wollte ich sie doch. Ich bin hin, aber sie war nicht da. Wozu auch, sie hatte ihren Fisch ja an der Angel.

An dem Tag aber, als mir meine Tochter verkündete, sie säße wieder dort, wusste ich: Ich hatte meinen Gatten zurück. Nach vier Monaten.

Die schau ich mir an, sagte ich.

Brauchst du nicht, entgegnete sie, die sieht genau aus wie die anderen. Zum Verwechseln ähnlich.

Trotzdem!, sagte ich.

Sie zuckte nur die Schultern. Jedenfalls hast du ihn jetzt wieder, sagte sie und verzog ihr schönes junges Gesicht zu einem schmallippigen Lächeln.

Die Frage war nur: Wollte ich ihn noch?

Amanda

Ich habe den kleinen hellen Streifen an seinem Ringfinger gleich gesehen. Abgestreift oder frisch geschieden. Egal. Wenn abgestreift, dann sucht er was. Wenn frisch geschieden … auch.

Sein Blick war forschend.

Gut, er war jetzt nicht der Beau, auf den ich gleich abgefahren wäre, aber er war ein Typ aus der oberen Etage, das sah ich sofort.

Und dass er hier, in dem kleinen Café, zum ersten Mal auftauchte, sah ich auch.

Zum einen daran, wie er sich umsah, zum anderen, weil ich ihn noch nie gesehen hatte.

Er war sehr gut gekleidet, modern geschnittener Anzug, teures Hemd. Einer, dem die Klamotten morgens anziehbereit auf das Bett gelegt wurden?

Vielleicht.

Vielleicht steckte seine Frau dahinter. Auch seine Schuhe. Nicht die 08/15 aus einem der teuren Schuhgeschäfte aus der Goethestraße … nein, das sah nach individuellem Geschmack aus. Irgendwo aus Italien? Mailand?

Auch das Werk seiner Frau?

Egal.

Sein Blick suchte – und fand mich.

Das war nicht schwer, denn ich saß auf dem Barhocker in der Nähe des Eingangs. Er musste an mir vorbei.

Mein Blick konnte fesseln, das weiß ich, seit ich Johann hatte. Vom ersten Moment an hat mich dein Blick gefesselt, hatte er mir gesagt. Damals war ich sechzehn und er 28. Und mir war klar: Ich hatte was.

Ich konnte Männer fesseln. Einfach so – mit meinem Blick.

Ich glaube, auf die Art hab ich viel erreicht. Dabei bin ich noch nicht mal die Schönste, zumindest nicht hier, denn hier ist die Konkurrenz groß.

Andere haben offensichtlich mehr Geld für Schönheits-OPs.

Und ich?

Ich habe meinen Blick.

Auf den sprang er an.

Ihr Glas ist ja schon fast leer, sagte er.

Ich spielte das Spiel mit, hob das halb leere Sektglas etwas in die Höhe und betrachtete zunächst den Inhalt, dann ihn bedauernd.

Ja, sagte ich einfach.

Wollen wir das wieder füllen?

Gern.

Er nickte, blieb an meinem Tisch stehen und gab dem Kellner ein Zeichen.

Wie er das tat, gefiel mir. Schnell und bestimmt.

Der fackelt nicht lang, dachte ich. Umso besser, dann weiß ich schnell, woran ich bin.

Um viel Zeit zu vergeuden, bin ich bald schon zu alt.

Die nächsten zwei Jahre muss der Sack zu sein. Dann werde ich 32. Time to say goodbye … zumindest meinem bisherigen Leben.

Sanne

Wenn du dir erst mal so richtig bescheuert vorkommst, dann kannst du nicht so schnell in dein altes Leben zurück.

Gut, ich habe ihn wieder.

Ich merkte es schon daran, wie er abends hereinkam, die Krawatte auf den kleinen Beistelltisch warf und sich in den Sessel plumpsen ließ.

Entspannt. Einfach so.

»Schön, wieder hier zu sein«, sagt er.

»Warst du denn fort?«, will ich wissen.

Er grinst nur.

»Jetzt bin ich wieder hier.«

»Schön für dich.«

Wir mustern uns, ich sitze ihm auf der Couch gegenüber, gleiche Ebene, fast gleiche Kopfhöhe.

Ich bin mir nicht sicher, wie ich ihn ansehe. Eine Kampfansage? Scharf? Oder ist mein Blick eher nichtssagend? Gleichgültig?

Er spürt die Spannung.

»Alles okay?«, fragt er, und bevor ich antworten kann: »Was hältst du davon, wenn wir heute Abend essen gehen? Mal wieder zu unserem Lieblingsitaliener? So wie früher?«

»Muss lang her sein.«

»Komm«, sagt er, »das Leben ist schön, es geht weiter, wir müssen feiern.«

»Was müssen wir denn feiern?«, frage ich.

»Das Leben.«

Amanda

Das Appartement, das er mir gemietet hat, war schon mal ein ganz guter Anfang.

Er tut was, habe ich gedacht, als er den Vertrag unterschrieben und mir wie einen kostbaren Diamantring in die Hand gelegt hat.

Ein erster Schritt. Besser wäre ein Kaufvertrag gewesen, aber das kommt noch, habe ich gedacht und ihn mit dem besten Sex belohnt, den er sicher seit Langem gehabt hatte.

Schrittchenweise, das ist die Sache.

Anheizen – und dann nachlassen.

Er muss wissen, dass schön Essen gehen und ein paar teure Fummel keine Höchstleistungen wert sind. Aber er muss ahnen, dass da noch mehr kommen könnte.

So ist es ganz seine eigene Entscheidung.

Jeder Mann, der einigermaßen Grips in der Birne hat, versteht das System schnell.

Gibst du mir was, geb ich dir was.

Für den Mietvertrag gab's schon mal was, aber noch nicht das, was er sich ersehnt hat. Ich weiß, worauf er scharf ist. Häppchenweise kapiert er, dass wir darauf hinsteuern, aber noch Luft nach oben ist.

Das Ziel muss – wie bei einem Adventskalender – angesteuert werden. Türchen für Türchen. Leistung, Gegenleistung. Und die Aussicht, dass er es dann für immer haben könnte, das volle Programm.

Sanne

Es ist ganz gut, dass ich eingewilligt habe.

Gut, habe ich gedacht, dann gehen wir zum Italiener. Während ich mich umzog, überlegte ich mir, dass ich ihn nun einfach mal darauf ansprechen würde.

»Ich habe Amanda im Café sitzen sehen, also war mir klar, dass es aus ist zwischen euch.«

Und:

»Denkst du wirklich, du könntest einfach zurückkommen, und alles wäre wie früher?«

Oder:

»Willst du jetzt etwa auch wieder Sex?«

Aber dann sehe ich uns beim Italiener in der spiegelnden Fensterscheibe. Da sitzt sich ein Paar an einem kleinen Tisch gegenüber, zwei Gläser Rotwein und eine Flasche Wasser zwischen sich, eine brennende Kerze und frisches Brot mit Olivenöl und Salz – und hat sich nichts zu sagen.

Alex sucht offensichtlich nach einem Gesprächsthema, ich nicht. Das ist jetzt mal die Umkehrung des Gewohnten. All die vielen Jahre an einem dieser kleinen Tische habe ich das Gespräch am Leben gehalten. Hätte ich nichts gesagt, wäre es wie heute gewesen: still.

Giovanni kommt mehrfach zu uns herüber. Inzwischen habe ich den Verdacht, er will helfen, irgendetwas dazu beitragen, dass die Dinge wieder ins Laufen kommen. Dass alles wieder gut ist.

Ich mag ihn. Er ist eigentlich kein Italiener, sondern Albaner, und gemeinsam mit seiner Frau Flora kennt er weder Ruhetag noch Ferien. Die beiden sind unermüdlich. Und was sie auf den Tisch bringen, ist immer gut – und zudem bezahlbar.

Ein bisschen wie Familie. Vielleicht setzt er sich auch deswegen so ein. Er will den Familienfrieden wiederherstellen.

Als er meine Spaghetti mit Soße serviert, seine eigene, scharfe Mischung, kommt mir ein anderer Gedanke.

War Alex mit Amanda hier?

Ist seine große Freundlichkeit Ausdruck seines schlechten Gewissens?

Ich frage ihn nicht, ich bleibe freundlich und Alex gegenüber unverbindlich. Und dann kommt mir plötzlich eine Idee. So urplötzlich und dabei so unglaublich klar und bildhaft, dass ich fast aufgesprungen wäre.

Ja, denke ich und lächele Alex an, der sofort entwaffnend zurücklächelt. Aus meinem Lächeln schließt er wohl, dass wir die Nach-Amanda-Kurve noch einmal kriegen.

Ein Zeichen der Versöhnung.

So sieht er das.

Ich hebe mein Glas und stoße mit ihm an.

»Schön«, sagt er. »Das freut mich.«

»Mich auch«, erkläre ich und spüre, wie die Aufregung nach mir greift.

Ich würde etwas ganz Verrücktes tun, etwas Gewagtes, etwas Unerhörtes, ich würde als Au-pair ins Ausland gehen. Hört man nicht immer wieder davon? Gestandene Frauen, die sich irgendwo auf dieser Welt in einer Familie einbringen? Ein halbes Jahr, denke ich. Sechs Monate. Ich werde im Büro nachfragen. Alle legen ein Sabbat-Jahr ein, überall hört man davon. Warum ich nicht auch mal?

Mir muss Farbe ins Gesicht geschossen sein, denn Alex zwinkert mir zu.

»Geht es dir gut?«

»Ja«, erkläre ich inbrünstig. »Wahnsinn!«

»Wahnsinn?« Seine Augen verraten, dass er unsicher wird. »Meinetwegen?«

Ich greife spontan nach seiner Hand.

»Wir sind beide fast fünfzig Jahre alt. Wir sind unabhängig, gehören noch nicht zum alten Eisen. Wir sind fit, haben keine größeren Sorgen und stehen mitten im Leben …«

Alex rührt sich nicht.

»Wir haben noch Träume«, fahre ich fort.

Er wagt nicht einmal zu nicken. Sicherlich denkt er, ich fange von Amanda an, schießt es mir durch den Kopf. Darüber muss ich lachen.

»Was ist so lustig?«

»Die Komödie«, ich lasse seine Hand los und greife nach meinem Weinglas, »die Komödie des Lebens. Erster Akt. Jetzt kommt der zweite.«

»Ich versteh nicht, was du mir sagen willst.«

»Ich verstehe es grad selbst noch nicht«, gebe ich zu, »aber ich arbeite daran. Da darfst du sicher sein. Ich will ein größeres Stück vom Lebenskuchen abhaben.«

Alex senkt den Kopf und dreht den Ehering an seiner rechten Hand. Er sitzt locker, fällt mir auf. Wie oft hat er ihn wohl in der letzten Zeit an- und abgezogen?

»Heißt das«, er blickt wieder auf, »heißt das …«

»… ob ich mir einen Liebhaber nehme?« Ich schüttele den Kopf. »Keinen Bedarf. Diese Art von Bestätigung brauche ich nicht.«

»Alles in Ordnung?« Flora steht am Tisch.

»Alles bestens«, erklärt Alex sofort. Ich sehe sie irritiert an, dann erkenne ich, was sie meint. Wir haben unser Essen noch gar nicht angerührt.

Amanda

Ich bin keine Hausfrau, wirklich nicht. Ich habe auch keinen echten Beruf, das weiß ich. Ich glaube aber, dass ich eine ganz gute Mutter sein könnte. Zumindest mag ich Kinder und hab Spaß mit ihnen. Wenn Kinder für einen geschiedenen Mann überhaupt noch ein Thema sind. Mit fünfzig hat man das vielleicht schon hinter sich. Macht nichts, ich kann mich anpassen, dann halte ich mir eben ein Haustier. Einen Hund vielleicht oder eine Katze.

Mit Alexander hätte ich zumindest einen Mann, der sich ein gutes Leben leisten kann. Und wenn er ein gutes Leben führt, tut es seine Frau automatisch auch. Also ich. In Zukunft.

Ja, ehrlich, ich könnte keinen nehmen, bei dem ich arbeiten müsste. So groß kann die Liebe gar nicht sein. Ich hab das bei meinen Eltern gesehen, die sind aus dem Schlamassel einfach nie rausgekommen. Irgendwann hatte mein Vater keine Lust mehr, drei Mäuler zu stopfen, und weg war er. Da saß meine Mutter alleine mit uns da, was die Sache auch nicht besser machte. Jetzt lebt sie von einer Rente, die keine ist – und er hat sich in Luft aufgelöst.

Ganz sicher werde ich auf keinen dieser Typen hereinfallen. Aufgeblähte Oberarme, markige Sprüche – und sonst nichts auf der Pfanne, mit mir nicht.

Die Mischung macht's, das habe ich gelernt, und dafür bin ich meiner Schulkameradin Bea total dankbar. Ihre Eltern führten ein so großes und offenes Haus, dass es nicht auffiel, ob sie zwei oder mehr Schulkameraden mit nach Hause brachte. Weißer Marmor, teure Teppiche und eine Haushälterin, die alles in Schuss hielt. Beim ersten Mal dachte ich, ich sei in einem Film. Ich war gerade mal zehn und dank der Fürsprache meiner Lehrerin aufs Gymnasium gekommen. Als sogenanntes Arbeiterkind, das war an sich schon mal eine Sensation. Dass mich dann ausgerechnet Bea als Freundin auserkor, war fantastisch. Ich sehe mich noch, wie ich an der Haustüre die Schuhe auszog und durch die Räume schlich, immer in der Sorge, ich könne etwas kaputt machen. Oder überhaupt falsch machen. Ich traute mich ja kaum, am Tisch zu essen. Das ganze Geschirr hatte das gleiche

Muster. Ich fand das beeindruckend und erzählte meiner Mutter abends davon. Sie meinte nur: »Hoffentlich setzen die dir keine Flausen in den Kopf.«

Ich dachte nur: Hoffentlich will Bea nicht irgendwann mit zu mir nach Hause.

Sanne

Wenn man voller Zuversicht ist, ist das einfach ein geniales Gefühl. So geht es mir, seitdem ich diese Idee geboren habe. Ich bin beschwingt, leichtfüßig, wache morgens mit guten Gedanken auf und gehe meinen Tag mit einem Lächeln an. So bin ich lange nicht mehr draufgewesen. Ich bin so gut drauf, dass ich sogar mit Alex geschlafen habe, obwohl ich das gar nicht vorhatte. Und auch nicht brauchte. Die Endorphine durchströmen meinen Körper auch ganz ohne Sex.

Was mich erstaunte, war, dass *er* keine Probleme hatte.

Ich hätte die als Mann schon, wenn ich gerade die eine verlassen hätte und von der anderen nicht so richtig wüsste, was sie eigentlich im Schilde führt.

Denn dass etwas kommt, das ahnt er. Er weiß nur noch nicht, was. Und ich habe nicht vor, irgendjemandem etwas zu erzählen, solange meine Idee noch nicht konkret genug geworden ist. Gerade läuft mein Antrag auf Freistellung im Büro. Für ein Jahr. Dies sei kaum zu realisieren, vor allem nicht so schnell, das war die direkte Auskunft. Ich reduzierte auf sechs Monate, was ich ja sowieso vorhatte. Darüber wird jetzt nachgedacht.

Aber ich merke, dass ich doch eine Gesprächspartnerin brauche, und rufe meine Tochter an. Sie ist totale Realistin, anders als ich. Und völlig anders strukturiert. Der wissenschaftliche Typ, während ich eher der Empfindungsmensch bin. Kopfmensch gegen Bauchmensch. Wahrscheinlich ist sie auch das einzige Kind, das je der Mutter erklärt hat, sie hätte strenger sein sollen. An dieses Gespräch, da war sie etwa 18, erinnere ich mich noch gut:

»Aber ich wollte dir Freiheit geben.«

»Ein Kind braucht keine Freiheit, es braucht Regeln.«

»Die hattest du doch.«

»Ich habe sie aber nicht eingehalten.«

»Na ja. Zwischendurch … habe ich sogar darüber nachgedacht, dich in ein Internat zu geben. Ich habe mir damals Informationsmaterial aus Salem kommen lassen.«

»Das hättest du mal tun sollen.«

»Du wolltest aber nicht.«

»Du hättest dich halt durchsetzen müssen. Woher soll ein Kind wissen, was gut für es ist und was schlecht?«

»Ein Internat. Das war mir dann doch zu hart!«

»Es hätte mir sicher gutgetan, und ich wäre mit internationalen Schülern aufgewachsen. Netzwerke weltweit. Überleg doch mal.«

»Ich überlege gerade.«

»Ja, aber zu spät.«

Das ist meine Tochter. Ich glaube, ich möchte nicht ihre Tochter sein, sollte sie je eine bekommen.

Trotzdem. Ich rufe sie an.

»Es ist gerade ungünstig«, erklärt sie mir. »Geht es auch um 18.20 Uhr?«

»Brauch ich jetzt einen Telefontermin bei dir?«

»Nein, aber ich brauche Zeit, um dir zuzuhören. Das dauert doch ein bisschen länger, oder?«

Langsam komme ich mir wirklich schon vor, als hätten sich unsere Rollen vertauscht. Um dem gleich entgegenzuwirken, lade ich sie zum Essen ein. Essen gehen ist immer gut, sie verdient noch nicht so viel, und ein eigenes Leben ist teuer. Zumal in einer Großstadt.

Amanda

Gegen eine Ehefrau anzukommen ist nicht einfach. Die meisten fremdgehenden Männer wollen ein Abenteuer, aber keine Verantwortung. Sie wollen ihr Nest zu Hause, das Gewohnte, den normalen Ablauf, keine unnötige Aufregung.

Die Aufregung soll ihnen diejenige bescheren, die sie ihre Geliebte nennen. Oder ihr Abenteuer. Oder die Nebenfrau. Oder was auch immer.

Aus der Rolle der Nebenfrau herauszuwachsen, das ist eine Kunst.

Und sollte man es doch geschafft haben, bei ihm zu landen, dann weiß man genau, was passieren kann, wenn sich die Nächste anschleicht.

Einmal Fremdgeher, immer Fremdgeher.

Also: Vorsicht, dass es nicht eine so macht, wie man es selbst geschafft hat. Wachsam sein.

Ich hatte die feste Absicht, das Heimchen an Alex' Herd zu vertreiben.

»Wärst du auch so, wenn du nicht meine Geliebte wärst?«, fragte er mich eines Abends, als er ins Appartement kam und ich alles schön gerichtet hatte … Kerzenlicht, Wein, kleine Snacks – und mich selbst.

»Was meinst du?«, fragte ich betont arglos.

»Na, das alles hier«, er machte eine ausgreifende Bewegung und griff dann an meinen nackten Po, was nicht schwer war, denn ich trug nichts weiter als ein durchsichtiges Spitzenkleidchen.

»Ich wüsste nicht, wie es anders sein sollte«, sagte ich.

»Na«, er zog sein Jackett und auch gleich seine Hose aus, »normalerweise kommt man heim, und niemand ist da. Dann geht man durchs Haus und schließlich in die Küche, macht den

Kühlschrank auf. Alles da, bloß nichts, was einem schmeckt. Grünfutter und irgendwelche seltsamen Brotaufstriche. Dann entdeckt man die Nachricht auf dem Handy. *Bin länger im Büro, richtest du schon mal was? Und die Wäsche ist noch in der Waschmaschine. Die sollte in den Trockner.* Dann denkst du, wieso bin ich nicht Single und habe eine Haushälterin? Und du schreibst: *Ich kann die Waschmaschine nicht bedienen, weiß nicht, wie das geht.* Und du bekommst postwendend die Antwort: *Darüber müssen wir reden.* Und du bist für den Rest des Abends bedient.«

»Ach, du Armer«, sagte ich verständnisvoll. »Das ist ja bitter. Nein, da, wo ich aufgewachsen bin, sind die Männer die Nummer eins. Da arbeiten die Frauen nicht und nehmen sich Zeit, sich um ihre Männer zu kümmern.«

»Du sprichst vom Paradies«, sagte er und zog mich aufs Sofa. »Dann bist du jetzt Eva, und ich bin Adam.«

Sanne

Elena sitzt schon an einem der kleinen Tische, als ich komme, und wirft einen kurzen Blick auf ihre Uhr.

»Sorry«, sage ich, und sie steht auf, um mich zu begrüßen, »ich habe so schnell keinen Parkplatz gefunden. Musste kreisen.«

»Das kennt man ja in Frankfurt«, sagt sie.

»Meine perfekte Tochter«, witzele ich, worauf sie nur etwas die Achseln hebt.

Sie sieht gut aus, denke ich, während ich mich ihr gegenüber hinsetze. Der strenge Businesslook steht ihr, sie ist sehr dezent geschminkt, und ihre langen Haare hat sie seitlich zusammengebunden.

»Na, und«, will sie wissen, »seid ihr nun wieder ein glückliches harmonisches Paar, Papa und du?«

Ich ziehe die Augenbrauen hoch.

»Wie würdest du nach so einer Geschichte reagieren?«

Sie schüttelt nur leicht den Kopf und greift nach der Speisekarte, die ihr die Bedienung gerade hinhält. »Ich hätte schon früher reagiert.«

»Und wie?«

»Ich hätte ihn rausgeschmissen.«

»Kurz und zackig«, sage ich und denke, sie ist halt doch eine Reiterin, das merkt man. *Durch* hieß die Devise während ihrer aktiven Turnierjahre, egal, was da kam, wie hoch das Hindernis oder wie breit der Graben war.

Wir sitzen in ihrem Lieblingsrestaurant, ebenfalls ein Italiener, aber vom Ambiente gehobener als unser Lieblingsitaliener. Beim Durchblättern der Speisekarte finde ich es erstaunlich, dass es neben der italienisch gehobenen Küche doch auch Pizza und Pasta auf der Karte gibt. Und zwar zu passablen Preisen. Hätte ich nicht gedacht. Dafür lockt das Beiblatt mit seinen Feinschmecker-Empfehlungen: Die gefüllten Ravioli in Buttertrüffelsauce stechen mir ins Auge oder die Doradenfilets in Champagnersauce.

»Bist du oft hier?«, frage ich sie.

Aber sie durchschaut mich sofort.

»Nein, leider selten. Nur wenn ich eingeladen werde.«

»Jedenfalls sehr gemütlich.«

Das stimmt. Die Räumlichkeiten sind ansprechend, der Name des Restaurants auch: *La dolce vita.* Das war genau mein Thema.

Der Wirt kommt um die Ecke und begrüßt meine Tochter so herzlich, dass ich die Sache mit den seltenen Besuchen nicht mehr glauben kann. »Schön«, sagt er lächelnd. »Warte, ich habe deinen Lieblingsaperitif, genau wie du ihn magst ... und ...«, er sieht mich fragend an.

»Das ist meine Mama«, erklärt meine Tochter schnell, und seine Freude dehnt sich sofort auf mich aus. »Wie schön, Signora, Sie auch einmal bei uns begrüßen zu dürfen.« Er dreht sich nach seiner Mitarbeiterin um. »Dann pronto pronto, den Lieblingsaperitif an den Tisch. Und einen ganz besonders guten Rotwein habe ich heute auch für dich!« Er zwinkert meiner Tochter zu, die ihm sofort ein strahlendes Lächeln schenkt. Und als ich dieses Strahlen sehe, das über ihr gesamtes Gesicht gleitet, weiß ich sofort, weshalb alle so um sie herumwuseln: Sie hat einen ganz natürlichen Charme. Und der steht ihr ins Gesicht geschrieben. Wenn sie will.

»Toll, Mama«, sagt sie zu mir, nachdem wir wieder alleine sind. »Ich freue mich total, mal wieder hier zu sein. Die sind hier alle so nett!«

Ich nicke.

»Und ich weiß auch schon, was ich esse«, erklärt sie.

»Du bist aber schnell.«

»Nein, ich esse das immer hier. Ich freu mich schon drauf.«

»Aha.«

Vielleicht hat sie ja eine Gehaltserhöhung bekommen und es vorgezogen, uns davon mal nichts zu erzählen – denn schließlich schießen wir noch regelmäßig zu.

»Und was?«

»Pasta mista. Das sind drei verschiedene Sorten. Trüffelnudeln, Ravioli gefüllt mit Feige und Parmaschinken und Spaghettini al pesto.«

»Hört sich gut an.«

»Ja«, sie sprüht förmlich, »und wenn nicht das, dann Tagliatelle im Parmesannest mit Trüffeln. Das ist auch super!« Sie überlegt. »Aber das kannst du ja nehmen, dann haben wir beides …«

Ich ergebe mich. Auch dem Aperitif, der uns eben serviert wird.

»Kir Royal«, sagt der Mitarbeiter im weißen Hemd und schwarzer Krawatte und nickt uns zu. »Gruß vom Chef.«

Zunächst komme ich nun nicht mehr zu Wort, denn Elenas

Leben steht gerade vor ein paar beruflichen Weggabelungen. Sie überlegt laut, welcher Weg für ihre Karriere wohl der bessere sei, und ich überlege mit, ohne allzu viel davon zu verstehen.

Macht aber nichts, ich glaube, sie braucht nur eine Zuhörerin, um sich anschließend selbst zu beraten. Jedenfalls sind wir schon beim Dessert, als ihr mein Anruf wieder einfällt.

»Aber du wolltest mir ja was erzählen, hast du gesagt.«

»Ja. Ich habe eine Idee. Vielleicht ein bisschen verwegen, aber genau darüber wollte ich mit dir reden. Findest du es gut oder abwegig?«

»Wenn du mir sagst, worum es sich handelt, kann ich es beurteilen.«

»Gut.« Ich hebe mein Rotweinglas, und meine Tochter stößt mit mir an. »Wie schmeckt er dir?«, fragt sie.

»Sehr gut«, lobe ich, »fast zu gut! Ich muss noch fahren.«

Sie zuckt mit den Achseln. »Du hast ja gut gegessen. Aber schieß los, ich bin jetzt wirklich neugierig.«

Ich erzähle ihr von meiner Idee. Und dass ich auch gleich im Internet gestöbert und einen Anbieter gefunden habe. Und jede Menge Berichte von Grannys, die tatsächlich überall auf der Welt unterwegs sind. Ich kann meine Begeisterung kaum bremsen

»Haben wir Geldsorgen?«, will sie wissen.

»Wie kommst du denn jetzt darauf?«

»Ja, warum machst du nicht einfach eine Weltreise, zigeunerst so ein bisschen herum? So ein Au-pair-Job, das hört sich doch stressig an.«

»Ich denke jetzt mal, nicht stressiger als zu Hause mit dir und Papa, dem Haushalt, den Schwiegereltern und meinem Job.«

»Den Schwiegereltern.« Sie muss lachen. »Ja, stimmt. Papa hat ja einfach seine Eltern bei dir abgegeben. Also Oma Elfriede war schon …«, sie überlegt, »… gewöhnungsbedürftig mit ihren ganzen Marotten.«

Kurze Pause. »Aber auch eine liebe Oma.«

Weil man über Tote ja nicht schlecht sprechen soll, denke ich.

»Und du willst wirklich? So als Au-pair? Die sind doch eigentlich jung?«

Ich nehme noch einen Schluck. Vielleicht musste ich mich ja auch selbst überzeugen.

»Ja. Früher. Inzwischen hat der Markt die Au-pairs über fünfzig entdeckt.«

»Ja«, sagt sie und sieht mich an. »Macht ja auch irgendwie Sinn. Aber noch mal. Wieso verreist du nicht einfach? Kreuzfahrt, Studienreise, was weiß ich?«

Ja, komisch, denke ich selbst. Wieso verreise ich nicht einfach? Die Idee ist mir gar nicht gekommen.

»Vielleicht will ich ein Ziel haben? Vielleicht brauche ich ein Nest? Vielleicht fehlt mir aber einfach auch der Mut, alleine zu reisen?«

Elena schüttelt den Kopf. »Aber um in irgendeine fremde Familie in einem fremden Land zu gehen und dich dort mit den Kindern und dem Haushalt herumzuschlagen, dafür fehlt dir der Mut nicht?«

»Nein.«

»Du bist eine seltsame Mutter!«

»Danke, das wollte ich hören.«

»Wieso?«

»Das bestärkt mich!«

Elena muss lachen. »Okay. Ich gebe zu, das hat was. Ich find's gut! Und ich bin sicher, dass du das gut packst!«

»Ehrlich?«

»Ja, wer mit Elfriede ausgekommen ist, der muss mit der ganzen Welt klarkommen.«

Amanda

Es dauerte etwa vier Wochen, dann spürte ich, dass Alex zu mir tendierte. Weg von zu Hause. Ich hatte das Gefühl, dass er seine Arbeitszeit verkürzte, nur um schnell bei mir sein zu können.

Mein Appartement wurde unser Nest. Ich kümmerte mich darum, es für ihn rundum gemütlich zu machen. Gut, ich schummelte auch ein bisschen. Was ich aus der Küche zauberte, war nicht immer von mir gekocht, aber zumindest gut serviert. Und ich fing an, regelmäßig Nachrichten zu hören, war fröhlich und witzig, schlagfertig und smart. Wenn er ein Thema ansprach, konnte ich mitreden.

Bei manchen Dingen wartete ich ab, worauf er den Fokus legte, ich wollte keine politischen Diskussionen, das hätte ich auch gar nicht gekonnt – ich wollte nur etwas zu seiner Meinung beisteuern. Das gelang mir. Eines Abends hielt er mich nach den Tagesthemen im Arm und fand, dass eine Frau, die für alles Verständnis habe, einfach Spaß mache.

Und mir machte es auch Spaß. Ehrlich.

Ich war gut versorgt, ich hatte Zeit und keine Geldsorgen, er zahlte alles und ließ mir immer ein sattes Spielgeld da.

Ich war zwar nicht verliebt, aber ich fing an, ihn wirklich zu mögen. Er hat einen guten Charakter, er lästert nicht über seine Frau, sondern lässt seine häuslichen Angelegenheiten einfach unerwähnt. Mir war das sehr lieb. Wer über seine Frau herzieht, wird das bald auch über die Geliebte machen – oder überhaupt über alle anderen Menschen. Ich mag von keinen sexuellen Eroberungen hören, und ich mag auch keine preisgeben.

Schön häuslich, so ließ es sich gut an.

Häuslich mit einem Schuss Spannung, denn er wusste nie, was ich mir hatte einfallen lassen.

Die erste kleine Kostprobe waren seine verbundenen Augen. Er lag ausgestreckt und nackt auf dem Bett und wusste nicht, wo ich ihn berühren, was ich tun würde. Es machte ihn tierisch an. Und mir war klar, dieser Mann liebte Spielchen.

Die würde er bekommen.

Nach und nach, mehr und mehr.

Dann lud er mich ein. Auf ein Wochenende in Berlin.

Nun gut, Berlin war nicht London, Mailand oder Paris, aber auch nicht schlecht.

Ich fragte nicht nach, wie er das zu Hause erklärt hat.

Ich packte meinen Koffer und vergaß natürlich die passenden Schuhe zu meinem neuen Designerkleid, das er mir erst kürzlich geschenkt hatte.

Ich glaube, das freute ihn sogar, denn so konnte er mir neben all den bekannten Sehenswürdigkeiten auch noch beweisen, dass er sich auskannte. Ein Mann von Welt eben, der sofort einen sündteuren Schuhtempel ansteuerte und sich dort einen Spaß daraus machte, mich mindestens zwanzig Schuhe anprobieren zu lassen. Es gefiel ihm, wenn ich mich mit meinem kurzen Rock hinsetzte, langsam dic Schuhe anzog und dann vor ihm hin- und herstöckelte. Ich glaube, im Geheimen sah er etwas ganz anderes und malte sich auch etwas anderes aus, denn er kaufte gleich drei Paar.

Ich verbot mir den Gedanken, dass doch alle Männer gleich sind.

Ich wollte ihn haben, also war das mein Job.

So sehe ich das.

Sanne

Das Gespräch mit meiner Tochter hat mich bestärkt. Ich setze mich abends gleich an den PC und gehe es an. Auf der Agentur-Seite für Granny-Au-pairs steht: Benutzername, E-Mail-Adresse ... und dann schlägt mein Herz heftiger:

Granny

Familie sucht Granny-Au-pair

Suche Gesellschafterin

Suche Housesitterin.

Genial, denke ich.

Mensch! Was es alles gibt? Und vor allem: Was es alles gibt, von dem ich nichts weiß!

Soll ich für Alex gleich mal eine Gesellschafterin suchen, während ich als Granny unterwegs bin?

Der Gedanke bringt mich zum Lachen. Nein, sicher nicht. Er muss sich schon selbst helfen. Und bestimmt wird er sich zu helfen wissen.

Ich gebe meine Daten ein.

Es ist ein Gefühl, als würde ich etwas wahnsinnig Abenteuerliches tun. Als würde ich mich für die Besteigung des Himalaja anmelden. Oder zum Tiefschneefahren in Kanada. Oder Wildwasserrafting im Grand Canyon. Irgendetwas, das mein derzeitiges Vorstellungsvermögen übersteigt. Und eine echte Herausforderung ist. Und mir gleichermaßen Freude und Angst einflößt.

In diesem Moment höre ich die Haustüre zugehen.

Alex ist da, früher, als ich es in den letzten Monaten von ihm gewöhnt war.

Euphorisch laufe ich ihm entgegen und küsse ihn auf die Nasenspitze.

»Hoppla«, sagt er. »Das passt ja dann gerade zu dem ...«,

und er zieht einen Blumenstrauß hervor, den er hinter seinem Rücken versteckt hat. Rote Rosen, Baccara, meine Lieblingsblumen.

Oje, denke ich und ziehe mich innerlich sofort zurück. Und ich glaube, dass mein Mund offen stehen geblieben ist.

»Möchtest du mich heiraten?«, fragt er und deutet einen Kniefall an.

»Ich …«, stammele ich. Im Moment weiß ich wirklich nicht, wie ich reagieren soll. Vom ersten Gefühl her: schroff. Ich will nicht. Natürlich nicht. Ich will ihn und seine ganze Amanda-Geschichte hinter mir lassen. Auf und davon, das will ich.

Auf der anderen Seite will ich ihn nicht verletzen.

Ha! Ich will ihn nicht verletzen! Bin ich noch ganz bei Trost? Was hat er denn getan?? Mich etwa nicht verletzt?

Trotzdem. Ich kann nicht aus meiner Haut. Ich bin einfach ein Mensch, der keinem anderen wehtun kann. Nicht mal meinem eigenen Mann.

»Wie lieb von dir …«, stammele ich.

»Ja, gut«, er zieht zwei Tickets hervor, »unsere zweite Hochzeitsreise habe ich auch schon in der Tasche …« Über den Witz muss er lachen. »Wir nehmen beide Urlaub und fangen noch einmal von vorn an. Australien. Da wolltest du doch immer hin! Drei Wochen Rundreise. Mit allem Pipapo!«

In meinem Hirn jagt ein Gedanke den nächsten. Seit Jahren versuche ich ihn zu mehr Urlaub zu bewegen. Angeblich war das nie möglich. Wer nach oben will, kann nicht einfach für drei Wochen in den Urlaub gehen, das war die Devise. Jetzt auf einmal doch?

»Jetzt auf einmal?«, frage ich, und ich glaube, mein Misstrauen steht mir ins Gesicht geschrieben.

»Lass uns doch erst mal reingehen«, sagt er. Stimmt. Wir stehen immer noch auf dem Flur.

»Und dann?«, frage ich.

»Dann trinken wir ein Gläschen Champagner, und ich zeige dir unsere Reiseroute.«

»Wir haben keinen Champagner.« Den Zusatz: Ich heiße schließlich nicht Amanda, verkneife ich mir.

»Ich werde schon eine Flasche auftreiben.«

Ganz der alte, ganz der Mann von Welt, denke ich. Zurück in seiner Versorgerrolle, zurück in der Welt, in der er alles beherrscht und vermag. Sogar Champagner auftreiben, wenn keiner da ist.

»Gut«, sage ich und überlege, wann der Zeitpunkt perfekt für meine eigene Ansage wäre. Ich habe allerdings noch nichts in der Hinterhand. Es gibt noch keine Familie, kein Reiseziel, keine Zusage, kein Vertrag, kein gar nichts. Ich kann nichts gegen seine konkreten Pläne anführen.

Ich gehe in unser Wohnzimmer und lasse mich in den Sessel fallen. In genau den, der seit Kurzem seine Rückkehr dokumentiert. Das fällt mir erst auf, als ich schon sitze. Eigentlich wäre ich gern wieder aufgestanden, aber er kniet schon vor mir und hält mir die Blumen hin.

»Willst du sie nicht nehmen?«

»Sie müssen ins Wasser«, weiche ich aus.

Er legt mir den Strauß in den Schoß und geht hinaus. Ich höre ihn an der eingebauten Schrankwand unter der Treppe hantieren, dann seine Schritte in der Küche. Wenig später ist er mit einer wassergefüllten Vase wieder da.

Immerhin weiß er, wo unsere Vasen stehen, denke ich. Das hätte ich bis vor fünf Minuten nicht gedacht.

Er stellt die Vase auf den Couchtisch, pflückt die Rosen aus meinem Schoß und steckt sie in das gläserne Gefäß, nicht ohne sie noch ein bisschen in Form zu zupfen.

Ich betrachte ihn. Er ist auf den ersten Blick kein schöner, aber doch ein ansehnlicher Mann. Groß, schlank, gepflegt. Seine dunkelbraunen Haare bekommen hellere Strähnen, aber er hat noch volles Haar, was ihn jünger macht. Es gibt eigentlich nichts Auffälliges an ihm. Auch sein Gesicht ist harmonisch geschnitten. Ein Mann, dem man gern ins Gesicht sieht, weil das Größenverhältnis von Mund, Nase und Augen stimmt, aber gleichzeitig auch ein Gesicht, das man schnell vergessen kann. Es ist so ebenmäßig, dass es schon fast wieder langweilig ist.

Jetzt lächelt er mich an.

»Ich bin gleich zurück!«

Seine Zähne sind auch ebenmäßig. Von einem natürlichen Weiß. Es gibt weder Ecken noch Kanten an ihm.

Bei mir ist das anders. Mein Kopf beispielsweise ist sogar größer als seiner. Das stört mich auf Fotos, wenn wir nebeneinanderstehen. Um mich zu trösten, schieb ich das immer auf meine Haare, die ich mir vor Jahren zu einem Bob habe schneiden lassen und die manchmal arg wild von meinem Kopf abstehen. Anscheinend mögen meine Haare den Bob nicht. Ich schon, aber so richtig gut sieht es tatsächlich nur aus, wenn ich gerade vom Friseur komme. Ich vertraue aber drauf, dass ich es eines Tages mit Föhn und Rundbürste schon schaffen werde.

Und dann finde ich auch, dass mein Oberkörper im Vergleich zu meinen Beinen zu lang ist. Warum hat mein Körper das im Wachstum verwechselt? Bei einer Frau gehören die Beine lang, nicht der Oberkörper. Bis zu meinem 19. Geburtstag hoffte ich, dass sich das auswachsen würde, aber dann gab ich die Hoffnung auf. Außerdem finde ich, dass mein Becken zu weiblich ist. Heutzutage haben Frauen männliche Becken. Schmal, nicht ausladend. Was wollte mir das Schicksal sagen? Zehn Kinder, wie meine Urgroßmutter? Ich bekam nur eines. So ein »gebärfreudiges« Becken war also von vornherein eine völlige Fehlplanung von Mutter Natur gewesen.

Dafür habe ich straffes Gewebe. Ich tu noch nicht einmal was dafür, es ist einfach da. Vielleicht, weil ich besser gepolstert bin als andere. Zumindest sieht es so aus. In Wahrheit habe ich weder Übergewicht noch Untergewicht, sagt mein Arzt. Er meint, ich sei genau richtig.

Na, ich weiß nicht. Wahrscheinlich hat er auch so ein schmales Reh als Frau und möchte den weiblichen Elchen einfach nur Mut machen.

Aber, und das weiß ich, ich habe ein hübsches Gesicht.

In das hat sich Alex damals sofort verliebt. Sagt er wenigstens.

Ich habe mich zwar nicht sofort in ihn verliebt, als wir uns auf dem Campus kennengelernt haben, aber er legte mir seine Liebe so überschwänglich zu Füßen, dass es mich plötzlich auch überkam. Ich kann mir das heute selbst nicht mehr erklären. Seine Liebe reichte einfach für zwei. Plötzlich liebte ich ihn auch.

Den Moment weiß ich noch genau.

Er hatte mich abends nach Hause begleitet, und als er an der Haustüre umdrehte und wegging, hatte ich auf einen Schlag ein unbändiges Verlustgefühl. Ich wollte ihn nicht gehen lassen.

Auf mein Rufen hin kam er sofort zurück – und das war unsere erste Nacht in dem kleinen Zimmer meiner Studenten-WG. Kurz darauf zogen wir zusammen.

Wir waren 23 und voller Pläne. Er wollte in einer Bank Karriere machen, ich als Steuerberaterin. Wir hatten beide eine Schwäche für Zahlen und viel Fantasie. Wir wollten nie spießig werden, wir wollten alles zusammen machen, wir wollten völlig gleichberechtigt sein. Wir wollten uns immer lieben.

Mit 25 kam Elena.

Das war so früh nicht geplant gewesen, jetzt musste die Strategie geändert werden. Unsere Eltern drängten auf Hochzeit. Wir nicht.

Dann lockte Alexanders Vater mit einem Bausparvertrag, der bald fällig werden würde. Eine kleine Wohnung als Hochzeitsgeschenk.

Wir wollten uns nicht erpressen lassen.

»Sieh doch mal …«, sagte meine Mutter. »Mit Kind! Wenn er dich sitzen lässt?«

»Heutzutage …«, wollte ich kontern.

»Wenn du heiratest, bist du abgesichert. Dann kann er nicht so einfach davonlaufen.«

»Mama! In welcher Welt lebst du?«

In der wahren, erklärte sie mir. Mich hielt sie für eine Traumtänzerin.

Wir heirateten.

Aus Liebe, wie wir betonten. Nicht weil unsere Eltern Druck machten.

Unter einer Ehe hatte ich mir immer was Besonderes vorgestellt: Jetzt bist du verheiratet, jetzt bist du irgendwie erwachsen. Die Partnerschaft ist anders, du fühlst dich anders, verantwortungsbewusster, als Teil eines Ganzen.

Nichts davon ist eingetreten. Ich fühlte mich wie vorher, nur dass ich plötzlich mit einem Baby angebunden war – und Alex nicht. Er musste ja studieren und nebenher jobben, um uns eine Zukunft aufzubauen.

Und ich saß da und fragte mich, wo denn nun eigentlich meine Zukunft war?

Meine eigene Zukunft, mein spezielles Ich?

Wo war ich geblieben?

Irgendwie fühlte ich mich nicht mehr existent. Ich war eine von vielen. Eine, die mit dem Staubsauger durch die Wohnung raste, Windeln im Sonderangebot kaufte, Wäsche wusch, bügelte, Essen kochte, eine, die vor lauter Baby und Haushalt zu nichts mehr kam. Nicht mal mehr zu sich selbst.

Was machst du eigentlich den ganzen Tag?

Wahrscheinlich war es nur ein nettes Nachfragen, das Bekunden von Anteilnahme an meinem Tag. Aber es reichte, dass ich total ausrastete. Ich schrie ihn an, ich tobte so herum, dass Elena aufwachte und ebenfalls anfing zu schreien. Ich nahm sie aus ihrem Bettchen, und mit dem Baby an der Brust bekam ich einen Heulkrampf.

Alles war vorbei, alles war zu spät, ich war Mutter!

Für Alexander brach eine Welt zusammen.

Da arbeitete er Tag und Nacht – und ich war ein undankbares Nervenbündel.

Ich bot ihm einen Rollentausch an: Ich würde wieder an die Uni gehen, in einer Pizzeria jobben, wo ich sowieso mehr Trinkgeld bekäme als er, und er würde den Haushalt schmeißen. Mitsamt Baby und allem, was dazu gehört. Ach ja, Krabbelgruppe. Dorthin bitte nur mit selbst gebackenen Vollkornkeksen, vegan und mit Karottenspänen. Ist gut für die Augen. Das Baby soll ja klar und deutlich sehen können, wie sich seine Mutter aufopfert. Respektive der Vater. Denn das sei ja von vornherein ausgemacht gewesen: Gleichberechtigung.

Diese Übereinkunft war noch keine drei Jahre alt. Aber Alex fand, dass er keinen guten Hausmann abgeben würde. Zu ungeschickt. Leider. Sonst gern.

Im ersten Moment dachte ich sofort an Scheidung!

Dann: okay. Dann halt anders. Uni mit Kind. Muss auch gehen. Meinen Abschluss mach ich auf jeden Fall. Schluss mit gebügelten Hemden, zusammengelegten Socken, zu bügelnden Wäschebergen. Sollen doch die Wollmäuse durch die Wohnung zischen, wer bin ich denn, dass ich die ausschließliche Jagderlaubnis habe?

Ich beschimpfte Alex als typischen Sohn seines erzkonservativen Spießervaters, da sei ja wohl auch nichts anderes zu erwarten gewesen, und ging mit Elena ins Bett. Ins Elternschlafzimmer, wohlgemerkt, und schloss ab. Eine Drei-Zimmer-Wohnung, auch wenn sie klein war, bot ja wohl genug Schlafplatz für einen ausquartierten Mann.

Im Nachhinein denke ich, es war vor allem eines: Trotz!

Aber Trotz mobilisiert unglaubliche Kräfte.

Am nächsten Tag marschierte ich mit Elena an die Uni und informierte mich, wie es weitergehen könnte. Und es ging weiter.

Heute bin ich stolz auf mich.

Und ich bin auch stolz auf Elena.

Sie ist tough und selbstbewusst, selbstständig und intelligent. Und zudem auch schlau.

Schläue ist ein besonderes Geschenk. Ähnlich wie eine besondere Begabung. Mit Lernen kann man schon einiges erreichen. Aber wenn man zudem noch schlau ist, sieht man Wege oder Möglichkeiten, die andere nicht einmal ahnen. Genau wie ein Pianist ohne Begabung das Gefäß seines Könnens nie sprengen wird. Er ist gut, aber er hat Grenzen. Erst mit einer Begabung wächst er darüber hinaus, sprengt die Fesseln.

Ich selbst bin weder schlau, noch habe ich eine besondere Begabung. Vielleicht habe ich sie aber auch noch nicht entdeckt. Vielleicht wäre ich eine talentierte Künstlerin? Ich habe es nie ausprobiert. Ich bin einfach eine Frau, die ungern den Boden unter ihren Füßen verliert. Und ich sehe gern, was auf mich zukommt, um es besser abschätzen zu können. Ich liebe Überraschungen nur bedingt. Schon deshalb nicht, weil ich nicht dumm dastehen will, falls ich nicht damit umgehen kann.

Und nun hat sich genau diese Frau für ein Abenteuer in einem fremden Land angemeldet. Als Granny!

Ganz ehrlich, eigentlich schüttle ich den Kopf über mich. Ich bin mit dieser Aktion so weit von mir entfernt, meinem eigentlichen Ich, dass ich mich fast von außen betrachte.

Während ich noch über mich nachdenke, höre ich Alex zurückkommen. Da ist er doch tatsächlich weggefahren, um eine Flasche Champagner aufzutreiben. Ich habe es noch nicht einmal bemerkt.

Aber jetzt kommt er freudestrahlend herein und bringt einen kalten Luftzug mit.

»Sag ich es nicht?«, ruft er und hält triumphierend die Flasche hoch.

Ich verkneife mir die Frage, ob sie auch kalt sei … ich frage mich eher, wo er sie herbekommen hat. Hat er Amandas Appartement geplündert? Zahlt er es am Ende immer noch?

Amanda

In Berlin habe ich zum ersten Mal gedacht, dass Alexander nicht nur Beute, sondern wirklich ein Mann zum Verlieben sein könnte. Seine ruhige Art, seine Überlegenheit gegenüber Situationen, aber auch gegenüber Menschen, nicht aufgesetzt, sondern einfach da, sein Humor, das alles fand ich zunehmend anziehend. Es kamen Momente, da dachte ich, ich hätte mehr lernen müssen – oder sollte ich mich nun einfach nebenher fortbilden? Es war mir schon klar, dass ich ihm bei manchen Themen einfach keine vollwertige Gesprächspartnerin war. Politik beispielsweise. Ich lese nun halt mal keine anspruchsvollen Zeitungen oder Magazine. Ich lese leichte Kost. Wer mit wem, was passiert, Stammtisch-Politik. Auf den Leser abgestimmt und zugeschnitten, so sagte es mal ein Ex-Lover abschätzig, und in Alexanders Gegenwart denke ich, er hatte recht. Mein Wissen ist bloß Volkes Stimme.

Das hat mich nie gestört. Jetzt doch. An unserem ersten Abend in Berlin kam ich mir ungebildet vor. Er sprach über Politik, über das Verhältnis zu anderen Staaten, über die EU, über notwendige Veränderungen und die neuesten Entwicklungen – und ich hörte nur zu, bemüht, alles irgendwie zu verstehen, zu verarbeiten und möglichst intelligent darauf zu antworten. Aber schnell war mir bewusst, dass meine Antworten aus meinem Revolverblatt stammten und von mir selbst überhaupt nicht durchdacht oder hinterfragt waren. Also hielt ich lieber den Mund.

Er bemerkte es nicht, oder er war charmant genug, es mich nicht merken zu lassen. Ich ging in dieser Nacht jedoch mit einem unbestimmten Gefühl von Unterlegenheit mit ihm ins Bett. Und es kostete mich Mühe, auf Touren zu kommen.

Amanda, sagte ich mir, das tut dir nicht gut.

Du bekommst ihn vielleicht sexuell. Aber du musst mehr liefern, um einen solchen Mann zu halten.

Was ist, wenn er sein Ziel erreicht hat, die bedingungslose Befriedigung seiner sexuellen Befürfnisse?

Wenn ich nicht mehr zu bieten habe, was wird er vorziehen?

Seine gebildete Frau zu Hause mit allem Drum und Dran, und immer mal wieder einen sexuellen Ausflug – oder Sex mit allem Drum und Dran, aber keine Gesprächspartnerin auf seinem Niveau?

Es verhagelte mir in jener Nacht die Laune, und ganz Berlin stand schließlich unter der Erkenntnis: Du musst was tun.

Wieder zu Hause angekommen stürzte ich mich also auf ein für mich völlig neues Feld: Ich las politische Magazine und täglich die Süddeutsche. Ich probierte ein paar neue Kochrezepte aus. Nebenher arbeitete ich an meinem Körper und meinem Aussehen und überlegte mir für jeden Abend ein neues Spielchen.

Ich war so vollauf beschäftigt, ich kam zu sonst nichts mehr. Nicht einmal mehr zu einem Kaffee mit meinen Freundinnen, bildete ich mir ein. Aber jede Abweichung stand meinem Ziel im Weg – und das Ziel hieß: diesen Mann zu kriegen. Mit Haut und Haaren. Ganz.

Scheidung.

Hochzeit.

Amanda.

Nur noch Amanda.

Sanne

Wie er so vor mir steht, die Flasche Champagner triumphierend in der Hand, die vollen Haare durcheinander, das erhitzte Gesicht voller Erwartung, kommt er mir vor wie damals. Plötzlich sehe ich in ihm wieder den jungen Mann von 25 Jahren, den Mann, mit dem ich ein Kind aufziehen und in ein gemeinsames Leben starten wollte.

Es ist verrückt.

Plötzlich habe ich wieder Lust auf ihn.

Mein kurzer Gedanke, woher die Flasche wohl stammen könnte, vergeht so schnell, wie er gekommen ist.

Amanda war gestern.

Heute bin ich da.

Kann das sein? Ich verstehe mich selbst nicht mehr.

Wir ziehen uns aus wie früher. Alles irgendwie runter. Und bevor die Flasche offen ist, sind wir schon auf der Couch, lieben uns so heftig, als hätten wir wochenlang sehnsüchtig aufeinander gewartet. Es ist wie im Rausch, und so empfinde ich es dann auch, als wir schließlich nebeneinanderliegen und uns ansehen. Jeder auf seine Weise erstaunt.

»Hallo, Sanne«, sagt Alex.

»Ach, du bist es?«, antworte ich.

Wir müssen beide lachen, und das vertraute Aneinanderschmiegen ist vielleicht noch schöner als der gierige Sex.

Schließlich steht Alex auf, holt zwei Gläser und öffnet die Flasche.

»Auf uns«, sagt er, als er mir mein Glas reicht. Ich habe mich, nackt, wie ich bin, aufgesetzt und denke dann trotzdem plötzlich an Amanda. An seine Geliebte mit dem jungen Körper.

Der Gedanke tut mir nicht gut.

Wie er mich jetzt wohl sieht?

Alex sieht aus wie immer. Schlanker Körper, das Alter hat ihm nichts anhaben können, vielleicht ein paar hellere Brusthaare, das ist alles.

Andererseits hatte ich bisher nie Probleme mit meinem Körpergefühl, also versuche ich, das beiseitezuwischen.

»Auf uns …«, erwidere ich, »und unser neues Leben.«

Er stößt zwar an und trinkt, aber dann setzt er sich neben mich.

»Unser neues Leben?«, wiederholt er fragend. »Du meinst unsere Zukunft? Unser neues Leben – nach einer kurzen Abstinenz?«

»Nein, das meine ich nicht.«

»Nicht?« Sein Ton ist verständnislos. »Was meinst du dann?«

»Na«, sage ich, »du hast ein neues Leben außerhalb dieser Mauern – und ich auch.«

Sofort verändert sich sein Gesichtsausdruck und bekommt die professionelle Miene des Bankers. Bloß nicht in die Karten schauen lassen, Pokerface.

»Welches neue Leben hast du?«

Auch das war typisch Alex. Sich selbst bedeckt halten und erst mal auf den anderen zu sprechen kommen.

»Ich werde nicht nur die Wohnung wechseln, sondern ein ganzes Land.«

»Du wirst was?«

»Nicht für immer. Für drei Monate vielleicht. Vielleicht auch für sechs. Ja, du hast richtig gehört. Du musst unsere Hochzeitsreise leider verschieben, die Verlobungsreise unternehme ich alleine.«

Er ist so sichtlich eingeschnappt, dass es auch hörbar »klick« hätte machen können.

»Wieso denn das?«, will er wissen und runzelt die Stirn.

Das ist bei seiner außerehelichen Episode unglaublich anmaßend, aber auch irgendwie urkomisch. Vor allem, weil wir hier zu zweit nackt sitzen, ein altes Ehepaar, das gerade tollen Sex gehabt hat und endlich die Wahrheit auspackt.

»Du kannst doch nicht einfach abhauen!«, sagt Alex vorwurfsvoll.

»Kann ich nicht?«, frage ich und nehme einen Schluck.

»Nein!«, erklärt er. »Wie kommst du überhaupt auf so eine Idee? Und wohin?« Sein Blick wird misstrauisch. »Und mit wem?«

»Vielleicht mit Amanda?«, sage ich schneller, als ich denken kann.

»Mit Amanda?«, das kommt langsam. Sein Rücken versteift sich.

»Nun«, erkläre ich, »immerhin verbindet uns doch was.«

Er antwortet nicht, sondern sieht mich nur starr an.

»Ein gemeinsamer Mann«, fahre ich fort.

Er schweigt noch immer. Diese Information muss er offensichtlich erst einmal verdauen.

»Woher weißt du …?«

»Von deiner Tochter. Die sogenannten Hochhaus-Hyänen, die im Café sitzen und gutgläubige Banker abgreifen. Oder notgeile. Kommt wahrscheinlich auf dasselbe raus.«

»Elena?«, das scheint ihn am meisten zu beunruhigen, »wieso Elena?«

»Weil sie diese Frauen dort sitzen sieht.«

Er sagt nichts mehr, sondern stellt sein Champagnerglas ab. Diese Erkenntnis scheint ihm in den Magen gefahren zu sein.

»Und wann … wann hat sie dir das erzählt?«

»Als Amanda plötzlich nicht mehr dort saß und du täglich Überstunden gemacht hast.«

»Und du hast so lange geschwiegen?«

»Ich bin nicht der Typ, der etwas überstürzt, das weißt du doch. Ich habe das beobachtet.«

Beobachtet worden zu sein, ist ihm sichtlich unangenehm. Sein Missbehagen steht ihm ins Gesicht geschrieben.

»Hmm«, sagt er, »und jetzt rächst du dich?«

Ich muss lachen.

»Alex, wir sind doch keine kleinen Kinder. Ich räche mich nicht, ich habe es als Chance begriffen, etwas Eigenes zu machen. Wie gesagt, wir sind erwachsene Menschen und haben jeder unser eigenes Leben.«

Er kann nicht damit umgehen, das sehe ich ihm genau an. Hätte ich ihn angeschrien, gezetert, gedroht, geweint, dann hätte er dem etwas entgegnen können. Aber meine Reaktion – das ist ihm unheimlich.

»Ich habe mich getrennt«, sagt er hilflos. »Es ist aus.«

»Ich weiß«, sage ich. »Und wie fühlst du dich?«

Darauf gibt er keine Antwort, sondern greift nach dem Glas und leert es in einem Zug.

Amanda

Es kam schleichend, und ich hatte dem nichts entgegenzusetzen. Plötzlich wollte er keine Spielchen mehr, nur noch lieb. Und nett. Keine Handschellen, keine Augenbinde, keine Amanda in Lack und Leder, keine Peitsche, die ihm, dem Gefesselten, langsam über die nackte Haut strich und an jeder Stelle Gänsehaut hervorrief, bis sie zwischen seinen Beinen zuckend verharrte. Es gab eine Zeit, da brannte er wohl schon den ganzen Tag darauf, was es am Abend geben würde, welches Dessert ich ihm nach dem Abendessen servieren würde. Und dann, plötzlich, die Kuschelnummer. Dabei hatten wir den Höhepunkt, den ich mir für ihn ausgedacht hatte, noch nicht ansatzweise erreicht.

War es Übersättigung? Zu viel Sex? Ich dachte über sein Alter nach. Bisher war er äußerst potent gewesen, zweimal, das ging locker. Manchmal sogar dreimal. Wie in seinen jungen Zeiten, freute er sich über sich selbst.

Ich verstand es nicht.

War jetzt die Verständnisnummer angesagt? Die intellektuelle Nummer? Oder was?

Klar hatte ich in der Zwischenzeit diverse Polit-Magazine herumliegen, die ihm zeigen sollten, dass ich mich nicht nur von großen Buchstaben bilden ließ.

Vielleicht reichte politische Bildung nicht? Wie wäre es mit Kultur?

Ich legte das Kulturmagazin auf den Esstisch, genau neben seinen Teller. Schau doch, vielleicht sollten wir mal gemeinsam ins Theater gehen? Oder sonst wohin? Museum? Oper?

Ich war zu allem bereit.

Aber er lehnte ab. »Da kennen mich zu viele«, sagte er.

»Ja, und?«, fragte ich.

»Falsche Frau!«

Obwohl es stimmte, versetzte es mir einen Stich. Ich wähnte mich auf dem Weg, die »richtige Frau« zu werden, und dann das. Da ging er dann also doch lieber mit seiner Frau zu den prominenten Veranstaltungen und mit mir, der Geliebten, nur dorthin, wo man ihn nicht kannte. Wie sollte ich mich da fühlen?

Klar als Mädchen, das seine sexuellen Gelüste befriedigte, aber für mehr nicht gedacht war. Und von außen auch so gesehen wurde.

Eine Geliebte halt.

Ein Spielzeug.

Für die bewundernden Augen der Freunde gerade recht.

»Wow! Der hat's drauf. Was er mit ihr wohl alles anstellt?«

Ich wollte nicht als tolle Geliebte dastehen, sondern als seine Frau. Keine Zweitfrau, sondern: Number one!

Das war mein Ziel, für das ich kämpfte.

Wieso dachte ich eigentlich, ich könnte ihn gewinnen?

Ganz ehrlich, mit der Zeit immer weniger. Er war immer weniger bereit, sich irgendwo öffentlich mit mir sehen zu lassen. Das Pendel schwang zurück. War er vor Kurzem noch jeden Abend erwartungsvoll zur Tür hereingestürmt, hatte er plötzlich Termine und kam nur noch jeden zweiten Abend.

Und dann wurde unser Sex lau. Nicht, weil ich mir nichts überlegt hätte, sondern weil er nicht mehr wollte.

»Was ist los?« Die Frage lag mir auf der Zunge. Aber ich wollte sie nicht stellen, weil ich die Antwort fürchtete.

Und dann kam die Antwort, ohne dass ich die Frage gestellt hätte: »Amanda«, sagte er eines Abends: »Es war kein Irrtum. Irrtum, das könnte ich nicht sagen. Es war eine aufregende Zeit. Du bist eine aufregende Frau, in jeder Weise. Du hast etwas Besseres verdient als mich.«

Wie bitte?

Diese Form der Verabschiedung hatte ich noch nie gehört.

»Etwas Besseres als dich?« Es verschlug mir nicht nur die Sprache, es brachte mich sofort zum Weinen. »Was soll das denn bitte sein?«

»Ein Mann, der ungebunden ist, der das alles mit dir gemeinsam genießen kann, du verdienst einen Mann, der dich heiratet und dir ein schönes Leben bietet.«

»Aber wir haben doch ein schönes Leben!«

»Ja, aber es ist nicht echt. Es fühlt sich nicht echt an.«

Darauf konnte ich nichts sagen. Klar war es nicht echt. Wir spielten beide eine Rolle.

»Aber ich liebe dich doch!«, erklärte ich inbrünstig.

»Ich mag dich auch«, sagte er. »Und es war eine gewaltig schöne Zeit mit dir, ein Ausflug in eine andere Welt. Gleichzeitig hast du mir aber auch gezeigt, was ich zu Hause habe. Die Beständigkeit, die Ruhe, das Gleichgewicht.«

Sollte ich ihn umbringen? Wofür hatte ich mich so ins Zeug gelegt? Ich schwankte zwischen Hass und Liebe. Immerhin hatte ich mich schon dazu entschieden, mich in ihn zu verlieben.

Und jetzt?

»Und jetzt?«, fragte ich.

»Und jetzt werde ich dir dein Appartement bis zum Jahresende weiter bezahlen und ansonsten wieder zu meiner Frau zurückkehren.«

»Zu deiner Frau.«

»Zu meiner Frau!«

»Warum?«

»Ein Gefühl. Es sagt mir, dass es der richtige Weg ist.«

»Der richtige Weg also …«

»Ja.«

Vielleicht wäre Mord doch die bessere Alternative. Liebe war offensichtlich nicht mehr angebracht.

»Weiß sie von uns?«

»Nein.«

»Die vielen Abende?«

»Überstunden.«

»Berlin?«

»Geschäftsreise.«

Ich war die Frau im Verborgenen. Nicht mal die Ehefrau wusste von mir.

»Bist du dir da sicher?«

»Absolut. Sie schnüffelt mir nicht hinterher. Sie misstraut mir nicht. Sie ist eine ehrliche Haut.«

Ich musste lachen. Bitter.

»Und so eine ehrliche Haut hast du verdient?«, fragte ich nur und wusste, dass ich mit dieser Frage alles verspielt hatte. In dieser Nacht noch packte er sein Necessaire und ging.

Sanne

Alex ist beleidigt. Da war er als reumütiger Ehemann zurückgekehrt, und ich, die Ehefrau, weiß das nicht zu schätzen.

Ich schwanke zwischen dem Wunsch, ihn zu schütteln, damit er endlich mal die Realität sieht, und einem Lachanfall.

Loriot, denke ich. Eindeutig Loriot.

Völlig schräg.

Aber offensichtlich sitze ich nun plötzlich am längeren Hebel. Von meinem Chef bekomme ich das Okay für eine sechsmonatige Auszeit und von der Granny-Agentur einige Vorschläge.

Wahnsinn, denke ich. Abhauen, einfach in die Fremde abtauchen.

Ich mache es mir mit meinem Tablet auf dem Sofa gemütlich und lese mich ein. Ich hätte mir nicht vorgestellt, dass die Auswahl so groß sein könnte. Theoretisch steht mir die ganze Welt offen:

Ägypten, Brasilien, Amerika, England, China, Namibia, Australien, Schottland, Irland, Frankreich … von überall sind Angebote da. Ich muss nur überlegen, will ich nach San Francisco zu einer Familie mit zwei Kindern oder lieber nach Melbourne zu einer Familie mit einer kleinen Tochter oder vielleicht als Gesellschafterin zu einer aktiven Dame nach Washington oder doch nach Sao Paolo? So viel, so verlockend. In Boston wird im Text gleich erklärt, dass die Granny nichts zu tun habe, außer den beiden Kindern, vier und sechs, eine nette Oma zu sein, weil sie so etwas vermissen. Privates Badezimmer, großes Schlafzimmer mit Kingsize-Bett, großer Fernseher, eigenes Auto. Insgesamt hat das Haus acht Zimmer und einen großen Garten, alles könne die Granny nutzen, für die Arbeit seien andere zuständig.

Ich staune. Ist das ein Einzelfall?

Nein. Ich komme von den Vorschlägen nicht mehr weg und beginne meine Weltreise bereits hier, träumend auf dem Sofa. Ja, Wahnsinn. In den Bergen, am Meer, in Großstädten, auf dem Land – überall werden Grannys gesucht. Es erscheint mir wie das Schlaraffenland für ältere Frauen ohne Aufgaben. Frauen, die alleine sind, deren Kinder eigene Familien haben, die sich zu Hause nutzlos vorkommen. Und noch etwas tun wollen. Und reisen wollen. Und offen sind für andere Länder, Kulturen, Sitten.

Verrückt.

Und auch junge Frauen werden gesucht – ein Sabbatjahr?

Los geht's …

Ich bin so vertieft, dass ich Alex nicht kommen höre, und ich erschrecke direkt, als er so plötzlich vor mir steht.

»Na? Beschäftigt?«

Vor lauter Begeisterung sprudele ich direkt los: »Das musst du dir mal ansehen, die ganze Welt steht einem offen. Egal ob Toronto, Rio oder Shanghai, überall kannst du hin!«

»Das kannst du auch, ohne Dienstmädchen spielen zu müssen. Du verdienst doch gut! Und habe ich dich nicht sogar eingeladen? Nach Australien, wo du immer schon mal hinwolltest? Unbedingt hinwolltest?«

Ich verschweige, dass ich vorhin auch schon eine Stelle in Melbourne erspäht habe. Ich komme also auch ohne »Hochzeitsreise« überallhin.

»Als Tourist«, versuche ich zu erklären, »bist du immer außen vor. Kratzt du nur an der Oberfläche. In einer Familie lernst du das Land wirklich kennen.«

»Deine Familie ist hier«, sagt er brüsk und geht hinaus. Ich höre die Tür zu seinem Arbeitszimmer zuschlagen.

Deine Familie ist hier, dass ich nicht lache. Elena kommt nur, wenn sie gerade Lust auf einen Schwatz hat oder wenn ihr Kühlschrank leer ist. Sie hat ein hübsches kleines Appartement gefunden, in dem sie ihr Leben genießt. Frei und unabhängig, wie sie sagt.

Und Alex? Lächerlich.

Und unsere Eltern? Alex' Eltern waren keine Kuschel-Großeltern, und meine leben für eine engere Familienbeziehung zu weit weg. Das kommt mir jetzt erst in den Sinn. Vielleicht hat Elena ja auch eine Großmutter vermisst, die problemlos erreichbar ist, an die man sich anschmiegen kann, die einem Geschichten vorliest und mit der man den ersten eigenen Kuchen backt?

Aber Alex' Mutter und kuschelig? Sie war die Frau Oberstudienrätin, obwohl sie nie berufstätig gewesen war. Sie war scharfzüngig und kantig. Das genaue Gegenteil einer kuscheligen Großmutter.

Meine Mutter erfüllt die Vorstellung besser. Aber um schnell mal herüberzurutschen sind 180 Kilometer doch zu weit. Zumal jetzt in ihrem Alter.

Okay, abgehakt das Thema, sage ich mir und klicke eine neue Seite an. Shanghai.

Shanghai.

Ich habe erst kürzlich in einem Artikel darüber gelesen. Shanghai, das neue New York. Voller Geheimnisse, voller unglaublicher Gebäude, neue Wolkenkratzer, alte Wohnviertel – und vor allem: junge Leute, viele Studenten. Das finde ich schon mal verlockend. Alt bin ich schließlich selbst.

Wo habe ich diesen Artikel nur gelesen? Hätte ich ihn doch bloß aufgehoben!

Also gut. Ich nehme mein Tablet wieder auf, das ich bei Alex' Worten hatte sinken lassen, gehe aus den Granny-Seiten heraus und gebe »Shanghai« ein. Und komme sofort zu einem Bericht, der mich fasziniert: Französisches Viertel in Shanghai.

Wieso eigentlich »Französisches Viertel«, frage ich mich. Das ist ja seltsam. Aber die Beschreibung klingt faszinierend: »Nicht weit von der modernen Einkaufsstraße Huaihai Lu entfernt, befindet sich dieses Viertel mit seinen alten, wunderschönen Kolonialvillen, den kleinen Parks, Restaurants, Cafés und Geschäften.« Ich stelle mir das bildlich vor, sehe mich förmlich zwischen den Gebäuden herumschlendern.

Aber wieso ein »Französisches Viertel« mitten in China? Die Geschichte interessiert mich nun doch. Also noch mal googeln. Und siehe da: *Das Französische Viertel wurde 1849 von französischen Geschäftsleuten und Händlern gegründet, die sich dauerhaft dort niederließen. Dieser Bezirk war autonom, die chinesischen Gesetze galten dort nicht. Und im Gegensatz zu den gut kontrollierten Bezirken der Briten,* las ich, *war das französische Gebiet das ideale Terrain für Korruption und Gesetzlosigkeit.*

Na, so was, denke ich, die Franzosen! Und ich lese weiter: *Während der Opiumkriege Anfang des 19. Jahrhunderts siedelte sich Du Yuesheng, einer der größten Gangsterbosse von Shanghai, hier an.*

Ob es darüber wohl einen Roman gibt, überlege ich, den würde ich gern lesen. Das muss ich herausfinden.

Weiter steht da: *Viele ehemalige, im Tudor-Stil erbaute Villen dienten später hochrangigen Parteifunktionären und prominenten Familien aus Shanghai als Residenz. Die alten Landhäuser wurden restauriert und stehen heute als Museen den Besuchern offen, und an den historischen Art déco-Gebäuden wurden Bronzetafeln angebracht, die über die einstige Nutzung Aufschluss geben.*

Die Briten, die Franzosen, mir fällt auf, dass die Deutschen gar keine Erwähnung finden. Das müsste ich mal in Ruhe nachlesen, jetzt fiebere ich eher darauf, eine geeignete Familie für mich zu finden.

Also wieder zurück zu Granny-Au-pair und dort auf die entsprechenden Seiten.

Zwei Familien aus Shanghai finde ich.

Eine hat drei Kinder, das erscheint mir für den Anfang etwas viel, die andere einen dreijährigen Jungen. Diesen Button klicke ich an und kann lesen, was die Eltern machen, welche Sprachen sie sprechen, in welchem Viertel sie leben, wie groß das Haus ist und wie groß mein Zimmer sein wird.

Und auch hier, genau wie bei der Familie in Boston, erscheint mir alles ziemlich luxuriös. Das Granny-Zimmer ist groß und bietet allen Komfort, sogar ein eigenes Badezimmer. Die Eltern, so lese ich, sind Chinesen, haben aber beide in Deutschland studiert und möchten mit einer Granny aus Deutschland die deutsche Sprache und Kultur lebendig halten. In der Familie sprechen sie Chinesisch, aber auch Englisch und Deutsch. Der Vater ist Generalmanager bei einer großen, internationalen Firma, die Mutter ist zu Hause.

Hmm, überlege ich, die Mutter ist zu Hause? Stehen wir beide uns dann nicht im Weg herum?

Aber irgendeinen Nutzen werden sie sich wohl ausgemalt haben, sonst wären sie doch sicher nicht auf die Idee gekommen, eine Granny einzuladen? Einzig und allein meine Sprache?

Nun gut.

Auf der anderen Seite ist das ja auch prima, dann kann sie mir vielleicht etwas von Shanghai zeigen? Kleiner Frauen-Ausflug ins Französische Viertel, um dort eine Tarte zu essen?

Ich studiere das Foto. Es ist etwas dunkel, aber es zeigt ein junges Ehepaar mit einem Kleinkind. Sie ist 33, das habe ich gelesen, er nur wenig älter. Beide lächeln in die Kamera, der Junge nicht, er scheint etwas anderes im Sinn zu haben, jedenfalls will er offensichtlich vom Arm seines Vaters herunter.

Auch gut, denke ich, das kenne ich.

Also stelle ich eine Kontaktanfrage und spüre im gleichen Moment, wie mein Herz zu hämmern beginnt.

Sanne, du machst Ernst, Wahnsinn!

Amanda

In dem Moment, als er geht, habe ich nur einen Gedanken: Geh doch! Wozu brauch ich dich denn, ich komme auch ohne dich klar!

Jetzt, am nächsten Morgen, ist dieses Gefühl völlig verschwunden, ich komme mir unendlich einsam und verlassen vor. Und gedemütigt.

Die geheime Nebenfrau.

Das Spielzeug.

Ich habe mein Ziel nicht erreicht, ich bin mittendrin abgesägt worden, wie ein Fußballer mit Kreuzbandriss. Raus, erledigt!

Ich bleibe den ganzen Tag im Bett, schwanke zwischen Trotz und Selbstmitleid. Was soll ich tun?

Ich denke an meine Mutter und ihr armseliges Leben. Und ich denke an Bea, meine reiche Schulfreundin. Was wohl aus ihr geworden ist? Sicherlich hat sie einen reichen Vorzeigemann gefunden und lebt sorglos in den Tag hinein.

Ich könnte heulen.

Und der Blick in den Spiegel verstärkt das noch. So ganz ohne Make-up und Farbe im Gesicht sehe ich wirklich trostlos aus. Und die Haare hängen formlos herunter, alles ist scheußlich. Ich verkrieche mich wieder ins Bett.

Gegen Abend kommt ein Hoffnungsschimmer.

Was, wenn er es sich anders überlegt? Wenn er plötzlich wieder hereinschneit?

Und mich so sieht?

Mein erster Impuls ist, sofort aufzuspringen und mich entsprechend zu richten. Der zweite, einfach den Schlüssel von innen stecken zu lassen, dann kann er von außen nicht aufschließen.

Ich überlege so lange hin und her, bis es plötzlich klingelt. Aber es ist nur der Postbote.

Ein Päckchen mit neuen Dessous, schön und zart, ich habe sie vorausschauend bestellt. Darüber ein champagnerfarbenes Kleid, habe ich mir ausgemalt, und einen kleinen Blumenreif ins Haar. Dezent, geschmackvoll, festlich.

Ich knalle das Päckchen auf den Boden.

Was bin ich für eine dumme Kuh gewesen, irgendwas habe ich falsch gemacht. Aber was?

Die nächsten Stunden verbringe ich mit Grübeln. Ich habe ihm sexuell ein Paradies geboten. Ich habe mich weitergebildet. Ich habe ihn bewundert, habe ihn ausreden lassen, habe seine Meinung stehen lassen, wenn er keine Antwort erwartete. Ich habe einfach immer aufgepasst, dass es ihm gut geht. Und ich habe ihn finanziell längst nicht so ausgereizt, wie ich es getan hätte, wenn ich kein gemeinsames Ziel vor Augen gehabt hätte.

»Du dumme Kuh!«, brülle ich laut.

Mit allem, was ich getan und wie ich mich verhalten habe, habe ich auf diesen Trauring hingearbeitet.

Hätte ich ihn mal besser als Langzeitkunden gesehen, dann hätte ich heute ein gefülltes Bankkonto und bräuchte mich nicht zu ärgern.

Aber so?

Ich öffne den Kühlschrank.

Eine Flasche Champagner steht noch da. Wie immer. Zum Einläuten oder Beschließen eines schönen Abends. Und jetzt?

Ich nehme sie heraus und sehe sie eine Weile an.

Mein Taschengeld hat er mir nicht gestrichen, das Appartement ist bezahlt. Aber ab sofort muss ich wieder umdenken. Es kommt die Zeit danach.

Und die Zeit danach rückt von Tag zu Tag näher.

Egal, sage ich mir, ab morgen wird gespart.

Heute wird noch mal geprasst.

Ich öffne die Flasche und nehme eines der geeisten Champagnergläser aus dem Gefrierfach. Wenn die Welt schon untergeht, dann wenigstens mit Stil.

Sanne

Ja, ich habe Amanda dort sitzen sehen. Nachdem mir Elena erzählt hatte, dass sie wieder im Café ist, und mir ihr Aussehen beschrieben hatte, bin ich hin, und da sah ich sie auf einem der hohen Barhocker thronen.

Gut, sie lauerte auf einen neuen Galan, und Alex war wieder zurück bei mir.

Und ich stellte mir die Frage, ob ich ihn überhaupt zurückhaben wollte?

Ich musterte sie, während ich mir etwas abseits einen Kaffee bestellte.

War sie es überhaupt?

Ja, ich war mir sicher.

Warum, weiß ich auch nicht.

Sie sah aus wie die anderen auch. Jung, zurechtgemacht, bereit.

Ich hatte nicht vor, sie anzusprechen. Was hätte ich auch sagen sollen?

Tolle Geschichte, mit so einem untreuen Mann, da hat man ihn wieder, und dann will man ihn nicht mehr. Eigentlich hätten Sie ihn auch gleich behalten können.

Nein, so was sagt man nicht.

Oder: *Danke, dass Ihre Initiative meinen eigenen Horizont erweitert hat?*

Musste ich ihr also dankbar sein? Sollte ich noch mal hin und sie auf einen Aperitif einladen?

Hallo Amanda, ich bin's, die Ehefrau Ihres Ex-Geliebten. Ich wollte mich nur bedanken, mein Leben hat durch Sie eine neue Wendung bekommen …

Nein, der Gedanke war auch schräg.

Ich ließ es dabei bewenden. Wahrscheinlich würde sie nicht lange hier sitzen, irgendein neuer Alex würde sicher in ihr Leben treten. Alexe gibt es ja genügend.

Amanda

Zum Trübsalblasen bin ich auf Dauer nicht geeignet.

Alex war weg, ich muss wieder los.

Also wieder zurück ins Café, zu den anderen.

Es ist kein gutes Gefühl, denn die anderen bekommen es ja mit, wenn man es geschafft hat. Wer nicht mehr dort sitzt, hat das große Los gezogen.

Also ich.

Amanda, die Glückliche. Amanda, die Siegreiche.

Gestern habe ich mir dann den entscheidenden Ruck gegeben. Es nützt nichts, du musst wieder hin.

Aus Amanda, der Siegreichen, wird somit Amanda, die Versagerin. Schlecht.

Gestern jedenfalls war überhaupt nichts los.

Nur so eine junge Bankerin schneite kurz herein, warf mir einen Blick zu und war wieder weg.

Die kommt manchmal, ist mir schon aufgefallen.

Aber alleine mochte sie gestern wohl auch nicht herumstehen.

Und heute?

Ich sehe mich um.

Einige neue Gesichter, zwei aus meiner alten Riege, wir nicken uns kurz zu. Zu sagen gibt es nicht viel, was soll ich schon sagen. Dass es nicht geklappt hat, sieht man ja schon daran, dass ich wieder hier sitze.

Demütigend eigentlich.

Es ist die passende Uhrzeit, nicht mehr lang, und die ersten Banker werden einen Blick auf uns werfen. So, wie man sich abends zur Entspannung ein Bier reinzieht. Es tut gut und kostet nicht viel.

Die Frau, die dann hereinkommt, hat sich wohl verirrt.

Das sieht man an ihrem Blick, wie sie uns mustert und sich dann an einem kleinen Tisch einen Kaffee bestellt.

Ich muss lächeln, als Jimmy, der Kellner, ihr den Kaffee bringt. Er macht es mit großer Geste, so, als würde er ihr eine Flasche Dom Pérignon servieren. Sie lächelt ihn an und sieht eigentlich ganz nett aus. Hausfrau halt. Oder sonst was Biederes. Buchhalterin. Das könnte auch sein, weiße Bluse, Jeans und dunkelblaues Jackett. Zahlenmensch, dazu würde auch ihr Bob passen. Ein bisschen brav alles. Bloß nicht auffallen.

Jedenfalls keine Konkurrenz, eher Touristin, die sich verirrt hat.

Ich schmunzle, das merke ich an meinen Mundwinkeln, und das sagt mir, dass sich meine Laune wieder bessert.

Alex ade, das Leben geht weiter.

Die ersten Anzüge nähern sich, aber die kenne ich schon alle. Die Ersten, die aus den Banktürmen kommen, sind keine Beute. Kleine Fische. Abwarten heißt die Devise.

Inzwischen hat die Lady ihren Kaffee getrunken und geht wieder. Wir sehen ihr alle nach, schon komisch, dass etwas so Normales hier so auffällig ist.

Dann kommen die oberen Etagen. Und auch wieder diese junge Frau von gestern. Diesmal hat sie ein paar Kerle im Schlepptau, mit denen sie an der Bar Campari trinkt. Kommt sie jetzt jeden Tag?

Gestern war sie doch auch schon hier. Vorgestern?

Keine Ahnung.

Vorgestern sah mein Leben noch anders aus.

Campari. Ich mag das Zeug nicht, ist mir zu bitter. Aperol ist mir lieber. Trotzdem beobachte ich sie. Ist sie tatsächlich eine Kollegin der Anzugträger? Sieht fast so aus.

Ich mache mir meine Gedanken über ihren Werdegang. Ob ich das auch gekonnt hätte, wenn ich den richtigen Weg gefunden hätte? Aber eigentlich ist es müßig, darüber nachzudenken. Es bringt ja nichts, es ist so, wie es ist.

Ich bestelle mein zweites Glas Sekt, und die junge Frau verabschiedet sich. Beim Hinausgehen wirft sie mir einen Blick zu. Wie gestern. Nur diesmal treffen sich unsere Augen. Wir nicken beide, fast automatisch. Wie zum Abschied. Dabei kennen wir uns ja gar nicht.

Ich blicke ihr nach, bis sie um die Ecke verschwunden ist. Irgendetwas klingelt in mir, ich kann es aber nicht deuten.

Es wird immer später, und das Café füllt sich. Aber es ist keiner für mich dabei, das ist schnell klar. Und als ich schließlich Alex aus dem Haupteingang kommen und schnellfüßig verschwinden sehe, ohne einen Blick herzuwerfen, weiß ich, dass er mir ausweicht.

Er will mich nicht sehen.

Nicht hier auf dem Barhocker im Café.

Sanne

Ich muss selbst nachrechnen, sonst glaube ich es nicht. Vor mehr als vier Monaten hat sich mein Mann zu einer neuen Lebensform aufgemacht. Vor zwei Wochen ist er zurückgekehrt. Und Amanda auf ihren Barhocker im Café. Und jetzt habe ich das Okay in der Tasche. Das Okay von meinem Chef und das Okay, in einer Woche nach Shanghai zu fliegen. Es ging rasend schnell.

Meine neue Familie in Shanghai findet mich genau richtig. Meine Fotos, meine Familie, meinen Lebensweg, meine Neugier, meine Ambitionen – und zudem Frankfurt, wo beide studiert haben. Ob ich wohl Hessisch kochen könne? Nur mal so, zwischendurch? Alte Erinnerungen auffrischen?

Klar, worauf sie denn Appetit hätten? Hessischer Erbseneintopf mit Schwämmchen? Reibekuchen mit Apfelmus? Schnittlauchsauce mit Eiern – oder ganz deftig: Schweinebraten im Kräutermantel?

Grüne Sauce mit viel Ei und Kartoffeln, kam zurück. Das hätten sie früher oft gegessen.

Na klar, kein Problem!

Und der Kasseler Ofen-Eintopf, das sei ihnen auch noch gut in Erinnerung. Und Spitzbuben mit Specksauce fänden sie auch klasse.

Ich war ehrlich erstaunt. Das ist tatsächlich ein altes hessisches Gericht. Nun musste ich doch nachfragen, woher sie das kannten. Aus den Studentenkneipen sicherlich nicht.

Ihre Zimmerwirtin war eine echte Hessin, stellte sich heraus, und die alte Dame hatte Freude daran, den dünnen Studenten die echte hessische Küche nahezubringen.

Ja, schrieb ich zurück, das ist natürlich eine Erklärung. Und eine Herausforderung, dachte ich. Die nächste Frage drängte sich auf:

Gibt es denn in China die entsprechenden Zutaten?

Was denn genau gebraucht würde?

Wir mailten eifrig hin und her, und ich kam noch ganz schön in Stress.

Am Schluss ging ich ordentlich einkaufen: Thymian und Rosmarin, klare Brühe, Soßenbinder, Mohn für den Schmiechelskuchen, Hefe, Kümmel und eingeschweißten Handkäse, denn das musste ja wohl sein. Dazu bräuchte ich dann aber Apfelwein … aber ich konnte ja nicht alles mitschleppen. So füllte ich ein kleines Fläschchen ab. Und Apfelmus? Ob es in China wohl Apfelmus gab? Aber Äpfel doch wohl schon …

Ich setzte das voraus und beschloss, auch sonst nicht mehr nachzufragen.

Alles andere war noch aufregend genug.

Kam mein Visum rechtzeitig? Ich hatte es als Express-Visum beantragt und als Besuchervisum bei in China lebenden Freunden deklariert, um neunzig Tage im Land bleiben zu dürfen. Dazu brauchte es ein paar Formalitäten mit meiner Gastfamilie, aber das ging so weit alles reibungslos. Jetzt musste es nur noch rechtzeitig kommen.

Und die Kleiderfrage.

Und Reiseführer.

Und ein gedrucktes Fremdsprachenlexikon. Klein. Falls ich nicht überall ein Netz für mein Handy hätte.

Und überhaupt Handy … wie telefoniere ich denn dort?

Und eine Stadt mit 23 Millionen Einwohnern. Die Vorstellung erschlug mich. Frankfurt hat noch nicht mal eine einzige Million und erscheint mir schon riesig.

23 Millionen? Unvorstellbar.

Ich wurde immer aufgeregter.

Und Juli? Um die 30 Grad, wurde mir gesagt, hohe Luftfeuchtigkeit und nachts kaum Abkühlung. Aber Regentage gäbe es schon.

Und Gastgeschenke? Sollte ich etwas mitbringen? Aber was? Und für den Jungen? Ein typisch deutsches Spielzeug?

Schließlich gab mir Elena den Rat: »Kauf ihm ein Bayern-München-T-Shirt, dem Vater einen Bembel und der Mutter Hannebambel, das hessische Schimpfwortspiel.«

»Spinnst du?«, sagte ich, »doofer geht es doch wohl überhaupt nicht mehr. Außerdem bin ich als Frankfurterin kein Bayern-Fan.«

»Und ich spiele nicht Hannebambel«, sagte sie, »aber dann fühlen sich deine Chinesen gleich wieder heimisch. Originelle hessische Schimpfwörter, das wird ihnen Spaß machen.«

»Sag doch mal eins …«

»Labbeduddel«, meinte sie sofort.

Ich muss sie schräg angeschaut haben, denn sie lachte gleich los: »Sag bloß, du weißt nicht, was das ist …«

»Klar«, sagte ich. »So was wie ein Weichei. Ein Dorfdepp oder so.«

»Na also«, sagte sie, »das können sie dann gleich am Familientisch spielen. Ist doch lustig.«

Ich war mir nicht sicher, aber ich kaufte es. Und den Bembel und das T-Shirt mit passendem roten Bayern-Käppi dazu. Und noch vier Frühstücksbrettchen mit dem Aufdruck: *Ebbelwoi Handkäs und Liebe*. Gemalt und geschrieben.

Damit musste es – gut sein.

Amanda

Zwei Wochen tu ich nun schon so, als wäre alles in bester Ordnung. Als säße ich gern im Café, ließe mich auf dümmliche Männergespräche ein, während ich dabei süß lächle und »Du Volldepp!« denke.

Ich habe mir ein Ultimatum gesetzt.

Insgesamt vier Wochen.

Dann lasse ich mich beraten.

Eigentlich wollte ich zwar nie arbeiten, aber irgendwie muss ich ja auf mich aufmerksam machen.

Also muss ich dort arbeiten, wo gute Männer hinkommen.

Aber was könnte das sein? Was könnte ich werden? Stewardess vielleicht? Da lernt man in der Businessclass auch entsprechende Männer kennen. Noch besser: First Class.

Oder ich arbeite in einer exklusiven Herrenboutique als Verkäuferin. Der Nachteil ist nur, als Verkäuferin kann ich mir meinen Lebensstil wahrscheinlich nicht mehr leisten.

Doch als Escort? Seriös?

Aber ehrlich, welcher Mann ist nach Alkoholgenuss noch seriös? Nur die wenigsten sind es davor.

Golfclub, fällt mir ein. Ins Restaurant. Dort kommen doch die seriösen Herren mit viel Geld nach ihrem Spiel hin. Das wäre eine Alternative.

Ich beschließe, mir demnächst die Clubs anzusehen. Den Frankfurter Golf Club kenne ich nur vom Hörensagen, keine Ahnung, ob es noch andere gibt. Aber ich weiß, dass er einer der ältesten in Deutschland ist und sehr traditionsreich. Also die perfekte Spielwiese, um älteren Herren Leben in ihre karierten Hosen zu bringen.

Darüber muss ich lachen, und gleichzeitig freue ich mich:

Ich habe einen Plan!

Sanne

Alex ist zuletzt sehr abweisend gewesen, kurz vor meiner Abreise ist er aber auf mich zugekommen.

»Drei Monate«, sagt er, »das ist ja eine lange Zeit!«

»Vier Monate auch«, kontere ich.

»Aber ich war zumindest da.«

»Ach ja?«

Er verstummt, aber dann zieht er sein Ass aus dem Ärmel.

»Was hältst du davon, wenn ich vor Ablauf deines Visums zu dir nach Shanghai komme, und wir machen noch eine gemeinsame China-Rundreise? Den Jangtse mit einem Flusskreuzschiff hinauf, bis zu dem berühmten Stausee? Und dann nach Peking?«

Ich lege meine Arme um seinen Hals.

»Lieber Alex, das ist alles lieb gemeint. Aber lass mich das alleine machen. Ich brauch das. Ich muss mein Leben wieder alleine in Ordnung bringen.«

»Es ist doch in Ordnung. Alles ist wieder in Ordnung.«

»Ich muss gehen«, sage ich. »Ganz einfach.«

Er sieht mich mit einem eigentümlichen Blick an. Unterstellt er mir einen Liebhaber, mit dem ich drei Monate durch China touren würde? Könnte schon sein. Fremdgeher sind misstrauisch. Ständig projizieren sie ihre eigenen Taten auf andere. Ich beschließe, nicht auf ihn einzugehen.

»Wenn ich zurückkomme, können wir alles besprechen, alles auf den Prüfstand stellen«, sage ich.

»Was soll das denn heißen?«

»Wir schauen, was von uns beiden noch übrig ist. Von dem großen WIR, das wir uns einmal versprochen haben. Oder ob wir nur noch zwei Ichs sind.«

»Jetzt wirst du auch noch philosophisch?«

»Nein, nur realistisch.«

Und realistisch ist, dass meine Abreise wahnsinnig schnell auf mich zukommt. Als mich Alex mit Trauermiene zum Flughafen fährt, diesen kleinen Liebesdienst hatte er sich nicht nehmen lassen, habe ich das permanente Gefühl, etwas Wichtiges vergessen zu haben. Es macht mich schier verrückt. Ständig zähle ich in meinem Kopf auf: Flugticket, Visum, Reisepass, die Adresse meiner Gastgeber, das Wörterbuch, die kleinen Kosmetikutensilien in einem Plastikbeutel, ja, ich habe alles. Alles parat.

Aber kaum bin ich sicher, nichts vergessen zu haben, kommt das Gefühl wieder. Ich bin heilfroh, als mich Alex endlich verabschiedet hat und ich nach dem Check-in und den Sicherheitskontrollen am Gate bin. Doch dort wird die Aufregung noch schlimmer. Was, wenn das Gate plötzlich gewechselt wird und ich es nicht mitbekomme? Oder der Flieger Verspätung hat? Oder ausfällt? Wenn selbst deutsche Regierungsmaschinen, die ja doch wohl gut gewartet werden, technische Probleme haben?

Ich zwinge mich, nicht darüber nachzudenken, und gehe an eine Bar, um mir ein Bier zu bestellen. Die nachmittägliche

Uhrzeit dazu passt, und bis zum Boarding habe ich noch Zeit. Bier wirkt beruhigend, das habe ich in meiner Stillzeit begriffen.

Der Rat meines Arztes: Sollte Ihr Säugling abends zu viel schreien, dann trinken Sie ruhig mal ein kleines Weizenbier. Das entspannt.

Gut, vielleicht damals Elena.

Mich aber nicht. Sofort überlege ich, ob mir genug Zeit bleibt, um wieder ans Gate zurückzugehen?

Du bist manisch, sage ich mir. Du bist doch sonst nicht so!

Ja, aber *sonst* fliege ich auch nicht nach Shanghai zu einer wildfremden Familie. Für drei Monate.

Ruhiger werde ich erst, als ich endlich im Flieger sitze. Ich habe einen Fensterplatz und eine schlanke Frau neben mir, das ist schon mal gut. Und die ist mit ihrem Mann beschäftigt, das ist noch besser, so kann ich ganz abschalten und rund elf Stunden vor mich hin dösen.

Amanda

Ich glaube, ich bekomme eine Grippe. Ich fühle mich nicht gut. Vielleicht aber auch eine Depression, ich kenne mich da nicht so gut aus, denn normalerweise bin ich ein fröhlicher Mensch.

Alex steckt mir doch mehr in den Knochen, als ich zugeben mag. Ich zwinge mich dazu, an etwas anderes zu denken.

Aber heute Abend ist es ganz klar. Ich bin krank. Ich habe Schüttelfrost und friere so arg, dass ich mich ins Bett lege und mit meiner Winterdecke zudecke. Und trotzdem werde ich nicht warm. Ein heißes Bad vielleicht?

Draußen brennt die Juli-Sonne, und ich ziehe die Vorhänge zu. Ich will nichts sehen und nichts hören.

Vor allem nichts hören.

Drei Wochen ist es nun her, dass sich Alex so sang- und klanglos verabschiedet hat.

Ich bezahle deine Wohnung weiter, und Schluss. Warum hat er mir die Gründe nicht erklärt? Ich hatte doch gefragt? Und seine Antwort: »Ein Gefühl. Es sagt mir, dass es der richtige Weg ist.«

Ein Gefühl. Damit konnte ich nicht umgehen.

Er hätte mir eine Liste vorlegen können. Das hat nicht gepasst und dies nicht und das nicht, erstens, zweitens, drittens, gut, da hätte ich darauf antworten können, und falls er doch gegangen wäre, hätte ich wenigstens daraus lernen können.

Aber so?

Ich fühle mich wie ein abgeschobenes Kind – und von diesem Gefühl komme ich einfach nicht runter.

Abgeschoben, weggeschoben, ungeliebt.

Ich zieh mir die Decke über den Kopf.

Heute würde ich nicht ins Café gehen, heute würde ich meine Wunden lecken. Und morgen meinen Plan angehen, der mich vor Kurzem noch so aufgehellt hat.

Aber ehrlich, was ist denn schon ein Job in einem Golf Club gegen ein Leben an Alex' Seite?

Sanne

Ich habe das Foto groß ausgedruckt, und das halte ich nun vor mich hin, um die Familie gleich zu erkennen. Aber ich merke sofort, dass das schwierig ist. So viele Menschen stehen am Ausgang, dass ich total den Überblick verliere. Also bleibe ich mit meinem Koffer und der großen Umhängetasche zunächst mal stehen und sehe mich um.

Was, wenn sie gar nicht kommen? Aber ich habe ja die Adresse in chinesischen Schriftzeichen, beruhige ich mich, damit müsste jeder Taxifahrer klarkommen.

»Sanne?« Die Stimme kommt von der Seite, und ich drehe mich um.

Da stehen sie. Zu dritt, die Frau hat den kleinen Tian auf dem Arm. Xiaoxia ist kleiner und schmaler, als ich sie auf dem Foto eingeschätzt habe, und ihr Mann, Zitian, breiter. Muskulöser. Beide strahlen mich an, und Xiaoxia reicht mir die Hand.

»Wie schön, herzlich willkommen, Sanne, wir freuen uns sehr, dass Sie da sind!«

Tian wirft mir einen kurzen Blick zu, dann sieht er demonstrativ weg. Dafür kommt mir Zitian umso herzlicher entgegen. Er fasst mich an beiden Oberarmen und zieht mich an sich.

»Willkommen in Shanghai und willkommen in unserer Familie«, sagt er auf Deutsch, und ich staune nicht schlecht, er spricht wirklich sehr gut.

»Hatten Sie einen guten Flug?«, will Xiaoxia wissen, und bevor ich antworten kann, fügt sie gleich an: »Sobald wir in unserem Haus sind und Sie alles gesehen haben, werden wir uns an einen Tisch setzen und auf das *Du* anstoßen. Ganz wie in Deutschland.«

Sie hat ein feines, schmales Gesicht, die langen dunklen Haare streng nach hinten zusammengenommen. Ein musisches Gesicht, das ist mein erster Eindruck. Etwas beherrschter als seine Miene, die breit und offen ein einziges Lachen ist.

»Ja, danke, ich hatte einen sehr guten Flug«, antworte ich und komme mir dabei ziemlich hölzern vor.

»Ich nehme Ihnen das ab«, sagt Zitian und deutet auf meinen Koffer.

»Und ich das«, ergänzt Xiaoxia und nimmt meine Schultertasche.

»Aber nein«, protestiere ich. Sehe ich schon so alt und hinfällig aus? Ich bin doch viel kräftiger als sie. »Das trage ich ganz leicht selbst, Sie tragen doch schon Tian.« Aber da hat sie längst die Tasche über ihrer Schulter.

Als er seinen Namen hört, schaut er mich schnell an.

»Hallo Tian«, nutze ich die Chance, »ich bin Sanne … oder soll ich Englisch mit dir sprechen? Chinesisch kann ich nämlich nicht.«

Xiaoxia kichert, und Tian dreht sich wieder weg.

»Er braucht Zeit«, erklärt Zitian sofort entschuldigend, »das ist alles sehr neu für ihn.«

»Ja«, bestätige ich, »das kann ich mir denken.« Und ich frage mich, wie sie ihn wohl auf mich vorbereitet haben?

»Aber nun gehen wir erst mal, damit wir schnell nach Hause kommen und Sie sich frisch machen können. Und etwas ausruhen von dem langen Flug.«

Ich widerspreche nicht. Ich bin zwar nicht müde, aber ich verstehe, dass auch sie Zeit brauchen. Die Situation ist nicht nur für Tian neu. Für uns Erwachsene auch.

»Normalerweise fahre ich mit dem Transrapid zum Flughafen«, erklärt Zitian, während wir zum Parkhaus gehen. »Aber heute ist es mir eine Ehre, meine Familie und Sie persönlich zu chauffieren.«

Ich nicke lächelnd, und weil er das nicht sehen konnte, füge ich ein »Vielen Dank, das ist ganz besonders aufmerksam« an. Dabei fällt mir auf, dass ich in eine seltsam gestelzte Sprache verfalle. So spreche ich doch zu Hause nicht?

Da Xiaoxia vor mir geht und Tian über ihre Schulter sieht, blicken wir uns nun voll in die Augen. Sein Blick ist neugierig und abschätzend, die kleinen Augenbrauen wölben sich etwas kritisch, was seinem Gesicht einen sorgenvollen Ausdruck verleiht. Ansonsten hat er ein völlig normales, rundliches Kindergesicht mit kleiner Nase und kleinem Mund, und einigen Haaren, die vorwitzig unter seinem kecken Hut hervorlugen. Er ist ein hübscher kleiner Junge, ich hoffe, wir werden uns gut vertragen.

Das Auto, das Zitian mit einem Schlüsselklick für uns öffnet, ist in meinen Augen kein Auto, sondern eine Staatskarosse. Ein überaus langes Gefährt, in dem wir wie in einer Stretchlimousine verschwinden. Und Zitian wirkt hinter dem Steuer wie zu klein geraten. Ich hatte von der chinesischen Leidenschaft für große Autos gelesen, aber das hier verschlägt mir tatsächlich die Sprache.

»Was für ein Auto haben Sie denn in Deutschland gefahren?«, will ich von Xiaoxia wissen, die neben mir auf dem Rücksitz sitzt und sofort lacht.

»Gar keines. Wir hatten kein Geld für ein Auto.«

»Heutzutage fahren wir eher kleine Autos in Deutschland, um in den Großstädten Parkplätze zu finden«, sage ich, denn von der Umweltbelastung großer Fahrzeuge wollte ich nicht gleich anfangen.

Xiaoxia nickt wissend. »Ja«, bestätigt sie, »in Deutschland ist alles eng. Die engen Gassen, die schmalen Straßen, die kleinen Plätze, Deutschland ist eben ein kleines Land, das kann ich gut verstehen.«

Darauf bin ich nicht gefasst.

Aber aus ihrer Sicht hat sie natürlich recht. Wie oft passt Deutschland in China rein? Dreißigmal, habe ich in meinem Reiseführer gelesen. Ich sehe hinaus und lasse dieses neue Land an mir vorübergleiten. Hochhäuser aus Beton und Stahl, daneben zu hoch geratene Reihenhäuser, so scheint es mir, mit aus den Fenstern flatternder Wäsche und teilweise mit kleinen Holzkäfigen auf dem Fenstersims, in denen ich Vögel vermute. Manche auch mit verglasten Balkonen, deren halb blinde Fenster den Blick auf ein wildes Durcheinander von Gegenständen und Alltagsutensilien zulassen, stark heruntergekommene Wohnungen, während sich gleich daneben unfassbare Luxusgebäude in die Höhe schrauben. Der Verkehr ist nicht weniger dicht als bei uns zur Hauptverkehrszeit, wir fahren im Schritttempo, aber dann fließt es plötzlich wieder. Mir stockt der Atem. Unsere Straße windet sich eine Anhöhe hoch, und unter uns erkenne ich mehrere Straßen. Eine mehrgeschossige Stadtautobahn, es ist kaum zu glauben. Rechts und links ein Häusermeer, durch das wir geradewegs hindurchfahren. Nun sind manche Häuser so nah, dass ich bequem durch die Fenster hineinsehen kann. Unfassbar!

Xiaoxia beobachtet mich lächelnd.

Ich spüre ihren Blick und fühle mich ertappt.

»Es ist … unfassbar!«, sage ich schnell.

»Ja, Shanghai hat von allem etwas. Es ist asiatisch und auch europäisch. Es ist reich und arm.« Sie lächelt. »Meine Eltern hatten eine kleine Wohnung nahe am Zentrum. Aber als überall um sie herum Tag und Nacht gebaut wurde, sind sie in die Außenbezirke gezogen. Dort gibt es noch kleine Einfamilienhäuser, die einen Garten haben, alle gepflegt und aufgereiht wie Perlen an der Schnur. Dort leben sie heute.«

Ich nicke.

»Ihre kleine Wohnung wäre heute über eine Million Euro wert. Sie haben zu früh verkauft.«

Sie zeigt aus dem Fenster auf eine vorbeiziehende Mietskaserne.

»In so einer Wohnung bin ich aufgewachsen.«

»Und die ist heute eine Million Euro wert? Euro?«

Sie nickt.

»Wie können sich das die Menschen hier leisten?«

»Sie arbeiten. Sie arbeiten Tag und Nacht.«

Das mit den Wohnungspreisen muss ich noch einmal hinterfragen, denke ich. Es können ja wohl kaum 23 Millionen Menschen jeweils eine Million für eine Wohnung aufbringen? Selbst mit viel Arbeit nicht.

Tian, der zwischen uns in seinem Kindersitz sitzt, murrt.

Es wäre jetzt wohl meine Aufgabe, mich etwas zu kümmern?

»Na, Tian? Ich weiß immer noch nicht, in welcher Sprache ich mit dir reden soll?« Und vorsichtshalber wiederhole ich es auch gleich noch einmal auf Englisch.

Er antwortet etwas auf Chinesisch, ohne mich dabei anzuschauen.

»Tian ist im Kindergarten«, erklärt mir nun Zitian über die Schulter. »Und dort sollten sie in diesem Alter bis hundert zählen können. Auf Chinesisch, Englisch und Deutsch. Also ist es prima, wenn Sie Deutsch mit ihm sprechen. Er muss es ja lernen.«

Ich glaube, mich verhört zu haben. In drei Sprachen? Als Dreijähriger? Ich werfe Xiaoxia einen fragenden Blick zu, aber sie nickt nur bestätigend. »Ja«, sagt sie, »wir fördern unsere Kinder früh. Sie sind der ganze Stolz der Eltern.« Zärtlich streichelt sie über den nackten Oberschenkel ihres Sohnes. »Und unsere Prinzen und Prinzessinnen.« Sie zwinkert mir zu. »Und später einmal die Säulen unserer Gesellschaft.«

Da muss ich noch einiges lernen, denke ich und frage mich, ob so ein Prinz dann auch das Oberhaupt über die Granny ist?

Den Stadtteil, in den wir nach einer gefühlten Ewigkeit fahren, habe ich bereits auf Google Earth eingehend betrachtet. Er wird als »vornehm« und international beschrieben. Exklusiv, das schießt mir als Erstes durch den Kopf, als unsere Straße an einer Schranke endet und ein Security-Mann aus seinem kleinen Häuschen tritt, uns mustert und dann die Schranke öffnet. »Es ist wie eine Stadt für sich«, sagt Xiaoxia und zuckt mit der Schulter. »Eine kleine Stadt in der Stadt.« Sie lacht.

Ich staune, als ich die großen Villen und Häuser an uns vorbeigleiten sehe. Mein Gott, wenn für so eine kleine Bude, wie Xiaoxia sie mir zeigte, schon eine Million aufgerufen wird, was kosten dann diese hier?

Wenig später rollen wir auf mein neues Zuhause zu. Es ist ein aus Backsteinen gebauter Prachtbau in einem überschaubaren Garten. Amerikanisch mit römischer Inspiration, das ist mein erster Eindruck. Großer Eingang, große Fenster, eine Art Dachterrasse und dahinter aufgesetzt ein weiteres Gebäude, das mich an einen Tempel erinnert. Mir fehlen die Worte. In Frankfurt wäre dies das meistfotografierte Haus, da bin ich mir sicher. Und als wir in die Garage fahren, steht da ein Porsche. Ein Porsche Carrera! In China.

Das finde ich nun besonders schräg. Wahrscheinlich ist dies im Land der Riesenschlitten der Kleinwagen für die Granny.

Als mir Zitian die Wagentür aufhält, sehe ich ihm den Stolz an. Ich denke, darauf kann er ja auch wirklich stolz sein, und beglückwünsche ihn und Xiaoxia zu diesem unglaublichen Haus.

»Hauptsache, Sie fühlen sich wohl«, meint er bescheiden und lässt uns dann den Vortritt.

Wir treten in eine große Eingangshalle, gehen eine Treppe hinauf und gelangen in einen großen, offenen Raum, der auf der einen vollverglasten Seite Zugang zur Dachterrasse hat. Offensichtlich ist das das Wohnzimmer, eingerichtet in einer feinen Mischung aus asiatischen und europäischen Möbeln, alt und modern nebeneinander.

»Wirklich schön!«, sage ich bewundernd.

Tian, der vorausgelaufen war, zerrt nun einen großen Panda-Plüschbären hinter einem Sofa hervor, auf den er sich mit großem Geschrei fallen lässt. Bisher ist er mir nicht besonders sympathisch. Ich hoffe, dass sich das noch ändert. Aber vielleicht muss ich auch einfach meine Einstellung ändern, er ist halt kein niedliches deutsches Mädchen, zu dem man gleich eine Nähe empfindet. Er ist halt ein chinesischer Prinz. Ganz was anderes.

Während sich Zitian zu seinem Sohn auf den Boden legt, zeigt mir Xiaoxia das Haus. In der Küche stellt sie mir Ayi vor, die Haushälterin. Sie begrüßt mich mit einem breiten Lächeln, und ich schließe sie direkt in mein Herz. Irgendwie hat sie etwas von einer hessischen Hausfrau. Wenn auch nur in meiner Vorstellung. Oder in meinem Wunsch, gleich etwas Vertrautes zu entdecken.

Mein Zimmer ist wirklich groß, wenn auch karg eingerichtet. Bei uns nennt man so etwas *stylish*. Oder klar. Oder reduziert. Ich finde es einfach kahl.

Aber ich freue mich natürlich, und ich bin zuversichtlich, wir werden uns aneinander gewöhnen, mein Zimmer und ich.

Ob ich mich erst einmal hinlegen wolle oder doch zuerst an den Tisch kommen? Alle gemeinsam? Eine Kleinigkeit essen und ein bisschen reden?

Xiaoxia spricht nicht ganz so fließend Deutsch wie Zitian. Zwischendurch sucht sie nach dem richtigen Wort, aber ich vermute, dass sie es einfach perfekt machen will. Zitian sprudelt drauflos und mischt auch mal ein englisches Wort in seine Sätze, wenn es ihm auf Deutsch nicht gleich einfällt, Xiaoxia dagegen ist ganz darauf bedacht, alles richtig zu machen. Die Klassenbeste.

»Gern an den Tisch«, antworte ich. Ich bin viel zu neugierig, um mich nun ins Bett zu legen. Außerdem bin ich kein bisschen müde.

Xiaoxia nickt mit dem freundlichen Lächeln, das mich einfach überall umgibt.

Ich lächele zurück.

»Vielleicht in zehn Minuten?«, will Xiaoxia wissen.

Sehr gern. Das gibt mir Zeit, kurz ins Badezimmer zu gehen und dann, vor allem, die Geschenke auszupacken.

Als ich zurückkomme, sitzen sie schon zu dritt da, erwartungsvoll, wie mir scheint. Tian ist mit einem iPad beschäftigt, Xiaoxia und Zitian sehen mir lächelnd entgegen.

Diesen Raum finde ich wirklich schön. Die Strenge der modernen Einrichtung lockern liebevoll bemalte Möbel auf, und besonders gut gefällt mir der chinesische Hochzeitsschrank, der, ganz in Gold, die gegenüberliegende Wand beherrscht.

Auf dem Tisch stehen einige gefüllte Bambuskörbchen und kleine Schüsseln mit Blätterteighappen, Fingerfood, so sieht es für mich jedenfalls aus, und weitere Schüsseln mit unterschiedlichen Saucen.

»Das sind *Wan tan* mit Fisch und Garnelen«, klärt mich Xiaoxia auf, »und dies«, sie zeigt auf die Bambuskörbchen, in denen kleine Teigtaschen liegen, oben zugeschnürt, wie winzige Einkaufsbeutel. »Und das sind Dim Sum, die ganz unterschiedlich gefüllt sind. Wir haben sie gedämpft und frittiert, probieren Sie doch mal, was Ihnen besser schmeckt.«

Mir läuft tatsächlich das Wasser im Mund zusammen.

»*Dim sum*«, erklärt Zitian, während ich mich neben ihn auf den freien Platz setze, »ist eine Spezialität der kantonesischen Küche und bedeutet *Kleine Herzwärmer.* Wir essen sie traditionell zum Tee. Die Klassiker sind *Har gau*, Garnelen in Nudelteighülle, und *Siu mai*, gedämpfter Schweinehack im Tofumantel. Aber es gibt sie genauso mit geschmortem Kohl, mit Pilzen und Meeresfrüchten. Gewürzt wird mit Chili, Ingwer, Koriander und Sojasauce. Und süß lieben wir sie auch.«

Ich lege die Tüte mit meinen Geschenken auf meinen Schoß und bin kurz im Zweifel.

»Möchten Sie probieren?«

Er reicht mir einen Teller und ein paar Stäbchen. Damit soll ich jetzt wohl die Teigtaschen aus den Körbchen angeln? Das kann nur schiefgehen.

Xiaoxia sieht mir mein Zögern an.

»Wir machen es anders«, sagt sie zu ihrem Mann, »Sanne zeigt, und wir servieren.«

»Oh, ich habe geübt«, erkläre ich, »aber tatsächlich nur vom Teller in den Mund …«, ich zucke mit den Achseln, »nicht über den halben Tisch.«

»Ganz einfach.« Zitian greift nach einem der Bambuskörbchen und stellt es direkt an meinen Teller. »Jetzt kann nichts mehr schiefgehen.«

Das weckt nun doch Tians Aufmerksamkeit, wie ich mir da drei Täschchen herausziehe, immer in der Sorge, sie könnten einfach davonspritzen und auf dem Tischtuch landen.

Er sagt etwas auf Chinesisch zu seiner Mutter, und sie lacht.

»Tian meint, das werde er noch mit Ihnen üben.«

Ich lache auch.

»Großartig, Tian, da freue ich mich drauf.«

Und das war nicht mal gelogen. Vielleicht konnte eine schusselige Granny das Herz eines chinesischen Jungen ja schneller erobern als eine perfekte?

Wir machen Small Talk, trinken Tee, und ich probiere bestimmt zwanzig verschiedene Teigtäschchen, zumindest gefühlt, bis ich wirklich nicht mehr kann. Darauf hatte Zitian nur gewartet: Er holt eine Flasche, die er, wie ein Kellner neben mir stehend, bedeutungsvoll hinhält. »Maotai-Schnaps«, erklärt er mir. »Er geht in das Jahr 135 vor Christus in die Ha-Dynastie zurück, als Kaiser Wu ihn für seine Süße rühmte.« Er lächelt, stellt die Flasche vor mir auf den Tisch und holt drei Gläser. »Natürlich ist dieser hier nicht ganz so alt«, fährt er fort, »aber fünf Jahre braucht er, bis er in den Handel kommt. Mit diesem Schnaps werden wir jetzt auf das Du anstoßen, wenn es Ihnen recht ist.«

Ich nicke und betrachte die helle, leicht gelblich gefärbte Flüssigkeit, die nun in mein Glas fließt.

Sie geben sich ja wirklich viel Mühe, denke ich. Wie für eine Verwandte. Oder gute Freundin. Dabei bin ich doch eigentlich eher so etwas wie eine Haushälterin? Aber offensichtlich sehen die beiden das nicht so.

Nachdem Zitian die Gläser gefüllt hat, hält er seines hoch. »Gut«, beginnt er. »Auf die nächsten drei Monate. Ich heiße Zitian. Und jeder, der nun den anderen noch siezt, muss jeweils einen Schnaps trinken.« Er lacht herzlich.

»Und ich Sanne«, damit halte ich mein Glas ebenfalls hoch.

»Xiaoxia«, sagt Xiaoxia, und auch Tian hält ein Glas in die Höhe, allerdings mit Saft gefüllt.

»Auf uns vier«, sagt Zitian und trinkt.

Ich bin vorsichtig mit dem ersten Schluck, denn ich rieche ihn schon, bevor ich das Glas überhaupt am Mund habe. Er riecht markant, ich weiß aber nicht, wonach. Soja? Vorsichtig nippe ich und stelle fest, dass der Geschmack entgegen dem Geruch elegant und zart ist. Ich stelle das Glas ab, verwundert darüber, wie lange er vollmundig nachklingt.

»Ganz speziell«, sage ich. »Ich wüsste keinen deutschen Schnaps, der diesem hier ähnlich wäre.«

Zitian lächelt geschmeichelt und gießt nach.

»53 Prozent«, sagt er. »Aber heute ist ein Feiertag, da ist nicht mehr viel zu tun.«

»So viel schon noch«, sage ich und greife in meine Tüte. »Ich weiß ja, dass das Interesse an Fußball in China immer größer wird. Und ich habe auch gehört, dass Millionen von Menschen nachts aufstehen, um die Spiele von Manchester United und Bayern München live vor dem Fernseher zu verfolgen …« Ich nestele in meiner Tasche und sehe zu Tian hinüber. »Kann es sein, dass du auch ein Bayern-München-Fan bist?«

Xiaoxia und Zitian sehen gespannt zu ihrem Sohn. Irgendwie spüre ich, dass sie stolz sein wollen auf das, was er jetzt sagen wird.

Tian spürt es auch.

Er sieht mich an, überlegt, lässt dann ein kleines Lächeln über sein ernstes Gesicht gleiten und sagte auf Deutsch: »Ja.«

Donnerwetter, denke ich, das ist beachtlich. Ich hätte mit einem Nachfragen bei seinen Eltern gerechnet, aber dass er mich verstanden hat … das ist schier unglaublich.

»Ja, dann«, sage ich und ziehe das in Geschenkpapier eingepackte T-Shirt heraus, »dann hoffe ich, dass du hiermit Freude hast.«

Xiaoxia und Zitian bedanken sich, bevor Tian das Geschenk überhaupt in den Händen hält. Das sei doch nicht nötig gewesen, so ganz und gar nicht! Ich lächle.

»Ich bin gespannt«, sage ich zu ihnen, »ob es Tian gefällt.«

Er öffnet das Geschenk sorgsam, betrachtet eingehend die Comicgestalten auf dem bunten Papier und fährt mit dem Zeigefinger den Tesastreifen entlang. Schließlich klappt das steife Papier auf, und es liegt vor ihm: das rote Bayern-München-T-Shirt mit der passenden Bayern-Kappe.

Tian verharrt wie in Ehrfurcht, dann setzt er sich die Kappe auf und breitet das T-Shirt vor seiner Brust aus. Und schließlich strahlt er über sein ganzes Kindergesicht und sprudelt auf Chinesisch irgendetwas hervor, das wirklich euphorisch klingt. Zitian hält sofort sein Handy hoch und dreht ein kleines Video, und Xiaoxias blasse Wangen färben sich vor lauter Freude rötlich.

Ich freue mich auch.

Da hatte Elena doch den richtigen Riecher.

In das laute Stimmengewirr hinein ziehe ich den Bembel hervor. Der steckt in einem kleinen Karton, ebenfalls hübsch eingepackt – mit Geschenkpapier à la Frankfurt. Auch Zitian betrachtet zunächst das Papier eingehend, den Main Tower, den Messeturm, die Paulskirche, die Alte Oper und die Hauptwache. Schon da zeigt er Xiaoxia aufgeregt die verschiedenen Sehenswürdigkeiten, sie nickt und folgt mit dem Blick seinem Zeigefinger, der über das Papier gleitet. Sie schwelgen ganz offensichtlich kurz in Vergangenem, und als sie wieder auftauchen, entschuldigt Zitian sich, es sei gerade wie eine Rückkehr in alte Zeiten.

Dann öffnet er das Päckchen. Seine Freude ist ehrlich, das

sehe ich ihm an. Genau wie Xiaoxias, sie beide freuen sich über die blau verzierte, dickbauchige Steinzeugkanne so sehr, dass ich kurz an die kitschige Bembel-Lampe denke, die ich auch noch in den Händen gehalten, aber dann doch wieder weggestellt hatte. Jetzt glaube ich, es wäre das perfekte Stück gewesen.

Und zuletzt Xiaoxias Geschenk. Das Quatschspiel. Hoffentlich ist sie nicht enttäuscht …

Auch dafür habe ich besonderes Geschenkpapier ausgesucht. Das Wort »Freundschaft« in zwanzig Sprachen. Chinesisch, Englisch und Deutsch, Schreibschrift, Rot auf Weiß. Xiaoxia nimmt es sofort freudig zur Kenntnis und zeigt es Tian.

»Schau«, sagt sie auf Deutsch, »das heißt Freundschaft.« Sie wiederholt es auf Chinesisch und deutet auf Englisch und Deutsch. »Freundschaft«, wiederholt sie, und Tian versteht es als Aufforderung, ihr nachzusprechen.

»Fleunlaft«, sagt er und muss über das komische Wort sofort lachen. Seine Eltern lachen auch, und alle zusammen rufen: »Fleunlaft.« Ich weiß nicht so richtig, ob mein Mitmachen gefragt ist, und halte mich lieber raus. Dann kommt der große Moment: Xiaoxia packt aus. Und, Bingo, sie ist völlig verzückt.

»Was heißt denn Hannebambel«, fragt sie.

»Ein nicht ernst zu nehmender Mensch«, erkläre ich.

»Also ein Idiot?«, schließt Zitian daraus. »Ehrlich?« Und als ich lachend nicke, geht er um den Tisch herum zu seiner Frau und zu Tian, und zu dritt blättern sie nun das Spiel durch, rätseln, was es heißen könnte, und beschließen, das Spiel gleich mal auszuprobieren. Zu viert. Aber vorher gibt es noch einen Schnaps.

Amanda

Viola brüstet sich mit ihrer neuen Eroberung. Sie macht das so nervig, dass ich fast versucht bin, mich da mal in Position zu bringen. Immerhin ist noch nichts klar, er kommt ja nur ins Café und gibt ihr Drinks aus. Das heißt noch lang nicht, dass sie ihn fest hat. Aber kaum ist er raus, prahlt sie das Blaue vom Himmel. Wer er ist, was er hat, und dass das erste Date schon feststeht.

Eine Woche geht das schon so.

Ich habe mich von meiner Tagesdepression erholt, aber seitdem ich wieder da bin, kommt mir mein Plan, nach Arbeit zu suchen, doch ziemlich blöd vor. Ich habe doch mehr an Qualitäten zu bieten, als irgendwelchen Golfern Kaffee zu servieren?

Ich werde mir Violas Zukunftslover vielleicht doch mal genauer ansehen, denn ehrlich, es ist momentan einfach nicht viel los. Die Typen, die auf einen schnellen Drink reinschneien, sind Mittelklasse. Manche noch zu jung. Vielleicht auf dem Weg nach oben, vielleicht auch nicht. Allerdings tun sie so, als säßen sie schon mindestens im Penthouse der Bank, top level. Aber die wollen nur spielen. Sie spielen sich was vor und den anderen auch. Außenwirkung, sonst nichts.

Ich versuche, mich zu beruhigen. Ich habe ja noch Zeit, das Appartement ist bis zum Jahresende bezahlt, Taschengeld lässt mir Alex auch zukommen. Ebenfalls bis zum Jahresende, hoffe ich. Ich muss mich also nicht stressen.

Alex.

Ich versuche, nicht mehr an ihn zu denken.

An zwei Abenden habe ich ihn spät aus der Bank kommen sehen, aber er verschwand, ohne herzusehen. Das tut weh, deshalb habe ich mich umgesetzt, damit ich nicht den direkten

Blick zur Bank habe. Es reicht ja auch, wenn ich sehe, wer ins Café hereinkommt.

Und wie gesagt, die letzten acht Tage war das eher mau.

Heute Abend sind wir fünf Frauen in Warteposition. Alle langweilen sich. Nur Viola strahlt.

Sanne

Die erste Woche ist rum. Es ist kaum zu fassen, wie schnell das ging und wie heimisch ich mich schon fühle. Aber die Erwachsenen machen es mir auch leicht, das muss ich sagen.

Am dritten Abend habe ich mein Versprechen eingelöst und Hessisch gekocht. Es war wirklich rührend, wie sehr sich Xiaoxia und Zitian gefreut haben. Er ist deswegen sogar extra früher nach Hause gekommen. Das tut er sonst nie, hat mir Xiaoxia verraten. Sein Job steht über allem, auch über der Familie. Das ist in China so. Aber wenn natürlich ein Gast aus Deutschland da ist, der zudem noch Zitians deutsches Lieblingsessen kocht, Grüne Sauce mit viel Ei und Kartoffeln, dann ist das etwas anderes. Dagegen tritt sogar die Firma in den Hintergrund.

Mich freut es, und vor allem freut es mich, wie zwanglos wir miteinander umgehen.

Nur Tian taut noch nicht auf, das tut mir leid, denn seinetwegen bin ich doch eigentlich da? Aber nachdem ich ihn heute zum ersten Mal in den Kindergarten bringen durfte, kann ich mir auch ein besseres Bild machen.

Ich dachte: kuscheln, spielen, Bücher anschauen, Burgen bauen – oder etwas in der Art.

Aber im internationalen Kindergarten »Harrow« gelten andere Spielregeln. Jedenfalls kam Tian morgens ganz stolz in seiner schicken Schuluniform und dem dazugehörigen großen Schulranzen zu mir, und ich bewunderte ihn gebührend. Natürlich dachte ich, dass dies nur ein Spaß sei. Verkleidung, ein Spiel, wie es bei uns die Kleinen auch lieben: schon mal so aussehen wie die Großen. Das hat Elena auch gespielt ... mit einer Schultüte herumrennen und so tun, als sei man schon eingeschult. Aber – ich täuschte mich.

Er ging zwar an meiner Hand in den nahe gelegenen Kindergarten, aber als er mich in ein echtes Klassenzimmer führte, dachte ich, ich hätte mich im Gebäude geirrt. Statt Autos, Puppen oder Teddys in niedlichen Kuschelecken gab es auf den Tischen eine riesige Auswahl an didaktischen Arbeitsmaterialien. An der einen Wand hingen in Großschrift die Druck- und Schreibbuchstaben des englischen Alphabets, die andere Wand war voller geometrischer Figuren, die mit englischen Namen beschriftet waren, und an der dritten Wandfläche gab es die Zahlen von eins bis 100 in Schrift und Bild.

Für mich war das das Klassenzimmer eines Erstklässlers, und ich glaubte wirklich, dass Tian sich einen Jux mit mir erlaubt hätte. Doch da eilte eine Erzieherin auf uns zu und erklärte mir, dass dies tatsächlich der Gruppenraum für die Dreijährigen sei. Und sie bot stolz an, mir auch die restlichen Räume zu zeigen. So schritt ich mit Tian an der Hand durch einen von Bücherregalen eingerahmten langen Flur, in seiner eintönigen Strenge nur durch einige Lesesofas aufgelockert. Diese Bücher seien nach Altersstufe und Themen geordnet, erklärte die Erzieherin mir. Und als uns eine Glastüre den Durchgang verwehrte, erfuhr ich, dass sich dahinter die gleichnamige Schule befände, in der die Schüler bis zum Abitur unterrichtet würden. So sei der Schritt vom Kind zum Erwachsenen recht klein, sagte sie auf Englisch und verdeutlichte das mit Daumen und Zeigefinger, die sie zueinanderführte. Beides seien Ganztagseinrichtungen, und ich könne Tian um 16 Uhr wieder abholen.

»Soll ich das?«, fragte ich ihn, und ich sah ihm an, dass er nun lieber nach seiner Mutter gefragt hätte.

Aber seine Erzieherin sagte schnell etwas auf Chinesisch, und er antwortete brav: »Sehr gern.« Auf Deutsch.

Amanda

Potzblitz!

Viola hat das gleich gespannt.

Als ihre neue Halberoberung heute Abend hereingekommen ist, bin ich eigentlich nur mal aufgestanden, um mir an der Bar etwas zum Knabbern auszusuchen. Eine Kleinigkeit, nichts Großes. Aber ich habe Jimmy, unseren Kellner, so ein bisschen in ein Gespräch verwickelt, und natürlich stand ich genau neben Violas Lover in spe.

Und natürlich lud er dann auch mich zu einem Drink ein.

Klar tun wir das untereinander normalerweise nicht. Aber ich habe ja keine Absicht, zumindest keine, die erkennbar wäre.

»Danke«, sagte ich, sah ihm direkt in die Augen – und lehnte ab.

Und ging zu meinem Tisch zurück. Aus den Augenwinkeln sah ich nur, wie er mir hinterhersah. Und ich konnte mir vorstellen, dass Viola schäumte.

Ich beachtete ihn nicht mehr und wusste genau, dass dies das beste Rezept war, schnell ans Ziel zu kommen.

Kein erfolgreicher Mann erträgt es, unbeachtet zu sein. Das sind sie nicht gewöhnt, das spornt sie an.

Und ihn spornte es offensichtlich an.

Während ich an meinem Röhrchen sog, was die Menge an Fruchtsaft in meinem Cocktailglas aber nicht wirklich verringerte, spürte ich seinen Blick. Ich tat einen Teufel, den Blick zu erwidern. Er interessierte mich nicht, das sollte er wissen. Und eigentlich interessiert er mich wirklich nicht, bis heute.

Er ist einer von den Männern, die auch Oberstudienräte sein

könnten, der Haarkranz um die Glatze zu lang, die Augen wässrig blau, die Lippen blutleer. Er erinnert mich tatsächlich an einen meiner Lehrer aus der Schulzeit, den ich wegen seines Mundgeruchs stets auf Abstand gehalten hatte. Nein, er war kein Mann, auf den man fliegen würde.

Andererseits: Vielleicht bietet gerade der ein wunderbares Leben, weil er dankbar ist, sich den Luxus einer tollen Frau erkaufen zu können?

Ich denke an Alex.

Das ist ein Mann. Der hat Qualitäten.

Aber was nützt es, der Vergangenheit hinterherzutrauern?

Ich seufze. Ja, ich seufze aus tiefstem Herzen.

Und in genau dem Moment bezahlt Mister Halberoberung und zieht mit Viola ab.

Allerdings nicht, ohne mir noch einen bedeutungsschweren Blick zukommen zu lassen. So nach dem Motto: Ich kann sie haben. Dabei hätte ich lieber dich. Überleg dir das.

Überleg du dir das, Viola, denke ich, ob du so einen willst.

Sanne

Zitian und Xiaoxia erklären mir abends bei einem Gläschen Wein, dass sie Glück gehabt hätten mit mir und sehr froh über meine Anwesenheit seien.

Dabei denke ich eher, dass ich Glück mit ihnen gehabt habe. Und vor allem mit dieser Wohngegend hier. Es gibt nicht nur prachtvolle Villen, einige sehr fantasievoll, sondern auch ein Fitnesscenter, ein Schwimmbad, diverse Sportanlagen im Freien und zwei Läden, in denen sogar Roggenbrot und Berliner angeboten werden. Die hier ansässigen Familien kommen aus der ganzen Welt, vor allem aber sind sie deutsch, französisch, russisch, türkisch, arabisch und chinesisch. Bei all dieser Vielfalt geht es friedlich zu, und es gibt keine Verständigungsschwierigkeiten, weil die meisten mehrsprachig sind und natürlich alle Englisch können. Und viele der Ausländer zudem auch noch Chinesisch. Dreisprachigkeit ist hier fast die Norm.

Außer bei Ayi. Sie spricht nur Chinesisch, und so verständigen wir uns mit viel Spaß irgendwie. Meist mit Händen und Füßen, oder Zeichnungen. Immerhin habe ich verstanden, dass Ayi nicht ihr richtiger Name ist. Alle Haushälterinnen werden Ayi genannt. Unsere Ayi ist eine richtige Perle, sie hält das ganze Haus in Schuss, putzt und wäscht, bügelt und kocht und ist dabei immer fröhlich. Ganz ehrlich, wenn ich ihr warmes Wesen so beobachte, denke ich, dass ich im Alter gern von so einer Ayi gepflegt werden würde. Und während ich darüber nachdenke, fällt mir etwas auf: Wo bleibt Alex bei meinen Zukunftsgedanken?

Während ich in der Küche stehe und Ayi beim Geschirreinräumen zusehe, denke ich darüber nach. Alex ist schon so weit fort, dabei bin ich erst einige Tage hier. Die ganze Heimat ist weit weg, selbst an Elena denke ich weit seltener als üblich. Ayi wendet sich mir zu und fragt mich etwas auf Chinesisch. Wie immer bringt uns das zum Lachen. Ich gebe irgendeine Antwort auf Deutsch, und sie beginnt mit der Gebärdensprache: Finger in den Mund und kauen, aha, essen. Dann Kopf schütteln, auf ihre Kochtöpfe zeigen und mit beiden Händen abwinken.

Ich fasse mir an den Bauch, male ihn mit Wölbung nach innen und nach außen, daraufhin zeigt sie zum Fenster.

Aha, heute gehen wir wohl aus, und Ayi wird nicht kochen. Schade. Ich mag ihr Essen, aber ich hege auch so den kleinen Verdacht, dass sie mir zuliebe nicht wirklich Chinesisch kocht. Also Europäisch-Chinesisch, nehme ich mal an.

Tatsächlich, Xiaoxia verrät mir gleich darauf, dass wir heute eingeladen sind: Der Chef und Freund ihres Mannes habe seiner Frau von mir erzählt, und nun bestehe seine Frau auf unserem

Besuch. Eine solche Einladung dürfe man nicht ablehnen. Zumal auch die Frauen befreundet seien.

Aha. Ich habe hier ja nun schon einiges gelernt. Vor allem ist mir klar geworden, dass man seine eigene Einstellung, wie alles zu funktionieren und zu laufen hat, am besten gleich zu Hause lässt. Ich schlüpfe einfach in die Haut eines lernenden Kindes, dann geht es am besten. Beispielsweise weiß ich schon, dass man sich die Nase nur putzt, wenn man wirklich alleine ist. Ich weiß nicht, ob das als unanständige oder gar intime Handlung gesehen wird, jedenfalls ist es in der Öffentlichkeit verpönt. Dagegen ist Niesen, Rülpsen, Schmatzen und Spucken erlaubt.

Und was wir Erwachsenen auch so gern tun, über den Kopf eines niedlichen Kindes zu streicheln – bloß nicht! Der Kopf des Kindes ist im buddhistischen Glauben ein heiliger Körperteil, also lässt man da die Finger weg.

Aber das oberste aller Gebote ist: Das Gesicht des anderen zu wahren. »Nein« zu sagen ist total unhöflich, also schweigt man.

Und bevor ich nun einen Fehler mache, frage ich Xiaoxia lieber gleich: »Soll ich ein Gastgeschenk mitbringen?«

Sie lacht. Falls ich noch einmal so niedliche Ebbelwoi-Frühstücksbrettchen hätte, mit denen ich sie am ersten Morgen überrascht habe … aber nein, die würde sie auch für ihre beste Freundin nicht mehr hergeben. Sie brächten Obst mit, das sei völlig ausreichend.

Aber ich möchte noch wissen, ob ich sonst etwas zu beachten habe?

Bei einem privaten Besuch sind normalerweise die Schuhe an der Haustüre auszuziehen, erfahre ich. Heute Abend allerdings nicht, ihre Freunde sähen das nicht so. Und leise lächelnd erklärt sie mir, es müsse unbedingt ein kleiner Essensrest auf dem Teller bleiben, sonst müsse der Gastgeber annehmen, es sei zu wenig zu essen auf dem Tisch. Da hat sie mich nun natürlich voll ertappt, denn ich esse bis zum letzten Krümelchen stets alles auf.

»Oh! Dann mache ich das also ständig falsch?«, frage ich. »Das tut mir leid.«

»Das sind halt die Unterschiede«, winkt sie ab. »Ich habe das in Deutschland auch lernen müssen. Unsere Hauswirtin war damals total beleidigt, als wir nicht aufgegessen haben. Sie dachte, es hätte uns nicht geschmeckt.«

Wir müssen beide lachen.

»Und ansonsten?«, frage ich, denn ich möchte bei Zitians Geschäftsfreund und seiner Familie einen guten Eindruck hinterlassen.

»Ansonsten«, sagt sie: »Lass dich überraschen!«

»Wie meinst du das?«

»Sie kocht Chinesisch.«

Amanda

Da ist so eine extrem junge Frau, die habe ich noch nie gesehen. Irgendwie gefällt mir das nicht, wie sie hereinkommt, sich umsieht, an einem Ecktisch einen Cappuccino trinkt und nach einer Weile wieder hinausgeht. Und das an drei aufeinanderfolgenden Tagen und zwar immer genau dann, wenn die Anzugträger der oberen Etagen die Banktürme verlassen.

Sie gehört nicht zu uns. Wer weiß, wo sie herkommt. Und was sie überhaupt will. Am vierten Abend sehe ich es: Live! Vor meinen Augen. Sie tritt auf Alex zu, der sich gerade beim Verlassen der Bank seinen Mantel überzieht. Mir bleibt tatsächlich der Mund offen stehen, denn er verzögert seinen Schritt, bleibt schließlich ganz stehen, spricht mit ihr – und schließlich gehen sie zu zweit weiter.

Das darf doch wohl nicht wahr sein!

Was hat denn das zu bedeuten?

Eine neue Amanda?

Werde ich da gerade ersetzt?

Und was ist mit seiner Frau?

Ganz ehrlich, wenn es nicht so auffällig gewesen wäre, wäre ich jetzt direkt hinterhermarschiert. Aber es gibt in dieser Ecke von Frankfurt nur Hochhäuser und keine Bäume, keine Deckung.

In mir rumort es gewaltig. Und deshalb will ich das jetzt genau wissen.

Seine Adresse hat er mir nie genannt. Vielleicht hatte er ja Angst, ich könnte seine Gattin aufklären: Na, Sanne, weißt du eigentlich, was dein Ehemann nebenher so treibt?

Aber ich habe sie, wie den Namen seiner Frau, natürlich längst herausgefunden. Und ich habe mir das Haus am Anfang unserer Beziehung angesehen. Ein Einfamilienhaus in einer wenig befahrenen Straße, reine Wohngegend, teuer, aber keine Villen. Gehobener Mittelstand, der Häuserstil eher bieder als gewagt. Gepflegter Garten, durch eine Hecke vom Gehsteig abgeschirmt, ein paar blühende Blumenbeete, penibel durch weiße Ziersteine abgegrenzt. Alles geordnet. Für mich fehlt da die künstlerische Freiheit, die Fantasie. Schön, aber langweilig.

Ich bezahle und gehe nach Hause. In meinem Schlafzimmerspiegel blickt mir die wilde Entschlossenheit entgegen. So, Mister Heimchen-am-Herd, jetzt werden wir dir auf die Spur kommen. Von wegen zurück zur Ehefrau.

Trautes Familienleben im eigenen Heim.

Das möchte ich jetzt doch mal sehen!

Ich schminke mich ab und ziehe mich um. Jeans und Kapuzenpulli, Laufschuhe.

Dann nehme ich ein Taxi. Auf dem Weg zu seiner Adresse fällt mir ein, dass es ja eigentlich eine blöde Überlegung ist: Sollte Sanne da sein, würde er mit seiner neuesten Eroberung sicherlich nicht nach Hause fahren. Und falls sie nicht da war, Geschäftsreise, Verwandtenbesuche, was weiß ich … würde er sie auch nicht mit nach Hause nehmen. Mich hat er ja auch nie mitgenommen. Sein Zuhause, das war ihm irgendwie heilig. Sein unbeflecktes Zuhause.

Ich könnte ...

Nein, lassen wir das.

Anfangs haben wir uns in einem kleinen Hotel getroffen.

Die »Beschnupper-Tage«, bis er der Meinung war, eine größere Investition würde sich lohnen.

Ich nenne dem Taxifahrer also unsere alte Hotel-Adresse.

»Haben wir es jetzt?«, raunzt der, wendet genervt und fährt in die entgegengesetzte Richtung weiter.

»Wieso?«, frage ich. »Ist doch schließlich mein Geld.«

Darauf antwortet er nicht, aber ich registriere seinen Blick im Rückspiegel.

Idiot!, denke ich. Und wenn ich noch zehnmal die Fahrtrichtung wechsle, was geht es dich an?

Die Zeit bis ans Ziel verbringe ich mit Nachdenken über meine Lage. Wie könnte ich herausfinden, ob er tatsächlich eingecheckt hatte? Die eine Blonde an der Rezeption würde mich sicher wiedererkennen. Schließlich waren wir oft genug da.

Gab es das, Solidarität unter Frauen?

Ich bin mir nicht sicher, schließlich geht es bei einer Indiskretion um ihren Job.

Unter welchem Namen hat er damals noch gleich eingecheckt? Unter seinem eigenen natürlich nicht. Holzhausen, fällt mir ein.

Vor dem Hotel steige ich aus und bezahle, bin aber noch genauso ratlos wie zuvor. Aber dann sehe ich durch die Glastür, dass ein dunkelhaariger Typ an der Rezeption steht und sich gerade mit einem Gast unterhält.

Das ist gut, den kenne ich nicht. Der muss neu sein.

Ich gehe schnell hinein, stelle mich an und setze ein Lächeln auf. Jetzt wäre zumindest ein bisschen Schminke nicht schlecht gewesen, denke ich. Bei Männern wirkt das bisweilen überzeugender.

Aber die beiden schauen auch so gleich zu mir. Abschätzender Blick, ein Von-oben-nach-unten-Scan. Ich kenne das schon.

»Ich möchte mich nicht vordrängeln«, sage ich zu dem Typen vor mir.

»Nein, nein, bitte, wir unterhalten uns nur!« Er macht einen Schritt zur Seite, bleibt aber neugierig stehen.

»Danke«, sage ich nett zu ihm und zu dem Rezeptionisten: »Herr Holzhausen erwartet mich. Geben Sie ihm bitte kurz Bescheid, dass ich nun da bin?«

»Holzhausen?« Er gibt den Namen in seinen Computer ein.

»Der war zuletzt vor … na, vor einigen Wochen hier.«

»Ja«, sage ich zuvorkommend, »das weiß ich, ich war dabei … aber heute? So war es eigentlich abgemacht.«

Er sieht mich mit seinen schwarzen Augen an und schüttelt langsam den Kopf.

»Hat er vielleicht den Namen gewechselt?«, fragt er dann – und ich kann mir denken, dass der Typ neben mir grinst.

»Warum sollte er das tun?«, frage ich unschuldig.

»Wenn Sie ein Foto hätten … Gesichter bleiben mir ganz gut in Erinnerung.«

Ich bin kurz im Zweifel. Dass er den Namen gewechselt hat, das konnte ja ganz gut sein. Er bezahlt ja immer bar. Neue Frau, neuer Name. Aber soll ich wirklich diesem Typen sein Foto zeigen?

Andererseits kann er ja nichts weiter damit anfangen, und speichern kann er es auch nicht.

Also nehme ich das Smartphone aus meiner Jackentasche und zeige ihm schnell das Bild. Aufgenommen in Berlin, zum Zeitpunkt großer Liebe. Lachend, wissend, verführerisch. So sieht er mich auf diesem Foto an.

»Nein.« Er schüttelt den Kopf. »Definitiv nicht!« Ich stecke das Handy wieder ein.

»Aber Sie können mir Ihre Mobilnummer geben, dann rufe ich an … wenn er kommt.«

»Danke!«, sage ich und zwinkere ihm zu. »Ich glaube, er wird mich schon selbst kontaktieren. Sicherlich ist was dazwischengekommen …«

»Ganz bestimmt …«, antwortet er, und der andere fügt: »… ist ihm was dazwischen gekommen …« an.

Sanne

Tian ist aufgeregt, das fällt mir schon auf, bevor mir Xiaoxia den Grund erklärt: »Unsere Freunde haben eine Tochter, Sophia. Tian bewundert sie, weil sie schon so viel kann!«

Schon interessant, denke ich, nicht weil sie hübsch oder fröhlich ist, sondern weil sie schon so viel kann. Ist das in Deutschland jemals ein Freundschaftskriterium für kleine Kinder gewesen? Aber ich will ja nicht Deutsch denken, also lass ich mich überraschen.

Zitian hat den Wagen bereits aus der Garage geholt, und ich genieße es, mal wieder durch Shanghai gefahren zu werden.

In der Zwischenzeit habe ich natürlich vieles schon auf eigene Faust erkundet. Wenn Tian in seinem Kindergarten ist, habe ich ja – sozusagen – frei. Also habe ich Xiaoxia gebeten, mir alles auf Chinesisch aufzuschreiben: meine Heimatadresse, mein Ziel, welchen Bus oder welche U-Bahn ich suche, wo eine Toilette ist. Und mit diesen Übersetzungen und einem Reiseführer auf Deutsch habe ich überhaupt keine Probleme, mich in der Stadt zu bewegen. Ich war in dem bombastisch neuen Teil von Shanghai, in Pudong, in dem all die verrückten Wolkenkratzer futuristische Formen haben, und habe mir diese beeindruckende Skyline auch von einem der Ausflugsboote angesehen, die Tag und Nacht auf dem Huangpu-River fahren. Alles teuer, neu, gigantisch. Natürlich war ich auch im alten Teil von Shanghai, wo die chinesischen Frauen zum Teil ihren Nachttopf noch im Jauchewagen entleeren. Vergangenheit, Gegenwart und Zukunft existieren hier gleich nebeneinander.

Dieses knallbunte, wuselnde Leben fasziniert mich. Und auch die vielen, vielen jungen Menschen.

Dabei habe ich noch längst nicht alles gesehen. Was ich aber bereits gesehen habe, hat meine Entdeckerlust entfacht.

Leider ist die Fahrt zu Zitians Geschäftsfreund nur kurz, wir halten vor einem supermodernen Haus, Glas, Stahl und Beton. Ein Riesenklotz, der sicherlich ein Vermögen wert ist. Es sieht aus, als seien mehrere Schuhkartons versetzt aufeinandergestapelt worden. Bei manchen Ebenen frage ich mich, wie das, von unten betrachtet, überhaupt halten kann, ohne einfach herunterzubrechen. Für mich sehen die einzelnen Teile nicht so aus, als ob sie im Gleichgewicht wären. Ich versuche, mich nicht beeindrucken zu lassen, bin es aber doch.

Zitian hat mich beobachtet.

»Das ist eine großartige Architektur, findest du nicht auch?«

Ja, das finde ich auch, und ich bestätige es ihm nur zu gern. Meine Zustimmung freut ihn. Vielleicht freut es ihn auch, dass er mit einem so großartigen Bauherrn zusammen in einer Firma arbeiten darf. Und dass ich das jetzt sehe. Und vielleicht färbt ja das Ansehen seines Chefs irgendwie auf ihn ab? So reime ich mir das jedenfalls zusammen.

Die Tür, in der glatten Außenmauer des Erdgeschosses kaum zu erkennen, öffnet sich, und eine freudestrahlende Chinesin kommt uns entgegen.

»Das ist Wang Fang, dieser Name soll den herrlichen Duft seiner Trägerin beschreiben«, erklärt mir Xiaoxia leise.

Ich habe nun schon gelernt, dass in China der Nachname vor

dem Vornamen steht, trotzdem halte ich mich lieber mal zurück und warte, was die Hausherrin tut.

Sie drückt mir aber sofort die Hand und erklärt mir auf Deutsch, dass ihre Tochter während ihres Studiums in Deutschland geboren worden sei und deshalb Sophia hieße. Dieser alte, aus dem Griechischen stammende Name habe ihr einfach so gut gefallen, vor allem seine Bedeutung: »Göttliche Weisheit«.

Meine Oma hieß Sophia. Göttliche Weisheit? Das höre ich heute zum ersten Mal. Immerhin kann ich das nun zum Besten geben, und Fang freut sich über die Namensgleichheit.

Sie bittet uns ins Haus, und ich folge ihr staunend. Kaum eingetreten, schließt sich die Tür hinter uns, und ich stehe in einer Eingangshalle, die mich eher an einen Park erinnert … Wasserspiele, Pflanzen und echte Bäume, die in den ersten Stock wachsen, nach hinten raus gibt eine Glasfront den Blick nach draußen frei, die Betonwände sind geschmückt mit üppigen, farbenprächtigen Gemälden.

»Das war die Idee meines Mannes«, erklärt Fang schnell. »Er findet es wichtig, schon beim ersten Schritt ins Haus zu entspannen.«

»Ich denke, das ist gelungen«, sage ich und warte auf bunte Schmetterlinge oder den Flügelschlag eines Vogels, aber der Vogelgesang im Hintergrund ist dann doch wohl eher künstlich.

Wir schreiten eine luftige Plexiglastreppe nach oben in den ersten Stock. Tian läuft voraus, er hat ja ein Ziel: Sophia. Ich muss mich an das Bodenlose unter mir erst gewöhnen, mir wird kurz schwindlig, aber dann halte ich mich am Geländer fest, und es geht besser.

»Wir haben auch einen Lift«, klärt mich Fang auf, »den benutzen wir aber eigentlich nur für schwere Gegenstände.«

»Nein, nein«, beschwichtige ich. »Alles gut.«

Welche Stellung muss dieser Mann innehaben, um sich so etwas leisten zu können? Aber vielleicht denke ich auch einfach deutsch-klein, statt chinesisch-groß?

Die Treppe führt in einen lichtdurchfluteten Raum, hypermodern eingerichtet und trotzdem gemütlich, was auch an den vielen Sitzgelegenheiten liegt. Allerdings sieht dieser Raum für meine Begriffe eher nach einer Empfangshalle aus als nach dem Wohnzimmer einer kleinen Familie.

Zu einer Seite hin blicke ich durch eine lange und hohe Glasfront direkt in einen gestalteten Garten. Keine Kinderschaukel, kein Sandkasten, eher hohe Gartenkunst wie aus einer Fachzeitschrift. Vor der Glasfront ein runder, gedeckter Tisch. Weißes Geschirr und eine gläserne Drehscheibe auf hellgrau gebeiztem Holz. Ich muss zugeben, diese Farbkombination inspiriert mich. Ich überlege sofort, ob das in unserem Frankfurter Heim auch passen würde.

Während ich noch darüber nachdenke, höre ich hinter mir Stimmen und drehe mich um. Ein Mann um die 50, glattes, gebräuntes Gesicht, strenger Scheitel, aber locker gekämmtes Haar, betritt den Raum. Er begrüßt Zitian und Xiaoxia freundschaftlich, dann tritt er auf mich zu.

»Es ist mir eine Ehre, einen Gast aus Deutschland begrüßen zu dürfen«, sagt er in gutem Deutsch und reicht mir die Hand zum Gruß.

»Ich freue mich sehr über die Einladung«, gebe ich zurück, worauf er mir ein Lächeln schenkt, bevor er mit Zitian über eine Treppe in die obere Etage verschwindet.

»Es sind immer Geschäfte«, sagt Fang erklärend und zuckt die Achseln. »Die beiden arbeiten nicht nur in der Firma zusammen, sondern die Firma ist immer dabei. Immer und überall. Das ist in China so.«

Ich lächele nachsichtig. Was soll ich auch schon sagen?

In diesem Moment entdecke ich Tian. Und Sophia.

Sie sitzt am Ende der Glaswand hinter einem weißen Flügel, der sie fast verdeckt, und der kleine Tian steht daneben.

»Oh, sie spielt Klavier?«, frage ich spontan. »Wie schön.«

»Sie spielt meisterhaft«, erklärt Xiaoxia, und Fang lächelt. »Ja, sie hat Talent. Aber ohne tägliches Üben nützt das nichts.

Beides macht dann irgendwann die Meisterin.«

»Geht sie in eine spezielle Musikschule?«, frage ich.

»In eine ganz normale deutsche Ganztagsschule«, erklärt mir Fang, »in die dritte Klasse. Dort lernt sie neben Chinesisch und Deutsch auch Englisch. Das wird sie später mal brauchen können. Und jeden Freitagnachmittag geht sie zusätzlich in eine chinesische Schule, um dort noch mehr Schriftzeichen zu lernen. Das ist wichtig. Und am Samstag Ballettunterricht und Malkurs, die schönen Künste, und am Klavier muss sie sich anstrengen, um den Anforderungen des zusätzlichen Klavierunterrichts an der Schule gerecht zu werden. Das heißt nun mal: Jeden Tag üben. Wenigstens eine halbe Stunde.«

Ich lass mir das durch den Kopf gehen.

»Ja, sicher«, sage ich. Eigentlich hätte ich gern nach der Zeit zum Spielen, zum Faulenzen, zum Herumfantasieren gefragt, aber ich lasse es. Ich kann mir auch ohne Antwort ausrechnen, dass dafür schlicht und einfach keine Zeit bleibt.

Es stimmt mich nachdenklich. All die Formationstänze zu irgendwelchen Großveranstaltungen fallen mir ein, für Hunderte von Menschen choreografiert, die sich millimetergenau bewegen. Jeweils im Fernsehen ein gewaltiges Bild. Klar, dass das ohne Drill nicht geht. Und der Drill scheint hier Alltag zu sein. Der Einzelne zählt nicht, nur das Ganze zählt.

Ich muss erst mal durchatmen.

Andererseits sehe ich frühmorgens oder abends in den Stadtparks Menschen tanzen. Sie bewegen sich ganz nach ihrer individuellen Choreografie. »Qi Gong, eigentlich eine behutsame Gymnastik, ist zum Volkssport geworden«, hat mir Xiaoxia erklärt. »Es geht um langsame, fließende Bewegungen, um die Harmonie zwischen Körper und Geist. Und auch ganz einfach darum, bis ins hohe Alter gesund und fit zu bleiben.« Ich bewundere das und bleibe immer gern stehen, um zuzuschauen. Manche Chinesen stellen auch eine mobile Musikanlage hin und fangen einfach an zu tanzen. Jung und Alt, einige wirklich uralt, so scheint es mir, machen mit. Gibt es hier keine Vereinsamung im Alter? Würde so ein öffentliches Miteinander den Deutschen auch helfen? Hier scheut sich jedenfalls niemand, einfach loszutanzen. Und ich trau mich auch mitzumachen, allerdings hinter einem Busch versteckt, um mit meinen ungelenken Bewegungen nicht aufzufallen. – Aber ich habe mir vorgenommen, Qi Gong zu lernen. Wobei ich mich in Frankfurt wohl kaum auf einen öffentlichen Platz stellen würde. Ich denke, die Polizei wäre schneller da als ein Mittänzer.

Während ich noch darüber nachdenke, spüre ich eine kleine Hand in meiner. Es ist Sophias.

»Du kommst aus Deutschland?«, fragt sie in langsamem Singsang auf Deutsch, jedes einzelne Wort betonend.

»Ja, aus Frankfurt«, erwidere ich.

»Ich bin in Deutschland geboren«, erklärt sie mir voller Stolz. »Und wenn ich gut bin, darf ich vielleicht zum Studieren nach Deutschland. Wie meine Eltern.«

Fang tritt lachend zu uns.

»Ja, das ist ihr großer Traum.«

Ich nicke und wende mich wieder Sophia zu.

»Und wo möchtest du am liebsten hin? In welche Stadt? Nach München? Zum Oktoberfest mit den großen, bunten Karussells? Oder nach Berlin in den Zoo?«

»In die Elbphilharmonie«, sagt sie wie aus der Pistole geschossen. »Nach Hamburg!«

»Ja«, sage ich, »das ist ein schöner Plan.«

Sie nickt. »Und ich möchte Tschaikowski spielen!«

Ich sehe in dieses zarte Mädchengesicht mit den funkelnden Augen und denke nur: Wahnsinn!

Da spüre ich eine zweite kleine Hand. Tian zupft an mir. Offensichtlich bin ich plötzlich interessant für ihn, jetzt, da mich Sophia so schnell akzeptiert hat.

Ich schau nach Fang, aber sie nickt mir nur aufmunternd zu und geht zu Xiaoxia, die mittlerweile am Fenster steht und hinausblickt. Die beiden unterhalten sich, und ich denke, dass ich nun tatsächlich das Au-pair-Mädchen bin und mich um die Kinder zu kümmern habe.

»Du wohnst in einem sehr schönen Haus«, sage ich zu Sophia. »Sehr groß. Verirrst du dich da nicht?«

Sie muss lachen. Und dabei sieht sie aus, als wäre sie tatsächlich ein fröhliches, unbeschwertes Kind.

»Nein, es ist ganz leicht. Hier ist der Wohnraum und die Küche«, sie zeigt zur Decke, »darüber hat mein Papa sein Büro, und darüber sind unsere Schlafzimmer. Und da unten«, sie weist zum Boden, »sind unser Fitnessraum und das Schwimmbad, damit Mama schön bleibt. Sagt sie.«

»Schwimmst du denn auch?«

Tian mischt sich ein: »Ich auch!«

Hat er uns denn nun tatsächlich verstanden, oder will er einfach mitreden? Ich will ihn fragen, aber er dreht sich um und beobachtet eine junge Chinesin, die ein Silbertablett mit gefüllten Gläsern hereinträgt.

Fang weist auf mich, und die junge Frau bietet mir eines der Gläser an.

»Ayi«, stellt Sophia sie mir vor.

»Und ich heiße Sanne«, sage ich auf Englisch. Das bringt Sophia schon wieder zum Lachen. »Sie spricht kein Englisch«, erklärt sie, »sie kommt vom Land.«

Amanda

Es fällt mir noch eine andere Möglichkeit ein.

Wenn es mit den beiden noch ganz am Anfang ist, dann hat er sie wahrscheinlich erst mal zum Abendessen eingeladen.

Dass ich da nicht gleich draufgekommen bin, denke ich, und schüttle den Kopf.

Irgendwie bringt mich das Ganze so durcheinander, ich frage mich einfach, wenn er etwas sucht, warum ist er dann nicht bei mir geblieben? Bei mir hatte er doch alles?

Es macht mich ganz verrückt.

Diesmal nehme ich kein Taxi, sondern gehe ein Stück bis zur U-Bahn. Das tut meinem Kopf gut, er lüftet durch.

Ich habe Glück und kann direkt einsteigen. Richtung City, das dauert jetzt ein Weilchen. Und während ich hinausblicke, sehe ich plötzlich mein eigenes Gesicht, das sich in der Fensterscheibe spiegelt.

»Hallo, Amanda«, rede ich lautlos mit meinem Spiegelbild, »bist du jetzt die Ehefrau, die dem untreuen Gemahl hinterherspioniert?«

Woher dieser Gedanke kommt, weiß ich auch nicht. Aber mit einem Schlag sehe ich mich von außen: Amanda, die einer anderen Frau den Mann wegnehmen will – und als der Mann eine Dritte wählt, auf die Barrikaden geht.

Wie ist das denn, frage ich mich, wenn man das Spiel gegen die Ehefrau gewonnen hat und nun selbst den goldenen Ring trägt, hat man da jemals Ruhe, oder weiß man genau, dass dieses Spiel nun von vorn beginnt, nur unter anderen Vorzeichen: Ich die Ehefrau, du die Geliebte?

Ich kann niemanden danach fragen, keiner aus meinem Kreis ist das schon widerfahren.

Aber eigentlich liegt es auf der Hand: Wenn er schon seine

Ehefrau betrogen hat, warum sollte er es mit der Nächsten nicht auch tun?

Ein endloser Reigen.

Ich rutsche etwas tiefer in meinen Sitz hinein.

Was mach ich hier eigentlich?

Aber als die Haltestelle näher kommt, von der es zu dem kleinen Restaurant nicht mehr weit ist, steige ich doch aus.

Jetzt oder nie, denke ich, vielleicht heile ich mich ja nun selbst. Ein Blick auf Alex, verliebt mit der Neuen, und ich kann ihn ad acta legen, aber während ich meinen Schritt beschleunige, füge ich noch hinzu: vielleicht …

Sanne

Als zu Tisch gebeten wird, stehen unzählige Gerichte auf der drehbaren Scheibe. Dass es stets mindestens acht Gerichte sind, selbst wenn nur drei Menschen am Tisch sitzen, das kenne ich schon. Aber diese Drehscheibe ist fast schon überladen. Schüsseln neben Schüsseln, eine große mit Deckel, offensichtlich eine Suppenschüssel, steht genau in der Mitte.

Ich warte, bis mir mein Platz zugewiesen wird, denn die Hierarchie ist auch beim Essen wichtig, das habe ich in meinem Reiseführer gelesen. Allerdings sprachen die dort von Geschäftsessen, der Gastgeber immer gegenüber der Eingangstür, das ist der Ehrenplatz. Ganz offensichtlich sieht das hier aber niemand so, denn Fang setzt sich schon gleich mal unverkrampft hin, und als ihr Mann und Zitian dazukommen, wählen die beiden die Stühle gegenüber ihren Frauen. Nur die Kinder sitzen nebeneinander.

Bier oder Wein? Ich weiß, dass sie auf ihre Weingüter in Frankreich stolz sind und deshalb gern Rotwein trinken. Den trinke ich auch gern. Auf die hochprozentigen Schnäpse verzichte ich lieber, der Alkoholgehalt von 50 bis 70 Prozent ist mir doch zu viel, und das Wort »Ganbei« hat mir gleich in den ersten Tagen einen mächtigen Rausch beschert, denn das Wort heißt nicht »Prosit«, sondern »austrinken«.

Ich sitze neben Jianlin, dem Hausherrn. Ob das eine Ehre ist, weiß ich nicht, jedenfalls sitzt mir Fang schräg gegenüber, und sie lächelt mir mit geneigtem Kopf zu: »Ich war heute Mittag selbst in der Küche und habe mit unserer Ayi gekocht. Es ist nun wirklich Chinesisch, ganz so, wie wir in München auch deftig Bayerisch gegessen haben.«

Ich nicke, weiß aber nicht so richtig, was dies nun bedeuten könnte.

Es ist alles wie immer: Jeder hat an seinem Platz einen Teller, daneben eine kleine Schüssel mit einem Löffel, eine strahlend weiße Serviette und Esstäbchen. Auf der Glasplatte stehen gefüllte Schüsseln und kleine Platten. Was also soll anders sein? Vielleicht ist das Essen ja anders gewürzt?

»Hätten Sie gern Gabel und Messer?«, möchte Jianlin wissen, aber ich verneine gleich. Ich bin zwar noch keine Meisterin, aber da ich auch in Deutschland schon geübt habe, klappt es mit den Stäbchen ganz gut.

»Bitte bedienen Sie sich«, fordert mich Jianlin auf, und als ich zögere, deutet er auf den Suppentopf.

»In Deutschland isst man eine Suppe ja gern vorweg, wir in China essen sie danach. Aber wenn Sie Appetit haben? Wir sind schließlich international«, sagt er und lächelt mir zu.

Warum nicht, denke ich, mit einer Suppe zu starten erscheint mir passend.

Er dreht die Glasscheibe und hebt den Deckel der Suppenschüssel, um für mich zu schöpfen. Ein Entenkopf taucht auf und starrt mich an – ich hätte fast meine kleine Schüssel fallen lassen, die ich ihm hinhalte. Als Jianlin die Suppenkelle eintaucht, kommt der schwimmende Entenkopf in Bewegung.

Mich überfällt ein spontaner Brechreiz, aber ich schaffe es gerade noch, gelassen zu bleiben. Ob der Entenkopf nun da drin herumschwimmt oder wie bei uns zum Tierfutter wandert – abgehackt ist abgehackt, Zimperliese, das Tier ist tot, und Ente isst du sonst auch ganz gern.

Es wirkt.

Ich bedanke mich und stelle die gefüllte Suppenschüssel vor mich hin. Klar haben mich die anderen beobachtet, das habe ich wohl gespürt. Aber ich verziehe keine Miene.

»Respekt!«, sagt Zitian. »In Deutschland ist der Anblick ja nicht gerade alltäglich.«

»Ich habe gesagt, dass wir Chinesisch kochen«, rechtfertigt sich Fang schnell.

»Nein, nein, alles in Ordnung!« Ich lächle in die Runde. Es ist für mich auch nicht das erste Mal. In den dampfenden Schüsseln der fahrenden Küchen habe ich schon Tiere garen sehen, die ich gern überall, aber nicht auf meinem Teller haben möchte. Doch, sage ich mir, ich habe mir China als Reiseziel ausgesucht, und ich muss ehrlich sein: Vieles, was angeboten wird, schmeckt mir.

Während sich die anderen ihre Speisen aussuchen und die Glasscheibe gedreht wird, erkenne ich, was da Dunkles auf einer länglichen Platte liegt: ein Snack, panierte Hühnerfüße zum Knabbern.

Ich halte mich lieber an den Reis und das, was ich kenne. Als unhöflich gilt nur, das habe ich inzwischen gelernt, wenn man stets aus einer einzigen Schüssel schöpft, weil einem dieses Gericht vielleicht gerade am besten schmeckt. Ich werde also, wenn es für meine europäischen Augen nicht allzu ausgefallen ist, alles ausprobieren. Die panierten Hühnerkrallen, das weiß ich allerdings jetzt schon, lasse ich aus. Höflichkeit hin oder her.

Aber es achtet sowieso keiner darauf, wer sich was nimmt und wer was isst. Das Gespräch fließt – und offensichtlich finden alle

Spaß daran, sich auf Deutsch zu unterhalten. Sie erzählen sich und mir Geschichten aus alten Zeiten, und es ist wirklich so viel Kurioses dabei, dass die Stimmung, genau wie der Weinkonsum, stetig steigt, und es am Tisch immer lauter wird. Irgendwann frage ich mich, ob ich mich mal um die Kinder kümmern soll, die in der Zwischenzeit auf einem der Sofas irgendein Spiel auf dem iPad spielen, aber als ich die Frage an Xiaoxia richte, winkt sie nur ab.

»Die sind beschäftigt, und sie freuen sich, mal Zeit füreinander zu haben. Mach dir keine Gedanken.«

Eigentlich sind die Chinesen wie die Franzosen, denke ich, die können auch stundenlang tafeln. Mittlerweile hat Jianlin sein Sakko ausgezogen und seine Krawatte gelockert. Ich habe mich sowieso schon gewundert, dass er zu Hause die Etikette wahrt und Anzug und Krawatte trägt, während sein Gast Zitian im dunklen Pullover – wenn auch mit blütenweißem Hemd – eher leger erschienen ist. Aber auch Fang hat sich aufwendig zurechtgemacht. Ein gut sitzendes Kostüm und sehr sorgfältig frisierte Haare, eigentlich wie vom Friseur, Xiaoxia dagegen trägt einfach nur eine bunt gemusterte Bluse zur hellen Hose. Aber vielleicht ist ja auch das eine einheimische Benimmregel, die ich nicht kenne. Immerhin hat mir Sophia vorhin noch kichernd erklärt, dass man die Essstäbchen nicht senkrecht in den Reis stecken dürfe, das sei auf dem heimischen Tisch ein böses Omen.

»Sind Chinesen denn abergläubisch?«, will ich daraufhin von Xiaoxia wissen, die mit den Schultern zuckt. »Na ja«, sagt sie und wirft Sophia einen Blick zu, »da hat sie recht. Unsere Ahnen bekommen die Reis-Opfergaben mit senkrechten Stäbchen, deshalb sagt man: Nur die Toten essen so.«

Warum auch immer, aber das jagt mir eine Gänsehaut über den Rücken.

Nur die Toten essen so.

Ich greife nach meinem Glas, um die Gedanken zu verscheuchen, da klingelt es. Ein dunkler Gongschlag zieht musikalisch durchs ganze Haus. Ayi kommt eilfertig aus der Küche gesprungen und bleibt abwartend vor Jianlin stehen. Der runzelt die Stirn, wirft zuerst einen Blick auf seine Armbanduhr und dann zu Zitian. Fang sagt schnell etwas auf Chinesisch, worauf Jianlin die Schultern zuckt und Ayi das Zeichen zum Öffnen gibt.

Alle sehen erwartungsvoll zur Treppe, ich auch, denn ich frage mich, wer abends um neun Uhr noch stört, wenn er nicht angemeldet ist?

Ein dunkel gekleideter Mann im Anzug erscheint, und ich weiß nicht, warum, ich denke sofort an einen Vertreter. Lebensversicherungen oder so. Aber um diese Uhrzeit? Dann sehe ich aus den Augenwinkeln, wie Jianlin aufsteht und Fangs Gesichtszüge erstarren. Es liegt etwas so Unheimliches in der Luft, dass sich auch in mir alles zusammenzieht, ohne dass ich weiß, warum. Mein nächster Blick gilt den Kindern. Die liegen bäuchlings nebeneinander auf dem Sofa, beide haben die Köpfe gehoben und beobachten den Mann, der jetzt die letzte Treppenstufe erreicht hat und ganz ohne Eile auf uns zuschreitet.

Doch bevor er ganz am Tisch ist, sind auch zwei Männer in Polizeiuniformen auf der letzten Treppenstufe angelangt. Dort bleiben sie abwartend stehen. Am Tisch herrscht eisiges Schweigen, alle schauen auf den Mann, als wäre der Satan persönlich aufgetaucht.

Er richtet sich nur an Jianlin. Ich höre seiner kurzen Ansprache zu, aber alles, was ich verstehe, ist sein Name. Und dann steht Jianlin auf, greift nach seinem Jackett, das er zuvor ordentlich über seine Stuhllehne gehängt hat, und dreht sich mit versteinertem Gesicht noch einmal zu uns um, bevor er mit dem Unbekannten die Treppe hinuntergeht. Die beiden Polizisten folgen – wir anderen bleiben zurück.

Plötzlich springt Fang auf und läuft die Treppe hinab. Ich

höre das Klack-Klack ihrer Absätze, dann ist alles ruhig. Totenstille.

Ich versuche, Xiaoxias Blick aufzufangen, aber niemand achtet auf mich. Alle sitzen nur stumm da.

Als Fang die Treppe wieder heraufkommt, ohne ihre hohen Schuhe, einfach nur in Nylons mit den Händen vor dem Gesicht, springt Sophia vom Sofa auf, läuft zu ihr hin und drückt sich an sie. Fang geht in die Knie, und eine kleine Ewigkeit umarmen sie sich, ohne ein Wort zu sagen. Dann stellt Sophia flüsternd Fragen, und Fang steht auf und kommt mit ihr an der Hand an den Tisch zurück. Inzwischen ist auch Tian vom Sofa heruntergerutscht und hat sich zu seiner Mutter auf den Schoß geflüchtet.

Ich bin zu sprachlos, um meine Hilfe anzubieten.

»Das war Staatsanwalt Di«, sagt Xiaoxia, und ein Zittern liegt in ihrer Stimme. Ihr Blick sucht Zitian. Sie sehen sich in die Augen. Für mich hat dieser Blick etwas von: Warum er und nicht du?

»Entschuldigen Sie?«, fragt Fang mich, und als ich nicke, ohne zu wissen, was sie will, sagt sie einige scharfe Worte auf Chinesisch zu Zitian. Und gleich darauf sprechen sie alle gleichzeitig.

Das ist ein Albtraum, denke ich. Ein wahrer Albtraum. Was ist passiert? Warum haben sie ihn mitgenommen? Die Polizei? Ich sehe mich um. Eine glückliche Familie, Wohlstand, Erfolg – und dann das? Ich kann es mir nicht erklären, traue mich aber auch nicht zu fragen.

Also sitze ich die nächste Stunde eigentlich nur stumm daneben, kerzengerade auf meinem Stuhl, und komme mir völlig fehl am Platze vor. Ich hätte mich einfach gern weggesetzt, aber ich weiß nicht, wohin und ob es richtig wäre.

Inzwischen kommt Ayi und räumt vorsichtig ab, um nur ja keinen zu stören. Und dann stellt sie wie vorgesehen die Süßspeisen auf den Tisch, die allerdings keiner anrührt. Noch nicht einmal die Kinder.

Allen ist der Appetit vergangen, selbst mir, obwohl ich noch immer nicht weiß, was eigentlich passiert ist.

Es wird später und später, die Kinder schlafen bereits auf der Couch, das iPad ist auf den Boden gerutscht, aber noch immer scheint am Tisch keine Lösung gefunden worden zu sein. Die Erwachsenen reden und gestikulieren, während Ayi die unberührten Desserts wieder abräumt und Kaffee anbietet. Alle bestellen welchen, außer mir, und schließlich scheinen sie sich auf irgendeine Strategie geeinigt zu haben, denn Zitian zieht sein Smartphone hervor, prüft die Nachrichten und steht dann auf. Das Zeichen zum Aufbruch ist gegeben.

Amanda

Ich bin ein friedliebender Typ, denke ich jedenfalls. Und ich kann Konflikte gut bewältigen, denke ich auch. Aber jetzt, wo ich vor dem Restaurant stehe und Alex durch das große Fenster mit der Kleinen tafeln sehe, bin ich mir nicht mehr so sicher, ob ich mich wirklich so gut kenne.

Mein erster Impuls ist, da reinzugehen und ihn zur Rede zu stellen.

Mein zweiter ist, mach dich nicht lächerlich. Wie hättest du es empfunden, wenn seine Frau auf diese Weise hereingestürzt wäre? Du hättest dich totgelacht! Und du hättest sie verachtet, nach dem Motto: kein Wunder, dass er eine andere sucht. Ein tolles Wesen wie mich.

Okay, sage ich mir, jetzt weiß ich es.

Ich weiß, dass er schon wieder am Baggern ist.

Eigentlich ist er es nicht wert! Er ist es nicht wert, dass ich hier einen solchen Aufstand mache. Er ist es nicht wert, dass ich kilometerweit auf der Suche nach ihm durch die Stadt fahre. Er ist es nicht wert, dass ich auch noch ein teures Taxi bezahle.

Beim Stichwort »bezahlen« schießt mir etwas anderes durchs Hirn. Was, wenn er diese Jungfrau demnächst in mein Appartement verpflanzen und mich hinausschanzen will?

Da käme ihm ein Eifersuchtsauftritt von mir gerade recht. Tolle Argumentation, um die Besetzung zu ändern – die spinnt doch ...

Ich ziehe meine Kapuze über den Kopf. Soll ich gehen? Nein, einfach ein paar Schritte zurücktreten, das erscheint mir sinnvoller. Und außerdem schlauer. Jetzt bin ich schon mal hier und ...

Fasst er nach ihrer Hand?

Nein, so ganz nüchtern von außen betrachtet, führen sie ein ganz normales Gespräch.

Vielleicht ist es seine Tochter?

Der Gedanke trifft mich wie ein Blitz. Könnte doch sein. Die ist doch auch in dem Alter. In meinem Alter, genau genommen.

Ich zücke mein Handy. Ein Foto. Das muss ich recherchieren. Er hat mal von ihr gesprochen ... bloß, ich habe nicht so genau hingehört. Hätte ich besser mal. Alles rächt sich irgendwann.

Ich drücke genau in dem Moment auf den Auslöser, als sie nach der Wasserkaraffe greift und dabei in meine Richtung sieht. Wumm! Die Fensterscheibe explodiert direkt von dem grellen Blitz. Erschrocken trete ich zurück und wäre fast gestolpert. Blöde Kuh, schimpfe ich mich selbst, ich hätte den Blitz ausschalten sollen!

Einige Leute sehen von ihren Tischen aus skeptisch zum Fenster, aber da es draußen dunkel ist, erkennen sie nichts und niemanden und beruhigen sich sofort wieder. Nur der Wirt kommt raus. Da ich ihn aber früh genug gesehen habe, gehe ich einfach weg. Eine junge Frau, sportlich gekleidet, was wird er schon denken.

Ich sehe ihn auf dem Gehsteig stehen und aufmerksam in

jede Richtung spähen, aber egal, irgendwann wird er wieder reingehen. Ich krieg mein Foto schon noch. Ohne Blitz.

Sanne

Wir fahren heim, und ich fühle mich irgendwie schuldig, obwohl ich nichts getan habe. Die Stimmung im Auto ist zum Schneiden. Tian ist in seinem Kindersitz eingeschlafen, und ich sehe zum Fenster hinaus auf die grandios erleuchtete Shanghaier Skyline, ohne sie wirklich wahrzunehmen.

Was ist passiert?

Was hat dieser Auftritt zu bedeuten?

Was hat es für mich zu bedeuten?

Ich hätte so gern gefragt, aber ich spüre auch, dass mich das nichts angeht. Es geht um Jianlin.

Aber dann kommt mir ein neuer Gedanke: War es tatsächlich eine Verhaftung? Und falls es geschäftliche Hintergründe hat – wenn es um Jianlin geht, dann könnte es doch auch um Zitian gehen. Schließlich ist Jianlin Zitians Chef.

Der Gedanke lässt mir den Atem stocken.

Wann kann ich fragen?

Wann ist es angemessen genug?

Und … mein Blick fällt auf den neben mir schlafenden Tian … holen sie dann auch seinen Vater?

Amanda

Klar, ich bin ja kein Anfänger. Das Foto habe ich natürlich in der Tasche, aber so richtig zufrieden bin ich nicht. Also warte ich in einer dunklen Ecke, bis ich die beiden herauskommen sehe.

Alex hat offensichtlich ein Taxi bestellt, das genau vor ihnen am Rinnstein stehen bleibt. Er hält ihr die hintere Tür auf, öffnet dann die Beifahrertür – und ich denke schon, die beiden fahren zusammen los, aber nein, offensichtlich hat er nur etwas geregelt, denn er steigt nicht ein. Er bleibt stehen, hebt die Hand zum Abschied und sieht dem Taxi nach, bis es sich in den Verkehr eingefädelt hat.

Und jetzt?, denke ich, jetzt schlendere ich zufällig vorbei und sage: Hi, Alex, auch hier?

Aber nein, da hält schon ein weiteres Taxi, und nachdem er schnell eingestiegen ist, fährt auch dieses direkt los, dem anderen hinterher.

Also echt, denke ich, was passiert denn hier?

Warum sind sie denn nicht gemeinsam gefahren?

Oder will er sie kontrollieren?

Ich habe überhaupt keine Idee, was das bedeuten könnte, aber nun ist es mir auch egal. Ich bin müde und möchte heim. Und ich nehme kein Taxi, sondern die Straßenbahn.

Sanne

Zu Hause angekommen, setzen sich Xiaoxia und Zitian noch an den Tisch im Wohnzimmer, offensichtlich haben sie etwas zu besprechen. Ich möchte mich verabschieden, aber jetzt scheint es ihnen zu dämmern, dass dies für mich doch alles sehr seltsam sein muss.

»Sekunde«, sagt Zitian, »bleib doch noch eine Minute. Wir sind dir etwas schuldig.«

Das sehe ich zwar nicht so und sage deshalb: »Aber was denn?«

»Eine Erklärung.«

Ja, damit könnte er recht haben, also bleibe ich vor dem Tisch stehen. Er weist aber zur Glastür, und so gehen wir gemeinsam auf die große Terrasse hinaus. Es ist noch immer feuchtwarm, und ich fühle mich unwohl.

Wieso müssen wir hier draußen reden, frage ich mich, während er ganz nach vorn zum Geländer geht und dort auf mich wartet. Er macht nur eine ausgreifende Geste, aber es ist mir jetzt auch egal.

»Ist Jianlin verhaftet worden?«, frage ich ihn direkt und habe noch immer Mühe, das Entsetzen in meiner Stimme zu verbergen. »War das eine Verhaftung?«

Zitian nickt. »Jianlin steht einem Tech-Konzern vor – das heißt, wir beide arbeiten dafür, er als CEO, ich als Generalmanager. Wir haben über 100 000 Mitarbeiter. Und wir expandieren weltweit. Unsere Technik verbirgt sich in vielen Dingen, Netzwerken, Service, arbeitet im Kleinen und ist dem Nutzer dem Namen nach nicht einmal bekannt. Muss ja auch nicht sein, denn es erfüllt ja seinen Dienst.«

»Auch in Deutschland?«

Zitian nickt. »Ich bin regelmäßig in Deutschland, deshalb bin ich auch so dankbar, die deutsche Sprache mit dir so ganz nebenbei schulen zu können.«

Aha? Bin ich Mittel zum Zweck?

»Aber manche Grenzen sind fließend«, fährt er fort. »Was bekomme ich, was bekommst du, wenn ich das bekomme. Ein altes Spiel. Schon unsere Großväter haben ihre Geschäfte damit groß gemacht.«

Ich muss kurz überlegen. Es ist schon spät, nach Mitternacht. Und trotz der Aufregung bin ich müde.

Aber dann steht es glasklar vor meinem inneren Auge.

»Du sprichst von Korruption?«

»Manchmal kommt es nur auf den Blickwinkel an.«

Ich sehe Jianlins Haus vor mir. Luxuriöser, als ich mir jemals ein Haus hätte vorstellen können. Und das im teuren Shanghai.

»Und Jianlin hat einen anderen Blickwinkel als … der Staat?«, will ich wissen.

»Manche Dinge muss man anstoßen, damit man als globaler Player mitspielen kann. Sonst bleibt man außen vor. Was ist richtig, was ist falsch?«

»Tja!« Ich mag nicht darauf antworten.

»Bekommst du den Auftrag nicht, dann gehen dir Millionen für deinen Konzern verloren. Du hast aber Tausende von Mitarbeitern, hohe Ausgaben, Verpflichtungen und Verantwortung, also tust du alles, um diesen Auftrag zu bekommen.«

»Also«, sage ich schnell, »hat Jianlin nach Meinung des Staatsanwalts selbst bestochen, oder wurde er bestochen?«

Zitian zuckt die Schultern, und mir fällt auf, dass Xiaoxia nachgekommen ist.

Zu dritt stehen wir auf der Terrasse, und ich sehe in den diesigen Nachthimmel. Was kommt nun auf uns zu?

Als Zitian nichts mehr sagt, denke ich, dass das Gespräch beendet ist, und möchte mich für die Nacht verabschieden.

»Sanne«, kommt mir da Xiaoxia mit einem eindringlichen Blick zuvor, »es könnte sein, dass wir deine Hilfe brauchen.«

Amanda

Manchmal habe ich eine Stimmung und kann selbst nicht sagen, was es gerade ist. Bin ich traurig? Aufgebracht? Niedergeschlagen?

Ich weiß es wirklich nicht. Ich laufe einfach so vor mich hin, von der Straßenbahnhaltestelle aus die paar Straßen zu meinem Appartement, und spüre in mich hinein.

Nichts.

Da ist nichts.

Wie ein leeres Blatt, keine Regung, keine Emotion, kein Gedanke. Ich setze Schritt vor Schritt, und wenn ich geradewegs ins Jenseits gelaufen wäre, wäre es mir im Moment auch egal gewesen. Ich gehe einfach weiter, mit leerem Kopf.

Vor meinem Appartement ziehe ich den Schlüssel aus meiner Hosentasche, sehe den leeren Gang entlang nach links und rechts. Verschlossene Türen, Namensschilder, namenlos. Alle.

Ich auch.

Amanda.

Wer ist das schon.

Während ich aufschließe, nehme ich einen feinen Duft wahr. Fast erreicht mich eine Erinnerung, aber sie bleibt irgendwo zwischen Nase und Gehirn stecken.

Und ich mag auch nicht darüber nachdenken.

Ich mag gar nichts, außer ins Bett gehen und mir die Decke über den Kopf ziehen.

Vielleicht wache ich ja gar nicht mehr auf? Das wäre mir auch recht. Ein schöner Traum und mit dem Traum durchs Fenster in den Himmel fliegen.

Fast sehne ich mich danach.

Amanda weg.

Who cares?

Im Flur schlüpfe ich aus meinen Sneakers und gehe ins Wohnzimmer. Vielleicht noch ein Drink, denke ich. Whisky. Alex' Whisky. Mir ist jetzt danach.

Da sehe ich sie sitzen. Eine Gestalt im Dunkeln. Vor dem großen Fenster. Schreckensstarr bleibe ich stehen, mein Herz macht einen Satz.

Nein. Nicht ganz im Dunkeln. Die kleine Stehlampe brennt.

Und in diesem Moment erkenne ich ihn auch.

»Alex!«

Es bricht wie ein Kanonenschuss aus mir heraus, zumindest fühlt es sich so an.

»Ich wollte dich nicht erschrecken, verzeih!«

Er steht auf, und ich denke wirklich, es müsste eine Fata Morgana sein. Oder ein Geist. Spinne ich?

»Ich habe die Ruhe genossen, die Skyline. Ich wollte dich nicht erschrecken«, wiederholt er sich.

Ich gebe keine Antwort. Ich finde einfach keine Worte.

»Störe ich dich?«

»Ich … ja, nein.«

Er bleibt vor mir stehen, mit etwas Distanz. Er trägt den Anzug wie zuvor, er riecht nach seinem Rasierwasser. Das war es also vorhin, vorhin auf dem Flur.

»Was machst du hier?«, will ich wissen.

Natürlich zahlt er noch die Miete, und natürlich hat er noch einen Schlüssel, aber gerade war er doch noch …

»Ich hatte Sehnsucht nach dir.«

Und jetzt sehe ich, dass er lächelt.

»So plötzlich?«, frage ich.

»So plötzlich.«

Wir stehen uns noch immer gegenüber, regungslos.

»Und wo kommst du jetzt her?«, frage ich.

»Von einem Geschäftsessen.«

Ich muss aufpassen, dass ich nicht loslache. Von einem Geschäftsessen, so ein Witz! Jetzt bin ich wohl wirklich seine Ehefrau, die er anlügt.

»Und du?«, fragt er. »Du bringst viel frische Luft herein, warst du joggen?«

»Nur um die Häuser«, sage ich.

Nur um die Häuser. Ich lüge auch.

Da stehen wir und lügen uns an.

Tolle Basis.

Hat seine Sanne dieses Spiel auch mitgespielt?

Um die Häuser … und dabei hat sie hier vor dem Appartement gestanden?

Wäre doch möglich?

Es kommt mir plötzlich alles dermaßen … absurd vor.

»Und jetzt?«, frage ich.

»Und jetzt«, sagt er, »erzählst du mir, wie es dir so geht.« Und als ich nicht antworte: »Was du in den letzten Wochen so gemacht hast.«

Tja. Das ist eine gute Frage.

Ich wette, er weiß genau, was ich gemacht habe.

Ich wette, er hat mich jeden Abend dort sitzen sehen.

Hat er Notstand, oder was?

»Was willst du?«, frage ich.

»Mich entschuldigen.«

Das haut mir nun wirklich den Boden unter den Füßen weg. So einer wie er entschuldigt sich nicht, so einer wie er ist immer im Recht.

»Du willst dich entschuldigen?«

»Ja, ich war voreilig. Und möglicherweise auch verletzend.«

»Es war jedenfalls ein ziemlich abruptes Ende«, sage ich.

»Das tut mir leid.«

Wir stehen uns noch immer gegenüber.

»Setz dich doch«, sage ich und mache eine einladende Geste. Er nickt, sieht sich um und setzt sich auf die Couch. »Danke!«

Ich gehe erst einmal herum und schalte weitere Lampen an, dann frage ich ihn: »Was magst du trinken?«

»Was hast du denn?«

»Deinen Whisky«, sage ich, »und Mineralwasser.«

»Dann bevorzuge ich meinen Whisky.«

Ich hole die Flasche, Gläser und ein Mineralwasser aus dem Kühlschrank und stelle alles auf den Tisch vor der Couch.

»Früher hattest du Champagner im Kühlschrank«, bemerkt Alex.

»Das war früher.«

Ich setze mich ebenfalls auf die Couch, allerdings in die andere Ecke.

Er mustert mich, eine Weile fällt kein Wort.

»Du siehst gut aus«, sagt er schließlich.

»Ich bin abgeschminkt.«

»Vielleicht gerade deshalb?«

Ich muss lachen. Es ist alles so surreal. Irre. Einfach irre.

»Weshalb habe ich mich dann für dich immer schön gemacht?«

»Das hättest du nicht tun müssen. Du bist schön.« Und als ich nicht antworte. »So vielleicht noch schöner.«

»Aha«, sage ich und ziehe die Beine auf die Couch. »Und jetzt sag mir bitte, was los ist. Weshalb kreuzt du plötzlich wieder auf, wo du doch unbedingt ins Eheleben zurückwolltest? Was ist los? Was ist passiert?«

»Sie ist weg.«

»Sie ist weg?« Das ist der Moment, wo ich wirklich loslachen könnte. Er verlässt mich ihretwegen, und nun hat sie ihn verlassen? So gesehen hätte er das junge Pflänzchen heute doch mit nach Hause nehmen können? Was hat ihn abgehalten?

»Was heißt das?«, will ich wissen, während er den Whisky einschenkt.

»Sie ist in China«, sagt er mit einer so gleichgültigen Stimme, dass ich sofort weiß, wie ihn das kratzt.

»Na denn«, sage ich, ebenfalls gleichgültig. »Soll ja ein interessantes Land sein.«

»Amanda!« Er reicht mir mein Glas und beugt sich vor zu mir. »Komm zu mir.«

»Bitte was?« Ich stelle das Glas ab. »Jetzt gleich?«

»Nein, ich meine wirklich. Komm mit zu mir nach Hause.«

»Zu dir nach Hause?« Nun stellen sich wirklich meine sämtlichen Körperhaare auf. »Wieso? Hast du Angst alleine? Kommt sie nicht mehr zurück?«

»Nichts von alledem.« Er rutscht, das Glas in der Hand, näher zu mir.

»Ich habe mir das überlegt. Mit Sanne … mit meiner Frau, das wird nichts mehr. Wir sind … wir haben uns auseinandergelebt. Wir werden eine Lösung finden, die für alle passt, aber … ich bitte dich!«

»Das kommt etwas plötzlich.«

Ich bleibe in meiner Ecke sitzen, bewege mich keinen Millimeter auf ihn zu. »Wieso denn jetzt? So plötzlich?«

»Weil ich das so will?«

»Weil du das so willst?!«

Liegt es an meinem Ton? Er rudert sofort zurück: »Nein, falsch ausgedrückt, weil ich mir das wünsche.«

Ich schaue zur Decke. Da renne ich den halben Abend hinter ihm her, und dann sitzt er da. Und bettelt mich an. Und was fühle ich?

Nichts.

»Entschuldige, Alex«, sage ich, »das kommt alles ziemlich überraschend. Ich muss darüber nachdenken.«

»Willst du ewig in deinem Café sitzen?«

»Falscher Ansatz.«

»Ja, entschuldige. Ist mir so herausgerutscht.«

Ja, denke ich, will ich ewig in meinem Café sitzen?

»Ich bestimme mein Leben selbst«, sage ich.

»Ja«, räumt er ein, stellt sein Whiskyglas ab und steht auf, »das ist dein gutes Recht.«

Ich stehe ebenfalls auf.

»Denk darüber nach«, sagt er und geht zur Tür. »Nur warte nicht zu lang.«

Sanne

Ich liege im Bett und wälze mich von der einen auf die andere Seite. Tausend Gedanken schießen mir durch den Kopf – und sie wechseln sich so schnell ab, dass ich kaum hinterherkomme. Ich werde immer wacher, mein Puls rast, und schließlich sitze ich im Bett.

Was bedeutet Xiaoxias letzter Satz?

Sie bräuchten eventuell meine Hilfe?

Meine Hilfe?! Wie soll das gehen?

Was, wenn Zitian auch verhaftet wird?

Schließlich stehe ich auf und wandere durchs Zimmer. Und als ich es nicht mehr aushalte, öffne ich leise die Tür und gehe im Dunkeln den Gang entlang, bis ich ins Wohnzimmer sehen kann. Und wie ich vermutet habe, sitzen Xiaoxia und Zitian noch am Tisch. Vornübergebeugt halten sie sich über den Tisch hinweg an den Händen, die Gesichter nah beieinander, die Augen ineinander verschränkt, sprechen sie leise, aber eindringlich miteinander.

Ich habe genug gesehen und schleiche wieder zurück. Es ist etwas im Gange, etwas, das ich nicht einschätzen kann. Muss ich mir ernsthaft Sorgen machen? Bringe ich mich selbst in Gefahr?

Sollte ich so schnell wie möglich abreisen?

Das wäre möglich, das habe ich in den Granny-Statuten der Agentur gelesen.

Bloß – will ich das?

Kann ich sie im Stich lassen, sollten sie mich wirklich brauchen?

Warum aber auch nicht? Ich kenne sie erst seit drei Wochen, wir sind nicht wirklich befreundet und schon gar nicht verwandt.

Sanne, sage ich mir, Sanne, schlaf jetzt. Es ist weit nach Mitternacht. Que sera sera. Morgen wirst du wissen, was läuft. Und dann kannst du dich immer noch entscheiden. Du bist eine freie Bürgerin, du hast nichts angestellt, nichts verbrochen, dir kann nichts passieren.

Und mit diesem tröstlichen Gedanken kommt dann endlich auch der Schlaf.

Amanda

Als er weg ist, mache ich alle Lichter aus und stelle mich im Dunkeln ans Fenster. Der Blick auf das erleuchtete Frankfurter Bankenviertel, das stetige Rauschen des Verkehrs von unten und über mir der durch die Millionen Lichter der Stadt erhellte Himmel, das alles tut mir gut. Ich atme tief durch. Hier fühle ich mich wohl. Hier. Nicht im Café, nicht woanders, sondern hier.

Warum sollte ich in Alex' Haus einziehen?

Du dumme Kuh, sagt meine zweite Stimme, weil du das gewollt hast. Von Anfang an wolltest du ihn haben. Ganz! Von Anfang an wolltest du seine Frau rauskegeln. Jetzt ist sie weg – und er bietet dir das an, und was machst du? Kneifst du? Das hast du dir doch gewünscht!

Habe ich das?

Stimmt.

Was ist nur los?

Bist du frustriert?, frage ich mich. Frustriert? So ein Quatsch! Du müsstest jubeln!

Du müsstest packen! Du müsstest gleich das nächste Taxi nehmen und zu ihm fahren.

Du müsstest das festmachen. Sofort! Es ist deine Chance, die Chance auf dein Leben, wie du es immer wolltest. Die kommt nie mehr wieder.

Mit so einem Mann wie mit Alex!

He, wach auf!

Vor drei Stunden bist du ihm noch durch die halbe Stadt hinterhergefahren. Hast ihn bespitzelt. Warst eifersüchtig.

Jetzt wirft er sich vor dir in den Staub – und du willst ihn nicht mehr?

Spinnst du?

Sanne

Als ich aufwache, erscheint mir zunächst alles im goldenen Licht. Die Sonne dringt ungefiltert ins Zimmer und wirft flirrende Sprenkel an die Wand, und ich liege einige Minuten im absoluten Wohlfühlmodus, bis mir mit einem Mal alles wieder einfällt. Und sofort fährt mir ein Stich in den Magen, und ich setze mich ruckartig auf.

Wie spät ist es?

Ich greife nach meinem Handy: sieben Uhr.

Chinesen sind Frühaufsteher, aber heute ist das Haus noch ruhig. Fast unheimlich ruhig.

Auch von Tian, der normalerweise schon früh und lautstark durchs Haus tollt, ist nichts zu hören.

Haben sich alle umgebracht, ist das hier ein Geisterhaus?

Ich schüttle den Gedanken ab. Wie komme ich bloß auf so eine Idee? Wahrscheinlich durch irgendeinen Film.

Halt, Sanne, sage ich mir, du bist ein nüchtern denkender Mensch, beruflich gehst du mit Zahlen um, du bist keine Fantastin. Also schieß jetzt nicht übers Ziel hinaus, sondern schau erst mal, was los ist.

Und mit diesem Gedanken greife ich nach meinem Bademantel, angle mit den Zehen nach meinen Schlappen, gehe ins Badezimmer, kämme meine Haare und verteile einen Klecks

Tagescreme im Gesicht. So, jetzt sehe ich schon recht manierlich aus.

Im Wohnzimmer ist niemand, weder Xiaoxia noch Zitian. Und auch der Kleine nicht.

Als ich aus der Küche ein leises Geklapper höre, bin ich richtig erleichtert.

Ayi bereitet Tee zu.

Das ist mir jetzt gerade recht, und ich begrüße sie, sehe aber sofort an ihrem Blick, dass sie mindestens so verunsichert ist wie ich.

Ich zucke die Achseln und mache eine entsprechende Bewegung zum Wohnzimmer hin – und sie zeigt in Richtung Haustüre.

»Alle?«, frage ich auf Deutsch, »Tian? Xiaoxia, Zitian?«

»Zitian«, sie zeigt in die eine Richtung, »Xiaoxia, Tian …«, sie zeigt wieder in die andere Richtung. Dann ahmt sie eine Schreibbewegung nach und zeigt zum Tisch, wo heute Nacht noch Zitian und Xiaoxia gesessen haben.

»Chá?«, fragt sie mich. Tee? Ich nicke, und sie richtet mir ein kleines Frühstück, während ich zum Tisch gehe.

Tatsächlich, dort liegt ein Zettel.

Mein Herz schlägt schneller, während ich danach greife und ihn im Stehen lese:

Liebe Sanne,
Zitian ist in die Firma, Tian und ich fahren zu Fang. Ich mag nicht telefonieren, ich muss von ihr hören, was passiert. Da Jianlin und Zitian Geschäftsfreunde sind und wir dort gestern angetroffen wurden, wissen wir nicht, was das bedeuten kann. Es kann nichts bedeuten – oder alles. Vielleicht weiß Fang ja schon, was Jianlin genau vorgeworfen wird.
Sei nicht beunruhigt,
Xiaoxia

Sei nicht beunruhigt. Das ist leichter gesagt als getan. Ich bin von Kopf bis Fuß die pure Unruhe.

Ich höre Ayi näher kommen, sie stellt das Tablett mit Tee, Brot, Marmelade und Butter ab und sieht mich forschend an. Ich halte noch immer den Zettel in der Hand, aber leider kann ich es nicht übersetzen.

Vielleicht mein Übersetzungsprogramm auf dem Handy? Das ginge doch. Aber darf ich das? Was hat ihr Xiaoxia bisher darüber erzählt? Noch gar nichts?

»Jianlin«, sage ich und lege die Handgelenke wie mit Handschellen zusammen.

Sie schlägt sich die Hand vor den Mund.

»Jianlin?«, fragt sie nach, imitiert meine Bewegung und deutet einige Schritte zur Tür an. Ich nicke.

Ein tiefes Rot zieht über ihren Hals ins Gesicht, aber sie hat sich gleich wieder gefasst und geht mit dem leeren Tablett wortlos zurück in die Küche.

Ich bleibe mit einem mulmigen Gefühl zurück. Auch wenn sich Ayi gleich wieder im Griff hatte, typisch asiatisch, denke ich, war ihr Erschrecken doch echt. Und das steckt mich an.

Was kann ich tun? Wen kann ich fragen?

Im Augenblick kann ich gar nichts tun, denke ich, außer abwarten. Also kann ich genauso gut frühstücken.

Amanda

Ich wache zu früh auf. Sieben Uhr. Komisch. Warum wache ich so früh auf?

Eigentlich bin ich ein Nachtmensch, frühe Stunden sind nicht mein Ding. Vielleicht liegt es an meiner Kindheit. Weil meine Mutter immer früh zur Arbeit musste, musste ich auch immer früh zur Schule. Zu früh. Und dort drückte ich mich dann herum, bis der Unterricht endlich begann. Wohl dem, der eine glückliche Kindheit hatte.

Alex fällt mir ein.

Alex hat doch eine Tochter, das ist ganz bestimmt eine verwöhnte Prinzessin.

Er hatte sie nur einmal kurz erwähnt, da hab ich aber nicht richtig zugehört. Und über seine Frau hat er überhaupt nicht gesprochen. Beides Tabuthemen, wenn man fremdgeht.

Aber nicht mehr lang, denke ich, wenn ich tatsächlich bei ihm einziehe, ändert sich mein Status.

Dann bin ich nicht mehr die versteckte Affäre, dann bin ich Amanda. Amanda, die Frau an Alex' Seite.

Das hat was.

Und auch das, was mit diesem neuen Status verbunden ist: ein Leben ohne Sorgen.

Gut, dieser Gedanke gefällt mir, und ich beschließe, mir schon mal einen Cappuccino zu machen und mich damit wieder ins Bett zu legen. Fernseher einschalten, ein bisschen Morgenmagazin sehen, erfahren, was auf der Welt passiert ist und was der Tag so bringt.

Im Moment bringt er ein wohliges Gefühl. Vielleicht ganz gut, dass ich Alex gestern so habe abblitzen lassen, dann weiß er gleich mal, dass ich keine Marionette bin, die nach seiner Pfeife tanzt.

Es reicht, dass er das mit seiner Frau gemacht hat. Mit mir wird ihm das nicht gelingen.

Ich greife zu meinem Handy.

Soll ich ihm eine Morgennachricht schicken?

Nein, denke ich, lass ihn noch eine Weile im Ungewissen. Schadet nichts.

Und nachher bekommt er statt Buchstaben eine kleine fotografische Andeutung, nicht zu viel, aber doch erotisch, vielleicht nur die feinen Spitzen meiner Strümpfe auf meiner gebräunten

Haut, in Großaufnahme, jeweils nur eine Winzigkeit, eine Winzigkeit Spitze und darunter eine Winzigkeit Haut, aber dann weiß er sowieso, was gemeint ist – und kann sich schon mal freuen.

Sanne

Ich drücke mich den ganzen Vormittag irgendwie herum. Wahrscheinlich hätte ich auch einfach gehen können … es gibt ja vieles, was ich noch entdecken möchte. Aber immer, wenn ich fast den Entschluss dazu gefasst habe, tu ich es dann doch nicht. Was ist, wenn Xiaoxia zurückkommt und es Neuigkeiten gibt, auf die man reagieren muss?

Allein der Gedanke daran nimmt mich mit.

Was wäre die Konsequenz?

Ich habe keine Ahnung und lese abwechselnd auf meinem Tablet deutsche Nachrichten oder Reisebeschreibungen. Aber so richtig bei der Sache bin ich nicht.

Eigentlich warte ich nur darauf, dass die Haustüre geht.

Ayi putzt derweil das Haus, und ich vermute fast, dass sie es tut, um sich abzulenken, denn es ist überall blitzsauber.

Eine Weile verlieren wir uns aus den Augen, sie ist überall und nirgends – und ich habe mich nach draußen auf die Terrasse gesetzt –, aber plötzlich steht sie vor mir und hält mir ein Tablet vor die Augen.

Ich sehe nur chinesische Zeichen und verstehe nichts, bis sie herunterscrollt. Dann sehe ich es: ein Foto von Jianlin. Ein schwarz-weißes Porträtfoto und darunter eine weitere Aufnahme, wie er, flankiert von zwei Männern, an einem Tisch sitzt.

»Jianlin«, sagte sie bedeutungsvoll und tippt mit dem Finger auf die Schriftzeichen.

Ich nicke, ich habe ihn erkannt, und ich ziehe meine Schlüsse daraus. Wenn seine Verhaftung bereits groß in den Nachrichten ist, dann geht es hier nicht um eine Bagatelle-Sache, dann geht es um seinen Kopf.

Und wenn es um Jianlin geht, ist Zitian wohl auch beteiligt.

Ayi nimmt das Tablet wieder an sich, und unsere Blicke treffen sich. Die fröhliche, unbeschwerte Ayi. Mir wird überhaupt jetzt erst klar, was das möglicherweise für sie bedeuten könnte? Falls ihr Arbeitgeber ebenfalls verhaftet wird oder die Familie vorher untertaucht, dann steht sie doch plötzlich ohne Job da. Wie viele solcher Stellen in wohlhabenden Haushalten gibt es in Shanghai? Vor allem – sind sie nicht längst alle besetzt?

Auch die junge Ayi bei Fang kommt mir in den Sinn.

Sie ist vom Land, das hatte Sophia doch gesagt.

War es nicht so, dass die Mädchen vom Land ganze Familien zu ernähren hatten? Und war das nicht auch der Grund, weshalb sich so viele junge Mädchen prostituieren mussten?

Ich sehe Ayi hinterher, wie sie zurück ins Haus geht.

Sicherlich sind ihre Gedanken im Moment noch um einiges schwerer als meine.

Ich sollte vielleicht doch mal Kontakt mit meiner Granny-Agentur in Deutschland aufnehmen, denke ich, rein als Vorsichtsmaßnahme und vielleicht einfach mal, um einen Rat zu bekommen. Als ich das Handy aus meiner Hosentasche ziehe, sehe ich, dass mir Xiaoxia eine Nachricht geschrieben hat.

»Liebe Sanne, das hier dauert länger, Fang und ich versuchen gerade einige Dinge zu regeln, mach dir einen schönen Nachmittag, ich bringe dir um 19 Uhr Tian zum Abendessen. Dann reden wir.«

Für mich hört sich das total dubios an. Sie bringt mir Tian? Und geht dann wieder? Trifft sie sich woanders mit Zitian?

Hat sie Angst, er könnte ebenfalls verhaftet werden, sobald er hier im Haus ist?

Schon wieder krampft sich mir der Magen zusammen, aber dann entschließe ich mich, Xiaoxias Rat zu folgen.

Seitdem ich hier bin, wollte ich ins Französische Viertel, in den Reiseführern eigentlich Französische Konzession genannt, weil es früher einmal in französischem Besitz war. Ich bin froh, dass ich endlich einen Entschluss gefasst habe, und rufe die Seite auf, die ich schon abgespeichert hatte, und lese noch einmal nach:

Ursprünglich war dieses Gebiet direkt am Fluss ein einziges Sumpfgebiet ohne Reisfelder und ohne Gartenanlagen. Mehr boten die Chinesen dem ersten Konsul Charles de Montigny nicht an, als er 1849 kam, um die Einrichtung einer Konzession auszuhandeln. Dort sollte französisches Recht gelten, und die Franzosen sollten Immobilien erwerben dürfen. Es dauerte allerdings nicht lang, da wurde aus dem trostlosen Fleckchen Erde ein trendiger Ort, mit aus Frankreich importierten Plantagen, schönen Villen und einem Einrichtungsstil, der das Flair der französischen Hauptstadt Paris direkt nach Shanghai brachte: Art déco.

Ich lese weiter und finde das schon enorm: Ihren Höhepunkt erreichte die Französische Konzession nach dem ersten Weltkrieg. 1934 hatte sie fast so viele Einwohner wie heute Hannover, es gab eigene Kirchen, Schulen, Krankenhäuser und sogar Bordelle. Und auch für die Chinesen wurde dieses Französische Viertel reizvoll – waren es die französischen Bordelle, frage ich mich beim Lesen, oder doch, wie beschrieben, die ersten Autos, die dort zu bestaunen waren?

Egal, es war wohl eine grandiose Zeit in den Vierzigern.

Aber das Glück währte nur bis 1941. Mit der Besetzung durch japanische Truppen strömten Chinesen in die Französische Konzession, um dort Schutz zu suchen. Die Zeit der französischen Leichtigkeit war vorbei, und es wurden Vereinbarungen zur Rückgabe der Gebiete unterschrieben. Schließlich verließen die Franzosen 1946 »ihre« Stadt. Doch die französische Seele, so lese ich in dem Bericht, lebt dort weiter.

Gut. Ich stecke mein Smartphone wieder ein und stehe auf. Der Tag ist eigentlich für einen solchen Ausflug wie gemacht – nicht nur, weil er mich auf andere Gedanken bringt, sondern auch, weil das Wetter perfekt passt: Es geht ein lauer Wind, fast wie an der Côte d'Azur. Ich gehe zu Ayi, um ihr von meinem Plan zu erzählen, und sie nickt und zeigt mir dann mit den Händen eine Sieben. Ich verstehe und mache das Zeichen zum Essen ... wir nicken beide, und es hätte nicht viel gefehlt, und wir hätten uns umarmt.

Amanda

Alex' Antwort auf meine Foto-Nachricht lässt nicht lange auf sich warten: ein hochgereckter Daumen, ein Emoji.

Hmm, denke ich, origineller wäre es vielleicht auch gegangen, aber vielleicht war er ja von neugierigen Bankern umringt, was weiß ich, wie es dort oben in den Türmen zugeht?

Der Ansatz eines Spitzenstrumpfs – und schon steht er parat.

Aber den Gedanken wische ich schnell wieder beiseite. Ich möchte ihn schließlich nicht nur darauf beschränken, ich möchte den ganzen Alex sehen, den ganzen Alex in seiner Art, seiner Position, seinem Intellekt. Schließlich habe ich ihn mir ja als Mann fürs Ganze ausgesucht.

Und für die vielen Jahre, die jetzt kommen.

Aber halt: Ich muss erst mal abwarten, wie er sich das überhaupt vorstellt. Und wie ich mich dabei fühle. Vielleicht sollte ich vorerst nur mit Handgepäck einziehen. Was ist, wenn mir die Wohnung gar nicht gefällt?

Gelsenkirchener Barock etwa? Alles wuchtig, hochglänzend und ornamental? Edelholzfurnierte Kommoden und Schränke, von den Schwiegereltern in den Fünfzigerjahren gekauft und dem jungen Ehepaar zur Hochzeit vermacht?

Ich sehe mich in meinem lichtdurchfluteten Appartement um, modern, reduziert, klare Linien. Und überhaupt – was wird damit passieren? Will er das dann aufgeben?

Das wäre natürlich eine listenreiche Idee: *Amanda, Liebling, ziehe zu mir ins Haus, damit wir uns näher sind* … und flugs könnte er den Mietvertrag kündigen, und wenn er mich vier Wochen später vor die Tür setzt, heißt es: *Sorry, Liebling, da haben wir uns in unserer Liebe wohl vertan*, dann habe ich gar nichts mehr – und er hat eine Menge Geld gespart.

Pfui, Amanda, sage ich mir, was reimst du dir da zusammen?

Aber ein komisches Gefühl bleibt, auch als etwas später eine Nachricht eingeht, dass er mich gegen 19 Uhr zum ersten gemeinsamen Abend bei sich zu Hause abholen werde. Catering sei bestellt, das Bett frisch bezogen, alles präpariert. Ich bräuchte nicht viel mitzunehmen, einen Schlafanzug schon gar nicht.

Sanne

Das Französische Viertel ist wirklich, als wäre man in Europa und nicht in Asien. Ich habe meinen Reiseführer dabei und gehe die beschriebenen Gassen ab, schau mir die Häuser an, lese die Inschriften und mache mich mit der Geschichte der damaligen Bewohner vertraut.

Irgendwann habe ich allerdings genug gesehen und gelernt und flaniere einfach so herum, ohne festes Ziel. Designerboutiquen neben Lifestyle-Shops, Kunsthändler neben Schmuckläden, internationale Ketten neben chinesischen Designern. Es gibt wirklich viel zu sehen, zwischendurch bleibe ich stehen, betrachte dies und das, ein rosarotes Schweinchen auf den Hinterbeinen stehend als besonderes Kunstwerk oder das futuristisch gestaltete weiße Fahrrad mit roten Reifen. Sieht toll aus. Das hätte ich gern. Zwischendurch schaue ich auf mein Handy, ob sich etwas Neues ergeben hat, ansonsten aber lenke ich mich ab. Der Ausflug tut mir gut, ich bin mit meinen Gedanken weit weg von den jüngsten Ereignissen.

Vor allem, als ich beim Weitergehen aus Versehen bei Tiffany vorbeikomme. Tiffany, das weckt sofort gute Gefühle in mir. Ich sehe direkt Audrey Hepburn vor mir und *Frühstück bei Tiffany*. Mit Alex war ich mal in New York, und wir standen auf der 5th Avenue eine Weile vor dem legendären Original, aber wir sind nicht in das Geschäft hinein, wir wollten nicht so tun, als hätten wir echtes Kaufinteresse. Schon die Auslagen waren uns zu teuer. Aber hier, das sehe ich gleich, gehen sogar junge Leute hinein.

Also warum nicht ich? Ich könnte mir doch ein teures Abschiedsgeschenk von Alex aussuchen?

»Goodbye, mach's gut?« Gibt es nicht sogar ein Lied mit diesem Titel? Das wäre doch eine runde Sache.

Ich gehe drei jungen Frauen nach, Anfang zwanzig, wenn überhaupt. Die gehen völlig unbefangen in dieses Geschäft hinein, so als wäre es der günstige Bijoux-Laden einer Kaufhauskette, und lassen sich an den Glasvitrinen vom Fachpersonal doch tatsächlich einige Stücke zeigen. Ich beobachte sie mit etwas Abstand und staune.

Die drei haben wirklich keine Hemmungen, die Ringe anzuprobieren oder sich gegenseitig Halsketten anzulegen, und das alles mit viel Gerede, einigen Selfies, offensichtlichem Spaß und Gelächter. Und sie sind nicht die Einzigen. Ich beobachte auch andere Chinesen, die sich alles Mögliche zeigen lassen. Die Ehrfurcht, die ich vor teuren Schmuckstücken habe, kennen sie gar nicht. Ich traue mich nun auch näher an die einzelnen Vitrinen heran.

Ja, stelle ich fest, es ist nicht ganz so hochpreisig wie in New York. Oder aber dies ist die Abteilung für die Tiffany-Anfänger. Alles umgerechnet etwa zwischen 1000 und 5000 Euro. Die wahren Schätze scheinen im oberen Stockwerk zu sein, denn an die Fahrstühle, das fällt mir auf, gehen nur wenige Kunden: auffallend gut gekleidete Chinesen mittleren Alters, meist Paare, jeweils von zwei Angestellten in Maßanzügen flankiert.

Ich betrachte die Ringe an meiner Hand. Der schmale Ehering an meiner rechten Hand, gekoppelt mit meinem Verlobungsring mit einem schwebenden Diamanten. Den fand ich all die Jahre besonders schön. Am Mittelfinger der linken Hand ein Memory-Ring, pro Kind und besonderen Ereignissen sollten sich an diesem Ring die Diamanten mehren, es ist aber bei einem geblieben. Und den linken Ringfinger schmückt ein etwas wuchtiges Exemplar, ein in Gold gefasster Smaragd, den ich auf unserer Südamerikareise von Alex zu meinem 30. Geburtstag bekommen habe. Ich liebe ihn noch heute, aber ganz besonders liebe ich die Geschichte der Smaragde, die mich schon seit meiner Schulzeit fasziniert: Ich hatte damals gelesen, dass sowohl die Ägypter als auch die Inkas und Azteken diesen Edelstein schon um das 13. Jahrhundert vor Christus zu Schmuck verarbeitet hatten – sie verwendeten ihn auch für besondere Rituale und Verzierungen. Und ganz besonders faszinierend fand ich, dass Kleopatra eine eigene Smaragdmine hatte – und dass dieser grüne Edelstein auch heute noch in arabischen Ländern von vielen Ärzten getragen wird, weil er als Stein der Heilung gilt.

Und weil ich im Mai Geburtstag habe und der Smaragd als Juwel des Frühlings gilt und den Maigeborenen Glück verleihen soll, passt er ganz besonders gut zu mir, als mein Glücksbringer, der mich mein Leben lang begleitet. Er wird einmal das persönlichste Stück sein, das ich Elena vererben werde.

Während ich seinen Smaragdschliff im funkelnden Licht der Auslagen bewundere, hat mich eine Verkäuferin entdeckt. Sie spricht mich sofort auf Englisch an, bewundert meinen Ring und führt mich zu einer Auslage mit Smaragden.

Oje, das hätte sie nicht tun sollen.

Wunderschön, was sie mir da präsentiert. Vor allem die passenden Anhänger. Einer in Tropfenform, 3,45 Karat, mit einem Brillanten an einer feingliedrigen Kette. Au, ich bin verführbar, ich weiß es. Aber fast 4000 Euro, da schaffe ich es dann doch, mich abzuwenden. Aber die Verkäuferin ist gut geschult, sie hat gleich erkannt, dass da noch was geht. Und wie recht sie hat: Als sie mir die passenden Ohrstecker zu meinem Ring zeigt, ist es mit meinem Widerstand vorbei.

Und ich brauche ja auch eine Erinnerung an Shanghai, rede ich mir ein, nicht einfach nur ein paar T-Shirts. Außerdem verdienst du ja dein eigenes Geld, sage ich mir, also, Sanne, gib deiner sparsamen Seele einen Schubs und lege 980 Euro auf den Tisch.

980 Euro? Ehe ich noch lang darüber nachdenken kann, habe ich die Stecker schon in meinen Ohren und einen Handspiegel vor dem Gesicht. Sie sind wunderbar, ich streiche mein Haar hinter die Ohren und halte meine Hand mit dem Ring daneben. Es passt. Es sieht aus, als seien Ring und Ohrstecker aus einem Guss.

Sie hat mich, und sie weiß es, ich sehe es ihr an. Das wissende Lächeln um ihre Mundwinkel verrät sie, und ich kapituliere.

»Ja«, sage ich auf Deutsch.

»Yes, wonderful! You are right.«

Und um das Ganze noch zu unterstreichen, nicke ich. Und ignoriere meine innere Stimme:

Was ist, wenn du dich scheiden lässt und dein Geld für Umzug, Möbel, neues Leben brauchst?

Der Smaragd bringt Glück, halte ich dem entgegen, das wusste schon Kleopatra. Also bringt er mir ab jetzt dreifaches Glück!

Ich lasse die Smaragde gleich an, und die Verkäuferin packt meine alten Ohrstecker, zwei kleine Goldperlen, in die neue, kleine Schmuckschatulle und geht mit mir zur Kasse.

Dort stehen schon die drei jungen Frauen von vorhin und legen ihre Beute auf die Glasplatte. Ich staune nicht schlecht. Einige Ringe und Anhänger, und egal, welche Summe die Kasse anzeigt, eine Kreditkarte nach der anderen wird über den Tresen geschoben. Zum Schluss wird alles säuberlich eingepackt, und die drei ziehen, fröhlich ihre Tiffany-Tüten schwingend, lautstark ab.

Ich kann nicht anders, ich muss an meine etwa gleichaltrige Tochter denken. Nie im Leben hätte Elena so mir nichts, dir nichts Tausende von Euros ausgeben können. Ganz nebenbei, für Schmuck. Bei einem Sonntagsspaziergang.

Wahnsinn.

Ich denke noch eine Weile darüber nach, während ich die schattige Baumallee entlanggehe, um wieder in die engen Gassen des Französischen Viertels zurückzugelangen. Die Schattenspiele auf dem Fußweg gefallen mir, und ich taste nach meinen neuen Ohrringen. Endlich hat der Bob mal eine positive Seite, er kann mit meinem neuen Schmuck spielen. Haare vor, Haare zurück, ich freu mich darüber. Und bin unversehens wieder zwischen den niedrigen Backsteinhäusern, von denen ich weiß, dass man früher häufig einen Raum untervermietete – als günstige Unterkunft für Künstler und Schriftsteller. In dieser Straße war ich schon, und nun kenne ich mich wieder aus.

»Xintiandi« hatte ich mir schon auf meinem kleinen Block notiert, und ich bin stolz, dass ich niemanden fragen muss. Ich finde das Restaurant, das mir vorhin mit seinen runden Holztischen und Holzstühlen in zartem Hellblau aufgefallen war. Es spricht mich in seiner stylishen Gemütlichkeit an, und ich habe Glück, denn gerade wird ein Tisch frei. Ich beeile mich, damit er mir nicht weggeschnappt wird, und lasse mich mit einem wohligen Gefühl auf den gepolsterten Sitz sinken.

Es geht mir gut, denke ich, mein Gott, geht es mir gut!

Ein Kellner legt Getränke- und Speisekarte vor mich hin, und ich bestelle erst mal ein Mineralwasser. Das tut bei der Hitze immer gut. Für alles andere brauche ich mehr Zeit, denn auch auf der englischen Seite der Speisekarte verstehe ich nicht alles, also muss ich zwischendurch mein Übersetzungsprogramm zurate ziehen.

Schließlich habe ich mich entschieden und bestelle Currynudeln mit kleinen Tomaten und knusprig gebratenem, pikantem Krabbenfleisch. Und dazu gönne ich mir ein Glas Weißwein.

Morgen kann schon alles vorbei sein. Aber diesen Gedanken verbanne ich ganz schnell wieder. Auch das Handy vermeldet nichts Neues, das beruhigt mich.

Ich sehe mich um. In diesem Restaurant sitzen extrem viele junge Menschen, die meisten extravagant und teuer gekleidet. Langsam bekomme ich den Eindruck, hier seien nur die Sprösslinge superreicher Eltern unterwegs. Arm und Reich in Shanghai, das scheint mir wirklich entweder Hölle oder Himmel zu sein, dazwischen gibt es nichts. Ich versuche gerade einen Vergleich zu Deutschland zu ziehen, da fällt mir eine Frauengruppe in einer Ecke auf … ich schätze sie auf Anfang zwanzig, lange, offene Haare, runde Brillen, Schlapphüte, wie wir sie in den Siebzigern getragen haben. Und mitten auf dem Tisch sitzt eine Katze mit Boxernase. Völlig plattes Gesicht. Ich bin, ehrlich gesagt, auch platt.

Man hört ja vieles, aber diese Katze sieht nicht so aus, als wäre sie fürs Mittagessen mitgebracht worden. Sie hat ein rot-weißes, gepflegtes Fell – und, ja, sie sitzt mitten auf dem Tisch. Ihr Halsband glitzert, als sei es direkt von Tiffany. Und – wer weiß, denke ich gleich darauf – vielleicht ist es das ja auch.

Amanda

Als Alex klingelt, habe ich meine kleine Reisetasche schon gepackt und stehe aufbruchbereit an der Wohnungstür. Er begrüßt mich, indem er mich in die Arme schließt, geht dann aber noch mal an mir vorbei in die Wohnung.

»Doch, wirklich schön«, sagt er, lächelt mir zu und bleibt an der großen Fensterfront stehen. »Besonders der Ausblick, der Blick auf die Frankfurter Lebensader.«

Ich betrachte ihn, er sieht locker aus, trägt Jeans und über seinem weißen Hemd einen übergeworfenen, purpurfarbenen Pullover.

»Ja«, sage ich, trete zu ihm und werde das komische Gefühl nicht los, dass er sich gerade über den Mietvertrag Gedanken macht.

»Aber«, meint er und streicht mir übers Haar, »du wirst sehen, unser Haus ist auch nicht schlecht.«

Dieses *unser* stört mich, noch gehört es ihm und seiner Frau. Aber ich sehe darüber hinweg. Noch.

»Ich bin gespannt«, sage ich, »und auch ein bisschen erstaunt.«

»Erstaunt?« Er sieht mich kurz fragend an. »Erstaunt? Warum?«

»Na ja«, meine ich, »das ist ja keine Selbstverständlichkeit? Oder etwa doch?«

»Ob ich alle meine Freundinnen nach Hause schleppe? Steckt das hinter deiner Frage?« Alex schüttelt den Kopf. »Nein, da kannst du völlig beruhigt sein, ich habe nur dich.«

Ich glaube ihm nicht. War da nicht noch was Junges, mit dem er gestern abgezogen ist?

Aber ich lasse es dabei bewenden.

Meistens sind Diskussionen mit Männern fruchtlos, sie führen zu nichts – außer zu schlechter Laune. Auf beiden Seiten.

Also lächle ich. »Ja dann, lass uns gehen.«

Alex hat sein Auto im Halteverbot geparkt. Das ist mir früher schon aufgefallen, die Mühe, sich lange nach einem Parkplatz umzusehen, macht er sich nicht.

Und meistens hat er auch noch Glück, wie so oft klemmt kein Strafzettel unter seinem Scheibenwischer. Er hält mir die Tür auf, verstaut mein Gepäck auf dem Rücksitz und fährt los.

»Haben wir es eilig?«, frage ich nach einer Weile und ernte eine Gegenfrage: »Warum?«

»Ich dachte nur, der Cateringmann steht vielleicht vor der Tür?«

»Alles schon geregelt.« Er wirft mir einen Blick zu und legt dann seine rechte Hand auf meinen nackten Oberschenkel. Mein Rock war beim Einsteigen etwas nach oben gerutscht, das scheint ihm zu gefallen. Er streichelt mit seinem Daumen innen am Rocksaum entlang, fährt deswegen aber keinen Deut langsamer.

Ich schlucke meine Belehrung von Vollgas und Vollbremsung herunter und versuche, an etwas anderes zu denken. An den Witz, dass ich diese Strecke gestern auch schon mal gefahren bin. Oder daran, welcher Möbelstil mich wohl erwartet? Wirklich die befürchtete Landhausgarnitur?

Und ob er wohl davon träumt, dass ich ihm auch mal eine Gans in der Landhausküche brate?

Schließlich sind wir da, und Alex fährt durch die Einfahrt über den knirschenden Kies auf das Grundstück. Den Stil des Hauses kenne ich ja schon, die mit weißen Steinen abgesteckten Blumenbeete auch. Der Rasen ist kurz gestutzt, kein Platz für wild wachsende Gänseblümchen, wahrscheinlich fährt so ein kleiner Rasenroboter herum und erledigt das.

Ich steige aus und sage etwas Nettes über das Haus.

»Nichts Besonderes«, erwidert Alex, »aber zumindest hat es inzwischen einen Wert, der sich sehen lassen kann.«

Ich werde das rocken, liebe Sanne, sage ich mir im Stillen, mach dir keine Sorgen. Dein Mann ist bei mir in guten Händen.

Kannst dir getrost einen anderen suchen …

Alex hat die Haustüre aufgeschlossen, und ich grinse wohl, als ich über die Schwelle trete.

»Freust du dich?«, fragt er mich.

»Ja«, sage ich, »vor allem auf die Zukunft mit dir.«

Da er nichts darauf antwortet, denke ich, dass er nicht ganz so weit denkt. Vielleicht denkt er überhaupt nur ein paar Monate weit, bis Sanne wieder da ist. Aber da wird nichts draus. Wenn ich erst mal am Ball bin, bleib ich auch dran, denn beiß ich mich erst mal fest, dann lasse ich nicht mehr los.

Nicht umsonst nennen uns die Angestellten aus den Frankfurter Banktürmen: die Hochhaus-Hyänen. Und so eine Hyäne, die ist tödlich.

Ich folge Alex ins Haus und sehe schon, dass es hell und freundlich ist. Zumindest der Flur hat schon mal keine dunkelbraune Garderobe mit integriertem Spiegel. Ich hasse diese Dinger. Und womöglich noch mit entsprechenden Stahlrohren für die praktische Schuhablage.

Ich weiß nicht, ich habe wahrscheinlich ein Kindheitstrauma, was alte Möbel vom Flohmarkt oder von irgendwelchen Tanten angeht.

Aber Alex ist schon weiter, und an ihm vorbei trete ich ins Wohnzimmer und lasse den ersten Eindruck auf mich wirken. Das ist gut, denke ich, das trifft auch meinen Geschmack. Naturtöne herrschen vor: creme, ton- und erdfarben. Ein großes knallrotes, modernes Gemälde hängt an einer ansonsten leeren Wand, auf der anderen Seite geht der Blick durch große Fenster in den Garten. Moccafarbener Parkettboden und darauf mitten im Raum eine cremefarbene Couchlandschaft mit passenden Sesseln. Unzählige Kissen in Naturtönen liegen einladend über die Couch verteilt, ein langer Holztisch mit klassischen Freischwingern steht am Fenster, an der Wand ein Sideboard und ein großer, mit Schnitzereien und Einlegearbeiten verzierter Schrank. Ich bin keine Fachfrau, aber der sieht teuer aus.

Das Wohnzimmer gefällt mir, prima, ich bin beruhigt. Also doch kein Gelsenkirchener Barock. Ich dreh mich nach Alex um.

»Und?«, will er wissen.

»Was meinst du?«

»Ob du es hier aushältst?«

Ich nicke und denke, nun ist es Zeit, ihn in den Arm zu nehmen. Und er scheint darauf gewartet zu haben, sein Kuss ist warm, nicht fordernd, ein Begrüßungskuss.

»Das Catering steht in der Küche, der Champagner ist kalt, falls du magst, der Rotwein warm.«

Er grinst.

»Und … wo ist die Küche?«

»Folge mir!«

Die Küche, das sehe ich gleich, ist die Küche einer richtigen Hausfrau. Eine, die weiß, wie ein Braten geht und wie man ein mehrgängiges Menü zubereitet. Schon das Regal mit den ganzen Kochbüchern, keine Zierde, sondern Arbeitsmaterial, und dann der Block mit dem Gasherd und der großen Arbeitsplatte in der Mitte des Raumes. Kein Raumschmuck, sondern häufig benutzt. Neben dem Kühlschrank liegt eine mit Folie bedeckte Platte.

»Ich hoffe, du hast Appetit darauf.«

»Was ist es denn?«

»Asiatisch, habe ich mir gedacht.«

»Aha?«

»Ein paar Sushi und ein paar kleine Happen. Curry-Gerichte, ein bisschen Seafood und so.«

»Hört sich gut an.«

»Ja dann …«, er lächelt mir zu und schiebt mir völlig beiläufig einen Hausschlüssel über die Anrichte zu, »damit du den schon mal hast. Geschirr, Servietten, Gläser, alles, was du sonst noch brauchst, ist im Wohnzimmer. In dem großen Schrank. Das hier«, er nickt zu dem großen Tablett hin, »und Getränke bringe ich.«

»Muss man da noch was erhitzen?«

»Ich schau mal.«

Sanne, denke ich, was habe ich für ein Glück, dass du so einen guten Geschmack hast.

Sanne

Je länger ich hier am Tisch sitze, desto größer wird meine Unruhe. Ich habe das Handy inzwischen neben meinem Teller liegen, was ich normalerweise nie tue, denn ich hasse das bei anderen auch. Aber ich möchte nichts verpassen. Und schon gar keine Nachricht von Xiaoxia.

Trotz meiner Nervosität versuche ich, mich auf mein Gericht zu konzentrieren, und stelle fest, dass es ausgezeichnet schmeckt. Das Glas Wein dazu entspannt mich ein wenig.

Wird schon nicht alles so schlimm werden.

Tja, denke ich. Was hatte ich nicht schon alles über China gelesen. Wie missliebige Menschen verschwinden, einfach so. Kritiker, Andersdenkende, Journalisten …

Du bist nicht im Visier, sage ich mir. Sie haben Jianlin mitgenommen. Vielleicht klärt sich ja auch alles, und er ist längst wieder zu Hause. Ein Missverständnis, eine Zeitungsente.

Wahrscheinlich ist es so. Es ist nur keinem eingefallen, dir das mitzuteilen.

Trotzdem, während ich so dasitze, mein Weinglas zwischen Daumen und Zeigefinger drehe und die Grazien mit ihrer Katze beobachte, fallen mir Schlagzeilen ein, die ich vor meiner Abreise in Deutschland über China gelesen hatte: »Über eine Million Amtsträger wegen Korruption bestraft.«

Na ja, habe ich da gedacht, die tun wenigstens was. Überall, in jedem einzelnen Land dieser Erde hört man von Korruption. Hier ein Bakschisch, dort muss man schmieren, überall wird die Hand aufgehalten. Also, habe ich noch gedacht, das ist doch für alle gut, wenn solche Leute ausgeschaltet werden.

Aber den Fall der fünf Buchhändler, die plötzlich verschwanden, weil sie chinakritische Literatur verkauft hatten, fand ich dann schon beunruhigend. Und vor allem, dass sie, als sie wieder auftauchten, ihr Vergehen öffentlich bereuten.

Hallo? Buchhändler?

Ich hatte das zu Hause noch mit einem Lächeln der Ungläubigkeit gelesen. Fünf Buchhändler? Irgendwie klang das völlig unglaubwürdig.

Und jetzt?

Jetzt bin ich in China und kann, unabhängig von Jianlin, absolut nichts Schlimmes erkennen. Die Sonne scheint, die Menschen sind fröhlich, wo sind die angeblichen Spitzel und Denunzianten, von denen ich gelesen hatte? Um mich herum sehe ich nur unbeschwertes Leben.

Aber dies hier ist natürlich nur ein Mini-Mini-Ausschnitt des riesigen Landes. Vielleicht ist Shanghai so etwas wie ein außerirdisches Fleckchen Erde, vom restlichen China abgekoppelt?

Ich bin kein politischer Mensch, wirklich nicht. Und ich möchte mein Leben nicht mit den Problemen anderer beschweren. Freunden, Bekannten, Nachbarn helfe ich gern, wenn ich kann, aber ich setze mich nicht für globale Ziele ein. Und weltpolitische Dimensionen schrecken mich eher. Das gefährliche Spiel testosterongesteuerter Männer mit dem Weltfrieden? Ich würde sie alle in die Klapsmühle stecken und ihnen Spielzeugpanzer in die Hand drücken, dann könnten sie stundenlang herumballern. Buff, bäng, du bist tot.

Der Kellner kommt an meinen Tisch und lenkt mich von meinen Gedanken ab. Ein Nachtisch? Eigentlich bin ich satt, aber der Platz ist so schön, den möchte ich ungern so schnell aufgeben.

Ich schau mich um, überall sitzen sie vor halb vollen Gläsern, offensichtlich will keiner gehen. Ich auch nicht. Also bestelle ich ein zweites Glas Wein, das erste ist überraschenderweise schon leer. Ich muss es ja nicht austrinken, sage ich mir, aber damit habe ich mir die Berechtigung erkauft, hier noch eine Weile sitzen zu bleiben.

Amanda

Ich weiß nicht, was er hat, aber offensichtlich ist er nicht auf Sex aus.

Während es draußen langsam dunkel wird, essen wir das Sushi und leeren eine Flasche Wein. Alex ist gesprächig. Anders als sonst. Er erzählt mir von seiner Kindheit, von seiner Jugendband, dic sie mit sechzehn gegründet und mit der sie bei den Mädchen so viel Erfolg hatten, und überhaupt, er ist aufmerksam und nett und gut gelaunt. Aber er ist überhaupt nicht der Alex, den ich aus meinem Appartement kenne.

Hat er einen Zwillingsbruder?

Der Verdacht steigt urplötzlich in mir auf, und ich muss fast darüber lachen. Irgendetwas muss er gespürt haben, denn er fragt: »Fühlst du dich wohl?«

»Ja, sehr«, sage ich, und es ist wirklich nicht gelogen.

»Das freut mich!« Er tätschelt meine Hand und greift dann zur Flasche, um nachzuschenken.

»Und du?«, will er wissen, »hast du auch so eine glückliche Kindheit gehabt?«

Meine Kindheit und glücklich!

Ich weiß überhaupt nicht, was ich darauf sagen soll.

»Nicht ganz«, sage ich ausweichend.

»Nun«, er hebt sein Glas, um mit mir anzustoßen, »als junger Mensch hat man die Vorstellung, es wäre ganz leicht, die Welt zu erobern. Und es wäre auch ganz leicht, den richtigen Weg zu finden. Ich zumindest habe darauf vertraut, dass der richtige Weg mich findet …« Er muss über seine eigenen Worte lachen. »*Once upon a time …*«, sagt er schmunzelnd.

»Oh!«, unterbreche ich ihn und bin ehrlich erstaunt, »hast du den auch gesehen? Mit Lana Parrilla und Jennifer Morrison?«

Er runzelt die Stirn.

»Mit wem?«

»Na, Jennifer Morrison …?«

Vielleicht kennt er ja nur deren Künstlernamen? »Emma Swan?«

»Nein, nein«, sagt er und winkt ab. »Das war Mary Hopkin!«

»Mary Hopkin?« Ich durchforste mein Gehirn. »Und wen soll die gespielt haben?« Ginnifer Goodwin fällt mir ein. »Meinst du Schneewittchen? Die wurde von Ginnifer Goodwin gespielt.«

»Schneewittchen?« Er blickt mich ratlos an. »Wovon sprichst du?«

»Ja«, sage ich und zucke die Schultern, »doch wohl von dem gleichen wie du? Von *Once upon a time …*?«

»Ich spreche von Mary Hopkin und …«, unversehens beginnt er zu singen, »Once upon a time there was a tavern, where we used to raise a glass or two …«

Ich bin sprachlos.

»Kenn ich nicht«, sage ich.

»Hmm …«, sagt er, und wir sehen uns ratlos in die Augen.

»Generationsproblem«, sagt er dann. »Was ist das, wovon du gesprochen hast?«

»Eine amerikanische Fantasyserie. Auf Netflix.«

»Ahh«, sagt er. »Und meines ist ein Lied. Aber der Titel, der Titel, wart mal …«, er nimmt einen Schluck, »ja, das ist des Rätsels Lösung, der Titel lautet: *Those were the days.*«

»Aha.«

»Ja, und das Lied fängt dann nur so an … genauso an wie deine Fernsehserie.«

Er steht auf und geht an die offene Schiebetür.

»Wir könnten uns noch ein bisschen raussetzen. Es ist warm genug.«

Ich stehe ebenfalls auf. Er hat recht, es ist noch lau – und draußen steht eine Gartengarnitur mit allem, was ein teurer Anbieter so hergibt. Selbst eine wie ein Blatt geformte, geflochtene Liege fehlt nicht.

»Wir hätten draußen essen können«, sage ich.

»Wir haben noch jede Menge Tage.« Damit dreht er sich nach mir um, schiebt seine Hand unter mein Haar und fasst mir in den Nacken. Und während er mich zu der Liege dirigiert, sage ich: »Und wenn jetzt ein Nachbar hinter einer Gardine steht?«

»Dann wird er sich daran gewöhnen müssen.«

Sanne

Ich habe das zweite Glas nicht ganz ausgetrunken, aber auch so spüre ich den Alkohol. Also bestelle ich noch einen Espresso, bevor ich mich aufmache. 19 Uhr hat Xiaoxia auf ihrem Zettel als Treffpunkt vermerkt. Bis dahin bleibt noch reichlich Zeit, aber trotzdem drängt mich was. Ich muss einfach zurück, wer weiß, was zu Hause passiert.

Ich muss mich höllisch konzentrieren, um den Weg zurück zu finden, den ich hergekommen bin. Ein paarmal bleibe ich ratlos stehen und frage Passanten und bin jedes Mal über die entgegenkommende Freundlichkeit erstaunt, mit der mir Auskunft gegeben wird. Am Schluss habe ich sogar einen Stadtplan mit blau gekennzeichnetem Weg, den eine junge Frau auf meinem Handy für mich herunterlädt. Es nützt mir nur nicht viel, weil alle Schriftzeichen chinesisch sind, aber da sie sich so über ihren Erfolg freut, freue ich mich eben mit.

Als ich endlich in meiner Straße ankomme, bin ich wieder völlig nüchtern, aber auch völlig durchgeschwitzt. Die Anstrengung gepaart mit Aufregung setzt mir zu, denke ich, und zudem hat es, das schätze ich zumindest, locker dreißig Grad. »Du bist halt doch keine zwanzig mehr«, flüstere ich mir zu, kann aber, anders als sonst, über diesen Gedanken überhaupt nicht lachen.

Von außen wirkt das Haus ganz normal, es ist nichts Außergewöhnliches zu erkennen. Im Näherkommen ziehe ich meinen Hausschlüssel aus der Tasche, aber bevor ich ihn ins Schloss stecken kann, geht die Tür auf. Ich erschrecke kurz, aber es ist Ayi, die mir öffnet.

Ich mache große Augen und ziehe fragend die Schultern hoch, sie hebt nur beide Hände, und ich hole tief Luft, noch nichts Neues, und gehe hinter ihr her ins Haus und die Treppen hoch.

Dort weist sie zum Wohnzimmer und sagt etwas auf Chinesisch, das ich natürlich nicht verstehe. Als ich eintrete, erkenne ich, dass sie auf einen Gast zeigt.

Eine Frau, die sich einen Stuhl ans Fenster gezogen hat und hinaussieht.

Ich bleibe stehen, aber die Frau hat mich schon gehört und dreht sich nach mir um.

»Hello«, sage ich auf Englisch und überlege, wer sie sein könnte. Freund oder Feind?

Zu dumm, dass ich Ayi nicht fragen kann. Und sie ist auch schon nicht mehr da.

Es ist eine Chinesin, allerdings mit hellbraunen Haaren und europäischem Einschlag. Etwa in Xiaoxias Alter, würde ich schätzen, aber sehr viel frecher gekleidet und jünger frisiert. Die

Haare stehen wohlgeordnet in jede Richtung ab, die weiße Bluse hängt lässig über der löchrigen, weiten Jeans.

»Ich bin Jiao«, sagt sie auf Deutsch. »Xiaoxias Freundin. Allerdings wohne ich inzwischen nicht mehr in Shanghai, sondern in Peking. Sie hat mich angerufen, da bin ich gekommen.«

Wir schütteln uns die Hand, und ich frage mich, inwieweit ich dem trauen kann, was sie mir sagt? Xiaoxia hat noch von keiner Freundin in Peking erzählt. Andererseits: Warum sollte sie? Ich habe ihr von meinen Freundinnen in Deutschland ja auch nicht erzählt, bisher gab es keinen Anlass dazu.

Ayi kommt mit einem Tablet herein, stellt eine Teekanne und zwei Becher auf dem Tisch ab und fragt Jiao etwas.

Sie gibt die Frage an mich weiter: »Ayi fragt, ob Sie Hunger haben und vielleicht etwas essen möchten?«

Ich verneine und erzähle von meinem üppigen Mahl. Außerdem schnürt es mir gerade den Magen zu, das sage ich aber nicht.

»Nun gut«, Jiao nickt mir zu, »dann komme ich später wieder und gehe jetzt etwas an die Luft, die ewigen Klimaanlagen machen mich krank.«

Die Klimaanlagen? Hier im Haus sind sie nur minimal eingestellt. Während Ayi in die Küche zurückgeht, gibt sie mir einen Wink, ihr zu folgen. Nun verstehe ich gar nichts mehr.

Das scheint sie auch zu sehen, deshalb legt sie einen Zeigefinger auf den Mund und geht zum Wohnzimmer hinaus die Treppe hinunter Richtung Haustür. Wieder die winkende Bewegung.

Will sie mich jetzt entführen, oder was?

Aber schließlich folge ich ihrem eindringlichen Gesichtsausdruck und verlasse mit ihr das Haus. Auf die Straße geht sie nicht, sondern nur um das Haus herum in den kleinen, von hohen Steinmauern geschützten Garten.

Dort setzt sie sich in der Nähe des einzigen Baumes ins Gras.

»Tut mir leid«, sagt sie, »aber nur hier können wir reden.«

Also setze ich mich ihr gegenüber ebenfalls ins Gras.

»Ich verstehe nicht«, sage ich.

»Ganz China ist ein großes Ohr«, sagt sie. »Wussten Sie das nicht? Sie kennen doch George Orwells Roman *1984*, *Big Brother is watching you*?«

»Schon gehört«, sage ich.

»In der Gesellschaft, die Orwell beschreibt, befindet sich jeder unter der vollständigen Überwachung durch die Behörden. Der Große Bruder ist allgegenwärtig und verfolgt die Bürger bis in die intimsten Bereiche ihres Lebens.«

Ich antworte nicht.

»Nur«, fährt sie fort, »ein Staat, der so funktionieren soll, braucht auch Helfer. In China wird jeder Mitbürger zum Denunziantentum aufgefordert. Es winken sogar Prämien. Beobachte deinen Nachbarn, melde, was er Verbotenes tut, und du bist ein Held.«

Instinktiv sehe ich mich um.

»Wir sind die Vorreiter im Einsatz modernster Überwachungstechniken, das wissen Sie sicherlich, wird ja auch in Deutschland oft genug berichtet. Es gibt eine spezielle Überwachungs-App, damit der Bürger verdächtige Handlungen seiner Mitmenschen sofort an die richtige Stelle melden kann.«

Mich fröstelt.

»Das Ziel ist, dass sich der gute Bürger in vorauseilendem Gehorsam selbst anzeigt, sollte er etwas Schlechtes im Sinn haben. Schlecht in der Definition des Regimes.«

»Warum erzählen Sie mir das alles?«

»Nur, damit Sie verstehen, warum wir jetzt auf der Wiese sitzen. Einzig eine Drohne könnte uns sehen. Oder das Kameraauge eines Satelliten.«

»Sie meinen, im Haus gibt es … Mithörer? Ayi?« Das erscheint mir absolut blödsinnig. »Sie kann doch gar kein Deutsch.«

»Es gibt auch andere Formen als das menschliche Ohr, um Gespräche mitzuhören.«

»Wanzen?« Ich sage es zwar, aber ich glaube es nicht. Das kennt man doch nur aus alten Spionagefilmen … in Telefonhörern, Lampenschirmen, unter Tischkanten. »Aber die Menschen … die machen doch nicht alle mit?«, frage ich weiter.

»Nein, zum Glück nicht. Viele erinnert es zu sehr an die Zeiten unter Mao, an die Kulturrevolution. Aber manche tun es eben doch. Für den Verrat von Informationen gibt es Geschenke: Das kann Bargeld sein, ein Gutschein, eine kostenlose Taxifahrt, ein Online-Zahlungsrabatt – was auch immer. Für manche ist es verlockend.«

Ich schüttle ungläubig den Kopf.

»Das Problem ist, dass man von außen nicht erkennt, wer da mitspielt und wer nicht.«

»Wie damals in der DDR«, sage ich, »dort gab es auch eine Spitzel-Mentalität.«

»Ja, doch China ist weiter. Es gibt Kontrollstellen, da werden sie von oben bis unten gescannt. In der Provinz Xinjiang im äußersten Nordwesten wird das gerade ausprobiert. Mit großem Erfolg.«

»Und was suchen die da?« Ich kann es mir nicht vorstellen. »Ob man Waffen bei sich trägt, oder was?«

»Persönliche Daten wie Blutgruppe, DNA und andere biologisch relevante Daten.«

»Und wozu soll das gut sein?«

»Beispielsweise für Transplantationen …«

»Wie?«

»Organraub. Ein großes Thema in China. Auch bei den Häftlingen. Viele Anhänger von Falun Gong, einer Art kollektivem Bewegungstanz, um Körper und Geist zu kultivieren, sind verschwunden, nachdem Falun Gong als *böser Kult* gekennzeichnet und verboten wurde.«

»Verstehe ich nicht. Was ist daran schlimm, wenn man Körper und Geist kultiviert?«

»Ja«, sagt sie und streicht eine Haarsträhne zurück. »Meister Li Hongzhi führte Falun Gong 1992 in China ein. Die Hauptlehre beinhaltet: Wahrhaftigkeit, Barmherzigkeit und Nachsicht. Ethisches Verhalten und kein Töten von Lebewesen. Beeinflusst von Buddhismus, Daoismus und Konfuzianismus. Doch die spirituelle Disziplin war der Knackpunkt für den Staat. Zuerst wurde die neue Bewegung als Sport für alle gutgeheißen, doch als die praktizierenden Menschenmassen immer größer wurden und zahlreicher als die Anhänger der Kommunistischen Partei, griff die Partei zur Gegenwehr. Sie machte Falun Gong als gefährliche Ideologie aus und reagierte mit einer Verhaftungswelle. Wo sich ein Falun-Gong-Anhänger auf einer Wiese sehen ließ – wurde er inhaftiert. Ganz einfach. Und viele blieben weg.«

Ich brauche eine Weile, um das zu verdauen.

Jiao sagt nichts, sondern spielt abwartend mit einem Grashalm.

»Und warum sind Sie nun hier?«, will ich schließlich wissen.

»Um Xiaoxia und Zitian zu unterstützen, falls etwas passiert. Oder, um Sie zu unterstützen, falls Xiaoxia und Zitian etwas passiert.«

»Für mich hört sich das total gespenstisch an.«

Sie nickt. »Das kann ich mir vorstellen.«

»Wieso sprechen Sie eigentlich so gut Deutsch?«

»Ich habe in Heidelberg studiert, meine Großeltern leben noch dort. Meine deutsche Mutter hat ebenfalls in Heidelberg studiert, dort meinen chinesischen Vater kennengelernt, und beide sind dann nach China zurück. Xiaoxia und ich waren aber schon gemeinsam in der Schule. Es ist eine lange Freundschaft!«

Wieder sitzen wir uns eine Weile schweigend gegenüber, bis ich die Frage wage: »Und was ist nun mit Jianlin?«

»Es gibt Männer wie Jianlin in führenden Positionen, die sind drei Tage später wieder aufgetaucht, als sei nie etwas geschehen, und sie haben auch nie ein Wort darüber verloren. Dann gibt es Männer in solchen Positionen, die sind zwei Jahre später zum Prozess wieder aufgetaucht, mit schlohweißen Haaren und veränderter Körperhaltung. Und dann gibt es welche, die sind nie mehr aufgetaucht.«

»Und was glauben Sie?«

»Glaube? Ich glaube nichts.«

»Ich meine«, spreche ich meine Befürchtungen aus, »es geht doch um Korruption?«

»Es geht in China bis in die kleinste Ebene herunter um Korruption. Es geht um Zweit- und Drittfrauen, um Konkubinen, um ein Leben in Saus und Braus. Um Geldscheine oder Goldbarren, die irgendwo gehortet werden. Oder es geht einfach um einen unbequemen Rivalen. Dann ist es eine politische Entscheidung.«

Mein Blick geht an der Hausfassade hinauf und bleibt dort an einem der Fenster hängen. Täusche ich mich, oder ist das ein Gesicht? Ayi? Ich schüttle den Gedanken ab. Ich sehe Gespenster.

»Aber, Jiao«, sage ich, »ich weiß nicht. Ich bin jetzt seit knapp einem Monat in China, und ich habe nur fröhliche, hilfsbereite Menschen gesehen und kennengelernt. Jeder versucht, mir zu helfen, sobald ich den Weg nicht weiß. In den Restaurants feiern sie stundenlang, nirgends sehe ich unterdrückte oder gepeinigte Mienen. Wie kann das denn sein?«

»Na ja«, sie lächelt, »vor allem sind Chinesen rücksichtslose, laute Rempler und auch sehr oft sehr unhöflich. Aber bei einskommavier Milliarden Menschen muss man sich ja auch irgendwie durchsetzen«, sie zwinkert mir zu. »Aber Sie haben recht, im Kern ist der Chinese ein friedliebender Mensch, der gern seinen Überzeugungen nachhängt, für den Traditionen wichtig sind, der seine Kultur schätzt und pflegt und der seine Eltern und Vorfahren ehrt. Der gern stundenlang isst, feiert und körperliche Übungen im Freien macht, besonders die überlieferten, alten Choreografien wie Qi Gong. Das ist der Chinese, der einzelne. Aber der Staat ist wie ein Ameisenhaufen, unten die Basis, oben die Spitze. Die Masse muss sich dem Gemeinwohl beugen, es geht um Aufgabenverteilung, um Disziplin, Wille und schließlich um das große Ziel – das fängt im Kindergarten an. Wenn deine Eltern nicht linientreu sind, hast du als Heranwachsender keine Chance. Und egal, ob du top bist, du kommst nicht weiter. Vielleicht bekommst du nicht mal eine Zugfahrkarte.«

Das erscheint mir jetzt doch ein bisschen übertrieben. Keine Zugfahrkarte? Nicht das angestrebte Studium, ja, das könnte ich mir gut vorstellen. »Also doch wie damals in der DDR«, sage ich.

»Kommunismus ist Kommunismus. Wir sind alle gleich.«

»Nur manche ein bisschen gleicher«, füge ich an, und wir lachen beide ein bisschen bitter über diesen alten Spruch.

Aber dann fasse ich nach ihrer Hand. »Und was passiert jetzt?«, will ich wissen.

»Jetzt warten wir ab«, sagt sie und steht auf. »Und sobald sich etwas tut, handeln wir.«

Amanda

Ich spür schon die ganze Zeit, dass er sich scheut, mich ins Schlafzimmer zu führen. Fühlt er sich seiner Frau irgendwie verpflichtet, so nach dem Motto: vor den Augen der Nachbarn ja, aber in unsrem heiligen Schlafzimmer, da, wo wir unsere Tochter gezeugt haben, nicht?

So kommt es mir jedenfalls vor.

Es geht schon auf Mitternacht zu, als er sich endlich entschließt, den Abend doch noch im Schlafzimmer ausklingen zu lassen.

»Und das ist nun also unser Schlafzimmer«, sagt er und hält die Tür auf.

»Ja, toll«, sage ich und stelle meine Reisetasche neben der Tür ab. An seinem missbilligenden Blick sehe ich, dass meine Reisetasche nicht ins Schlafzimmer seiner Frau gehört.

»Wohin?«, frage ich.

»Vielleicht auf den Flur? Dann hast du gleich weit ins Badezimmer, Ankleidezimmer und … na ja, es ist praktischer.«

Das »Spinnst du?« kann ich mir gerade noch verkneifen, aber ich stelle meine Reisetasche artig in den Flur.

Na warte, Bürschchen, denke ich dabei. Was willst du eigentlich? Deiner Frau insgeheim beweisen, was für ein toller Hecht du bist? Oder dir beweisen, zu was du fähig bist? Oder mir beweisen, was für ein ausgebuffter Typ du bist?

Ich gehe ins Schlafzimmer zurück und finde, dass es nun wirklich kein besonderer Tempel ist. Keine Devotionalien, kein geschmückter Altar, keine hundert Kerzen, alles normal.

Ein weiß bezogenes, völlig normales Bett, eine Kommode, alt, wie es scheint, ein moderner Kleiderschrank mit integriertem Fernseher. Drei weiß getünchte Wände und eine purpurrot. Und an dieser Wand, und das macht mich neugierig, hängen unendlich viele Fotos. Verschiedene Rahmen, verschiedene Größen, aber es sieht nicht kunterbunt aus, sondern wie nach einem ausgeklügelten System arrangiert. Das werde ich mir bei Gelegenheit mal genauer anschauen, denke ich, da tritt Alex neben mich.

»Das ist eine Premiere«, sagt er. »Nur, damit du es weißt.«

»Wie heißt das Stück?«

»Welches Stück?«

»Na, eine Premiere bedeutet doch, dass es die erste Aufführrung eines Theaterstücks ist. Oder eines Films. Oder eines Musicals … nur deshalb. Wie heißt also das Stück?«

»*Amanda and me.*«

»Sehr originell.«

»Wie würdest du es denn nennen?«

»*Amanda forever.*«

Er muss lachen. »Auch nicht schlecht!«

Ich lache mit. Dabei ist es mir todernst. Das wirst du schon noch sehen, denke ich.

»Magst du noch ins Bad?«, fragt er und zeigt vage in eine Richtung.

»Klar«, sage ich. »Ich ziehe noch meinen Schlafanzug an.«

»Ich dachte, ich habe dir gesagt, dass du keinen mitnehmen sollst?«

»Und ich denke, dass ich nicht immer tun werde, was du mir sagst.«

Er legt den Kopf schief, und dann wirft er mich aufs Bett.

Sehr gut, denke ich, Sanne, er entweiht euer Heiligtum. Und diese Nacht in eurem Bett wird er nie vergessen.

Sanne

Jiaos Aufklärungsunterricht auf der Wiese hat mir nicht gutgetan. Ich merke selbst, wie ich zunehmend misstrauisch werde. Selbst Ayi gegenüber, die ich doch so mag, mit der ich doch so viel Spaß hatte. Während wir durch den Garten zur Haustüre gehen, denke ich plötzlich: Vielleicht kann sie ja exzellent Deutsch und tut nur so, als verstünde sie kein Wort?

Jiao und ich gehen wieder nach oben, so beschwingt, als kämen wir gerade von einem Spaziergang durch den blühenden Jasmingarten der Parkanlage des Hauses. So unglaubhaft, denke ich, dass es jeder Wanze unterm Tisch auffallen muss.

Ayi lässt sich nichts anmerken. Sie lächelt wie immer ihr freundliches Lächeln und fragt Jiao etwas.

»Ayi möchte wissen, ob wir Appetit haben. Sie hat ein paar Dim Sum zubereitet, besonders lecker gefüllt, sagt sie. Magst du?«

Ich nicke und höre, wie im selben Moment bei Jiao eine Nachricht eingeht.

Auf das leise »Ping« zieht sie ihr Handy heraus und liest die Nachricht.

»Gut«, sagt sie zu mir, »Xiaoxia und Tian sind schon unterwegs, etwas früher als ursprünglich gedacht. Sehr gut, dann kann Ayi gleich für uns alle etwas richten.«

Sie geht in die Küche, und ich trete an die große Schiebetür zur Dachterrasse und sehe hinaus. Ich betrachte die Villen, die ich von hier aus sehen kann, den Himmel, der zusehends diesiger wird, ich halte nach Vögeln Ausschau und denke über die Menschen nach, die in diesem Land leben.

Vor meinem Abflug habe ich mir einige Filme über China angesehen. *Terra X Faszination Erde*, beispielsweise. Oder die Dokumentation *Supermächte – Angst vor China?* Und ich habe mich eingelesen, flächenmäßig ist China nur das drittgrößte, aber bezogen auf die Einwohnerzahl das größte Land der Erde. Und es ist die älteste noch bestehende Zivilisation der Welt. Die Dokumentationen haben mir das Land nahegebracht, dachte ich. Die knorrigen Menschen, irgendwo in diesem riesigen Land, die im Einklang mit der Natur leben, die Erde, Tiere und Pflanzen schützen und pflegen. Auf der anderen Seite die irrsinnig großen Städte und der Wille, um jeden Preis an die Weltspitze zu kommen. Nicht nur in Wirtschaft und Technologie, sondern auch politisch, kulturell und – bis zur Mitte des Jahrhunderts – auch militärisch.

Muss mir das Angst machen?

Vor meinem Abflug hat es mich eher neugierig gemacht. Und

hier angekommen habe ich dann all die liebenswürdigen Menschen kennengelernt. Locker, genussfreudig, offen. Die Disziplin, ja, der Drill, vor allem bei den Kindern, ist mir fremd und erscheint mir übertrieben. Wenn die Kleinen abends ins Bett fallen, haben sie meist einen zehnstündigen Lerntag hinter sich. Aber auch die Kinder habe ich eher fröhlich erlebt. Soll das alles Schein sein? Aber wahrscheinlich kennen sie es einfach nicht anders.

Und wo stehe ich jetzt? Mit meinen Empfindungen und meiner Einschätzung? Das Verrückte ist, dass ich es nicht weiß. Ich kann mir schlicht keinen Reim drauf machen. Ich frage mich, was ich tun soll.

Soll ich bleiben? Oder besser abreisen?

Ich weiß es schlicht und einfach nicht.

Ich sehe Xiaoxias Porsche in die Straße einbiegen. Na ja, denke ich, viel Geld ist ja schon im Spiel. Aber bei uns können ja auch eine Menge Leute Porsche fahren, ohne dass sie deswegen korrupt sein müssen. Alex könnte, zum Beispiel.

Alex.

Wie lange habe ich schon nicht mehr an ihn gedacht? Was er wohl gerade macht?

Mit Elena simse ich ja regelmäßig, aber sie hat ihn bisher nicht erwähnt.

Eine Auszeit, das habe ich ihm jedenfalls gesagt, könnte uns beiden guttun. Und kurz bevor man dann wieder zusammenkommt, fühlt man entweder Sehnsucht oder gar nichts mehr. Aber wenn das alte Gefühl vor dem Wiedersehen wieder aufflackert, die Aufregung, das Verlangen, dann hat sich eine Auszeit doch gelohnt? Dann kann man sich wieder neu entdecken, die Abende bei einem Glas Wein genießen, hat sich viel Neues zu erzählen, freut sich darauf, den Körper des anderen zu erforschen, zu spüren … all das.

All das geht mir durch den Sinn, während ich zusehe, wie

Xiaoxia vor der Garage parkt, um das Auto herumgeht, Tian aus seinem Kindersitz nimmt und mit ihm auf dem Arm zur Tür geht.

Sie sieht gelassen aus, finde ich, überhaupt nicht aufgeregt und schon gar nicht wie auf der Flucht. Das beruhigt mich.

Jiao geht ihr entgegen, und ich höre, wie sie sich leise unterhalten, bevor sie beide ins Wohnzimmer kommen. Xiaoxia lässt Tian los, und ich glaube es kaum: *Er* kommt mit ausgestreckten Ärmchen auf mich zu.

Das hat er ja noch nie gemacht.

Ich gehe sofort in die Hocke und frage ihn, ob es schön gewesen sei? Er nickt, nimmt mich an der Hand und führt mich in sein Kinderzimmer, das für meine Begriffe einem Spielzeuggeschäft gleicht. Dort zieht er einen kleinen Roboter hervor, der bestimmte Befehle ausführen kann, und bedeutet mir, mich zu ihm auf den Boden zu setzen.

Ich täusche Interesse vor, gleichzeitig hege ich aber die Vermutung, dass er nur die Anweisung seiner Mutter befolgt: *Nimm die Granny, und lass mich und Jiao für eine Weile allein.*

So stelle ich mir das vor, und ich spüre auch, dass Tian die rechte Lust fehlt, mit mir nun stundenlang Roboter zu spielen. Dann sind wir schon zwei, denke ich, ich habe auch keine Lust.

»Hast du Sophia gesehen?«, frage ich ihn.

»Sophia«, sagt er und fügt einen Satz an, der wie Deutsch klingt, aber völlig unverständlich ist.

Ich ziehe die Achseln hoch, und er runzelt die Stirn. Wahrscheinlich denkt er, dass ich nun auch noch zu blöd bin, um Deutsch zu verstehen.

Ich sehe mich um.

Neben Tian liegt das unvermeidliche iPad auf dem Fußboden, doch daneben entdecke ich Papier – und in einem der Regale in einer durchsichtigen Plexiglasbox Buntstifte. Also stehe ich auf, hole das Papier und die Buntstifte und setze mich wieder neben Tian auf den Boden.

Er sieht mir kritisch zu. Sein kleiner Mund schürzt sich, zwischen seinen Augenbrauen bildet sich eine kleine Sorgenfalte. Alles an ihm drückt Skepsis aus.

Macht nichts, denke ich, ändere meine Position und lege mich bäuchlings neben ihn. Dann nehme ich mir ein Blatt, greife nach einem Bleistift und zeichne ein Mädchen. Sophia. So, wie ich sie in meiner Erinnerung gespeichert habe: ein hübsches Mädchen, lachend, etwas vorwitzig mit erhobenem Zeigefinger.

Tian neben mir lacht. Er rollt sich auf die Seite und tippt mit dem Finger auf das Bild. »Sophia!«, sagt er.

Ich nicke und nehme ein neues Blatt, dann beginne ich Tian zu zeichnen, und ich sehe, wie er gebannt zusieht. Ein hübscher Junge in einem weißen Hemd mit blauen Sternen, einen kleinen Hut keck auf dem Kopf. Genau so, wie er mich mit seinen Eltern vom Flughafen abgeholt hat.

»Tian«, sagt er, deutet auf sich und lacht wieder. Das Spiel macht ihm Spaß.

»Gut, nun ich«, sage ich, schiebe ihm das nächste leere Blatt zu und die kleine Box mit den Stiften.

Er setzt sich in den Schneidersitz, den Rücken kerzengerade und nimmt Maß. Drollig, wie er das tut, mit der kleinen Zungenspitze zwischen den Lippen und sehr fachmännischem Blick. Dann greift er zu einem Bleistift und beginnt, mich zu porträtieren.

Ich sitze ganz still und sehe, wie ernst er das nimmt. Zuerst das Gesicht, länglich. Dann die Nase, ziemlich lang, Langnase eben. Die Augen werden kugelrund und auch gleich mit blauer Farbe ausgemalt. Der Mund ist ein lachender Strich, aber halt, die Lippen malt er rot. Ziemlich voluminös, aber vielleicht sieht er das ja so? Meine Haare machen ihm am meisten Spaß und dann die Ohren – und, ich glaub's kaum, mit Ohrring. Grün!

Ich klatsche bewundernd in die Hände, als er es mir strahlend überreicht. Ich gebe es ihm gleich wieder zurück und bedeute ihm, dass er eine Signatur machen müsse.

Ich schau mich um und sehe an der Wand den Druck eines Gemäldes, ein gemalter chinesischer Teich mit allerlei Tieren. Rechts unten in der Ecke die Signatur des Künstlers, also stehe ich auf und deute darauf.

Tian nickt, greift erneut zu dem Bleistift, sieht noch einmal zum Gemälde und kritzelt dann ein chinesisches Zeichen darunter.

Ich habe keine Ahnung, ob das nun überhaupt etwas heißt oder ob das sein Name ist oder nur ein Fantasiegebilde, aber ich schreibe das Datum dazu.

Und dann, das ist der Höhepunkt unserer bisherigen Beziehung, hebt er seine rechte Hand zur Fünf – und ich schlage ein.

Das ist ein Ding!

Ein bisschen bin ich nun stolz auf mich, denn eines habe ich in der Zwischenzeit gelernt – die Kinder sind die Oberhäupter in den Familien. Deren Wunsch ist für alle Befehl, bis zur völligen Selbstaufgabe. Fernseher, iPad, Spiele, Lautstärke … ist es der Kleine, der was will, gibt es keine Gegenwehr. Und von der Granny schon gar nicht.

Also bin ich superstolz.

Wir haben eine gemeinsame Beschäftigung gefunden.

Aber nun rafft Tian alle drei Bilder zusammen und steht auf.

»Mama«, sagt er auf Deutsch.

Ob das nun von Mama so gewollt ist, wage ich zu bezweifeln. Wie lange sind wir weg gewesen? 20 Minuten? Reicht das für eine Aussprache zwischen Freundinnen? Vor allem in dieser Situation?

Aber Tian rennt nicht einfach davon, er wartet ab, bis ich aufgestanden bin, und reicht mir dann seine Hand.

Wahnsinn!

Ich fasse es kaum.

Aber jetzt bin ich genauso stolz wie er, und gemeinsam gehen wir, Hand in Hand, ins Wohnzimmer zurück.

Xiaoxia blickt kurz auf, dann noch mal und schließlich schaut sie uns lächelnd und auch etwas ungläubig entgegen, während wir auf sie zugehen.

»Ja, das ist ja schön«, sagt sie auf Deutsch und dann etwas auf Chinesisch zu Tian, worauf er heftig nickt.

»Er mag dich«, bemerkt sie und bewundert gebührend die Kunstwerke, die Tian ihr nun ernsthaft und mit wichtigem Gesichtsausdruck reicht. Jiao schließt sich dem Lob an, bis Xiaoxia auf sich deutet und auf Deutsch fragt: »Und ich?« Tian ist angespornt, sofort wieder in Richtung Kinderzimmer zu laufen.

Nun ist also Xiaoxia dran, und da wir nun schon so vertraut sind, zeichnen wir, nebeneinander auf dem Bauch liegend, auch noch Zitian und Jiao. Und ich bin sicher, Tians Heiterkeitsausbrüche schallen bis ins Wohnzimmer hinüber.

Amanda

Dass Alex neben mir schläft, ist wirklich ungewohnt. Nur in Berlin sind wir nebeneinander aufgewacht, die wenigen Nächte im Hotel, sonst ist er stets irgendwann verschwunden, mal früher, mal später. Aber so nah nebeneinander und dann auch noch mit all den Geräuschen eines Schlafenden, das ist mir fremd. Zuerst hindert es mich am Einschlafen, dann wache ich plötzlich mitten in der Nacht auf und habe Schwierigkeiten, mich zurechtzufinden, und als ich endlich im Tiefschlaf bin, klingelt der Wecker, und ich drücke mir das Kissen über den Kopf, damit ich nicht aufwachen muss.

Die Matratze bewegt sich, Alex rollt zu mir herüber.

»Wen haben wir denn da?«

Was meint er? Mich oder seinen Penis, der steif in meine Richtung schaut?

»Ich weiß auch nicht«, gähne ich.

»Der Morgen kann so schön sein«, murmelt er, und ehe ich mich versehe, liegt er schon auf mir.

Oh, das liebe ich ja, denke ich, wenig entzückt. Aber er verwechselt meine Morgenfeuchtigkeit mit einer empfangsbereiten Begrüßung und freut sich, dass ich doch offensichtlich so auf ihn stehe.

Ich flüstere ein paar nette Dinge und frage mich gleichzeitig, was der Tag wohl noch so bringen wird? Was soll ich denn nun hier machen? Oder soll ich in der Zwischenzeit in mein Appartement zurück? Hier im Außenbezirk ist ja schließlich der Hund begraben.

Nachdem Alex lautstark gekommen ist und sich auf den Rücken wirft, alle viere von sich gestreckt, sage ich ihm nicht, dass er jetzt wie ein erlegtes Tier aussieht, sondern biete ihm an, einen Kaffee zu machen.

»Die Kaffeemaschine ist so ein Hightech-Gerät«, erklärt er, und ich höre aus seinem Ton heraus, dass er mir wahrscheinlich gerade die Bedienung ausreden will, aber er überlegt es sich anders: »Du kannst es ja mal probieren.«

Eine Kaffeemaschine, meine Güte, denke ich und schwinge meine Beine aus dem Bett.

»Gut siehst du aus«, kommentiert er.

»Danke.«

»Scheint dir gut zu bekommen, so ein Morgenkick.«

»Jeden Morgen, Darling«, heize ich ihn an, »und am besten zweimal. Dann werde ich von Tag zu Tag schöner.«

An seiner Miene sehe ich, dass er mir das glaubt. Und so einer leitet eine Bank, denke ich und gehe in die Küche.

Sanne

Nachdem wir auch Xiaoxia, Zitian und Jiao verewigt haben, dürfen wir am Tisch sitzen bleiben.

Inzwischen ist der gedeckt, und Ayi hat zu den Bastkörbchen mit den gefüllten Dim Sum noch einige warme Gerichte dazugestellt.

Xiaoxia öffnet eine Rotweinflasche und erklärt mir, obwohl ich mich noch nicht zu fragen getraut habe, dass es noch keine Neuigkeiten gebe. Jianlin sei noch nicht zurückgekehrt, es gäbe keine Anhaltspunkte, wo er sei, und Fang wisse auch nicht, was ihm vorgeworfen werde. Aber da in China alles gerecht zuginge, dafür sorge schon Präsident Xi Jinping, werde sich das sicher aufklären. Selbst im gut organisierten China könne es einmal Missverständnisse geben.

Mein Blick fällt auf Tian, der in seinem Hochstuhl so tut, als würde er aufmerksam zuhören. Denkt er, erwachsen tun zu müssen? Ich weiß es nicht. Ich weiß nur, dass Xiaoxia Dinge sagt, die sie selbst überhaupt nicht glaubt.

Ja, sage ich, das freue mich, denn ich hätte Jianlin auch als sehr achtenswerten Mann empfunden, dem sicherlich nichts Unrechtes vorzuwerfen sei.

Jiao lächelt und zwinkert mir zu.

Das bringt mich fast aus der Fassung.

Spielen wir hier Kasperletheater? Und wenn ja, für wen? Für Tian, weil er vielleicht doch mehr versteht, als ich ahne? Oder für die Partei, die ihre Ohren überall hat – selbst in Xiaoxias Wohnzimmer? Gehen wir zum Nachtisch wieder auf die Wiese zwischen Haus und Grundstücksmauer?

Ich lächle ebenfalls und sehe an Xiaoxias Gesichtsausdruck, wie unter ihrem eingefrorenen Lächeln ganz etwas anderes schlummert. Angst?

»Bitte greift doch zu«, Xiaoxia holt tief Luft, »Ayi hat sich solche Mühe gegeben, damit es uns gut geht. Also lasst es uns gut gehen!«

»Ja, danke«, sage ich, »gern.«

Es wird ein Abendessen wie unter Freundinnen, aber es ist mir klar, dass ich zum Schluss die Vertrautheit der beiden störe. Das Ganze ist nicht meine Angelegenheit, und ganz sicher hat Jiao Xiaoxia über unser Gespräch im Garten aufgeklärt.

Als es Zeit für Tian ist, verabschiede ich mich auch. Xiaoxia bringt ihren Sohn selbst ins Bett, aber als wir auf dem Gang sind, flüstert sie mir zu: »Morgen reden wir!«

Ich nicke nur, spüre aber sofort die Faust, die mir dabei in den Magen fährt.

Es ist also doch mehr als nur ein kleiner Irrtum des Staats.

»Wo ist Zitian?«, frage ich leise.

»Kommt noch. Spät. Alles noch in der Warteschleife.«

Ich nicke nur und sage dann laut: »Vielen Dank für den schönen Abend. Bringe ich morgen Tian wieder in den Kindergarten?«

Doch bevor Xiaoxia antworten kann, blickt Tian zu mir hoch und sagt: »Ja!« und setzt noch ein »Bitte!« nach.

Wir müssen beide spontan lachen, und das tut gut. Ich beuge mich zu Tian hinunter: »Es ist mir eine Ehre!«

Er schaut erst mich, dann seine Mutter fragend an, aber nachdem Xiaoxia meinen Satz übersetzt hat, sagt er klar und deutlich: »Mich auch.«

Amanda

Alex wünscht, dass ich hierbleibe und mich eingewöhne. Der Kühlschrank ist voll, erklärt er mir, während er seine Krawatte bindet, ich könne mir ja überlegen, was wir heute Abend essen mögen, und ansonsten stünde draußen eine Liege zum Relaxen. Die Umgebung sei schön, falls ich joggen möchte, sei der Wald recht nah und im Keller gebe es einen Fitnessraum.

»Und wenn ich hier wegwill, ich meine, in die Stadt, wie komme ich dahin?«

»Gar nicht. Taxi? Oder mit dem Bus, der hält irgendwo in der Nähe, kann ich dir nicht sagen. Aber wozu musst du in die Stadt?«

»Ja …« Ich mache eine hilflose Geste. Mir wird hier die Decke auf den Kopf fallen, das weiß ich schon jetzt. Ich bin ja schließlich kein Hausmütterchen, sondern eine Prinzessin. Eine Hochhaus-Prinzessin.

Eine Prinzessin im Vorort abgestellt.

Super.

»Und ein Auto?«, frage ich.

»Hast du überhaupt einen Führerschein …?«

»Aber jetzt …« Ich muss mich wirklich beherrschen.

»Sanne hat ihren Wagen einer Freundin geliehen, soviel ich weiß. Die hatte einen Totalschaden und braucht nun übergangsmäßig ein Fahrzeug.«

»Wie nobel!«

Er sagt nichts darauf, sondern haucht mir einen Kuss auf die Stirn. »Mach's dir gemütlich. Bis heute Abend.«

»Wann kommst du denn?«

Er zuckt die Achseln. »Das ist nicht auf die Minute zu sagen. Du weißt doch, wie das im Investment ist: Der Erfolgreichste macht das Licht aus.«

»Das hast bei mir immer du ausgemacht«, murmle ich.

»Na eben!« Er grinst, schnappt sich seine Anzugjacke und ist zur Tür hinaus.

Ich höre ihn davonfahren, dann ist es mäuschenstill. Nichts regt sich. Gäbe es in diesem Haus eine Standuhr, dann würde sie sicherlich durch Haus dröhnen.

Ich stehe eine Weile einfach regungslos da.

So habe ich mir das nicht vorgestellt. Wie denn dann?, frage ich mich, du hast dir das Haus doch schon heimlich angesehen und fandst es für deine Pläne gut.

Ja, aber hier begraben zu sein, das finde ich weniger gut.

Ach, je, Amanda!

Da bist du nun!

Ich gehe in die Küche, lasse mir vom Hightech-Gerät einen Cappuccino zubereiten und setze mich damit in den Garten. Auf unsere Liege.

Soll er nur gucken, der Herr Nachbar, unter meinem Seidenmorgenrock habe ich heute Morgen auch nicht mehr an als gestern den halben Abend …

Ach, verflucht, denke ich.

Aber dann kommt mir die rettende Idee.

Das Ding hier wird verkauft, und wir ziehen in die City. Ja, klar. Penthouse, mittendrin.

In dieser Einöde hier versauert man ja, das bringe ich ihm schon noch bei. Und er möchte doch eine hübsche, attraktive Amanda haben, die er überall vorzeigen kann.

Aber das geht nur, wenn sie eine Stadtschönheit bleibt und nicht zur Landpomeranze verkommt.

Ich proste mir innerlich zu.

Jetzt brauche ich nur noch einen Plan. Wie fange ich das an? Zunächst muss ich herausbekommen, ob ihm das Haus alleine gehört. Dann ist es einfach.

Zack, bumm, Alex, wir ziehen um.

Sollten Frau und Tochter irgendwie beteiligt sein, wird es schwieriger, dann muss ich die beiden loswerden.

Aber da fällt mir sicher was ein.

Apropos Frau und Tochter. Wie sehen die überhaupt aus?

Ich sehe die vielen Fotos an der Schlafzimmerwand vor mir. Die werde ich jetzt doch mal genauer unter die Lupe nehmen.

Sanne

Ich habe schlecht geschlafen. Immer wenn ich das vertraute Einschlafgefühl spürte, so schön, wenn der Schlaf schwer von den Zehen hochsteigt und sich dann einlullend im Kopf einnistet, kam mir wieder ein neuer Gedanke in den Sinn, und ich war wach. Hellwach. Nervtötend.

Ich drehte mich von rechts nach links, dachte dann, die perfekte Position auf dem Bauch gefunden zu haben, nur um mich kurz darauf wieder auf den Rücken zu drehen. Einmal stand ich sogar auf und schlich im Flur nach vorn, in Richtung Wohnzimmer, aber es war alles dunkel und still. Kein Laut war zu hören, also schlich ich wieder zurück und sah nach der Uhrzeit. 3 Uhr verkündete mein Handy.

3 Uhr, dachte ich, noch ewig bis zum Aufstehen.

Also legte ich mich wieder hin, und das Spiel begann von Neuem.

Gegen 6:30 Uhr versank ich in einen lähmenden Tiefschlaf und fühlte mich wie gerädert als der Wecker 30 Minuten später klingelte.

Jetzt komme ich mir wirklich alt vor und bin schier außerstande aufzustehen.

Aber am Frühstückstisch stelle ich fest, dass die anderen auch nicht gerade frisch aussehen. Nur Tian ist gut drauf und plappert unentwegt, und Xiaoxias Gesichtsausdruck ist wie immer: freundlich und ausgeglichen.

Wo ist Zitian? War er in dieser Nacht überhaupt zu Hause?

Ich weiß es nicht, aber ich möchte das Thema jetzt nicht ansprechen, also wende ich mich Tian zu. »Freust du dich auf den Kindergarten?« Er überlegt ernsthaft, fragt aber dann doch seine Mutter, was ich wohl gesagt haben könnte. Und nachdem sie es übersetzt hat, antwortet er klar und deutlich: »Ja, ich freue mich.«

Das finde ich schon allerhand, und Xiaoxia findet das wohl auch, denn sie lobt ihn begeistert, worauf er auf seinem Stuhl herumzappelt und am liebsten gleich los will.

Ich auch, denn die Stimmung am Tisch deprimiert mich. Es ist mir ja schon klar, dass mich familieninterne Angelegenheiten nichts angehen, trotzdem bin ich doch nun auch betroffen und wüsste gern, was gerade abgeht.

»Wollen wir einen Kaffee trinken, wenn du zurück bist?«

Xiaoxia scheint meine Gedanken gespürt zu haben.

Ich nicke.

»Ja, das ist schön«, sage ich und atme auf. »Wir zusammen?«

Jiao nickt auch. »Ja«, sagt sie, »mich interessiert schon, wie man sich als Granny in einem völlig fremden Land fühlt – und dann auch noch in einer fremden Familie.«

»Also, ich habe es gut erwischt«, sage ich lächelnd. »Meine Familie ist großartig.«

Xiaoxia zwinkert mir zu.

»Und wir haben es auch gut erwischt«, erklärt sie.

»Ich kenne in Peking nämlich keine einzige Granny im Freundeskreis«, fügt Jiao an. »Und hier? Außer dir?«

Xiaoxia und ich werfen uns einen Blick zu. »Stimmt«, sage ich nachdenklich, »ich hätte in der Agentur ja mal nachfragen können. Ein Granny-Treffen in Shanghai, das wäre doch bestimmt interessant.«

»Was nicht ist …«, beginnt Jiao, aber da ruft Tian, der unten wohl schon ungeduldig vor der Haustür steht, und ich winke den beiden zu. »Bis später.«

Während ich mit Tian Hand in Hand zu seinem Kindergarten spaziere, der nur einige Straßen entfernt ist, denke ich über unser Gespräch von eben nach.

Nichts davon war doch von wirklichem Interesse. Zumal nicht in der jetzigen Situation. Ist also Jiaos gestrige Vorsichtsmaßnahme mit unserem Gespräch im Garten tatsächlich ernst zu nehmen?

Tian hüpft neben mir her. Er ist bestens gelaunt, also hüpfe ich mit. Und als wir in seinem Klassenzimmer seine Erzieherin begrüßen, zieht er mit großer Geste ein zusammengefaltetes Blatt Papier aus seinem Schulranzen, das er langsam und gewissenhaft auseinanderfaltet. Seine Lehrerin und ich werfen uns einen lächelnden Blick zu, aber dann bin ich doch erstaunt: Er zeigt ihr die Zeichnung, die er gestern von mir angefertigt hat.

»Ohh!« Sie klatscht in die Hände, hält die Zeichnung neben mein Gesicht und scheint ihn zu loben.

Tian strahlt, und die anderen Kinder kommen herbei, um zu sehen, was er Tolles geleistet hat.

Die Lehrerin streckt die Zeichnung weit über ihren Kopf, damit es alle sehen können, und deutet dann zur Wand. Aha, ich werde also zu der Bildergalerie kommen, die dort im Entstehen ist. Vier Zeichnungen sehe ich, allerdings bunt gemalte Motive wie Sonne, Berge und Häuser, somit bin ich das erste Porträt. Ein Mädchen zeigt auf die Zeichnung, dann auf mich und sagt lachend etwas auf Chinesisch, das mir die Lehrerin übersetzt. »Sogar die Ohrringe stimmen, hat Hua eben festgestellt.« Sie lacht mir zu. »Ja, tatsächlich!«

Dann verabschiedet sie mich, und ich sehe, wie Tian schon aufgeregt zur Bildergalerie vorausläuft.

Ich winke ihm noch einmal zu und gehe hinaus. Irgendwie seltsam, denke ich, während ich die Straße entlanglaufe, nun hänge ich also an einer chinesischen Wand.

Was ist eigentlich mit Persönlichkeitsrechten?

Aber dieser Gedanke bringt mich selbst zum Schmunzeln. Typisch deutsch, denke ich. Ich mache mir über eine Zeichnung Gedanken, und dabei wird das ganze Haus abgehört. Wahrscheinlich.

Statt mir darüber Gedanken zu machen, hätte ich die Szene

besser fotografieren sollen, fällt mir ein, das wäre wirklich mal ein Foto wert gewesen. Aber genau daran habe ich nicht gedacht, obwohl ich das Handy in meiner Hosentasche habe. Ich bleibe stehen und drehe mich um.

Nur eine Straße zurück, und ich könnte das nachholen.

Lohnt sich das? Und störe ich dann nicht?

Ich bin hin- und hergerissen, aber schließlich gebe ich mir einen Ruck.

Ja, komm! Das kann ich heute Abend noch Elena mailen. Und Alex. Ist doch nett, ein drolliges Foto aus meiner »neuen Heimat« verschicken zu können, also kehre ich um.

Das Gebäude ist wirklich groß, und es wuselt nur so von kleinen Mädchen und Jungs, dass ich schon befürchte, Tian gar nicht zu finden. Zumal die Kinder auch noch alle gleich gekleidet sind. Wenn jetzt Pause ist oder so etwas, dann wäre das natürlich ein ungünstiger Zeitpunkt. Aber ich habe Glück, in Tians Klassenzimmer geht es gesittet zu, die Kinder arbeiten an Tischen, und ich entdecke Tian gleich, vor allem, weil er auch gleich zu mir hersieht. Ich schaue mich nach der Lehrerin um, und als ich sie nicht erblicken kann, überlege ich, ob ich vielleicht doch besser vor der Tür warten soll? Oder könnte ich das Bild nicht einfach fotografieren? Als Selfie, mit Tian und mir?

Ich schaue zur Bildergalerie, aber da hängt es nicht. Die Sonne-Berg-und-Häuser-Bilder sind noch da, aber das Porträt fehlt. Erstaunt drehe ich mich nach Tian um, vielleicht hat er es ja doch wieder eingesteckt? Er zuckt die Achseln und deutet dann zu mir, meint aber doch wahrscheinlich die Tür. Also ist die Lehrerin mit meinem Bild hinaus, irgendwohin, aber wohin? Und wieso? Während ich noch darüber nachdenke, höre ich leichte Schritte näher kommen.

Ich werfe einen Blick auf den Flur. Tians Lehrerin eilt herbei, mit der Zeichnung in der Hand. Als sie mich in der Tür stehen sieht, stutzt sie kurz, aber dann lächelt sie mir zu. »Ich habe

Tians Bild unserem Herrn Direktor gezeigt«, sagt sie schnell. »Das hat ihn gefreut, das ist gut für meine Klasse!«

»Aha«, sage ich und frage nach einem gemeinsamen Foto. »Das wäre eine schöne Erinnerung für mich, wenn ich wieder in Deutschland bin.«

Ich ziehe mein Handy heraus.

»Aber ja«, sagt sie, »selbstverständlich, gern«, und winkt Tian herbei. Wir hängen die Zeichnung wieder auf, und ich stelle mich mit Tian, der seitlich auf meiner Hüfte sitzt, daneben.

»Und für die Schule?«, fragt sie und zieht ihr eigenes Handy hervor, »es wäre uns eine große Ehre.«

Ich nicke und sehe, wie Tian sich freut. Er strahlt, wie ein kleiner Junge nur strahlen kann.

Dieses fröhliche Kindergesicht habe ich die ganze Zeit vor mir, als ich den Weg wieder zurückgehe. Nun sieht es doch so aus, als hätten wir einen Draht zueinander gefunden. Drei Wochen lang hat er mich wie einen Fremdkörper behandelt, etwas, das ihn eher stört als erfreut – und nun war es geschehen. Mithilfe einer kleinen Zeichnung. Wie gut, dass ich eine künstlerische Ader habe, denke ich und lächle darüber.

Mit dem Lächeln auf dem Gesicht komme ich am Haus an, schließe die Haustüre auf und gehe in den ersten Stock zum Wohnzimmer.

Xiaoxia und Jiao sind nicht da, das erstaunt mich. Wollten wir nicht gemeinsam einen Kaffee trinken?

Ich gehe durchs Haus und finde Ayi beim Bettenbeziehen. Sie lächelt mir zu und zieht einen Zettel aus ihrer Rocktasche, der offensichtlich für mich bestimmt ist.

»Wir holen gerade Fang ab, gehen gemeinsam auf einen Kaffee, 8:30 Uhr vor unserem Haus.«

Ich schaue auf meine Uhr.

8:25 Uhr, passt gerade noch. Da habe ich für den Rückweg doch mehr Zeit gebraucht als gedacht.

Ich hole mir aus meinem Zimmer noch schnell meine Tasche und eine Jacke, falls wir in eines der extrem klimatisierten Restaurants gehen, und laufe hinunter. Gerade rechtzeitig, denn von Weitem sehe ich eine Limousine die Straße herunterfahren. Das müssen die drei Frauen sein. Als der Wagen näher kommt, bin ich mir allerdings nicht mehr so sicher: In der sich spiegelnden Windschutzscheibe ist nichts zu erkennen, und die hinteren Wagenfenster sind dunkel getönt, ich sehe überhaupt nicht, wer drinsitzt.

Der Wagen hält neben mir, und die hintere Wagentür geht auf. Jiao winkt mir einzusteigen.

Ich atme auf und stelle fest, dass ich offensichtlich schon an abenteuerlichen Fantasien leide.

Und jetzt sehe ich auch, dass Fang am Steuer sitzt und Xiaoxia Beifahrerin ist. Als ich mich umsehe, muss ich feststellen, dass ich mir so die Limousine eines hochrangigen Politikers oder Managers vorstelle, schwarze Ledersitze, feudale Ausstattung.

Fang begrüßt mich mit einem kurzen Blick durch den Rückspiegel, und mir fällt auf, dass ich sie nicht erkannt hätte. Aus der alterslosen Dame im gut sitzenden Kostüm und mit kunstvoll hochgesteckten Haaren ist eine junge Frau im T-Shirt und mit Pferdeschwanz geworden.

»Wir machen im schönen Wagen meines geliebten Ehemanns einen Mädelsausflug«, sagt Xiaoxia gut gelaunt, »das machen wir sowieso viel zu selten, und außerdem wollen wir dir ein bisschen das schöne Shanghai der Einheimischen zeigen und nicht nur das Shanghai der Touristen, sodass du dann zu Hause auch über das schöne China berichten kannst …«

Ich muss sie mit schiefem Blick angesehen haben, denn sie zwinkert mir zu und beginnt auch gleich vom Wachsen und Wohlstand der Stadt zu reden, die früher nur ein kleines Fischerdorf gewesen sei. Doch durch die perfekte Lage am Jangtse-Delta sei es schnell bergauf gegangen, bis zu dem Shanghai, das heute als die Perle Chinas gelte. Und nicht nur Chinas, sondern wahrscheinlich ganz Asiens.

Während sie über Shanghai doziert, über die Arbeitssituation, das Studentenleben, Wohnen und das Wachstum der Stadt, biegt Fang von der stark befahrenen Hauptverkehrsstraße ab und parkt einige Minuten später auf einem kleinen Parkplatz, der versteckt zwischen einigen Hochhäusern liegt.

Beim Aussteigen sehe ich mich um, vom modernen Shanghai ist hier nichts mehr zu sehen, es sieht aus wie in jeder anderen Millionenstadt auch: eintönig, schmutzig, grau.

Fang geht voraus, einen schmalen Weg zwischen Hochhäusern durch, die uns den Blick in den Himmel verstellen, und wir folgen ihr wortlos. Zu meinem Erstaunen mündet dieser Weg in einer stark belebten Einkaufsstraße, und ich fühle mich sofort in einem anderen China, wahrscheinlich dem wirklichen China, dem China der normalen Leute. Ladengeschäfte und kleine Stände voller Kleidungsstücke, Haushaltswaren, Gewürze und Speisen, überall chinesische Hinweisschilder, Händler und Kunden, Menschen jeden Alters und mittendrin ich, die einzige Europäerin, soweit mein Auge reicht. Fang geht zielstrebig weiter und schließlich auf einen kleinen Platz zu, auf dem einige Tische und Stühle stehen, und wir haben Glück, ein Tisch ganz in der Ecke zur Hauswand ist frei. Fang macht eine einladende Handbewegung zu den plastikbezogenen Stühlen hin. Das alles hier hat schon bessere Tage gesehen, denke ich und finde es schade, dass es mitten in einem ursprünglichen Viertel Plastik sein muss. Bast und Bambus, Holz und Teak, das hätte ich erwartet, aber das sind ja auch wohl nur die verklärten Vorstellungen einer Touristin.

Kaum sitzen wir, kommt auch schon ein eilfertiger Kellner, wischt mit einem Tuch über den Tisch und nimmt die Bestellung auf. Alle möchten Tee, also schließe ich mich an.

Fang sieht ihm kurz nach und wendet sich dann mir zu.

»Hier bin ich aufgewachsen«, klärt sie mich auf, »hier kenne ich mich aus.«

Hier? Das ist aber meilenweit von der Villa entfernt, in der ich sie kennengelernt habe. Ich hätte eher gedacht, dass die gesellschaftlichen Klassen in China unter sich bleiben. Also fand ein Aschenbrödel doch auch einen goldenen Schuh, oder wie geht das?

»Meine Eltern haben sich krummgelegt, damit ich eine gute Ausbildung bekam. Ich habe alle Schulen und auch das Studium mit Auszeichnung abgeschlossen. Das ist der Weg, wie man in China aufsteigen kann. Und meine Eltern waren, natürlich«, sie wirft Xiaoxia einen Blick zu, »linientreu!«

»Ja, das hilft«, erklärt Xiaoxia.

»Aber linientreue Bürger werden selten verhaftet«, wirft Jiao ein, »was ist also deinem Ehemann passiert?«

Fang zuckt die Achseln. »Ich habe keinerlei Information. Es ist, als ob es Jianlin nie gegeben hätte. Ich habe natürlich sofort in seinem Büro angerufen, da hieß es nur, Jianlin sei ein ehrenwerter Mann, und man müsse abwarten.«

»Und was denkst du?«, will Jiao wissen, »hat es mit Korruption zu tun? Hat Jianlin Geld angenommen? So, dass eine Firma einen großen Auftrag von ihm erhalten hat?«

»In seinem Business geht es stets um große Aufträge«, erklärt Fang. »Xiaoxia und ich rätseln auch schon die ganze Zeit.«

»Wer weiß schon so genau, was die eigenen Männer machen …«, wirft Xiaoxia ein, und ich denke: Wie wahr!

»Aber, wenn sie ihm etwas nachweisen können, dann siehst du ihn vielleicht nie wieder«, erklärt Jiao mit bestürztem Gesichtsausdruck.

»Es könnte auch sein, dass er aus politischen Gründen aus dem Weg geräumt wird«, erklärt Fang langsam. »Er ist nicht mit allem einverstanden, was Xi anordnet. Und er spricht das auch aus. Da kann schnell mal ein Wort zu viel sein …«

»Und das nächste ist«, und damit sieht Xiaoxia mich an, »die Frage, inwieweit Jianlin und Zitian von oben als enge Arbeits- und Gesinnungsgenossen gesehen werden.« Mir fallen ihre nächtlichen Worte ein, sie könnten eventuell meine Hilfe brauchen. Ich warte ab. »Zitian ist sich da nicht so sicher. Er weiß auch nicht, was Jianlin erzählt, wenn sie ihn in die Mangel nehmen. Im Büro sei bisher alles völlig normal, sagt er, aber die Angst sitzt ihm natürlich in den Knochen.«

»Kann ich mir denken.« Jiao nickt.

»Wenn es brenzlig wird, Sanne, dann könnten Zitian und ich versuchen, nach Deutschland zu fliegen. Ich war schon bei einigen seiner Auslandsgeschäfte und Einladungen dabei, das fiele nicht weiter auf. Solange nicht … solange Tian nicht dabei ist …«

Ich sage nichts, alle sehen mich an.

»Wo war Tian denn bisher?«, frage ich schließlich, »bei Ayi?« Das kann ich mir schlecht vorstellen.

»Bei mir«, erklärt Fang. »Er ist gern bei mir. Sophia und Tian sind wie Geschwister.«

»Ja«, sage ich, »die beiden mögen sich sehr.«

Das war an unserem gemeinsamen Abend ganz offensichtlich. »Und …«, ich zögere, »wie geht es denn Sophia bei dem allem?«

Fang wiegt den Kopf. »Schwer zu sagen. Ich weiß nicht, ob sie die Geschichte glaubt, dass Jianlis Sicherheit momentan in Gefahr sei und er deshalb bewacht werden müsse.«

»Sie ist sehr diszipliniert«, fügt Xiaoxia an. »Sie wird ihre Gefühle kaum verraten.«

Ein Kind, das seine Gefühle kaum verrät. Das ist doch Wahnsinn, denke ich. Wenn man seine Gefühle als Kind nicht verraten darf, wann denn dann?

»Und was kann ich dabei tun«, frage ich schließlich, denn schlussendlich ist ja klar, dass wir auch deswegen alle hier sitzen.

»Nun«, beginnt Jiao, »du bist die unauffälligste Figur in diesem Spiel.«

»Und ich denke, dass ich dich das eigentlich kaum fragen kann«, fährt Xiaoxia fort und sieht mich eindringlich an. »Auf der anderen Seite kannst du ja auch einfach Nein sagen, dann passiert nichts.«

Ich warte ab.

»Aber wir Frauen meinen, fragen sei okay, die Entscheidung liegt immer bei dir.«

»Dann frag«, sage ich und mag es gleichzeitig nicht hören. Ich bin sicher, dass etwas Weitreichendes auf mich zukommt.

»Die Frage stellt sich ohnehin nur, wenn Zitian ebenfalls ins Visier gerät. Aber beim ersten Anzeichen einer Gefahr für uns werden Zitian und ich möglichst schneller sein als die Gegenseite. Das geht aber nur, wenn du«, sie macht eine entschuldigende Kopfbewegung, »bei Tian bleibst und nach außen alles so weiterläuft wie bisher. Du bringst ihn in den Kindergarten und holst ihn wieder ab, Ayi sorgt für euch.«

»Und dann?«, frage ich. »Kommt ihr wieder zurück? Wenn die Luft rein ist? Wie lange kann das dauern?«

Sie zögert. »Nein«, sagt sie, »wenn Zitian und ich wegfliegen, und in unserer Abwesenheit eventuell auf die schwarze Liste gesetzt werden, dann können wir nicht mehr zurückkommen. Dann kommst du mit Tian nach.«

Im ersten Moment kann ich überhaupt nicht reagieren. Habe ich mich verhört?

»Und was ist, wenn sie mich am Flughafen direkt verhaften?«

»Tian hat einen Pass, und ich würde dich zum Flughafen bringen, bis zur Passkontrolle, das ist völlig unverdächtig«, sagt Fang ruhig.

»Aber wenn ihr schon auf einer schwarzen Liste steht … Tian wird da dann doch auch erfasst sein, egal, wer ihn zum Flughafen bringt.«

»Aber dein Gesicht ist völlig unbekannt, da wird nichts passieren.«

Siedend heiß fällt mir das Foto vom Vormittag ein, und ich ziehe mein Handy heraus.

»Das«, sage ich und zeige es Xiaoxia, »hat die Lehrerin heute gemacht.«

Xiaoxia vergrößert es. »Ihr beide, mit dem Porträt, wie schön!«

»Ja«, ich nicke, »sie hat es dem Direktor gezeigt, dann aufgehängt und außerdem hat sie die gleiche Aufnahme«, ich tippe auf das Display, »auch mit ihrem eigenen Handy gemacht. Meinen Kopf haben sie also schon mal.«

Xiaoxia zeigt es Jiao und Fang.

Fang zuckt die Achseln. »Welchen Weg das geht, kann man nicht wissen. In China wird alles überwacht, deshalb sitzen wir ja hier und nicht in einem der hippen Cafés in der City. Kann aber auch einfach der Stolz der Lehrerin gewesen sein, ohne große Bedeutung.«

»Jedenfalls«, sage ich, »brauche ich Zeit, um über den Vorschlag nachzudenken. Ich muss ein bisschen in mich hineinhorchen.«

»Das kann ich gut verstehen«, Xiaoxia nickt und legt kurz ihre Hand auf meinen Unterarm, »lass dir Zeit. Oder mach heute Abend Qi Gong mit mir, das entspannt und öffnet Wege.«

Ich nicke.

Eine Berührung und Qi Gong. So nah ist mir Xiaoxia noch nie gewesen.

Amanda

Da hat sie ja ein richtiges Fotoalbum auf die Wand gebracht, Sanne, die Gute. Ich stehe im Schlafzimmer und betrachte die chronologisch aufgehängten Fotos von oben links nach unten rechts: Hochzeit, Baby, kleine Wohnung, größere Wohnung, Urlaub mit buddelndem Kleinkind am Strand an irgendeinem Meer, Kindergarten, Schultüte, mit Kaninchen, dann mit Pferd – und dann klickt bei mir was. Die kenne ich doch? Aber woher?

Und dann sehe ich mir auch Sanne näher an. Bisher fand ich das nicht wichtig, da sowieso ad acta, aber jetzt kommt doch plötzlich eine Erinnerung hoch.

Klar! Beide waren schon mal im Café. Die eine, die Junge, im Businessdress, Hosenanzug und prüfendem Blick – und die andere hat sich irgendwie verirrt, habe ich gedacht. Alles ein bisschen brav mit ihrer Frisur, der weißen Bluse, den Jeans und dem dunkelblauen Jackett. Zahlenmensch, habe ich vermutet, die ganze Erscheinung in gedeckten Farben, bloß nicht aus der Reihe tanzen. Allerdings, das fällt mir im Nachhinein ein, ist sie mir schon damals aufgefallen, weil sie mich so seltsam gemustert hat. Aber natürlich habe ich es auf mein gutes Aussehen geschoben, da kann man als biedere Hausfrau schon mal neidisch werden und ein bisschen länger schauen … aber nein! Es war Sanne!

Und zwar nachdem sie ihren Alex wieder zurückhatte.

Wollte sie sich einfach vergewissern, dass ich wieder dort saß? Ihre Alex-Bahn also voll und ganz wieder frei war?

Ganz schön hinterhältig.

Und jetzt, denke ich, und jetzt, Sanne, wo bin ich und wo bist du?

Das macht mir dann ja schon Spaß. Von ihrer Wand aus muss sie nun zuschauen, wenn Alex und ich Sex haben. Hoffentlich fällt sie nicht aus dem Rahmen. Über den Gedanken muss ich lachen.

Apropos Alex. Schon witzig, die alten Fotos von ihm. Ganz klar ist er auch der Typ Mann, der durchs Älterwerden gewinnt. Schräg, wie er damals aussah, vor allem am Strand in der Badehose. So dünn, fast schon schlaksig. Und auf einem der Fotos trägt er sogar einen Schnauzer zu längerem Haar. Nein, das steht ihm wirklich nicht. Sieht affig aus. War bestimmt mal Trend. Vor meiner Zeit.

Immerhin ist er fast zwanzig Jahre älter als ich.

Auch eine Ansage.

Jetzt, mit 30, geht das noch gut. Aber dann darf er ab jetzt nicht mehr altern. Denn wenn ich vierzig bin oder gar 50? Dann ist er bereits sechzig, beziehungsweise siebzig. Unaussprechlich.

Manchmal sieht man in den teuren Boutiquen oder Restaurants die Damen um die sechzig durch den Raum schreiten, sehen gut aus, schlank, gepflegt, teuer gekleidet. Dann drehen sie sich um und warten mit ungeduldigem Blick. Und irgendwann kommen ihre zwanzig Jahre älteren Männer mühsam hinterher.

Dieses Bild schüttle ich gleich wieder ab.

Bis Alex achtzig Jahre alt ist, wird mir noch eine Menge einfallen.

Vor allem fällt mir jetzt etwas ein, und das verschafft mir einen freudigen Adrenalinstoß.

Ich nehme die Fotos in den unterschiedlich großen Bilderrahmen noch einmal unter die Lupe und finde, was ich suche. Dieses Bild hänge ich ab und lege es dann in der Küche auf die Arbeitsplatte. So. Und jetzt in meiner Tasche nach meinem Lieblingsfoto suchen. Es zeigt mich an einer Badeleiter, von oben fotografiert. Mit nassen Haaren und abperlenden Wassertropfen am ganzen Körper, aber vor allem auf dem braunen, vollen Busen. Es ist ein herrlich erotisches Foto, finde ich jedenfalls. Und ich habe es gespeichert, kann es also jederzeit wieder ausdrucken. Ich brauche nicht lange zu suchen, das Foto habe ich in meinem schmalen Notizbuch sicher verwahrt und lege es neben den Rahmen. Passt.

Nun löse ich Sanne heraus und fummle mein Foto hinein. Perfekt.

Ist ja gigantisch. Das wird mir nun jeden Abend heimlichen Spaß bereiten, wenn wir vom Bett aus auf die Fotowand sehen. Im ersten Affekt hätte ich Sannes Foto fast in den Abfalleimer geworfen, aber das lasse ich dann doch und stecke es lieber ein. Wer weiß, wofür ich es noch einmal brauchen kann, immerhin zeigt es Sanne im Liegestuhl im Garten, leicht bekleidet und mit einem Sektglas in der Hand.

Sanne

Die Tage laufen gleichförmig dahin. Ich finde es fast schon unheimlich, dass man so gar nichts hört. Fünf Tage ist es nun schon her, dass Jianlin bei unserem denkwürdigen Abendessen einfach abgeführt wurde. Bisher hat Fang keine einzige Nachricht erhalten, weder warum noch ob ihr Mann bald wieder zurückkommt, sie meint aber, dass ihr Haus beschattet wird.

Jiao ist gestern wieder abgereist, sie sei schnell wieder da, falls es nötig werden sollte, hat sie mir erklärt. Ich hoffe allerdings, dass ich sie nicht mehr sehen muss, ich hoffe ganz einfach, dass es für Zitian und Xiaoxia keinen Grund geben wird, ihren Fluchtplan umzusetzen. Ich habe zwar zugesagt, das Abenteuer mit Tian einzugehen, aber ich habe auch ganz schlicht Angst davor.

Immerhin scheint mich Tian seit unserer Zeichenstunde im Kinderzimmer mit anderen Augen zu betrachten. Er lacht mich an und zieht mich auch schon mal an der Hand irgendwohin, um mir etwas Tolles zu zeigen, aber vor allem übt er mit mir zu zählen. Englisch und Deutsch bis hundert. Ich frage ihn dann immer, wie die Zahl auf Chinesisch heißt, und er lacht sich tot, wenn ich nachspreche, was er mir vorsagt. Inzwischen ist es ein kleines Spiel zwischen uns, und ich fange an, ihn richtig in mein Herz zu schließen. Wenn er herzlich lacht, sieht er unwahrscheinlich drollig aus, von den Augen sieht man dann gar nichts mehr außer einem kleinen Schlitz, der Mund mit den blitzend weißen Zähnen ist weit aufgerissen, und meist schlägt er sich dann auch noch seine Hände vor den Bauch, so als platze er gleich. Keine Ahnung, wem er das abgeschaut hat, aber es sieht einfach urkomisch aus.

Ich erkunde noch immer die Stadt und ihre Sehenswürdigkeiten, bin aber stets darauf gefasst, irgendeine Nachricht zu bekommen, die mich zum schnellen Heimkommen auffordert. Da hier auch Handynachrichten nicht unbedingt geheim bleiben, meint zumindest Xiaoxia, haben wir uns auf einen Code geeinigt. Im Fall des Falles wird sie fragen, was ich mir zum Nachtisch wünsche.

Amanda

Ich kann mir lange einreden, dass dieses Leben gesichert und wunderschön ist. Toll im Einklang mit der Unaufgeregtheit eines satten Lebens. Aber ganz ehrlich: Es ist stinklangweilig. Fünf Tage lang die Wand und den Garten anstarren und mit Putzlappen und Kochlöffel die Hausfrau spielen, nein, das bin ich nicht. Zumal ich jetzt auch noch herausgekriegt habe, dass Sanne sehr wohl eine Putzfrau hat. Die hat aber Urlaub, genau, wie Sannes Auto gerade bei einer Freundin ist. Irgendwie habe ich in diesem Spiel den Schwarzen Peter gezogen, denke ich, und bin ein günstiges Sexspielzeug für Alex. Das ist ein ziemlich einseitiges Spiel, denke ich, und fast frage ich mich schon, wie Sanne das über die Jahre ausgehalten hat?

Ist sie deshalb abgehauen? Ich weiß einfach zu wenig von ihr. Aber immerhin weiß ich, dass sie einen Beruf hat und arbeitet.

Ganz sicher war sie erst mal Hausfrau und Mutter, bis Mann

und Tochter auf eigenen Beinen stehen konnten. Mir ist so ein Programm jedenfalls zu blöd.

Gestern hat mich der Rappel gepackt, und ich habe mir ein Taxi zur nächsten U-Bahn-Station genommen, um von dort aus in die City zu fahren. Und dann in mein Appartement. Dort habe ich mich ans Fenster gestellt, eine Weile einfach nur die Skyline bewundert und mich dann mit ausgebreiteten Armen aufs Bett geworfen. Und aufgeatmet. Was für ein Gefühl. Ein echtes Gefühl von Freiheit. Eine Weile lag ich einfach so da, dann holten mich meine düsteren Gedanken ein, über die ich hier schon öfter gebrütet habe. Zukunftsangst.

Die Miete läuft aus, einen Beruf habe ich nicht, was tun?

Ich trete wieder ans Fenster, um die Gedanken zu verscheuchen.

Genau aus diesen Gründen habe ich mir doch Alex zurückgewünscht. Jetzt habe ich ihn wieder, was also will ich mehr?

Trotzdem habe ich Magendrücken, als ich das Appartement wieder verlasse. Irgendwas fühlt sich nicht richtig an. Aber ich komme mir selbst nicht auf die Spur.

Aus alter Gewohnheit mache ich einen Schlenker zum Café hin. Es ist noch früh, Alex wird mich nicht entdecken, aber ich bin neugierig darauf, was sich in der letzten Woche getan hat.

Es ist wenig los, das liegt an der Uhrzeit. In der Ecke sitzt Sylvia und brütet über einem Kaffee, wahrscheinlich braucht sie den, um munter zu werden. Meinen Beobachtungen nach hat sie es schon aufgegeben, den Mann fürs Leben zu finden, eher den für eine Woche. Ich hebe nur kurz die Hand zum Gruß, zu ihr setzen möchte ich mich nicht. Am Tresen sitzt noch Lilu auf einem Barhocker, ein frisches Glas Sekt vor sich. Sieht nach konkreter Verabredung aus.

Gut, ich verzichte auf einen Cappuccino, es ist keine Kollegin da, mit der ich hätte Spaß haben können. Macht nichts, trinke ich eben in der Fressgasse einen, dort ist auch um diese Uhrzeit schon richtig was los. Und außerdem liebe ich die Feinkostläden, Cafés und Restaurants, die sich in dieser Straßenmeile dicht an dicht drängen. Und natürlich das Weinfest, aber bis dahin ist noch Zeit. In Vorfreude darauf lächle ich in mich hinein, während ich um die Ecke laufe und fast mit jemandem zusammengeprallt wäre.

»Holla!«, sagt er und macht einen Schritt zur Seite. Der Oberstudienrat. Violas komischer Typ mit den wässrigblauen Augen und den blutleeren Lippen.

»Ach«, meine ich nur.

»Das kann ja kein Zufall sein, dass ich Sie hier treffe«, sagt er und lächelt.

»Doch«, kontere ich, »das ist der reine Zufall.«

»Ich glaube nicht an Zufälle«, erklärt er, »ich glaube an Schicksal. An Fügung, so wie diese hier.«

»Ich bin …«, pure Realistin, will ich sagen, aber er spricht schon weiter: »Ich wollte Sie wiedersehen, aber Sie waren plötzlich weg.«

»Ja …«, sage ich und denke: Und jetzt bin ich auch gleich wieder weg.

»Ich habe nämlich«, er zögert kurz, »eine Einladung zu einem der großen Filmfeste in Hollywood. Und ich bräuchte eine entsprechende Begleitung. Nachher kann man noch ein paar Tage dranhängen, falls die Begleitung das wünscht – Los Angeles, Malibu, San Francisco, so was in der Art. Business mit Spaß, das verbinde ich immer mal ganz gern.«

Der ist doch Oberstudienrat, denke ich, was hat der mit Film zu tun?

»Was haben Sie denn mit Film zu tun?«

»Ach«, er zuckt die Achseln, »ich habe eine Firma drüben. Ich mische dort ein bisschen im Filmgeschäft mit.«

»Aha«, mache ich und finde, dass er schon gar nicht mehr so nach Oberstudienrat aussieht.

»Überlegen Sie es sich«, sagt er. »Anruf genügt. Eine Woche noch, dann sollte ich die entsprechenden Flüge buchen. Business, damit Sie Ihren schönen Körper nicht in die Holzklasse quetschen müssen.« Er grinst.

»Ja …«, sage ich und halte gleich darauf seine Visitenkarte in den Händen. »Und Viola?«

»Ich bitte Sie. Die hat doch überhaupt nicht Ihr Format. Ich brauche eine Frau an meiner Seite, die nach was aussieht.«

»Ja … also …«

»Wohin sind Sie denn gerade unterwegs?«

»Zur … in die City.«

»Ja, dann kaufen Sie sich was Schönes«, er gluckst. »Ich habe oben Gespräche. Neuer Film, neue Finanzierung …« Er deutet mit dem Zeigefinger hinauf, zu einem der Banktürme.

»Ja, dann … viel Glück.«

»Und … auf Wiedersehen«, sagt er nachdrücklich, und im verspiegelten Glas des Hochhauses neben mir sehe ich genau, wie er mir hinterhersieht.

Hollywood, denke ich, tolle Masche!

Oder doch keine Masche?

Ich drehe die Visitenkarte um, die ich noch immer in den Fingern halte, und lese:

Hans-Georg Mauser
Executive Producer
Okayfilm-Studios
Jefferson Way 453
90322 Los Angeles
+1 (310) 472–161616

Sieht schon beeindruckend aus. Aber eigentlich, denke ich und stecke die Karte ein, kann man so etwas auch selbst gestalten. Woher weiß ich, was das für ein seltsamer Vogel ist?

Hans-Georg Mauser? Drüben also John-George. Und Mauser muss ich nachschlagen. *Die Mauser*, dafür gibt es doch sicherlich ein englisches Wort? Bei Tieren gibt es die ja schließlich auch …

Ich bin gut drauf, und das Glas Weißwein, das ich an einem freien Tisch trinke, heizt meine Stimmung noch an.

John-George Mauser … Mauser? Ich bemühe mein Übersetzungsprogramm und komme auf Moult. Also musste Hans-Georg Mauser in Amerika: John-George Moult heißen. Sollte er mir wieder über den Weg laufen, werde ich ihn danach fragen.

Aber erst mal wieder nach Hause. Und jetzt sitze ich erst einmal wieder in der Vorstadt, starre in den Garten und winke dem Nachbarn zu, der immer mal wieder neugierig hinter dem Vorhang zu mir rüberlinst. Und irgendwann hole ich dann doch Hans-Georgs Visitenkärtchen und drehe es hin und her.

Was ist besser? Hier versauern und nichts von seinem Leben haben – oder mit einem Oberstudienrat auf eine große Hollywood-Party eingeladen zu sein?

Ich gehe zum Spiegel und mustere mich. Ja, wenn mich so ein paar Profis zurechtmachen, kann ich es mit denen dort drüben schon aufnehmen.

Soll ich?

Ich speichere vorsorglich seine Handynummer ein, man weiß ja nie.

Aber der Herr Oberstudienrat, der braucht doch nicht nur eine Begleiterin, der will dich doch auch anfassen.

Ich lege das Kärtchen wieder weg.

Mal schauen, wie sich das mit Alex anlässt. In der nächsten Woche muss er sich mehr als Champagner und Stullen einfallen lassen, sonst habe ich noch ein anderes Ass im Ärmel.

Sanne

Vielleicht bin ich eine gute Verdrängerin, vielleicht lerne ich mich aber auch jetzt erst richtig kennen. Was war ich denn bisher? Junge Ehefrau, Mutter, angestellte Steuerberaterin. Alles geordnet. Kleine Wohnung, größere Wohnung, Haus. Feurigen Ehemann, treu sorgenden Ehemann, fremdgehenden Ehemann.

Und jetzt – bin ich plötzlich Granny.

In einem fremden Land.

Als ich plötzlich Xiaoxias Nachricht »Was wünschst du dir heute zum Nachtisch?« auf meinem Handy lese, hätte ich fast »Apfelstrudel« zurückgeschrieben, denn in den letzten Tagen habe ich zur Freude aller wieder Hessisch gekocht, und ein Teil des Apfelstrudels wartet noch im Kühlschrank. Zitian hat wieder am Familienleben teilgenommen, und ich habe die Möglichkeit, dass er doch noch im Visier der Staatsanwaltschaft sein könnte, in den letzten friedlichen Tagen fast schon vergessen. Oder verdrängt, wie gesagt.

Doch jetzt stehe ich im 420 Meter hohen Jin Mao Tower im 88. Stockwerk vor einem roten L O V E – Kunstwerk und will gerade ein Selfie machen, um es Elena und Alex abends zu mailen, als diese Nachricht aufpoppt. Ich lese sie, und kaum habe ich sie verstanden, fängt mein Herz heftig an zu klopfen. Ich muss gar nicht auf den hier angebotenen Skywalk hinaus, um an die Herzinfarktgrenze zu kommen, mir reicht schon der Gedanke an das, was diese Nachricht bedeutet: Alarm!

Trotzdem schreibe ich noch unverfänglich zurück, obwohl ich mich dank meiner zitternden Finger mehrfach vertippe. Nun weiß Xiaoxia, dass ich es gelesen habe und mich, egal von wo aus, sofort auf den Rückweg mache.

Fast sofort.

Wo ich schon mal hier bin, möchte ich auch die Erinnerung

mitnehmen. Das Selfie vor dem Kunstwerk, einige Fotos von der Plattform aus auf die Stadt und vor allem auch auf die beiden Wolkenkratzer daneben, den Shanghai Tower und das Shanghai World Financial Center, dann im Rundgang noch die eine oder andere Aufnahme – und schließlich nehme ich den Aufzug nach unten.

»130 Aufzüge hat dieser Turm«, sagt ein deutscher Tourist neben mir andächtig zu seiner Frau, »und alle in 9,1 Sekunden von ganz unten bis ganz oben. Und wieder runter.«

»Hoffentlich geht alles gut«, entschlüpft es mir.

»Wird schon«, meint er aufmunternd. »Ist noch keiner abgestürzt.«

Ich kann ihm ja wohl kaum erklären, dass ich nicht an die rasende Fahrstuhlfahrt gedacht habe, also nicke ich ihm nur zu. Noch keiner abgestürzt?, denke ich dabei, dein Wort in Gottes Ohr …

Aus dem klimatisierten Tower heraustretend, laufe ich gegen eine Wand aus Hitze und Feuchtigkeit. In meinem Kopf braust es, und für einen Moment fürchte ich, ohnmächtig zu werden. Ich bleibe stehen und sehe mich nach einem Halt um, aber es ist nur ein kurzer Schwindel und gleich wieder vorbei. Trotzdem hat mich diese Attacke erschreckt. Das kenne ich nicht von mir. Hat das mit meinem Alter zu tun? Alter, Aufregung und Hitze – ist das einfach zu viel?

Nein, die Geschichte mit Tian ist zu viel! Ich hätte mich nicht darauf einlassen dürfen! Warum, um Gottes willen, bin ich überhaupt nach China geflogen? Ich habe doch immerhin zu Hause Familie, Elena, Alex, ja, auch einen kleinen Ausrutscher meines Gatten, aber sonst ist doch alles okay? Was will ich denn in China, und dann auch noch eine solche Aktion, bei der keiner weiß, wie sie endet?

Während ich den Heimweg antrete und mir erst nach einer halben Stunde auffällt, dass ich wirklich, ohne ein einziges Mal nachfragen zu müssen, den Weg allein gefunden habe, ist mein Kopf total in Aufruhr. Ständig kommt mir ein neuer Gedanke, male ich mir ein neues Szenario aus. Am Schluss sehe ich uns alle in einer Art Guantanamo sitzen, in orangen Kitteln bei irgendeiner Sträflingsarbeit. Und Tian? Tja, wahrscheinlich in einem Erziehungslager für Kinder straffällig gewordener Eltern.

Wahnsinn, denke ich, worauf habe ich mich da eingelassen!

Aber als ich endlich am Haus ankomme, die Tür aufschließe und den kleinen Tian sehe, wie er mir mit offenen Armen entgegenkommt, ändert sich meine Meinung wieder.

Was soll denn schon passieren? Seine Eltern fliegen nach Deutschland. Ja, okay. Tausende von Chinesen fliegen nach Deutschland. Und ich dann halt hinterher.

Und im Falle eines Falles weiß ich von nichts, schließlich bin ich eine deutsche Staatsbürgerin, ich werde aus einem anderen Land nach Deutschland zurückfliegen können, das ist doch wohl mein gutes Recht. Und wenn ich einen kleinen Jungen an der Hand halte? Entführt habe ich ihn nicht, dafür werde ich ein Schreiben seiner Eltern vorlegen können.

Ich tu nur das, was alle tun würden: Einen Jungen, der Sehnsucht nach seinen Eltern hat, zu seinen Eltern zu bringen.

Aber wann das wohl sein wird?

Drei Monate habe ich für meine Granny-Tätigkeit eingeplant. Eigentlich hätte ich noch rund zwei Monate vor mir. Wie ist es denn, wenn plötzlich alles anders wird?

Ohne Tian könnte ich noch eine Rundreise anhängen. Oder eine Flussschifffahrt auf dem Jangtse. Oder in eines der benachbarten Länder fliegen, falls man dafür kein Visum braucht.

Aber so? Tian hat meine Hand ergriffen und zieht mich in sein Kinderzimmer. Dort hat er viele Buntstifte und Wachsmalstifte auf dem Boden um einen Zeichenblock verteilt und zeigt strahlend auf sein neuestes Werk: eine große Figur mit einer kleinen Figur Hand in Hand.

Wie treffend, denke ich.

Wenn du wüsstest.

Und das treibt mir die Tränen in die Augen. Als Tian mich erstaunt ansieht, versuche ich ihm zu erklären, dass dies reine Freudentränen seien.

»Smile?«, fragt er und verzieht mit seinen zwei kleinen Zeigefingern seine Mundwinkel nach oben.

»Smile!«, sage ich, und wir lachen beide.

Draußen höre ich es rumoren. Weiß Xiaoxia denn, dass ich schon da bin?

Ich bedeute Tian, dass ich auch gleich ein Bild malen werde, und während er mir ein weißes Blatt richtet, gehe ich schnell ins Wohnzimmer.

Kein Mensch da.

Dann sehe ich sie. Draußen, auf der Terrasse unter einem großen Sonnenschirm. Xiaoxia und Zitian sitzen dicht nebeneinander auf der geflochtenen Couch und reden miteinander. Ich weiß nicht, ob ich stören kann, aber zumindest sollen sie sehen, dass ich da bin. Xiaoxia winkt herüber.

Also gehe ich raus, schließe die Glastür hinter mir und bleibe vor ihnen stehen.

»Ich bin schon da«, sage ich unnötigerweise.

Xiaoxia nickt. »Ja, wir haben dich kommen sehen«, sie zeigt auf den kleinen Sessel ihnen gegenüber, »setz dich doch.«

Ich zögere. »Ich habe Tian versprochen, dass ich gleich zurückkommen werde. Wir zeichnen.«

Zitian lächelt ein gequältes Lächeln. »Ja, unser Kleiner«, bemerkt er, und ich kann nicht anders, ich sehe Zitian bei meiner Ankunft vor mir, wie stolz und erhaben er mich begrüßt hat. Nun erinnert er mich eher an einen geprügelten Hund, der sich am liebsten wegducken würde. Und zwar aus seinem ganzen Leben.

»Ja«, sagt Zitian, »bitte bloß einen Moment. Xiaoxia hatte da eine wirklich tolle Idee. Und ganz wunderbar ist, dass du mitmachen und meiner Familie helfen würdest!« Er nickt ein Dankeschön. »Allerdings ist es leider so, dass sich die Zeiten geändert haben. Wer bereits auf der schwarzen Liste steht, wird direkt am Flughafen einkassiert. Und da wird nicht unterschieden, ob Mann, Frau oder Kind. Wenn unsere Namen noch sauber sind, dann können wir ausreisen. Alle. Somit macht es keinen Sinn, wenn Tian alleine hierbleibt.« Ich schlucke. Was bedeutet das?

Zitian senkt die Stimme: »Wir fliegen heute. Die späte Maschine nach Frankfurt. Wenn alles gut geht, sind wir morgen dort. Ich gehe in unsere deutsche Firma, ganz normal, wie immer. Dort bin ich sowieso regelmäßig.«

Er sieht mich an. »In Deutschland erfahre ich ganz gut, was los ist – und bei Gefahr sind wir schon draußen.«

»Ja, und dann?«, will ich wissen.

»Dann werden wir sehen…«, sagt Xiaoxia und legt ihre Hand auf Zitians Oberschenkel.

»Dir, liebe Sanne, steht unser Haus offen, du kannst so lange bleiben, wie du magst. Du kannst dich mit Fang verabreden oder nach Peking zu Jiao fliegen, eine Rundreise machen … ganz, wie du willst.«

»Hmm«, sage ich. Darüber muss ich erst einmal nachdenken. »Fang steht doch unter Beobachtung«, fällt mir ein, und ich denke: Da begebe ich mich ja freiwillig in Gefahr.

»Du bist davon nicht betroffen. Du bist eine Deutsche, dir passiert nichts.«

»Vielleicht. Ich weiß auch nicht …«, ich halte inne, »ich werde jedenfalls bei meiner Agentur nachfragen.«

»Ja, tu das!« Xiaoxia lächelt mich an. »Und, Sanne, es war eine sehr schöne Zeit mit dir, das sollst du wissen.«

»Ja, danke, finde ich auch…« Während ich langsam aufstehe, spüre ich, wie sich meine Augen mit Tränen füllen.

Xiaoxias Blick wird eindringlich. »Sanne, wir wissen, was du für uns und für Tian getan hättest. Du hättest auch Nein sagen können. Wir werden dir das nie vergessen!«

Ich muss schlucken. »Mir ist ein bisschen Angst«, sage ich aufrichtig.

»Uns auch«, erklärt Zitian, und dann steht er auf und nimmt mich in die Arme.

Ganz ehrlich, ein solches Gefühl habe ich lange nicht gehabt, und ich kann es auch kaum beschreiben. Wie Schüttelfrost und Gluthitze auf einmal. Es schüttelt mich durch und durch. Menschen helfen einander, denke ich.

Ja, das bedeutet es, Mensch zu sein.

»Ich hätte es für euch getan«, sage ich, »für Tian«, und dann sage ich etwas, das ich selbst nicht verstehe: »Und für mich.«

Xiaoxia legt ihre Fingerspitzen aufeinander, als würde sie beten. »Für dich?«

»Ja, ich glaube schon«, formuliere ich einen Gedanken, den ich nicht einmal gedacht habe, »ich denke, wir sind alle füreinander da. Zumindest sollten wir das sein, denn wir sind alle Menschen.«

Die beiden sehen mich nur nachdenklich an, und dann stehe ich auf.

»Weiß Ayi Bescheid?«, frage ich noch.

»Auf sie ist Verlass«, bestätigt Xiaoxia.

»Und was geschieht mit ihr?«

»Sie wird weiterhin das Haus hüten und ihren Lohn bekommen«, beruhigt mich Xiaoxia. »Wer weiß, was kommt. Vielleicht wird ja auch alles wieder gut.«

Wie im Märchen, denke ich und lächle ihr zu. »Ja, vielleicht.«

Amanda

Ich stehe nur mit einem Slip bekleidet im Badezimmer, versuche gerade, mir mit dem Glätteisen einen neuen Look zu geben, da höre ich die Haustüre zufallen.

Das kann nicht sein. Alex kommt erst spätabends, und jetzt ist Nachmittag. Also noch längst nicht Alex-Zeit.

Also stecke ich das Glätteisen aus, öffne leise die angelehnte Badezimmertür und horche hinaus. Schritte und Rascheln, wie von Papier, dann Summen. Da summt jemand. Das kann dann zumindest kein Einbrecher sein. Außerdem ist das eher weiblich. Eine weibliche Stimme.

Die Schritte kommen näher, und ich schiebe die Tür wieder zu, stelle mich vorsichtshalber dahinter. Man weiß ja nie.

Die Schritte gehen rasch am Badezimmer vorbei, ins Schlafzimmer. Dort verharren sie. Kein Wunder, dort liegt ja auch allerhand herum. Ganz sicher ein paar meiner Dessous.

Mein Glätteisen liegt noch im Waschbecken, auf den ersten Blick zu sehen. Schnell hinter der Tür vor, Kabel und Gerät in die Hand nehmen, zurück, wieder hinter die Tür.

Keine Sekunde zu spät, denn die Schritte kehren zurück.

Dann sehe ich sie.

Im Spiegel.

Und sie sieht mich.

Unsere Augen treffen sich, sie tritt herein.

»Was machen Sie hier?«, fragt sie.

Ich erkenne sie. Ich kenne sie aus dem Café und von den Bildern: die Tochter.

Bevor ich antworten kann, schiebt sie nach: »Amanda. Stimmt's?«

»Und Sie?«, frage ich.

»Elena«, sagt sie. »Die Tochter.« Sie mustert mich. »Also?«

»Also, was?«

»Wie ich schon fragte: Was machen Sie hier?«

»Ich wohne hier.«

Sie muss lachen.

Ja, tatsächlich, da steht sie vor mir in einem hellgrauen Kaschmirpulli und in blauen Jeans und lacht.

»Was gibt es da zu lachen?«, frage ich einigermaßen erbost.

»Na«, sagt sie, »das wüsste ich aber, wenn Sie hier wohnen. Es steht ja nicht mal Ihr Name auf dem Klingelschild.« Sie lacht wieder und schüttelt den Kopf. »Amanda. Tsstsstss.«

Damit geht sie hinaus. Und ruft mir über die Schulter noch zu: »Vielleicht ziehen Sie sich was Nettes an? Er hat heute Geburtstag.«

Sanne

Die letzte Maschine, das hämmert ständig in meinem Kopf. Sie nehmen die letzte Maschine. Und ständig rechne ich, wie viel Zeit noch bleibt.

Ich höre Geräusche im Haus und gehe davon aus, dass Xiaoxia packt. Für jeden einen Koffer, ganz unauffällig.

Ich frage mich, was ich packen würde, wenn ich mein Haus vielleicht für immer verlassen müsste?

Wertsachen besitze ich kaum.

Aber Erinnerungen.

Die Fotos an meiner Wand. Welche würde ich mitnehmen?

Ich gehe sie im Geiste durch. Sicherlich die Kinderfotos von Elena. Und einige vom Strand.

Mein Gott, denke ich, was für ein Desaster. Und ich mittendrin.

Tian blättert neben mir seine Zeichnungen durch und zählt leise mit. Bei zehn ist er mit den Zeichnungen durch, zählt aber trotzdem weiter bis hundert und sieht mich dabei verschmitzt an. Ich applaudiere lachend, dabei ist mir eher nach Heulen zumute.

Wenn du wüsstest.

Ayi hat ein Abendessen gerichtet, und wir sitzen alle am Tisch, völlig normal. Dass unsere Nerven gespannt sind, merke ich daran, wie wir alle aufhorchen, als ein Auto vor dem Haus hält. Zitian geht sofort zum Fenster, winkt aber ab, es hat nur jemand gewendet. Wahrscheinlich ein Fremder.

Ayi und ich wagen es kaum, uns anzusehen. Es ist wie das Warten auf einen Hurrikan oder einen Vulkanausbruch, jedenfalls auf etwas, das unweigerlich kommt und von dem man nicht weiß, wie es ausgeht.

Als Tian, wie immer beim Essen, zu zappeln anfängt und vom Tisch wegwill, nimmt ihn Xiaoxia mit in sein Zimmer. Ich kann mir denken, dass sie ihm jetzt gleich von der schönen, großen Reise erzählt, die sie machen werden. Zitian und ich sehen uns an und stehen beide auf.

»Wir haben noch Zeit«, sagt er.

»Ich lasse euch alleine«, entgegne ich. »Wenn ihr mich braucht, ich bin in meinem Zimmer.«

Er nickt nur.

Ich bezweifle, dass er wirklich zugehört hat.

Was in seinem Kopf jetzt wohl vor sich geht?

In meinem Zimmer setze ich mich erst einmal einfach aufs Bett und starre die Wand an. Dann denke ich, morgen bin ich alleine hier. Wie verrückt. Entweder sind die drei dann schon in Sicherheit oder aber … den Gedanken verbiete ich mir, das möchte ich mir nicht ausmalen.

Will ich denn überhaupt hierbleiben? Oder etwas anderes? Oder zurück? Oder was?

Mein Blick fällt auf meinen Laptop. Jetzt wäre es doch an der Zeit, mal Rat zu holen? Ich bin noch etwas unentschlossen, aber dann denke ich: Das wird mich ablenken. Und vielleicht kommt ja sogar was dabei raus. Also setze ich mich an den Tisch, klappe das Notebook auf und fahre es hoch.

Am besten schreibe ich gleich der Chefin der Granny-Organisation, denn der Rat muss ja schnell kommen und soll nicht noch viele Umwege machen.

Ich setze mich hin und fange an. Dabei stelle ich fest, dass es gar nicht so leicht ist, das alles in einer Mail zusammenzufassen. Soll ich hierbleiben? Soll ich mir eine andere Stelle suchen? Muss ja nicht China sein, besser vielleicht Südafrika? Das erscheint mir weniger kompliziert. Aber die Gründe muss ich schließlich auch schildern. Sonst sieht es ja so aus, als würde ich einfach abhauen, weil ich keine Lust mehr habe. Und das stimmt ja nun ganz und gar nicht – im Gegenteil. Von Tag zu Tag wird es schöner.

Ich schreibe und schreibe und schreibe dreimal um. Ich bin halt Steuerberaterin und keine Wortschöpferin. Mit Aufsätzen habe ich mich schon in der Schule schwergetan.

Endlich klingt die Mail so, wie ich sie haben möchte: durchdacht, stilsicher und seriös.

Ich will gerade auf »Senden« drücken, da geht meine Tür auf.

Ich drehe mich um.

Tian steht da.

»Na, Tian«, sage ich und würde ihn am liebsten zum Knuddeln auf den Schoß nehmen, so süß sieht er aus, der kleine Mann. »Willst du nicht hereinkommen?«

Aber er sieht mich nur mit großen Augen an, und dann erkenne ich, dass er etwas hinter sich festhält.

»Please, come in«, versuche ich es auf Englisch und stehe auf, um ihm entgegenzugehen.

»Sanne«, sagt er und kommt einen Schritt auf mich zu, schafft es aber nicht ganz, weil irgendetwas Großes ihn hindert.

»Was hast du denn da?«, frage ich ihn und gehe vor ihm in die

Knie. Und mit einem heftigen Ruck zieht er seinen Begleiter herein. Es ist der Pandabär, der überdimensional große Pandabär, auf den er sich am ersten Tag meiner Ankunft geworfen hat. Damals war er mir eher unsympathisch, der kleine Prinz, heute habe ich ihn fest in mein Herz geschlossen.

»Dein Bär«, sage ich und deute auf den Plüschbären.

»Dein Bär«, wiederholt er und sieht mir in die Augen.

»Kommst du herein?«, frage ich, stehe auf und gehe zum Bett. Dort setze ich mich und klopfe neben mich auf das Laken. Das wird ja was, wenn er den Bären mitnehmen will, denke ich, der passt ja nur in einen Überseekoffer. Oder braucht zumindest einen eigenen Sitzplatz.

»Dein Bär!«, beharrt er und rührt sich nicht von der Stelle.

Jetzt dämmert mir, was er mir sagen will.

»Mein Bär?«, frage ich, deute zunächst auf den Bären und dann auf mich.

Er nickt heftig, lässt den Panda los und kommt zu mir gelaufen. Und dann habe ich ihn auf dem Schoß.

Der kleine Tian. Mein kleiner Prinz.

Ich könnte heulen.

Amanda

Ich laufe schnell ans Fenster und sehe gerade noch einen schwarzen Kleinwagen aus der Auffahrt flitzen.

Na, denke ich, die glaubt wohl, das ist hier alles Spaß?

Klingelschild. Dumme Nuss!

Aber nun treibt mich doch die Neugierde ins Wohnzimmer.

Und da steht eine Vase mit einem gewaltig großen Rosenstrauß auf dem Tisch und davor ein gerahmtes Foto.

Rote Rosen, denke ich, wer schenkt denn seinem eigenen Vater rote Rosen? Die hat sie ja nicht alle.

Aber das Foto?

Ein infamer Anschlag auf mich, anders kann ich es nicht werten. Familie Saubermann im Glück. Alex und Sanne und dazwischen Tochter Elena. Alle drei strahlen in die Kamera.

Am liebsten hätte ich es direkt entsorgt.

Aber dann schau ich es mir doch genauer an.

Das darf doch nicht wahr sein! Alex trägt den Pullover, den wir gemeinsam in Berlin gekauft haben. Nein, nicht gemeinsam, den ICH für ihn ausgesucht habe. Und den er erst gar nicht kaufen wollte, weil ihm die türkise Farbe zu auffällig war.

Ich musste ihn förmlich dazu zwingen.

Der sieht toll an dir aus, habe ich ihm gesagt. Passt hervorragend zu deinen Augen. Ein perfektes Teil.

Das ist ja wohl eine Frechheit!

Ich nehme das Bild in die Hände.

Und Sanne, ja, genau so, wie sie da ins Café hereinspaziert kam. Eine Bluse und eine Jeans, die Haare ihres langweiligen Bob hinter ein Ohr geklemmt.

Ich schau genauer hin.

Schon diese unattraktiven goldenen Knopf-Ohrringe. Der Frau fehlt einfach Pep.

Und die Tochter? Die ist hübsch, das kann ich nicht abstreiten. Sie hat was.

Aber sie ist eingebildet und hochnäsig.

Na, euch werde ich es zeigen! Ich donnere das Bild wieder auf den Tisch. Da fällt mir die Karte auf, die an der Vase lehnt.

Unser Papi ist der Beste.

Na, die originelle Ader hat sie offensichtlich von ihrem Vater geerbt.

Ich drehe die Karte um.

»Vatilein, der Rosengruß von Mama aus Shanghai soll Dich an Deine große Liebe erinnern. Von mir das Foto, es soll Dich an unsere Familie erinnern. Und beide wünschen wir Dir alles Liebe zum Geburtstag.«

Langsam beschleicht mich der Verdacht, dass ich hier einer grandiosen Inszenierung aufsitzen soll.

Woher weiß sie, dass ich hier bin?

Von ihrem Papilein bestimmt nicht, der würde sich hüten.

Und: Hat er überhaupt Geburtstag, oder will sie mich nur aufs Glatteis führen?

Wie kann ich das jetzt herausfinden?

Und falls er wirklich Geburtstag hat, wo bekomme ich dann auf die Schnelle ein Geschenk her?

Sanne

Der Abschied an der Haustüre kommt mir völlig unecht vor. Wie aus einem Theaterstück.

Tian drückt sich an mein Bein und redet heftig auf seine Mutter ein. Xiaoxia übersetzt geduldig, ich möge zu seinem Pandabären gut sein. Ich schlage ihm vor, dass ich überhaupt nur auf ihn aufpassen werde und der Pandabär nach seiner Rückkehr doch sicherlich wieder zu ihm zurückwolle?

An seinem Gesicht sehe ich, dass ihm dieser Vorschlag gut gefällt. Er nickt ernst. Aber dann soll ich ihn doch bitte zeichnen. Und ein Foto von der Zeichnung schicken. Ich verspreche alles.

Ayi hält sich im Hintergrund, aber ich habe gesehen, wie sich vorhin alle herzlich voneinander verabschiedet haben, bevor Zitian auch zu mir kam und mir mit einem bedeutsamen »Auf Wiedersehen« die Hand drückte und anschließend die

Koffer in die Garage schaffte. Nun fährt er mit der gepackten Limousine vor.

»Der eigene Wagen?« Ich bin erstaunt. »Bleibt der dann im Parkhaus stehen?«

Xiaoxia zuckt die Achseln. »Wenn alles gut geht, lassen wir ihn abholen. Das erscheint uns besser, als einen Limousinen-Dienst oder ein Taxi zu beauftragen.«

Big brother is watching you, denke ich. Es ist unbeschreiblich. Und vor allem für mich so wenig greifbar. Ich sehe nichts, ich spüre nichts, ich fühle mich in diesem Land einfach nur sicher und geachtet. Wo wirken denn diese Mächte, wenn ich doch so den Eindruck vollkommener Freiheit und vollkommenen Glücks habe?

Es muss hier zwei Welten geben, die nebeneinander existieren. Eine repräsentierende mit einem lachenden Gesicht, und eine verborgene, in die man nicht hineinsieht.

Tian zupft mich am Bein.

»Smile«, sagt er und zieht seine Mundwinkel mit seinen beiden Zeigefingern nach oben.

»Ja, Tian«, ich beuge mich hinunter und tue es ihm gleich. »Smile!«

Und als er fröhlich lacht, sage ich noch: »Ich hab dich lieb.«

»Wir dich auch!« Xiaoxia schließt mich in die Arme.

»Sobald wir in Frankfurt gelandet sind, schicken wir dir eine Nachricht«, verspricht sie. »Du kannst also in Ruhe ins Bett gehen und schlafen.«

In Ruhe schlafen.

»Na«, sage ich zweifelnd, »ob mir das gelingt?«

Sie lacht. »Den nächsten Kasseler Eintopf essen wir gemeinsam in Frankfurt.«

»Wie kannst du so fröhlich sein?«

Sie öffnet beide Hände nach oben. »Es kommt, wie es kommt. Wir werden sehen.«

Ich sehe ihnen zu, wie sie in den Wagen steigen und davonfahren. Dieses Bild werde ich ewig in mir tragen, das weiß ich jetzt schon. Und auch das Gefühl von Verlorenheit. Von Trauer.

Es braucht eine Weile, bis ich mich abwenden und die Haustüre schließen kann. Dann gehe ich hinauf und vermisse bereits Tians fröhliches Lachen und überhaupt den Lärm, der dieses Haus erfüllt, sobald jemand da ist.

Chinesen sind unglaublich laut.

Umso stiller ist es jetzt.

Geradezu unheimlich still.

Ayi steht im Wohnzimmer und gestikuliert, ob ich noch etwas wünsche.

»Ja«, sage ich, und dann tu ich etwas, von dem ich keine Ahnung habe, ob es chinesisch korrekt ist oder nur europäisch sentimental, ich schließe sie in meine Arme. Und da sie nach kurzem Zögern ebenfalls die Arme um mich schlingt, denke ich, es ist einfach nur menschlich.

Zwei Seelen, die hoffen, dass alles gut ausgeht.

Mit diesem Gefühl lassen wir voneinander ab, nicken uns mit einem traurigen Lächeln zu und gehen dann unserer Wege. Ich weiß, dass sie hier ein eigenes Zimmer hat und also nicht noch irgendwohin fahren muss. Das beruhigt mich, denn so ganz alleine ist dieses Haus dann doch recht groß.

In meinem Zimmer fällt mein Blick auf meinen Laptop.

Ach ja. Ich setze mich davor und lese meine Mail noch einmal genau durch.

Alles korrekt.

Also »Senden«.

Und in dem Moment, da ich auf »Senden« drücke, durchfährt es mich siedend heiß. Alles wird kontrolliert, du meine Güte. Es gibt in China keine WhatsApps mehr, und viele Internetseiten sind blockiert. Und da schicke ich eine Mail mit allen Details rund um Xiaoxia und Zitian nach Deutschland.

Der Gedanke lähmt mich für einen Augenblick.

Dann sehe ich hastig nach, kann ich sie noch stoppen? Aber das vertraute Zischgeräusch ist schon durch, also ist sie raus.

Wie kann mir so etwas passieren? So verdammt gedankenlos? Bringe ich die drei jetzt mit meinem läppischen Mitteilungsdrang in Gefahr?

Ich tröste mich, dass die Mühlen selbst in China nicht so schnell mahlen werden. Zunächst muss die Mail übersetzt werden, und dann ... ja, und dann?

Ich starre auf den Mail-Eingang. Vielleicht kommt ja eine Fehlermeldung, falsche Adresse, unzustellbar, irgendwas ...

Aber alles scheint korrekt.

Während ich noch auf ein Wunder hoffe, fällt mein Blick auf das Datum.

Ach du meine Güte, heute hat ja Alex Geburtstag.

Zwar nicht mehr lang, aber für einen Gruß muss es noch reichen. Am besten als SMS, für eine weitere Mail habe ich keinen Nerv mehr.

Mein Handy hängt seit Stunden am Ladekabel, ich muss es überhaupt erst suchen, aber dann lasse ich mich damit aufs Bett sinken.

Mehrere Nachrichten sind inzwischen eingegangen, eine davon von meiner Tochter. Die öffne ich als erste.

»Falls du Paps' Geburtstag vergessen haben solltest, ich habe in deinem Namen einen großen Strauß Rosen gekauft. Sonst denkt er sich noch sonst was.«

Das angehängte Bild zeigt Elena im Blumengeschäft mit einem Arm voller Baccara-Rosen.

Na, denke ich, ganz so aufwendig hätte es nun ja auch nicht sein müssen. Aber ich schreibe ihr zurück und bedanke mich artig. Und in der nächsten Nachricht gratuliere ich Alex und hoffe, dass meine blumigen Gedanken an ihn angekommen sind. Mit einem »grins« versehen.

Amanda

Ich komme zu dem Schluss, dass Alex tatsächlich Geburtstag hat. Er hat sich mal als typischen Löwen bezeichnet, das würde ja passen.

Tja, und jetzt?

Ich kann die Rosen ja schlecht als mein Geschenk ausgeben. Das würde ziemlich schnell auffliegen.

Und wenn ich es recht bedenke, hat ihm Töchterlein doch sicherlich schon gesteckt, auf wen sie im allerheiligsten Familienheim gestoßen ist.

Wäre nur Sannes Auto hier, dann würde ich schnell in die Stadt fahren. Aber was wäre denn ein passendes Geschenk?

Ich muss nachdenken.

Und nachdenken kann ich am besten, wenn ich draußen auf der Liege liege, nahtlos braun werde und die Nachbarn ärgere. Das Wetter ist gut, die Sonne scheint, warum also nicht?

So wie ich bin, gehe ich hinaus, meine Dessous können sich schließlich sehen lassen. Und der Body darin auch.

Ich ziehe die Liege in den Schatten eines Strauchs und mache es mir gemütlich. Die Blumen um mich herum in ihren Beeten sehen etwas traurig aus, ich werde nachher mal gießen. Und diesen Roboter habe ich abgestellt. So trauen sich die ersten Gänseblümchen schon wieder, ihre weißen Blüten zu öffnen, und müssen keine Angst haben, hinterrücks geköpft zu werden. Ich rekle mich, genieße die Sonnenstrahlen auf meiner Haut und – bin blitzschnell eingeschlafen.

Ein »Holla« weckt mich auf. Oder habe ich das nur geträumt? Noch bin ich zu schläfrig, die Augen zu öffnen, da kommt der Nachsatz: »Sorry, ich wollte nicht stören.«

Eine männliche Stimme.

In meinem Garten.

Ich reiße die Augen auf. Vor mir steht ein Kerl in Jeans und grünem T-Shirt und betrachtet mich.

»Was machen Sie denn da?«, fahre ich ihn an und richte mich auf.

»Die Frage könnte ich Ihnen auch stellen«, gibt er zurück. Ganz schön frech, finde ich.

»Ich wohne hier!«

»Aha?« Er sagt es so, als sei meine Antwort der totale Blödsinn.

»Gut«, sage ich, »und Sie?«

»Ich bin der Gärtner. Die Kernobstbäume hinterm Haus müssen geschnitten werden. Meine Aufgabe.«

»Kernobstbäume?«

»Äpfel und Birnen.«

»Ich weiß, was Kernobst ist.«

»Wieso fragen Sie dann?«

Wir betrachten uns kurz. Ich ziehe das Badetuch unter meinem Hintern hervor und wickle mich darin ein.

»Wer hat Sie denn beauftragt?«, will ich wissen.

»Wie immer. Die Chefin. Mitte August für den Schnitt.« Er zieht demonstrativ sein Handy hervor und wirft einen Blick darauf. »15. 8. Mitte August. Voilà!«

»Ja, gut«, sage ich, rätsle aber noch, wo die Bäume überhaupt stehen. Ich habe noch keine gesehen. Und dann überlege ich auch, wer die Chefin sein soll. Mutter oder Tochter? Ich tippe eher auf Mutter.

Er steht noch immer da. Ich schätze ihn auf Mitte dreißig, ein drahtiger Bursche, schwarzhaarig, Tagesbart, tief gebräunt. Ein Gärtner halt.

»Na«, sage ich schließlich, »dann fangen Sie mal an.«

»Würde ich ja gern, aber Sie liegen mir leider im Weg.«

Ich dreh mich um. Stimmt. Den Durchgang zwischen zwei Büschen habe ich mit meiner Liege blockiert, und hinter mir steht bereits eine mit allerlei Gerät gefüllte Schubkarre.

»Und warum sagen Sie das nicht gleich?«

»Sie lagen so schön da.«

Darauf weiß ich nichts mehr zu sagen, sondern stehe auf und gehe ins Haus. Soll er doch die Liege selbst wegräumen, wer bin ich denn. Und zum Trinken werde ich ihm auch nichts anbieten. Selbst schuld, mit seiner dreisten Art.

Aber im Wohnzimmer erinnert mich der Rosenstrauß daran, dass ich ja eigentlich nachdenken wollte.

Und dass mir noch immer nichts eingefallen ist.

Doch, denke ich. Geburtstagsessen. Wenn Alex Geburtstag hat, gehen wir schön essen, dann kann er seine dusseligen Rosen und das Foto eben erst um Mitternacht bewundern.

Ich schreibe ihm sofort eine SMS.

»Liebster Alex, du hast Geburtstag und sagst mir nichts?« … nein, das lösche ich wieder. Dann lautet seine erste Frage: Und woher weißt du das jetzt?

Also anders:

»Liebster Alex, herzlichen Glückwunsch zum Geburtstag. Und natürlich kommst du nicht darum herum, mit mir heute Abend schön essen zu gehen, schließlich muss das gefeiert werden. Ich freu mich auf dich.«

Was soll er da noch dagegenhalten?

Ich schau auf die Uhr. 18 Uhr im Hochsommer, das passt doch perfekt. Ich werde mich jetzt hübsch anziehen, in die Stadt fahren, ein bisschen bummeln, und anschließend gehe ich mit Alex feiern. Und sicher finde ich bis dahin auch noch ein passendes Geschenk.

Auf dem Weg zum Gästezimmer, wo mir Alex in der Zwischenzeit einen Schrank frei geräumt hat, spähe ich aus jedem Fenster hinaus.

Ach ja, tatsächlich, dort hinten an der Grenze zum Nachbargrundstück stehen so ein paar Bäume. Sind mir noch nicht aufgefallen.

Und dort schnippelt er jetzt auch herum, der Herr Gärtner.

Aber wenn er schon da ist, könnte er doch auch gießen. Blumen sind ja schließlich sein Ressort und nicht meines. Ich schlüpfe also in den nächstbesten Sommerfummel und laufe barfüßig über den Rasen zu ihm hin.

Er ist so beschäftigt damit, von seiner Leiter aus Äste abzuzwacken, dass er mich erst sieht, als ich unter ihm stehe.

»Vorsicht«, sagt er und wirft einen Ast zur Schubkarre. »Sie stehen in meiner Wurfbahn, das könnte schlecht ausgehen.«

»Dann hören Sie eben gerade mal auf, Äste in meine Richtung zu werfen«, schnauze ich.

»Okay«, sagt er von oben herab und grinst. »Was gibt's denn?«

»Ich sollte los, aber wenn Sie schon da sind, könnten Sie doch nachher noch gießen? Heißer Tag.« Ich lasse meinen Arm in Richtung Blumenbeete schweifen: »Viel Durst.«

»Ich auch«, sagt er.

Darauf reagiere ich nicht.

»Ginge das?«

»Geht schon, aber kostet Zeit. Und Geld.«

»Hmm.« Darüber hatte ich natürlich nicht nachgedacht.

»Die Chefin macht das immer selbst«, fügt er an. »Ich weiß nicht, ob sie so glücklich ist, wenn das auf der Rechnung steht.«

Es wird ja immer schöner. Die Chefin hier und die Chefin da.

»Die Chefin bin ich«, sage ich und werfe meinen Kopf hoch. »Und ich sage: Gießen!«

»Holla!«, sagt er, und während ich mich schwungvoll umdrehe, sehe ich aus dem Augenwinkel, dass er grinst.

Sanne

Ich kann nicht einschlafen. Es ist eine ganz fiese Schlaflosigkeit, die mich mit tausend Bildern quält. Ich habe die tollsten Horrorvisionen am Flughafen vor mir, dann denke ich wieder über die chinesische Abhörtechnik nach und was da vielleicht schon alles zusammengetragen wurde, und zudem liegt mir meine Mail schwer im Magen. Ich dreh mich von links nach rechts, schließlich stehe ich auf und tappe durch die Dunkelheit zum Wohnzimmer. Ziel ist der Goldene Schrank und darin ein Glas Schnaps. Oder vielleicht auch zwei.

Hauptsache, er hilft, die Dämonen im Kopf zu beseitigen. Als ich um die Ecke biege, sehe ich, dass dort am Tisch schon jemand sitzt. Zuerst erschrecke ich, dann erkenne ich Ayi, die eine brennende Kerze vor sich hingestellt hat, irgendwelche rhythmischen Bewegungen macht und etwas murmelt. Betet sie?

Ich habe hier noch niemanden beten sehen. Von Weitem sieht es fast christlich aus, so wie wir in der Kirche den Rosenkranz gebetet haben. Vorbereitung zur Ersten Heiligen Kommunion. Mein Gott, ist das lang her.

Nun hat sie mich bemerkt und sieht auf.

»Sanne?«, sagt sie leise, und mir wird klar, dass ich ja auch gespenstisch daherkomme, direkt aus der Dunkelheit, für sie wahrscheinlich nur als Schatten zu sehen.

»Ja«, sage ich, und sie fragt etwas auf Chinesisch.

Ich deute zum Schrank, sie nickt und steht auf.

Nein, jetzt will sie mich auch noch bedienen, das möchte ich nicht. Die Situation ist nicht nach dienen und bedient werden, sondern nach gleichberechtigt sein. Zwei gleichberechtigte Frauen sitzen am Tisch und trinken einen Schnaps.

Aber wie mache ich ihr das klar?

Sie nimmt eine Flasche aus dem Schrank und stellt sie mit

einem Glas auf den Tisch. Dann bleibt sie neben dem Tisch stehen.

Ich gehe zum Schrank, hole ein zweites Glas und stelle es vor ihren Platz.

Sie wehrt mit beiden Händen ab. Egal, denke ich, das muss jetzt irgendwie klappen. Also fülle ich beide Gläser, setze mich neben sie und klopfe mit der Handfläche auf ihre freie Stuhlfläche. Das ist doch hoffentlich international.

Endlich setzt sie sich.

Und während die Flamme der Kerze wild flackert, heben wir beide die Gläser und stoßen an.

»Auf das Glück«, sage ich. Und weil ich nicht verstehe, was sie sagt, stehe ich nach diesem ersten Schluck wieder auf und hole mein Tablet. Wozu habe ich ein Übersetzungsprogramm? Jetzt können Ayi und ich uns endlich mal unterhalten. Und richtig kennenlernen.

Amanda

Begeistert scheint Alex nicht zu sein. Aber ich kann ja nicht auf alles Rücksicht nehmen, er hat Geburtstag, da muss er jetzt durch.

Bei Hackett in der Goethestraße habe ich einen schönen geflochtenen Ledergürtel gefunden. Dunkelbraun, passend zu seinen Schuhen. Und ein freches Hemd mit Rundkragen. Beides wurde schön verpackt, und jetzt muss er mit mir Geburtstag feiern, ob er will oder nicht.

Wir haben uns im Relais & Château Restaurant Lafleur am Palmengarten verabredet. Zumindest gibt er sich Mühe, denke ich, denn dort war ich noch nie. Mein Smartphone verrät mir sogleich, dass es sich um ein französisches Gourmetrestaurant mit zwei Sternen handelt.

Sofort kommen mir Zweifel, ob ich auch richtig angezogen bin? Vielleicht hätte ich mir rasch etwas Neues kaufen sollen statt ihm?

20 Uhr ist ausgemacht, aber mir ist lieber, wenn Alex vor mir da ist. Ich finde es schrecklich, an einem leeren Tisch auf jemanden zu warten. Das ist wie bestellt und nicht abgeholt. Also drücke ich mich noch zwanzig Minuten irgendwie herum, bis ich auch ganz sicher bin, dass ich nicht die Erste sein werde. Allerdings habe ich ihn nicht kommen sehen. Weder im Taxi noch zu Fuß, obwohl ich mich in der Nähe herumgetrieben habe.

Was, wenn er gar nicht kommt?

Das Restaurant gehört zu den 500 besten Restaurants weltweit, habe ich nachgelesen.

Sollte er nicht da sein, könnte ich gleich meine Geschenke als Pfand dalassen. Das würde dann vielleicht für eine Vorspeise reichen. Und anschließend müsste ich mich irgendwie aus der Affäre ziehen. Bauchkrämpfe oder so.

Ich hoffe, Sanne hat ihren Mann so gut erzogen, dass er so etwas nicht tut.

Danke, Sanne, sage ich still, als mich der Kellner durch das Restaurant an einen kleinen Tisch beim Fenster führt.

Alex steht auf und begrüßt mich so formvollendet wie eine wichtige Kollegin aus der höheren Etage. Anzug, Krawatte, blütenweißes Hemd, er sieht aus wie frisch unter der Dusche hervor. Das stimmt mich schon wieder misstrauisch. Er hat einen Schlüssel zu meinem Appartement, denke ich.

»Schön, dass du da bist«, sagt er, und der Kellner rückt mir den Stuhl zurecht.

»Ja, freut mich auch«, erwidere ich unbeholfen. Und dann: »Herzlichen Glückwunsch zum Geburtstag.«

Er lächelt und sieht in diesem Moment so überlegen aus, dass er mir völlig fremd vorkommt. Ist er nun mein Chef? Ein Geschäftspartner, oder was? Jedenfalls nicht mein Alex.

»Hattest du denn etwas anderes vor?«, frage ich und bereue im selben Moment meine Worte. Will ich die Antwort wirklich hören?

»Heute Abend?«, fragt er und gibt dem Kellner, der gerade an unseren Tisch kommt, den Auftrag, zwei Gläser Champagner zu bringen.

»Ihren üblichen?«

»Danke, ja.«

Ihren üblichen. Das ist ja ein Ding! Ich tu, als hätte ich das überhört, aber ich beginne eine interne To-do-Liste zu basteln:

Appartement überwachen.

Mit wem ist er so regelmäßig hier?

»Geht es dir gut?«, fragt er charmant.

»Weshalb?«

»Du schaust so angestrengt.«

»Ach wirklich?« Ich fahre mit Zeige- und Mittelfinger an meiner Nasenwurzel hoch. Kann schon sein. Der kritische Blick ist einer meiner negativen Eigenschaften. Normalerweise habe ich mich besser im Griff.

Lächeln, Amanda, lächeln.

Also lächle ich entwaffnend.

Das fällt mir leicht, denn wie hatte schon Johannes vor vierzehn Jahren gesagt? Dein Blick kann fesseln, Amanda.

Also fessle ich.

Sanne

Was ich in diesen Stunden nicht alles von Ayi erfahre. Dass sie in Anhui geboren wurde, in einer Bauernfamilie aufgewachsen ist, dass ihr Leben mit vier Geschwistern ohne Zukunft schien, dass ihre Eltern Mühe hatten, alle Kinder zu ernähren. Und dass sie froh war, als sie heiraten konnte, da war sie sechzehn.

Sie versprach sich von der Ehe ein besseres Leben, aber das war ein Trugschluss. Ihr Mann konnte für sie und die beiden Kinder nicht genug verdienen.

»Die Not war groß«, schreibt sie, »denn es gab unvorstellbar viele Behörden, die alle Geld von uns wollten. Gegen die Funktionäre und ihr ausbeuterisches Regime kam niemand an. Also ging mein Mann als Wanderarbeiter in die nächste große Stadt, und ich blieb mit den Kindern zurück. Aber es wurde nicht besser. Und das Schlimmste war, dass ich keinen Ausweg sah. Aber dann lernte ich per Zufall eine Frau aus Shanghai kennen. Sie erzählte mir, dass Ayis aus Anhui oder Henan in Shanghai sehr gesucht seien. Ich hatte das noch nicht gehört. Aber sie versprach, mir zu helfen. Warum weiß ich bis heute nicht.« Ayi macht eine Schreibpause und wartet, bis ich alles gelesen habe und fragt mich dann mit Achselzucken, ob ich auch alles verstanden habe. Manche Übersetzung ist zwar etwas holperig, aber im Großen und Ganzen kann ich mir alles zusammenreimen, also nicke ich, und sie schreibt weiter:

»Ich habe es nicht geglaubt, dass mir diese fremde Frau helfen würde. Aber sie tat es. Sie verschaffte mir eine Stelle in Shanghai. Nicht diese hier. Es war ein großer Glücksfall für mich. Nur dass ich meine kleinen Kinder bei meinen Eltern lassen musste, tat weh. Aber immerhin konnte ich Geld schicken, ihre Not lindern. Dann wurde der Grüne Tee am Hunag Shan plötzlich berühmt und brachte Geld, und dort arbeiten die beiden jetzt. Es geht allen gut. Meine beiden Mädchen gehen zur Schule! Die Ältere sogar ins Gymnasium!«

Stolz schwingt in ihrem Blick mit, als sie mir die Übersetzung reicht.

»Und wie bist du hierhergekommen?«, will ich wissen.

»Ich hatte eine Stelle, aber ich konnte natürlich nicht in Shanghai wohnen. Das Leben ist hier zu teuer. Also habe ich mir eine billige Unterkunft in einem Vorort gesucht und bin morgens zwei Stunden mit dem Zug zur Arbeit gefahren und abends wieder zurück. Das war okay, ich war glücklich.«

»Wie lange hast du dann geschlafen?«

»Vier Stunden… aber das war in Ordnung. Doch dann zog das Ehepaar nach Peking. Und konnte mich nicht mitnehmen. Ich hatte natürlich Angst, dass ich wieder zurückmüsste.«

»Und dann?«

»Ein Geschäftsfreund des Mannes kannte Zitian. Und ich habe das große Los gezogen.«

Sie strahlt mich an und macht eine ausschweifende Geste.

Aber gleich darauf verdunkelt sich ihr Blick wieder, und ich kann mir denken, warum. Was ist, wenn die Ausreise schiefgeht, wenn Zitian verhaftet wird? Und mit ihm Xiaoxia und Tian?

»Wie oft siehst du deine Kinder?«, frage ich stattdessen.

»Einmal im Jahr«, schreibt sie und schlägt die Augen nieder. »Im Sommer oder zum Frühlingsfest. Die zurückgelassenen Kinder sind in China ein Riesenproblem.«

Während sie das schreibt, sieht sie sich schnell um, als könne eine Kamera mitlesen.

»Einmal?« Ich bin entsetzt. »Und der Vater?«, will ich wissen.

»Ich weiß nicht«, sagt sie einfach. »Ich weiß nicht, ob er noch lebt. Wanderarbeiter gelten nicht viel in China.«

Spontan greife ich nach ihrer Hand.

»Wie alt bist du?«

»Dreißig.«

Dreißig, denke ich. Ich hätte sie nicht schätzen können. Ihrem Aussehen nach war sie ohne Alter, doch durch ihre warme und fürsorgliche Art hätte sie ebenso gut vierzig oder sogar noch älter sein können. Meine Tochter ist 27. Was ist Elena doch für ein behütetes Wesen, und was hat diese junge Frau hier fast im gleichen Alter nicht schon alles erlebt?

Ich schüttle den Kopf.

»So eine Verantwortung«, schreibe ich, »und immer strahlst du, immer zeigst du ein freundliches Wesen. Wie kann das sein?«

Und sie schreibt zurück: »Ich bin glücklich, ich habe meinen Frieden mit meinem Leben gemacht. Ich kann meine Familie unterstützen, meine Eltern, meine Kinder, es ist nicht viel, aber es geht uns gut.«

Ich weiß nicht, dieses Gefühl, das sich in mir ausbreitet: Ist das Scham? Worüber klage ich zu Hause? Was alles ist mir nicht gut genug? Welch unwichtigen Dinge sind mir wichtig?

Ich brauch noch einen Schnaps – und Ayi macht mit.

Und jetzt, endlich, frage ich sie nach ihrem richtigen Namen.

»Lieselotte.«

Das glaub ich ja nicht, und fast hätte ich gelacht, aber ich beherrsche mich rechtzeitig.

»Lieselotte? Wirklich Lieselotte? Ein deutscher Name!«

Ja, erfahre ich, eben. Westliche Namen sind sehr in Mode. Vor allem amerikanische. Manche hießen Lovely, Sky, Maybe, Melody, das sei übrigens ein Mann, aber es gäbe auch deutsche Namen wie Edelweiß, Hans oder Grete. Und sie habe Gäste hier im Haus nach einem besonders wichtigen deutschen Namen gefragt – und da wurde ihr Lieselotte Pulver genannt. Seitdem nennt sie sich Lieselotte.

»Ja«, sage ich, »da hatten die Gäste recht. Lieselotte Pulver ist eine unglaublich tolle Frau, eine ganz besonders interessante Schauspielerin. Eine Ausnahme-Frau!« Gleichzeitig frage ich mich, ob sie überhaupt noch lebt.

Darauf trinken wir gleich noch einen Schnaps.

Und dann frage ich Lieselotte etwas Spontanes, etwas, an das ich selbst noch nicht gedacht habe:

»Lieselotte, wenn wir nur noch zu zweit in diesem Haus sind und viel Zeit haben, können wir dann nicht zu deiner Familie fahren? Ich bezahle die Reise. Ich möchte sie gern kennenlernen, deine Familie.«

Und nachdem Lieselotte die Schriftzeichen entziffert hat, sehe ich selbst bei dem flackernden Kerzenschein, wie ihre Augen zu leuchten beginnen und sie mich mit einer Mischung aus Überraschung und Freude ansieht. Schließlich beginnt sie unaufhörlich zu nicken und laut zu lachen – und darauf trinken wir noch einen Schnaps.

Amanda

Wieder so was Verrücktes.

Die essen hier Dinge, von denen wusste ich noch nicht mal, dass es sie gibt.

Aber ehrlich:

Roh marinierter Hamachi mit Ingwerlimonadenmarinade, Rettich, Brunnenkresse, Wasabisesam, Shiso und fruchtiges Curryeis.

So lese ich das in der Speisekarte, die mir der Kellner freundlicherweise aufgeschlagen hinlegt.

So. Und jetzt bitte, was soll denn ein Hamachi sein? Und Curryeis. Das sieht doch verdächtig nach einem Druckfehler aus. Vanilleeis, Himbeereis, Pistazie, was weiß ich, es gibt hundert Eissorten, aber Curry?

Ich weiß nicht, das bestelle ich lieber nicht.

Und fragen? Das sieht so nach Landpomeranze aus.

Also lieber nicht …

Dann das nächste Gericht:

Handgetauchte, gebratene schottische Jakobsmuschel mit Haselnuss, Corailcrème, grüne Muschelnage, Schwarzwurzel und Yuzumarmelade.

Das macht mich auch nicht schlauer.

Gibt es hier denn kein Schnitzel?

Ich spüre Alex' Blick und schaue auf.

Er mustert mich, und dieses wissende Lächeln in seinem Gesicht sagt mir alles. Er hat mich durchschaut, er weiß, dass ich total ratlos bin.

»Soll ich dir etwas empfehlen?«, fragt er mich.

Er fragt nett, trotzdem ist das irgendwie schon eine Amanda-Bankrott-Erklärung.

Doch, halt, da fällt mein Blick auf: Schulterstück vom Angus-Wagyu mit Markkruste und fermentiertem Hochlandpfeffer, getrüffelter Sauce bordelaise, geschmorte Rotweinzwiebel … und den Rest lese ich schon gar nicht mehr, so schnell tippe ich mit dem Finger darauf.

»Hier«, sage ich, »dieses Schulterstück hätte ich gern, wenn ich darf.«

Ein Schulterstück, denke ich, wird ja wohl von irgendeinem Rind oder Schwein sein und nicht gerade von einem Kaiman.

»Ja, klar«, sagt er. »Und vorneweg?«

»Ach, vorneweg«, sage ich lächelnd, »das wird doch zu viel.«

»Es ist ein Degustationsmenü«, erklärt er, »fünf Gänge. Es ist ja immerhin mein Geburtstagsdinner.«

Da hat er recht.

»Was nimmst denn du?«, will ich wissen, und er greift zu seinem Glas, ohne auf meine Frage einzugehen.

»Gut, dann suche ich dir etwas aus«, sagt er stattdessen.

Ich bin beruhigt, und wir stoßen auf den Abend an.

Es sieht nicht nur irre aus, was wenig später an unseren Tisch kommt, es schmeckt auch richtig gut.

Das Einzige, was fehlt, ist ein echtes Gesprächsthema.

In Berlin ist uns das nicht passiert, und da waren wir schließlich auch in einem netten Restaurant essen. Ich weiß nicht, was es ist, aber Alex wirkt leicht abwesend und mustert laufend die Leute, die neu hereinkommen.

»Ist irgendwas?«, frage ich ihn nach einer Weile.

»Alles gut«, erklärt er.

Aber dieses Gefühl habe ich ganz und gar nicht. *Alles gut* fühlt sich anders an.

Gleichzeitig zermartere ich mein Gehirn. Was könnte ich ihn fragen? Nach seinen Bankgeschäften zu fragen erscheint mir nicht nur unsinnig, sondern auch leicht durchschaubar. Wenn ich schon die Frage aus Unwissenheit nicht formulieren kann, was soll ich dann mit der Antwort anfangen?

Und da drängt sich mir plötzlich der Verdacht auf, er habe an seinem Geburtstag etwas ganz anderes vorgehabt. Kann das sein? Schlüssig wäre es, denn immerhin hatte er seinen Geburtstag vor mir geheim gehalten.

Er wollte mit einer der Anzug-Diven essen gehen! Die Junge, mit der er kürzlich unterwegs war, das ist doch genau so eine: Hosenanzug, klackernde Absätze, hochnäsig.

Oder mit seiner Tochter.

Die fällt mir plötzlich wieder ein und dazu der Rosenstrauß auf dem Tisch.

Hat sie ihm überhaupt nicht von unserem heutigen Zusammentreffen erzählt?

»War denn heute etwas Besonderes?«, frage ich ihn, als die leeren Dessertteller abgeräumt werden.

»Was soll gewesen sein?«

»Ja, Geburtstaggeschenke … und so …«

»Na ja«, er zuckt die Achseln, »in der Firma feiern wir nur noch runde Geburtstage. Und ansonsten …«

Das ist mein Stichwort, und ich reiche ihm mein Geschenk über den Tisch.

»Und was ist das?«, fragt er überrascht.

»Mein Geburtstagsgeschenk für dich.«

Er sieht nicht so aus, als ob er es am Tisch öffnen wollte, eher wirkt er peinlich berührt.

»Du brauchst mir doch nichts zu schenken.«

»Ich möchte aber.«

Nun lächelt er doch.

Dann öffnet er das Papier sorgfältig und klappt es vorsichtig auseinander.

»Oh«, sagt er, »sehr schön und sehr passend. Ein schöner Gürtel und ein Rundhalshemd für die legere Zeit danach.«

»Welche Zeit danach?«

»Nach der Arbeit«, sagt er.

»Dann können wir die Zeit danach demnächst genießen. Auch im Garten. Alles picobello, der Gärtner war heute da.«

»Der Gärtner?« Er runzelt die Stirn. »Hat er dich gesehen?«

»Klar hat er mich gesehen«, sage ich, »ich wohn doch da!«

Und weil er nichts sagt, reitet mich der Teufel: »Und deine Tochter hat mich auch gesehen.«

»Elena?«

Jetzt signalisiert sein Gesichtsausdruck Bestürzung. Wie von einem kleinen Jungen. Ich fasse es nicht.

»Wieso hat Elena dich gesehen?«

»Weil sie da war und dir Geschenke gebracht hat.«

»Und was hat sie gesagt?«

»Dass mein Name nicht auf dem Klingelschild steht.«

Er sieht mich fassungslos an, dann beginnt er so laut zu lachen, dass sich einige Gäste nach uns umdrehen.

»Entschuldige«, sagt er schließlich und presst sich die weiße Stoffserviette auf die Augen, »aber das ist typisch Elena. Sie hat nicht gefragt, warum du da bist? Sie hat dich nicht rausgeschmissen? Sie hat einfach …« Wieder muss er lachen und bringt den Satz gar nicht zu Ende.

»Ich finde das gar nicht komisch«, sage ich, denn langsam werde ich sauer. Was glaubt er denn, was ich bin? Sein Hampelmann?

In diesem Moment serviert der Kellner einige Käseprodukte in kleinen Happen, und ich muss mich beherrschen, um nicht mit der Faust einfach draufzuschlagen, damit es so richtig schön in jede Richtung wegspritzt.

Vorzugsweise in seine.

Irgendwie komme ich mir verarscht vor. Und das schon, seitdem wir hier sind.

Und so wird es schließlich eine völlig freudlose Geburtstagsnacht. Kaum zu Hause angekommen, setzt er sich zu den roten Rosen seiner Frau an den Tisch, studiert die Geburtstagskarte und das Familienfoto und ist schließlich nur noch mit seinem Handy beschäftigt.

Eine Weile stehe ich einfach im Zimmer herum, dann entscheide ich, schlafen zu gehen.

Mir doch egal.

Soll er doch schauen, wo er eine sexy Geburtstagsnacht herbekommt.

Von mir jedenfalls nicht.

Sanne

Ich wache auf, weil ein Sonnenfleck wie ein Irrwisch auf meiner Nase herumtanzt. Hell, dunkel, hell, dunkel dringt es durch meine geschlossenen Lider. Trotzdem brauche ich eine Weile, bis sich meine Sinne sammeln, aber dann bin ich munter und schlage die Augen auf.

Der erste Eindruck erschreckt mich, aber dann erfasse ich die Situation: Lieselotte steht über mich gebeugt und hält mir ein Handy vor die Augen.

Als sie sieht, dass ich aufgewacht bin, sprudelt sie gleich los. Ich verstehe kein Wort, also wehre ich sie mit einer Handbewegung ab und richte mich dann auf. Erneut hält sie mir das Handy vor die Nase. Jetzt sehe ich, dass sie das Übersetzungsprogramm schon aktiviert hat:

»Sind gut angekommen«, steht da, »alles in Ordnung. Danke.«

»Oh!«, rufe ich und hüpfe aus dem Bett. »Das ist ja fantastisch!«, und tanze mit Lieselotte vor Freude im Kreis herum.

Erhitzt lachen wir, und dann greife ich nach meinem Smartphone. Auch ich habe die befreiende Nachricht bekommen. Alles ist gut, sie sind durch.

Lieselotte fällt sofort wieder in ihre Ayi-Rolle zurück und fragt mich, ob ich frühstücken mag.

8 Uhr. Die heutige Nacht hat uns lang schlafen lassen, vielleicht waren es auch die vielen Schnäpse. Ich habe jedenfalls überhaupt keinen Appetit. Nur einen Kaffee könnte ich gebrauchen, also schlüpfe ich in meinen Morgenmantel und folge Lieselotte ins Wohnzimmer.

Auf dem Weg dorthin denke ich nach. Bei etwas über 10 Stunden Flug muss Xiaoxia direkt nach der Landung geschrieben haben. Ich setze mich an den Esstisch, auf dem nichts mehr von unserer nächtlichen Zusammenkunft zeugt, und schreibe zurück: »Das freut uns sehr! Wir sind beide sehr erleichtert.«

Viel mehr traue ich mich nicht zu schreiben und spüre schon, wie mir das Misstrauen in jede Art von elektronischen Kommunikationsmitteln zusetzt. Meine Mail von heute Nacht fällt mir wieder ein. Gott sei Dank hat sie nichts angerichtet.

Ich lehne mich tief durchatmend zurück und schaue Lieselotte entgegen, die mir einen Kaffee bringt.

»Xièxiè«, sage ich und neige den Kopf.

»Feicháng«, antwortet sie, und wir lächeln uns an.

Das Leben kann so schön sein, denke ich.

Amanda

»Und«, fragt er beim Aufstehen, »was hast du heute Schönes vor?«

»Was soll ich hier schon vorhaben ... die sprießenden Blümlein zählen.«

»So was?« Und er zeigt auf seinen Penis, der, bei Gott, in jeder Stimmungslage Lust zeigt.

Bloß ich habe keine Lust.

Sollte ich Lust haben? Ich bin mir nicht sicher.

Aber noch sind wir ja nicht verheiratet, dann wäre es vielleicht ganz angebracht?

Ich werfe einen Blick auf Sanne in ihrer Fotogalerie.

Hast du es gut, denke ich. Aber dann siegt doch mein Optimismus: Nicht mehr lang!

Also werfe ich mich mit meinem ganzen antrainierten Lustgehabe auf den Mann, der so aufgezäumt vor mir steht. Und klar, es wirkt.

Wer ist schon gegen eine Frau gefeit, die einen Kerl als den Größten, den Tollsten und zudem den Potentesten in den Himmel hebt? Ich kenne keinen.

Lang dauert es nicht, denn offensichtlich ist Alex im Kopf schon bei seinen Zahlen und Aktien und hat es eilig, in seinen Anzug zu kommen.

Gut, denke ich, auch recht, und ertappe mich plötzlich, wie mir der Gärtner in den Sinn kommt.

Jung, ja, muskulös auch. Aber frech. Und sicherlich ungebildet. Und was verdient so ein Gärtner? Auf jeden Fall zu wenig, um eine Amanda auf Rosen zu betten.

Über diese Wortspielerei muss ich lächeln und gehe gleich mal duschen. Unter der Dusche kommen mir immer die besten Ideen.

Ich denke an den Oberstudienrat.

Seine Visitenkarte habe ich noch. Wäre er einen Versuch wert? Vielleicht könnte ich ja dann in L.A. bleiben. Eine der großen Filmproduktionen. Ich meine, von seiner habe ich ja noch nie was gehört.

Am Schluss drehen die nur billige Pornos, und er hat es auf meinen knackigen Hintern abgesehen. Darauf kann ich verzichten.

Dann doch lieber Alex im Eigenheim.

Ich mache mir einen Cappuccino und gehe damit hinaus in den Garten. Als Erstes stolpere ich über den Mähroboter.

Was für eine infame Frechheit von diesem Gärtnerburschen, dieses Mistvieh einfach wieder einzuschalten!

Jetzt killt er wieder alle Gänseblümchen!

Ich setze ihn gleich wieder schachmatt.

Dann kontrolliere ich die Obstbäume. Die sehen aus, als wäre ein Rasenmäher drübergefahren. Hat er das wirklich richtig gemacht? Die sehen ja aus wie massakriert.

Ist er überhaupt der Gärtner oder nur ein schlauer Einbrecher, der meine Unwissenheit ausgenutzt hat? Allerdings hat gestern Nacht niemand eingebrochen. Und, ach ja, Alex war ganz erschrocken, dass der Gärtner mich gesehen hat.

Jetzt kommt's mir erst: Der Gärtner ist Sannes Liebhaber. Ja klar! Weshalb kommt er auch sonst so über den Rasen geschlichen? Das ist doch wohl mehr als intim. Ein anständiger Gärtner würde klingeln und nicht einfach über die Beete steigen.

Apropos Beete.

Hat er wenigstens gegossen?

Ich gehe alles ab und kontrolliere mit der Zehenspitze die Feuchtigkeit der Blumenerde, aber es lässt sich schlecht sagen, der Morgentau sitzt noch drin.

Na gut, denke ich, Sanne, du sollst auch deinen Spaß gehabt haben.

Schlecht sieht er ja nicht aus, und wenn man ihm ein Pflaster über den Mund klebt, ist er sicher erträglich.

Sanne

Das ist ein seltsamer Morgen.

Nach meinem Frühstück setze ich mich auf die Terrasse, während Lieselotte alle Betten abzieht, damit sie für die Rückkehr der Familie blütenweiß und frisch sind.

Ich mag ihren Optimismus. Ein bisschen teile ich ihn. Aber im Moment fühle ich mich einfach unnütz und beschäftigungslos. Kein Tian, mit dem ich in den Kindergarten gehen könnte, keine Zeichnung, die uns Spaß bringen würde, einfach nichts.

Ich frage mich, was die jetzt nach ihrer Landung machen?

In ein Frankfurter Hotel einchecken? Unter seinem Namen?

Inzwischen empfinde ich eine leichte Paranoia, das muss ich zugeben. Und meine Fantasie agiert wohl schon neben meinem Verstand, denn in Deutschland wird Zitian ja wohl kaum verhaftet werden, nur weil er möglicherweise Probleme in China hat. Und wahrscheinlich hat er keine, sonst hätte er nicht ausreisen dürfen.

Ich denke an Fang.

Ich sollte sie kontaktieren. Vielleicht gibt es ja Neuigkeiten.

Und dann denke ich wieder: Was geht's dich denn an. Du bist eine Fremde, du bist eine Granny-Au-pair und nicht Emma Peel. Aber immerhin fällt mir in dem Moment ein, dass ich auch der Agenturchefin geschrieben und sie um Rat gefragt habe.

Das befreit mich aus meiner lähmenden Untätigkeit. Ich gehe in mein Zimmer und hole meinen Laptop.

Ja, tatsächlich, sie hat schon zurückgeschrieben. Sehr freundlich, wie es wohl überhaupt ihre Art ist. Mehrere Möglichkeiten stünden mir nun offen, meint sie, ich könne natürlich das Angebot, im Haus zu bleiben, nützen und Shanghai noch besser kennenlernen, sie könne mir aber auch ein paar Anfragen aus China zusenden, oder, sollte ich das Land wechseln wollen, auch entsprechende Anfragen aus anderen Ländern dieser Welt.

Ich schreibe ihr zurück, dass dies total nett sei und ich möglicherweise noch darauf zurückkommen werde. Im Moment wisse ich noch nicht so richtig, was ich tun wolle – außer, mit unserer Ayi in ihr Heimatdorf in die Provinz Anhui fahren.

Es dauert nicht lang, und die Antwort ist da:

»Wenn sich Ihnen diese Gelegenheit bietet, dann tun Sie das. Ganz sicherlich wird es unvergesslich bleiben. Eine Perle in der Kette Ihrer Erinnerungen.«

Dieser Satz lässt mich innehalten, dann frage ich nach. Die Antwort stimmt mich melancholisch: »Meine Mutter hat mir als Kind gesagt, dass sie jedes schöne Erlebnis als Perle auf eine imaginäre Perlenschnur reiht. Dann kann sie im Alter jede einzelne Erinnerung in Ruhe betrachten.«

Es gibt Momente, da kullert einem eine Träne über die Wange, und man weiß nicht einmal, warum.

Amanda

Ich habe den Tag irgendwie herumgebracht. Langsam sieht man der Wohnung an, dass die Reinigungsfrau nicht mehr kommt. Schon seltsam, wie schnell der Staub sich senkt und die Böden ihre glänzende Oberfläche verlieren.

Aber, hey, Sanne hat eine Reinigungsmadame.

Und bei mir spart er an allem. Soll ich jetzt etwa auch noch mit dem Putzlappen in den Ecken herumkriechen?

Während ich noch voller Entrüstung auf einige Staubknäuel starre, deren Teilchen im schrägen Sonnenlicht der untergehenden Sonne tanzen, bekomme ich eine Nachricht von Alex. Er käme gleich heim, müsse sich schnell umziehen für ein abendliches Meeting.

Bitte was?

Na, dieses Outfit werde ich mir doch mal genauer ansehen.

Wie soll ich ihn denn empfangen?

Leger in Jeans und weißem Unterhemd à la James Dean oder verführerisch im Satin-Spitzenunterkleid wie Marilyn Monroe? Ich bin mir nicht so ganz sicher. Aber wenn er gleich wieder abrauschen will, dann sollte ich nicht die sein, die ihn mit allen Mitteln halten will. Da wäre die coole »Geh-doch-Nummer« irgendwie attraktiver. Sexy ist das allemal.

Also ziehe ich meine löchrige weite Jeans an und ein großes, ausgeschnittenes Männerunterhemd, das fast bis zur Brustspitze frei um mich herumflattert. Das erscheint mir als Antwort auf das *Meeting* angemessen.

Und tatsächlich.

Als er kommt, hat er es eilig. Kaum zu glauben, wie schnell er unter der Dusche ist und im frischen Outfit wieder auftaucht: Jeans, Hemd, Kaschmirpullover über den Schultern.

Hallo?!

Fehlt gerade noch, dass er mein geschenktes Rundhalshemd angezogen hätte. Aber das hat er sich dann wohl doch nicht getraut.

Um die coole Amanda zu geben, gehe ich raus und gieße derweil mal die Blumen. Was geht es mich an, was er angeblich noch zu tun hat?

Da sehe ich ein Taxi vor unserer Einfahrt halten. Hoppla. Wird er jetzt auch noch höchstpersönlich abgeholt? Sieht fast so aus. Ich bin neugierig und gieße die Blumen am Weg etwas länger.

Eine chinesische Delegation entsteigt dem Wagen, vollbepackt mit irgendwelchen Geschenken und einem Kleinkind. Während sie zielstrebig auf den Eingang zusteuern, sage ich nur von Weitem »Hello« und verziehe mich dann.

Okay, da hätte ich ihm ja fast unrecht getan.

Also keine neue Geliebte, sondern irgendein »Muss«-Termin mit der Familie eines Geschäftspartners, auch nicht lustig.

Ich verziehe mich ins Haus zurück, höre die Klingel und Alex' eilige Schritte zur Tür.

Und dann: nichts.

Keine Begrüßung uralter Freunde, sondern höfliche Zurückhaltung, soweit ich das mitkriege. Aber ich muss näher ran.

»… wollen uns sehr herzlich bedanken. Ihre Frau hat uns mehr angeboten, als Freundschaft je bieten könnte …«

Jedenfalls sprechen sie perfekt Deutsch, das höre ich schon mal. Aber was reden sie da von Alex' Frau?

Aber Alex' Reaktion nach ist er selbst überrascht.

»Ja, bitte, nehmen Sie doch Platz. Und, ja, was kann ich Ihnen anbieten?«

Aber sie möchten nur kurz dem Ehegatten der bezauberndsten und mutigsten Frau die Aufwartung machen und ein paar Geschenke bringen, man möge das nicht missverstehen, es sei einfach nur eine kleine Anerkennung, da man so dankbar sei.

Wovon reden die bloß?

Und eben im Garten hätten sie im Vorbeigehen ja auch schon die bezaubernde Tochter sehen können, die die Blumen wässere, sehr löblich.

»Die Tochter?« Jetzt kommt er doch ziemlich dümmlich rüber, der gute Alex, finde ich. Gleich wird er es richtigstellen.

»Meine Tochter?« Er stockt. »Nein, nein, das ist eine Freundin meiner Tochter. Nur eine Freundin, die gerade hier ist und auf meine Tochter wartet. Die kommt etwas später … aber erzählen Sie doch mal, wo Sie gerade herkommen und was das mit meiner Frau zu tun hat. Und bitte, nehmen Sie doch Platz, wir haben Zeit.«

Ach! Jetzt auf einmal!

Gerade eben noch im Expresszug und jetzt die Bimmelbahn?

Und die kleine Freundin der Tochter wartet doof im Nebenzimmer?

Nicht mit mir.

Nicht umsonst bin ich Stier. Mein Kopf sieht rot, und im Nu bin ich splitterfasernackt ausgezogen. Und genau so laufe ich ins Wohnzimmer hinein.

»He, Schatz«, rufe ich, »kommst du?«

Dann bleibe ich kurz stehen, scheine mich kurz zu sammeln, nicke dem Besuch zu, sage: »Ach, hallo, Sie wollten zu uns, ich war mir nicht sicher. Dann herzlich willkommen, und, Alex, ich gehe schon mal vor …«

Damit drehe ich meinen hübschen Allerwertesten der chinesischen Familie zu und rausche wieder hinaus. Das Einzige, das ich an der Tür nach meinem Auftritt lauschend höre, ist eine helle Kinderstimme: »Sanne?«

Nix Sanne, denke ich, du Trottel.

Amanda!

Aber das werdet ihr schon noch merken.

Sanne

Wie schnell so ein Tag herumgehen kann, obwohl man nichts getan hat, ist wirklich unglaublich. Die halbe Zeit habe ich nur an meinem Laptop gesessen, habe Informationen über die Provinz Anhui im Südosten des Landes gesammelt, mich über die Schönheiten dieser Region eingelesen und vor allem über den Berg Huang Shan, der als Nationalsymbol mit der Großen Mauer und dem Fluss Jangtse gleichgesetzt wird. Und ein kleines Video zeigt mir auch die Schönheit dieses Gebirges, das ja eigentlich gar kein einzelner Berg ist, sondern aus 72 Gipfeln besteht.

Für die Chinesen ist der Huang Shan der Berg der Berge,

lerne ich, sie verehren seine Schönheit, die vollendete Harmonie der kühnen Felsformationen aus Granitstein, die uralten knorrigen Kiefern und das Wolkenmeer, aus dem die Bergspitzen aufragen.

Das stimmt mich schon mal ziemlich auf unsere kleine Reise ein, und ich spüre direkt etwas wie Vorfreude, zumal in diesem Bericht von den mystischen Stimmungen am Huang Shan die Rede ist, die wohl seit vielen Jahrhunderten die Fantasien der Kalligrafen, Maler und Poeten beflügeln. Ein weit gereister Schöngeist soll es sogar so formuliert haben: »Wer auf diesem Berg gewesen ist, braucht nicht weiterzusuchen.«

Ich muss nachher Lieselotte danach fragen, aber von ihr sehe ich heute nicht viel. Ich höre sie nur, und zwischendurch bringt sie mir Speisen oder Getränke, obwohl ich ihr bedeute, dass wir doch zusammen essen könnten.

Das will sie nicht, es scheint ihrer Auffassung zu widersprechen, also insistiere ich nicht weiter, sondern lasse es auf sich beruhen.

Vielleicht gibt es heute Abend die Gelegenheit bei einem Schnaps, dann können wir unser Vorhaben auch gleich besser festzurren: Wie kommen wir dorthin, Zug oder Flugzeug, und in welche Stadt genau? Wie weit ist es dann noch bis zu ihren Eltern und ihren Kindern, und wie überbrücken wir die Strecke? Mit Eselskarren wohl nicht mehr, denke ich, die Zeiten haben sich laut Internet auch in diesen Provinzen geändert.

Am späten Nachmittag schreibe ich Fang eine Nachricht, dass es mir gut ginge. Den Rest lasse ich weg, weil ich davon ausgehe, dass sie die Neuigkeit schon kennt – und dann schreibe ich Jiao. Sie schreibt sofort zurück, ob ich denn nicht nach Peking kommen wolle? In Peking gäbe es auch sehr viel zu entdecken, und sie habe zwar nicht viel Zeit, aber Zeit genug, um mir einiges zu zeigen.

Verlockend, denke ich. Vielleicht mache ich das nach unserem Besuch in Anhui? Und Fang schreibt, ob wir morgen vielleicht einen Kaffee trinken wollen? Sie könne mich abholen.

Fühlen sie sich alle verpflichtet, mir etwas Abwechslung zu bieten, oder kommt es wirklich von Herzen?

Ich verbuche das unter dem Motto: das neue Leben einer Granny, da blinkt eine neue Mail herein. Xiaoxia.

Elektrisiert öffne ich sie sofort. Ist etwas passiert?

»Liebe Sanne« lese ich da, »bist Du sicher, dass Du mit Deinem Mann verheiratet bist? Wir wollten ihn ja eigentlich mit unserer Dankbarkeit und einigen kleinen Geschenken überraschen, aber da stand plötzlich eine junge, nackte Frau im Raum, die offensichtlich auf ihn wartete.

Ich denke, dass ich Dir das unter uns Frauen sagen sollte.

Du kannst mich gern kontaktieren. Ansonsten alles gut, wir sind entspannt, Deine Xiaoxia.«

Eine junge, nackte Frau? Ist Elena zufällig aus dem Badezimmer gekommen und wusste nicht, dass Besuch da war?

Sie sagt ja selbst, überraschend.

Das erscheint mir im Moment die einzige schlüssige Erklärung. Anders kann ich es mir nicht vorstellen. Amanda ist ja Vergangenheit. Und außerdem würde er eine Amanda niemals mit nach Hause nehmen, ausgeschlossen.

Ich lasse es eine Weile sacken, aber dann gibt diese Botschaft trotzdem keine Ruhe. Ich mag mich vor Xiaoxia nicht völlig entblößen, also schreibe ich Elena.

»Liebste Tochter, China schenkt mir ungewöhnlich viele Facetten. Ein sehr spannendes Land mit täglich neuen Überraschungen. Und – apropos Überraschungen – gibt es derzeit in unserem Haus etwas, das ich wissen sollte?«

Ich starre auf meinen Laptop wie das berühmte Kaninchen auf die Schlange, aber es zaubert keine Antwort her. Also antworte ich Xiaoxia.

»Wie wurde sie denn vorgestellt, die junge Frau? Könnte auch meine 27-jährige Tochter Elena gewesen sein, frisch aus dem Bad, ohne zu wissen, dass Besuch da ist …«

Die Antwort kommt über Smartphone überraschend schnell.

»Als Freundin der Tochter. Da war sie noch angezogen im Garten. Als wir im Wohnzimmer standen, hat sie Deinem Mann nackt angeboten, ihm bald zu folgen.«

Na, denke ich mir, das ist das zweite Mal in wenigen Tagen, dass es mir den Magen umdreht. Reicht es nicht, wenn hier in China alles aufregend ist, muss es das zu Hause auch noch sein?

Was soll ich sagen?

»Danke«, schreibe ich. Und: »Ist es okay, wenn Ayi und ich einen Ausflug nach Anhui zu ihrer Familie machen? Sie hat ja nun Zeit, und ich fände es schön.«

»Herzlich gern«, kommt zurück. »Wir gehen heute Abend in ein echtes Äppelwoi-Lokal. Ich freue mich darauf!«

Mein Gott, denke ich, die Verkehrung der Verhältnisse: die in einer Äpplewoi-Stube und ich am Fuße des Huang Shan. Verrückt.

Aber alles lenkt mich nicht davon ab, dass ich von meiner Tochter keine Antwort bekomme.

»Was ist?«, schreibe ich nun etwas aufgebracht in mein Handy.

»Ich wollte dich nicht beunruhigen«, kommt schließlich zurück. »Du sollst deine Zeit in China genießen und dir keine Gedanken machen müssen wegen einer lächerlichen Affäre.«

»Lächerliche Affäre? Ist diese Affäre in unserem Haus gewesen – am Ende sogar schon eingezogen?«

Wieder warte ich auf eine Antwort, und ich spüre förmlich, wie mir Elena etwas beibringen will, das sie selbst als nicht so tragisch sieht.

»Sieh's mal so«, lese ich schließlich auf meinem Display, »Papa ist beschäftigt. Und ich glaube, bald sehnt er sich nach den guten alten Zeiten zurück.«

Na also! Da meint meine Tochter mit den guten alten Zeiten doch sicherlich mich. Ich bin also die gute alte Zeit. Schon ein bisschen übers Frischhalte-Datum, die beständige alte Schachtel, die das Haus in Ordnung hält und nebenher noch für ein gutes Zweiteinkommen sorgt.

Ganz ehrlich, ich weiß im Moment nicht, wie ich reagieren soll. Noch nicht mal, was ich denken soll.

»Ich habe also eine Hochhaus-Hyäne im Haus«, schreibe ich schließlich.

»Sieht so aus«, schreibt sie zurück.

»Und dieses Individuum liegt in meinem Bett?«

»Sieht so aus.«

Mein Gott, denke ich, ich bleibe in China. Oder reise direkt weiter nach … ach, egal, ich werde meine Agenturchefin fragen.

Hoffentlich gießt sie meine Blumenbeete, schießt mir in den Sinn, aber das streiche ich gleich wieder. Alex hätte sie ja auch nicht gegossen. Wenn man ihm so etwas nicht sagt, kann sich die Erde vor seinen Füßen in trockene Furchen verwandeln, und er merkt es nicht einmal.

»Und jetzt?«, frage ich meine Tochter um Rat und denke gleich darauf, hallo Mutter!, du bist die Erwachsene, sie ist deine Tochter! Aber sie schreibt direkt zurück.

»Jetzt nimmst du das mit Humor, denn irgendwann wird daraus eine Anekdote werden, die der Vergangenheit angehört. Und du genießt jetzt einfach dein Leben auf deine Art.«

Na, denke ich, die hat gut reden.

War sie schon mal verheiratet? Nein. Hat sie jemals einem Partner Treue geschworen – und das bis ans Lebensende, mit Brautschleier und Pfarrer und all dem Gedöns? Nein.

Lebenslang mein Ehemann?

Sie hat keine Ahnung!

Du genießt dein Leben auf deine Art.

Hallo??

Oh, was bin ich sauer! Ich schalte alle Geräte aus und sinne auf Rache. Wo ist der nächste Typ, den ich ins Bett zerren kann?

Aber als ich Lieselotte sehe, die an der Terrassentür steht und mir winkt, fahren meine Aggressionstriebwerke wieder herunter. Und obwohl ich die Terrasse abends eigentlich lieber mag als die klimatisierten Räume, folge ich ihr ins Wohnzimmer. Und da hat sie den Tisch so liebevoll mit Köstlichkeiten für zwei Personen gedeckt, dass ich mir sage: Was soll's? Alex, wenn dir ein Sexabenteuer so wichtig ist, dann mach halt. Ich sehe es als das, was es ist, eine Bankrotterklärung für einen gestandenen Mann. Aber es ist ja dein Leben.

Und vielleicht, denke ich, ist diese Entwicklung ja auch ganz gut. Ich weiß es und kann mich darauf einstellen. Besser jetzt als zu spät.

Denn nun gilt der Freibrief für beide.

Amanda

Was ist denn das nun für eine seltsame Delegation?

Jedenfalls scheinen sie keine Lust auf einen längeren Besuch gehabt zu haben. Denn ich sehe sie relativ bald durch den Garten zurück zum wartenden Taxi gehen.

Gleich darauf fliegt die Tür auf, und Alex steht schnaubend im Schlafzimmer.

»Was hast du dir denn dabei gedacht?« Es kostet ihn spürbar viel Mühe, nicht loszubrüllen.

»Ich bin mitnichten die Freundin deiner Tochter«, sage ich so cool wie möglich.

»Ja und? Müssen wir das gleich der ganzen Welt auf die Nase binden?«

»Ja, das müssen wir. Schließlich führen wir doch eine eheähnliche Beziehung, oder etwa nicht?«

»Unter einer Ehe stelle ich mir was ganz anderes vor!«, sagt er und knallt die Tür hinter sich zu.

Wenig später sehe ich ihn in seinem Wagen davonfahren.

Nun gut, denke ich, das wollte er ja sowieso. Mit Jeans und Kaschmirpullover zu irgendeinem wichtigen Meeting.

Meeting, von wegen. Und dieser Auftritt eben. Man kann ja auch kindisch reagieren. Er hätte mir ja erklären müssen, wer diese Leute überhaupt waren und was sie da von Sanne schwafelten. Sanne hätte ihnen einen großen Dienst erwiesen? Was sollte das sein? Hat sie für sie Schwarzgeld gewaschen, oder was? Schließlich ist sie ja Steuerberaterin. Zahlenmensch.

Passt zu ihrer fantasielosen Aufmachung.

Wie auch immer, diese Chinesen können jedenfalls nicht so wichtig gewesen sein, dass sie eine solche Reaktion rechtfertigen. Das zeigt mir, dass Alex eine Charaktereigenschaft hat, die mir bisher nicht bekannt war: Unbeherrschtheit.

Der Mann ist unbeherrscht.

Ich setze mich wieder auf.

Ja, gut. Aber was jetzt? Ich sehe mich um, dann werfe ich einen Blick auf den Nachttisch-Wecker.

19 Uhr. Was hat man um 19 Uhr mitten im August für ein Meeting? In Jeans und Pulli?

Ich muss zugeben, es treibt mich um.

Soll ich mich mal wieder auf die Suche machen? Nur diesmal vom Familienhaus aus in die City und nicht umgekehrt?

Nein!

Ich ziehe meine verstreut auf dem Boden liegenden Klamotten wieder an und gehe in den Garten. Ihn jetzt zu suchen macht keinen Sinn. Das bringt ja nichts. Selbst wenn ich ihn mit der Jungen von kürzlich sehe … was soll ich tun? Ihn zur Rede stellen?

Dann bin ich raus aus dem Geschäft, das ist mir klar.

Nein, ich muss mir was anderes einfallen lassen.

Ich tigere barfüßig durch den Garten, von der einen Seite zur anderen, zurück zu den Obstbäumen und wieder vor zu den Blumenbeeten in Richtung Eingang. Der Garten ist nicht groß, aber auf diese Weise kommt auch eine ganz schöne Strecke zusammen.

Es nützt nur nichts, mir kommt keine Idee.

Zwischendurch grüße ich über die Hecke zum Nachbarn hin, der sofort seinen Kopf zurückzieht, dann laufe ich weiter. Wie der berühmte Panther im Käfig, denke ich. Nur noch Gitter und dahinter keine Welt.

Halt! Der Gedanke inspiriert mich. Gitter! Genau.

Ich bin ein freier Mensch, ich bin eine freie Amanda, ich lass mich von keinem Mann verschaukeln, der seine Spielchen mit mir spielt.

Der Studienrat fällt mir ein. Der soll mich heute Abend mal schön zum Essen ausführen, dann können wir ja weitersehen.

Sanne

Wir gehen früh ins Bett, denn beide spüren wir noch die Nachwehen der vergangenen Nacht. Und ich möchte auch noch so ein bisschen meinen Gedanken nachhängen.

Daraus wird aber nichts, ich bin, kaum liege ich, schon eingeschlafen.

Dafür werde ich früh wach.

Sechs Uhr.

Mein erster Gedanke gilt Tian.

Was er jetzt wohl macht, wie es ihm wohl geht?

Mein zweiter Gedanke gilt Alex.

Von Xiaoxia habe ich von Amandas Auftritt gehört, von meiner Tochter auch. Nur der, der den ganzen Schlamassel gerade verursacht, hält es nicht für nötig, mir eine kleine Notiz zu schreiben. Oder eine größere. Eine Erklärung. Eine Rechtfertigung. Irgendwas.

Aber: nichts.

Ich entscheide mich, ihm auch nicht zu schreiben. Ich bin sowieso immer der Kommunikationsesel in unserer Beziehung. Doch was ist, denke ich, wenn er es wirklich ernst meint? Wenn er tatsächlich auf eine Nachfolge durch Amanda spekuliert? Schon mit dem Gedanken an eine Scheidung spielt?

Ich setze mich auf. Stopp, sage ich laut, Gedankenkarussell abschalten, das tut dir nicht gut. Ich muss was tun. Am besten einen Kaffee holen, mich auf die Terrasse setzen, den Morgen genießen und über die Reise nach Anhui nachdenken.

Ja, das ist ein guter Ansatz.

Im Schlafanzug gehe ich barfüßig in Richtung Küche. Und mein Blick fällt auf die Terrasse. Gegen das diesige Morgenlicht sehe ich eine fast unwirkliche Gestalt, wie sie sich langsam und rhythmisch bewegt. Es ist so schön, Lieselotte bei ihrem morgendlichen Qi Gong zuzusehen, dass ich einfach nur stehen bleibe. Sie trägt ein fließendes Gewand, eine weite Hose und einen weiten Kittel, fast wie ein Schlafanzug aus Seide, und nun spüre ich auch ihre Jugend. Ihre graziösen Bewegungen sind fließend, geschmeidig, und vor allem scheint sie mit sich selbst im Einklang zu sein.

Ich beschließe, sie nicht zu stören, und mache mir in der Küche einen Kaffee, darauf bedacht, sie mit keinem Geräusch auf mich aufmerksam zu machen. Es ist mir klar, dass sie sofort abgebrochen hätte.

Mit der Tasse setze ich mich nahe ans Fenster und schaue ihr zu. Dreißig Minuten? Kann sein. Die Zeit hat keine Bedeutung. Ihre Bewegungen, dieser stille Tanz, nimmt meine Sinne gefangen, ich frage mich, ob das so eine Art Meditation ist? Einfach dahingleiten, ohne sich mit etwas beschäftigen zu müssen? Die Schwingen ausbreiten und wie ein Vogel über allem schweben?

Ein schöner Gedanke, und ich fühle mich wohl.

Als sie regungslos stehen bleibt, das Gesicht der verhangenen Sonne entgegengestreckt, fühle ich mich wie ein Eindringling, wie jemand, der etwas sehr Intimes beobachtet hat. Ich schleiche mich fort, bevor sie sich umdrehen und mich, die Zuschauerin, entdecken wird.

Sieben Uhr, stelle ich in meinem Zimmer fest.

Das ist gut. Der Tag liegt noch immer vor mir. Wir werden unsere Reise nach Anhui planen, das gefällt mir und baut mich auf. Ich kleide mich an und bin wenig später schon im Wohnzimmer.

Dort empfängt mich Lieselotte nicht nur in ihrem Ayi-Outfit, sondern auch mit einem wissenden Lächeln. Sie deutet zur Kaffeemaschine. Na ja, die habe ich zwar nicht benutzt, weil ihr Mahlwerk zu viel Lärm macht, dafür aber die kleine Maschine mit den Pads.

Wir zwinkern uns zu.

Dann bedeutet sie mir, dass ich das nächste Mal einfach mitmachen soll. Qi Gong sei für alle da. Und erinnert mich damit an Xiaoxia, als sie mir die Hand auf den Arm legte und zum ersten Mal Nähe zeigte.

Ich nicke, und während Lieselotte ein Frühstück zusammenstellt, hole ich mein Tablet. Wir müssen ja nun planen. Ich möchte wirklich mit ihr los, je früher, desto besser. China außerhalb der Städte, das muss ganz anders sein, das wird mir neue Eindrücke bescheren, weit weg von den Wolkenkratzern von Pudong.

Lieselotte, und der Name geht mir immer noch schwer von der Zunge, obwohl ich sie nicht ständig Ayi nennen möchte, schließlich ist sie nicht meine Ayi, sondern ein eigenständiger Mensch mit eigenem Namen, also Lieselotte fragt mich, ob es nicht besser sei, einen Dolmetscher mitzunehmen?

Wie bitte?

Ja, sie weiß nicht so richtig, wie die Verständigung zwischen mir und ihrer Familie klappen soll. Ihre Eltern sprechen kein Englisch. Ihre ältere Tochter schon, aber die sei ja vor allem in Hefei, der Provinzhauptstadt. Dorthin hat ihre Schwester Ye Huinjin geheiratet, was ein großes Glück sei, denn so könne ihre Tochter bei ihr und ihrem Mann wohnen und gemeinsam mit deren eigener Tochter aufs Gymnasium gehen. Denn das Lebenslos ziehe nur, wer die Aufnahmeprüfung für die Universität besteht – das berühmte Gaokao-Examen, die Eintrittskarte für einen qualifizierten Arbeitsplatz in der Stadt.

Und wo hat deine Tochter vorher gelebt, frage ich.

In unserem Dorf. Bei meinen Eltern. Das ist normal. Nur die äußeren Umstände trennen die Familien.

Tja, sage ich und denke an die Pendler-Familien. Gibt es in Deutschland auch. Aber sicher bei Weitem nicht so dramatisch.

Gut, eine Übersetzerin, Lieselotte hat recht.

Fang fällt mir ein.

»Was ist mit Fang?«, schreibe ich.

»Ob sie ein Reiseticket bekommt?«, schreibt Lieselotte zurück.

»Wie??«

»Ja, solange ihr Name auf der schwarzen Liste steht, kann sie nirgendwohin.«

Aha. »Ich werde sie fragen. Wäre Fang okay?«

Lieselotte nickt.

Sie steht auf der schwarzen Liste, mein Gott. Was kann ich ihr dann Unverfängliches simsen?

Während Lieselotte in die Küche geht, um frischen Toast für mich zu holen, schreibe ich Fang:

»Magst du gleich nachher mal zum Kaffee kommen? Ich habe ein paar Übersetzungsschwierigkeiten.«

Und nachdem sie mit einem Grins-Emoji und hochgerecktem Daumen geantwortet hat, lehne ich mich entspannt zurück.

Nachher werde ich meiner Agenturchefin schreiben, dass sich das Leben hier nach all den Unwägbarkeiten auf seltsame Weise verselbstständigt.

Amanda

Meine Güte, war das ein Ding.

Selbst beim Aufwachen schüttelt es mich noch.

Also, selbst wenn dem Herrn Oberstudienrat ganz Hollywood mitsamt Beverley Hills gehören würde, das war ja unterirdisch.

Ich bin doch keine Nutte.

Da hat er wohl was missverstanden, der Gute.

Dann doch lieber … keine Ahnung, was, aber das jedenfalls nicht.

Und der hat auch nicht mehr auf der Pfanne, als Visitenkarten zu drucken. Wer weiß, für welche Gelegenheiten er die alle gebunkert hat.

Man stelle sich vor, ich brezle mich auf und fahre mit dem Taxi in die City. Taxi, das ich selbst bezahle, wohlgemerkt.

Und wohin gehen wir essen?

Ins Maredo Steakhouse.

Okay, ich habe ja gar nichts dagegen, und das ist sicher ein gutes Restaurant, aber HALLO??

»Ich esse kein Fleisch«, sage ich, als ich merke, wohin er mich führt.

»Ach nein?« Er mustert mich. »Auch so eine fleischlose Veganerin?«

»Das sind Vegetarier. Die Veganer essen auch keine Milchprodukte.«

»Gar kein Fleisch?«

»Wie ich sagte.«

»Aber in Amerika essen alle Fleisch.«

»Selbst in Amerika hat sich das in den letzten Jahren geändert.«

Seine Glatze blüht. Ich weiß wirklich nicht, was ich hier mache. Manchmal kann ich mir selbst nicht trauen.

»Aber es gibt bestimmt auch einen Salat. Ohne Fleisch.«

»Ja, toll«, sage ich nur.

Die Ironie bemerkt er nicht, sondern steuert unbeirrt auf den Eingang zu.

Dort werden wir von einem Kellner ausgebremst.

»Haben Sie reserviert?«

»Wie … seit wann muss man hier reservieren?«

»Seitdem wir abends in der Regel ausgebucht sind. So können Sie sicher sein, auch einen Platz zu bekommen.«

»Nein, wir haben nicht reserviert, aber wir essen ja auch nur einen Salat.« Augenzwinkern zu mir.

»Das ändert nichts daran, dass im Moment kein Tisch frei ist. Tut mir leid. Wollen Sie vielleicht so lange an der Bar Platz nehmen?«

Mein Oberstudienrat erscheint mir zunächst ratlos, dann fällt ihm etwas ein. »Los, los, keine Müdigkeit vorschützen, an der Hauptwache gibt es genug Möglichkeiten.«

Ich stöckle neben ihm her, und meine Absätze rutschen in die gefährlichen Ritzen des schönen Pflasters. Ich kann mir in etwa vorstellen, wie sie nachher aussehen.

»Wir hätten hier um die Ecke noch ein Thai-Restaurant, das New Deli, das Alwadi, das sind Libanesische Spezialitäten oder die Panasiatische Küche.«

»Das hört sich alles super an.« Ich bleibe stehen. »Und wenn wir dann so richtig fein gespeist haben, ich meine, fürs erste Mal, wo gehen wir dann anschließend hin?«

Er zwinkert mir zu.

»Zu dir oder zu mir?« Darauf lacht er, als sei das der Witz des Tages schlechthin.

»Ein Scherz, ein Scherz«, beschwichtigt er sogleich. »Ich dachte, in eine nette Bar?«

»Sankt Pauli?«

»Du hast Humor«, wiehert er, »ich wusste doch gleich, dass du eine Frau von Welt bist.« Er mustert mich kurz. »Jung zwar ... und oho, aber von Welt.«

»Lieber Hans-Georg«, beginne ich und bleibe stehen. »Gerade ist mir eingefallen, dass ich hier in der Nähe ein traumhaftes Appartement mit Blick auf die Skyline, mit Champagner und dem besten Catering-Service von ganz Frankfurt habe. Ich habe leider Kopfschmerzen und ziehe mich jetzt zurück.«

Nun steht er vor mir wie ein zu groß geratenes Exemplar von Mensch. Irgendwie erinnert er mich an eine Zeichentrickfigur, an irgendein Tier, das auch so traurig gucken kann. Balu? Fast habe ich Mitleid mit ihm.

»Weißt du«, füge ich versöhnlich hinzu, »all die Lokale finde ich toll, wenn ich Jeans und T-Shirt anhabe. Aber in diesem Outfit passt es einfach nicht.«

»Ich wollte lässig sein«, sagt er leise. »Mal nicht in eins der Edelrestaurants gehen, die wir beide doch sowieso schon kennen.«

»Ja, das ist ja auch alles gut«, sage ich, lege ihm die Hand auf den Unterarm und glaube ihm kein Wort. »Das mag in Beverley Hills ja charmant sein, aber in einer einfachen deutschen Kneipe gelten andere Kriterien.«

Ein weiterer Blick aus seinen wässrigblauen Augen gleitet über meinen Körper.

»Ja, du bist sehr schön angezogen. Aufreizend. Aber das liegt an deiner Figur. Du wärst auch in einem Kartoffelsack noch ... aufreizend!«

»Ja«, sage ich, »das Problem ist nur, dass ich im Moment keinen Kartoffelsack trage und deshalb in manchen Restaurants fehl am Platz bin. In anderen wäre ich richtig, aber in denen sind wir ja nun leider nicht.«

»Was kann ich tun, um dich trotzdem noch zu überzeugen?« Er spricht hastiger. »Und nicht vergessen, der Flug nach Los Angeles steht noch, das Angebot auch. Die große Filmparty, das ist das Highlight der Saison!«

»Tja«, ich breite die Arme aus, »tragisch.«

»Tragisch?«

»Wenn sie dort ohne mich auskommen müssen …«

Er greift mich am Oberarm, was unangenehm ist, deshalb löse ich seine Finger mit hochgezogenen Augenbrauen.

»Und wenn jetzt, wenn jetzt, ich meine, 500 Euro wären mir ein Fick wert. Mal so auf die Schnelle, braucht nicht viel sein.« Erst denke ich, ich höre nicht recht. Dann sage ich: »Klar, ein Dinner in einem sehr guten Restaurant wären ja auch irgendwie um die 500 Euro gewesen, die hättest du jetzt gespart und könntest sie sehr viel besser anlegen.«

In seiner Aufregung hat er es nicht richtig verstanden und nickt.

»Ich wünsche dir viel Spaß bei deinem rauschenden Filmball in Hollywood, und vielleicht ist es besser, du nimmst Viola mit. Sie hat sicher das hübschere Partykleid.«

Mit diesen Worten lasse ich ihn stehen und dreh mich nicht mal nach ihm um. Nach einer Weile schlüpfe ich aus meinen High Heels und gehe barfüßig weiter.

In meinem Appartement schrubbe ich mir die Füße in der Dusche, und dann bin ich endlich mal wieder daheim …

Und genau mit diesem Gefühl bin ich heute aufgewacht.

Daheim. Und dann erst kommt mir Alex in den Sinn.

Ob der heute im heimischen Bett war?

Und wenn ja, ob er sich Gedanken gemacht hat, wo ich abgeblieben bin?

Aber bevor ich mich in unnütze Vorstellungen verstricke, gehe ich in die Küche und mache mir einen Kaffee. Die Milch ist nicht mehr genießbar, gut, dann schwarz.

Schwarz wie meine Seele.

Mit diesem Gedanken gehe ich ans Fenster.

Ach, das ist Leben, das ist City.

Statt einer Hainbuchenhecke sehe ich die Banktürme.

Ein warmes Gefühl durchströmt mich, und ich genieße es. Ich könnte ewig so stehen bleiben.

Sanne

Fang kommt diesmal mit einem chinesischen Kleinwagen. So winzig, dass man ihn in der breiten Straße unserer Wohnsiedlung kaum wahrnimmt.

Ich sitze auf der Terrasse und beobachte, wie sie mit ratternder Bremse vor dem Haus stehen bleibt.

Lachend winkt sie zu mir hoch, und schon sehe ich, wie Lieselotte ihr die Tür öffnet.

Lieselotte. Ich habe sie wirklich in mein Herz geschlossen.

Ich habe den großen Sonnenschirm aufgespannt und die Sitzgarnitur so platziert, dass wir alle im Schatten sitzen können. Heute ist die Hitze durch einen steten Wind erträglich und ich, das muss ich wirklich über die Jahre an mir feststellen, mag mich sowieso lieber kleidungsmäßig der Witterung anpassen, als in einem klimatisierten Haus zu sitzen.

Da es auf die Mittagszeit zugeht, hat Lieselotte ein paar Dim Sums gerichtet, einige davon süß, wie sie mir gleich verraten hat.

»Hast du ein neues Auto«, begrüße ich Fang, »schick!«

Sie muss lachen. »Das ist das Auto unserer Ayi, damit sie einkaufen kann. Und weil sie nicht so sicher am Steuer ist, haben wir lieber ein altes Exemplar gekauft.« Sie setzt sich neben mich. »Dass die Bremsen nicht richtig funktionieren, habe ich erst vorhin gemerkt.« Wieder lacht sie, und ich finde, dass sie gut aussieht. Frisch, entspannt, erholt. Und unverschämt jung. Wie ein junges Mädchen mit ihrem offenen Haar, der kurzen weißen Hose und einem schlichten blauen T-Shirt.

»Weißt du was?«, beginne ich, und sie nickt, beugt sich dann etwas zu mir. »Sie haben wohl nichts gefunden, was ihn belasten könnte«, sagt sie leise. »Das habe ich von einem Parteifreund meines Mannes.«

»Wunderbar«, flüstere ich. »Dann kommt er bald frei?«

»Das weiß man nie. Sie könnten noch etwas finden – oder erfinden, wenn sie ihn wirklich loshaben wollen.«

Ich spüre, wie sich meine Stirn kräuselt. Für meine Ohren sind das noch längst keine guten Nachrichten.

»Aber es ist schon mal kein schlechtes Zeichen. Sie haben wohl nichts mit ihm angestellt, das sind schon mal gute Nachrichten!«

Schon erstaunlich, was hier alles als gute Nachricht gilt. Ich versuche, mich in sie hineinzuversetzen.

»Gut«, sage ich wenig überzeugt, »das freut mich.«

Sie nickt und winkt Lieselotte, die an der Terrassentür steht. Und ruft ihr etwas zu.

»Sie soll sich doch zu uns setzen«, sage ich.

»Ach?«, sagt Fang und sieht mich kurz an. »Gut, aber ich habe sie noch um etwas Zitronenwasser gebeten, zur Erfrischung.«

»Ist es ungewöhnlich, wenn sich eine Ayi zu einem an den Tisch setzt?«, frage ich, denn ihre zurückhaltende Reaktion ist mir aufgefallen.

»Hmm«, sie zuckt die Achseln, »eigentlich kommen sie gar nicht auf die Idee – und wir auch nicht. Und schlussendlich werden sie ja auch für etwas anderes bezahlt …«

Ich nicke.

»Aber in diesem Fall, also, weswegen ich dich gebeten habe, herzukommen, geht es um Ayi und mich.«

»Habt ihr Schwierigkeiten miteinander?«

Ich muss lachen.

»Im Gegenteil, wir wollen miteinander zu ihrer Familie nach Anhui. Und dich wollte ich fragen, ob du mitkommen magst. Als Freundin. Und als Dolmetscherin.«

»Ui«, meint sie. Und schweigt.

Ich höre Lieselotte kommen und blicke auf. Sie stellt einen Krug mit Zitronenwasser und drei Gläser auf den Tisch, und auf einen einladenden Wink von Fang setzt sie sich.

»Also, dann werde ich mal fragen, was unsere Ayi da so ausgeheckt hat«, meint sie zu mir.

»Falsch gedacht«, erkläre ich ihr. »Es war meine Idee. Und sie freut sich, mir Land und Familie zeigen zu können.«

Fang erwidert: »Dann können wir meine Großeltern auch gleich noch besuchen, die leben allerdings in Luotouwan, drei Autostunden von Peking entfernt. Die meisten Dorfbewohner sind sehr alt und bekommen eine Mindestrente von umgerechnet knapp 16 Euro im Monat, das ist nicht viel, selbst auf dem Land. Wer körperlich noch arbeiten kann, hat einen Gemüsegarten. Andere ziehen die Enkelkinder auf. Und alle zusammen könnten ohne das Geld ihrer Angehörigen aus der Stadt nicht leben.«

»Ja, davon hat mir Lieselotte auch schon erzählt.«

Sie zieht eine Augenbraue hoch. »Lieselotte?«

»Ja, unsere Ayi heißt Lieselotte. Wusstest du das nicht?«

Sie lacht und wendet sich Lieselotte zu.

Eine Weile höre ich zu und beobachte dabei ihre Mienen, um ihre Stimmung zu deuten, aber es ist unmöglich.

Schließlich nicken beide, und während nun Lieselotte das Bastkörbchen mit den Dim Sum näher an uns heranrückt und uns nachdrücklich zum Essen auffordert, erklärt mir Fang, was sie besprochen haben.

»Wir fahren natürlich nur zu Lieselottes Eltern, der Weg nach Luotouwan zu meinen Großeltern wäre zu weit. Das lässt sich nicht verbinden … aber wir bleiben auf alle Fälle über Nacht«, sagt sie, »sonst lohnt sich auch diese Reise nicht. Und ich frage eine Freundin wegen Sophia. Ich muss noch ein paar Sachen organisieren, aber dann können wir los.«

Ich bin darüber erstaunt, wie schnell sie das angeht.

»Bekommst du denn ein Flugticket oder Zugticket, wenn dein Mann vielleicht auf der schwarzen Liste steht?«

»Das probieren wir erst gar nicht. Wir wollen ja keine schlafenden Hunde wecken. Wir fahren mit dem Wagen. Macht sowieso mehr Sinn als mit der Bahn oder dem Flugzeug und dann ohne Auto in Hefei oder sonstwo zu stehen.«

Fang lädt sich einige Dim Sums auf ihren Teller und deutet auf eines der Teigtäschchen. »Die Süßscharfen musst du probieren«, sagt sie, »mit Chili und Datteln. Oder die mit Bohnenpaste. Auch sehr lecker, Lieselotte ist einfach eine richtig gute Köchin.«

Sie schmunzelt. Und irgendwie habe ich das Gefühl, dass sie über sich selbst schmunzelt. Da sitzt sie mit einer Ayi am selben Tisch und nennt sie auch noch bei ihrem Namen. Vielleicht erinnert sie das an frühere Zeiten, als sie noch nicht in einer Millionärsvilla in einem exklusiven Stadtteil gewohnt hat? Vielleicht kehrt sie gerade in Gedanken zu ihren Wurzeln zurück?

Und ich? Ich könnte ja auch mal über meine eigenen Wurzeln nachdenken. Was habe ich eigentlich daraus gemacht? Alex fällt mir ein. Alex und Amanda, aber das lässt mir sofort den Kamm schwellen, also blocke ich meine Gedanken ab.

Nicht jetzt, entscheide ich. Jetzt sitzen wir zu dritt gemütlich auf der Dachterrasse und plündern Lieselottes Bastkorb. Und ich sehe mit Genugtuung, wie Fang das Wort an Lieselotte richtet und ganz entspannt mit ihr redet. Ich versteh zwar nichts, aber das ist egal. Es reicht mir schon, dass meine guten Gefühle zurückkehren, dass ich einige Dim Sums koste und mich wohlfühle. Offenbar haben Fang und Lieselotte einen Draht zueinander gefunden, denn es dauert nicht lang, bis sie, so klingt es jedenfalls in meinen Ohren, wie alte Freundinnen fröhlich miteinander scherzen.

Amanda

Ich muss etwas tun, aktiv werden. Und weil das ja mein Appartement ist, ist es auch was ganz anderes als in Alex' Vorstadthütte, wenn ich hier putze. Es tut mir gut, es tut dem Appartement gut. Also staubsauge ich und krabble in den Ecken herum, wienere die kleine Küche, lüfte alles und wechsle die Bettwäsche. Schließlich habe ich meine ganze Energie verpulvert und sinke müde, aber zufrieden auf die Couch.

Heißt es nicht, dass Hausarbeit das beste Mittel gegen Frust ist? Kein Wunder, dass manche Frauen ständig putzen.

Das ist vollkommen nachvollziehbar.

Und irgendwie gefalle ich mir in meinen alten Klamotten, ein buntes Küchentuch um die Haare, wie eine Figur aus einem Comic. Fehlt nur noch der Besen. Ich sollte ein Selfie machen.

Aber als ich mein Handy hole und mich damit auf die Couch lege, sehe ich, dass es Nachmittag geworden ist. Vier Uhr vorbei. Keine Nachricht von Alex.

Was bedeutet das?

Es steigt wieder etwas in mir auf, das ich nicht so richtig benennen kann, aber es drückt mir auf den Magen.

Angst?

Zukunftsangst?

Ich möchte dem keinen Raum geben. Und ich bin müde, ich könnte einfach einen Mittagsschlaf machen. Meine Träume helfen mir, sie tragen mich weg, schenken mir eine neue Identität, ein neues Leben. Ich liebe es zu träumen. Und wenn ich einen Albtraum habe, wache ich einfach auf.

Ganz anders als im wirklichen Leben.

Ich muss wirklich tief geschlafen haben, denn plötzlich schrecke ich hoch.

Ein Geräusch elektrisiert mich, ein Geräusch, das nicht aus meinem Traum stammt, da bin ich mir sicher. Ich fahre hoch, sehe aber nichts. Vollständige Dunkelheit um mich herum, bis mir in meiner Schlaftrunkenheit aufgeht, dass mir mein selbst gebasteltes Putzkopftuch über die Augen gerutscht ist. Ich schiebe es hoch – und sehe über die Lehne meiner Couch hinweg zwei Personen in meiner Wohnung stehen.

Zuerst stockt mir der Atem, dann schlägt mein Herz ultraschnell.

Aber offensichtlich sind die beiden Eindringlinge genauso erschrocken wie ich. Wir starren uns an, während ich nun das Kopftuch ganz von meinem Kopf wische.

»Amanda?«, höre ich da.

Amanda?

Ich muss blinzeln, dann erkenne ich die eine Person: schlank, jung, im Hosenanzug.

Elena!

Es darf nicht wahr sein.

»Was machen Sie denn hier?«, fahre ich sie an.

»Wohnungsbesichtigung«, sagt sie mit so kühler Stimme, als sei das das Selbstverständlichste der Welt.

»Sie stehen in meiner Wohnung!«

»In seiner Wohnung!« Sie deutet auf die Person neben sich. Ein Mann.

»Wie? In seiner Wohnung!« Ich stehe auf. »*Ich* wohne hier.«

»Trotzdem gehört die Wohnung ihm. Darf ich vorstellen, René Weissherr, Amanda ... Amanda.«

»Sie haben aber kein Recht, einfach hier einzudringen, solange ich hier noch wohne.«

»Ja gut«, beschwichtigt Elena. »Niemand wusste, dass Sie da sind. Ich wähnte Sie ... im Außenbezirk der Stadt.«

»Trotzdem! Ich lebe zurzeit hier. Egal, wo ich mich sonst aufhalte!«

Der Mann an Elenas Seite hebt beschwichtigend beide Hände. »Ja, bitte entschuldigen Sie vielmals, dass wir hier eingedrungen sind«, erklärt er. »Wir können ja nach Voranmeldung noch einmal kommen.« Er wirft Elena einen Blick zu.

»Aber jetzt sind wir doch schon einmal hier!«, insistiert sie.

»Genau«, sage ich, »und da Sie jetzt schon mal hier sind, würde ich auch gern wissen, was hier gespielt wird!«

»Gespielt?« Elena zieht eine Augenbraue hoch. »Gespielt wird gar nichts. Es gibt einen Mietvertrag, und wir würden den gern kündigen, weil wir die Wohnung kaufen.«

»Und dann?«

»Dann ziehe ich hier ein.«

»Sie?« Ich verschlucke mich und bin kurz davor, ihr an die Gurgel zu gehen.

»Ja. Aber natürlich erst, nachdem Sie ausgezogen sind.«

Damit lächelt sie mir zu.

Sanne

Nachdem Fang wieder abgefahren ist und sich anscheinend alles gut entwickelt, spüre ich, wie ich müde werde.

Ich habe mich nach der Verabschiedung wieder auf die Terrasse gesetzt, aber nun wird es wirklich zu heiß, und ich ziehe mich ins Haus zurück.

Lieselotte macht den Abwasch, und ich beschließe, meine Mails zu checken. Vielleicht habe ich ja irgendeine Neuigkeit im Postfach? Von meiner Agenturchefin – oder von meiner Tochter?

Ich setze mich in mein Zimmer, aber außer der üblichen Werbung und einigen Angeboten, die stets kommen und von denen ich nicht weiß, wie ich sie abbestellen könnte, ist keine neue Mail im Postfach.

Alex?

Fehlanzeige.

Elena?

Keine Nachricht, dabei würde ich wirklich gern wissen, was sich in der Heimat so tut.

Also schreibe ich meiner Tochter: »Liebe Elena, ich weiß ja nun zwar, dass sich Papa in unserem Haus über Langeweile nicht beklagen muss, aber gibt es sonst noch Neuigkeiten?«

Und Alex schreibe ich:

»Kurze Nachricht aus Fernost. Hier ist das Leben spannend, und ich hoffe, dir wird es daheim auch nicht langweilig?«

Mein Finger schwebt bereits über »Senden«, aber dann lösche ich die Mail wieder, da will ich drüberstehen und schreibe stattdessen unserer Granny-Agentur einen schönen Bericht auf den Blog. Shanghai, mein Leben hier und alles, was mir vor allem für nachfolgende Grannys berichtenswert erscheint: die Herzlichkeit der Chinesen, die Schönheiten des »Französischen Viertels«, das Essen und die Details der Benimmregeln, alles Mögliche, was mir in den Sinn kommt. Nur die politische Situation lasse ich natürlich aus.

Amanda

Diese Ohnmacht. Diese Ohnmacht, keine Mittel zu haben, um sich irgendwie zur Wehr setzen zu können, es macht mich rasend. Ohne Geld bist du einfach ein Nichts, sage ich mir und muss tief durchatmen.

Seitdem Elena und dieser Typ wieder weg sind, schnüre ich rastlos durch die Wohnung und überlege, wo ich Geld herbekommen könnte. Lotto? Wer gewinnt schon im Lotto. Eine

Bank ausrauben. Ja, aber dann nur irgendwie auf eine besondere Art. Geheimgang graben und so. Direkt in den Tresorraum. Nicht einfach profan mit Maske und Schreckschusspistole, ich will ja keinem ein Trauma verschaffen. Aber Geheimgang? Allein? Das dauert mir zu lang. Ein Kunstwerk rauben. Aus einem Museum. Wie im Film, wie Tom Cruise durch Laserstrahlen hindurchwinden und dann mit der Nofretete unter dem Arm wieder zurück. Und dann? Wem verkaufe ich sie? Oder – wie wäre es denn mit einer der Shows? Eine der Quizshows? Die sind doch auch ruckzuck auf einigen tausend Euro … oder einer Talentshow? Zumindest figürlich stelle ich was dar. Bloß – singen kann ich nicht. Tanzen? Nicht besser als andere auch … Eine Miss-Wahl? Aber mit dreißig? Eine Weinkönigin?

Ja, aber da muss ich wahrscheinlich etwas von Wein verstehen. Ich komme auf keinen grünen Zweig.

Also zurück zu Plan A … Alex?

Ich stelle mich wieder ans Fenster und sehe hinaus.

Also das ist sein Plan. Er lockt mich hier weg, macht sich eine angenehme Zeit mit mir, und in der Zwischenzeit zieht seine Tochter in meinem Appartement ein. Und kommt die Mama zurück, stehe ich auf der Straße. Dass ich mich wehren könnte, hält er wohl für ausgeschlossen.

Ich könnte heulen vor Wut.

Das Leben ist so ungerecht!

Aber es nützt nichts.

Nachdem ich lange genug mit dem Leben gehadert habe, dusche ich, mache mich im Badezimmer fertig und ziehe mich an.

Es nützt nichts.

Ich muss nachsehen, was sich in der Vorstadt getan hat, ob ich dort überhaupt noch erwünscht bin. Viel fröhlicher stimmt mich diese Aussicht nicht.

Als ich unten vor die Haustüre trete, fliegt die Beifahrertür eines kleinen schwarzen Autos auf, das am Randstein parkt.

»Komm, steig ein. Wir müssen mal miteinander reden«, höre ich eine Stimme, bevor ich überhaupt jemanden sehe. Ich bleibe stehen. Habe ich mich verhört?

Dann geht die Türe auf der Fahrerseite auf, und der Oberkörper einer schlanken Person erscheint über dem Autodach.

Elena.

»Was gibt es da zu bereden?«, sage ich unwillig. »Ist doch schon alles klar. Du schmeißt mich raus und ziehst dann ein.«

»Na ja, jetzt …«, sie macht eine Handbewegung zur Beifahrertür, »das müssen wir ja wohl nicht auf dem Gehsteig besprechen.«

Warum nicht. Sind im Moment sowieso nicht viele Leute unterwegs.

»Ich habe jetzt lang genug auf dich gewartet«, setzt sie hinzu.

»Ich habe dich nicht darum gebeten.«

»Stimmt. Trotzdem!«

Widerwillig nähere ich mich dem Wagen.

Aber dann steige ich doch ein, vielleicht ist es einfach meine Neugierde, die mich treibt. Keine Ahnung.

Schwarze Ledersitze, klar. Drunter geht es ja auch nicht.

Sie gleitet ebenfalls auf ihren Sitz zurück, so sitzen wir jetzt eng beieinander und schauen uns an.

»Ich bin Elena«, sagt sie und nickt mir zu. Zum Handschlag reicht die Freundlichkeit offensichtlich noch nicht.

»Amanda«, sage ich und nicke ebenfalls.

»Also, Amanda, ich wollte einfach mal ein paar Sachen klären. Ich denke mal, wir sind etwa im selben Alter?«

»Das denke ich auch. Ich bin 30.«

»Ich 27.«

Mir fällt auf, dass sie ein hübsches Gesicht hat, straffe Haut, kaum Schminke, die langen Haare locker mit einem Band im Nacken zusammengebunden.

Offensichtlich eher uneitel. Zumindest heute.

»Du könntest also eher meine größere Schwester sein als meine Stiefmutter.«

»Stiefmutter?« Ich muss lachen.

»Ja, wenn du bleibst, wäre das wohl so.«

Ich sage nichts darauf.

»Wir sind eine kleine Familie, mein Vater, meine Mutter und ich. Und wir wollen eigentlich auch, dass es so bleibt.«

»Und wenn sich dein Vater in mich verliebt hat?«

Sie sieht mich prüfend an.

»Das glaubst du doch selbst nicht«, sagt sie schließlich. »So naiv bist du nicht.«

»Und wenn doch?«

Sie öffnet beide Hände wie bei einem stillen Gebet zum Himmel. »Ja, mein Gott, dann würde es mir echt leidtun. Dann würde deine heile Welt wahrscheinlich spätestens mit der Rückkehr meiner Mutter auseinanderbrechen.«

»Und was macht dich da so sicher?«

»Ich kenne meinen Vater. Der hat im Geschäft Aufregung genug, der will privat eigentlich, dass alles läuft und so bleibt, wie es ist.«

»Den Eindruck macht er mir nicht.«

»In deinem Fall reizt ihn das Abenteuer, sorry. Ist doch so. Und nun wischt er meiner Mutter so ganz nebenbei noch eins aus, weil sie auf seinen zweiten Heiratsantrag nicht eingegangen ist … und stattdessen nach China abgezwitschert ist. Typisch beleidigter Mann halt. Gibt es öfters mal.«

Zweiter Heiratsantrag?

Das schockt mich dann doch.

»Was hältst du denn von dem Angebot, wir kaufen die Wohnung, und du bleibst, wie mit meinem Vater abgemacht, bis zum Jahresende und orientierst dich dann neu?«

»Du willst mich loshaben!«

Wieder diese Handbewegung zum Himmel.

»Überrascht dich das? Du störst. Ganz einfach!«

»Und du hast gut reden«, sage ich aggressiver, als ich eigentlich gestimmt bin.

Sie zuckt die Schulter. »Findest du das Angebot nicht fair? In der Zwischenzeit suchst du dir einen guten Job.«

Ich sehe sie nur an. Schweigen breitet sich aus.

»Ach, du hast keine Aussichten auf einen Job?«, dämmert es ihr. »Wovon lebst du denn?«

Erneutes Schweigen, dann fängt sie an zu lachen. »Na, das ist natürlich auch eine Strategie. Die kann aber nicht immer aufgehen.«

»Berufe gehen auch nicht immer auf. Und ehrlich«, setze ich schnell hinzu, »nicht jedes Kind hat das Glück, in einer intakten Familie aufzuwachsen. Nicht jedes Kind wird gefördert und kann studieren. Es gibt auch Kinder, die fallen einfach durch das Raster. Man kann sehr tief fallen.«

»Hmmm.« Sie sieht mich an und legt dabei die Stirn in Falten. Denkt sie nach, oder ist das das Zeichen ihrer Abscheu?

»Das ist ja eigentlich nicht mein Problem«, sagt sie dann.

»Gut erfasst!«

Und damit greife ich nach dem Türgriff und will aussteigen.

»Halt!«, sie hält mich am Arm zurück, »lass uns doch mal nachdenken. Ich meine«, sie mustert mich, »du siehst doch gut aus. Du bist jung. Du musst doch was anderes aus dir machen können – als auf so einen Opi zu warten, der dich durchfüttert.«

Ich höre das zwar nicht gern, rutsche aber wieder auf meinen Sitz zurück.

»Und was schlägst du vor?«

»Was würdest du denn gern tun, wenn du es tun könntest?«

Ich muss lachen. Und ich glaube, das ist der erste Moment, in dem sie mir nicht wie eine hochnäsige Zicke vorkommt.

»Bankerin sein, wie du?«

»Na ja«, sie wiegt den Kopf hin und her, »ich habe studiert.

Aber es gibt ja auch Lehrberufe, vieles geht auch ohne Studium. Und vielleicht sogar«, sie runzelt wieder die Stirn, »besser.«

»Aber da verdient man nichts.«

»Jeder fängt mal an. Glaub bloß nicht, dass man bei der Bank gleich Reichtümer verdient … und wenn ich meine Studienzeit und die diversen Praktika mal dagegenrechne, bin ich immer noch beim Mindestlohn. Eher drunter.« Elena betrachtet mich erneut. Wie eine Zuchtstute auf dem Pferdemarkt, denke ich.

»Aber mit deinem Aussehen«, sagt sie dann, »wie bist du denn körperlich drauf?«

»Spinnst du jetzt?«

Sie muss lachen. »Ja, sorry, mit dreißig. Alles in Schuss? Dann müsste doch was mit Katalog-Fotografie gehen, die suchen ständig Models. Bademode, Unterwäsche oder angezogen – guck dir doch mal die ganzen Internet-Firmen mit ihren Klamotten an.«

»Ich weiß nicht. Legen die die Klamotten zum Fotografieren nicht einfach irgendwohin?«

»Nicht alle.« Sie spitzt den Mund. »Und wenn du den Job hast, drehst du Filme mit den ganzen Klamotten und wirst Influencerin. Und kaufst dir für 200 Euro ein paar Millionen Klicks, da gibt es clevere Jungs dafür, die manipulieren das im Handumdrehen, und du wirst berühmt. Und reich, weil die Firmen darauf reinfallen. Nebenher machst du eine Ausbildung, damit du, wenn die ersten Falten kommen, was anderes machen kannst.« Sie lacht über ihren eigenen Satz. »Ist doch easy!«

»Bist du Berufsberaterin oder so was?«

»Ne, ich will dich nur loswerden!«

Aber wie sie das sagt und mich dabei ansieht, nimmt es dem Satz die Schärfe.

Ihr Blick fällt auf die Uhr im Armaturenbrett.

»Oh, verdammt, ich muss los. Sonst komme ich zu spät. Also, Amanda, denk drüber nach.«

Ich greife nach dem Türgriff.

»Und wo willst du jetzt hin?«, fragt sie mich noch, während sie den Motor startet und ich schon fast ausgestiegen bin.

»Mal schauen, wie dein Vater so drauf ist.«

»Na denn«, ruft sie. »Tu, was du nicht lassen kannst. Aber denk dran, eine richtige Lösung ist das nicht.«

Damit schlage ich die Tür zu, und sie braust los.

Sanne

Nach einer Weile fange ich an, mich selbst zu beobachten. Offensichtlich brauche ich immer was zu tun. Ich kann nicht einfach ruhig sitzen und die Gedanken schweifen lassen, so wie heute Morgen, als ich Lieselotte beim Qi Gong zugesehen habe, nein, ich stelle fest, dass ich ein ruheloser Geist bin. Ständig ertappe ich mich dabei, wie ich mir Aufgaben suche. Also, ich könnte jetzt … oder ich könnte doch … oder sollte ich nicht?

Nein, ich bin heute einfach mal einen Tag im Haus und warte ab, was unsere Reisepläne machen. Falls wir morgen definitiv noch nicht starten, kann ich ja wieder losziehen. Es gibt genug Sehenswürdigkeiten in Shanghai, oder ich könnte einfach mal die West Nanjing Road entlangbummeln, die Straße mit den schönen Geschäften. Es muss ja nicht immer alles kulturellen Wert haben.

Automatisch greife ich zu meinen Ohrläppchen und erschrecke. Weg! Aber dann beruhige ich mich wieder, meine schönen neuen Ohrringe liegen in meinem Badezimmer, ich habe heute auf jegliche Verschönerung verzichtet.

Aber dann treibt es mich doch wieder hoch, und ich streife durchs Haus. In dem angrenzenden Zimmer zum Wohnzimmer, viel kleiner und längst nicht so lichtdurchflutet, sehe ich im Vorbeigehen eine bequeme Lederliege. Neugierig drehe ich um und gehe in den kleinen Raum hinein. Die eine Wand ist voller Bücherregale, an der anderen steht ein kleiner Glasschreibtisch mit einem Computer. Xiaoxias Zimmer? Ich weiß es nicht, aber ich sehe mir die Bücher näher an. Chinesische, englische – und deutsche. *Buddenbrooks, Verfall einer Familie* von Thomas Mann steht da. Und *Der Untertan* von Heinrich Mann. Außerdem *Der Steppenwolf* von Hermann Hesse und *Der Mann ohne Eigenschaften* von Robert Musil. *Der gute Mensch von Sezuan* von Bertolt Brecht. Und noch weitere Klassiker. Ich ziehe ein Buch nach dem anderen heraus und betrachte sie genauer. Den Gebrauchsspuren nach sind sie alle gelesen und stehen nicht nur als Dekoration für Besucher im Schrank.

Wahrscheinlich ist Xiaoxia belesener als ich, denke ich. Einige davon kenne ich auch, andere nicht. Aber im Moment machen sie mich auch nicht an.

Dann entdecke ich die *Die unendliche Geschichte* von Michael Ende. Das ist es! Jetzt greife ich zu. Ich habe den Film gesehen, gemeinsam mit Elena, als sie noch klein war. Fuchur, den Glücksdrachen, habe ich noch gut vor Augen, sein freundliches Hundegesicht und vor allem seine Flüge – und nun freue ich mich auf ein paar Lesestunden. Aber die Liege sagt mir nicht zu. Und auf der Terrasse ist es zu heiß. In mein Zimmer mag ich auch nicht.

Schließlich hole ich mir eine Flasche Wasser, klemme das Buch unter meinen Arm und gehe hinaus in den Garten, ums Haus herum. Und dort, in der Wiese, wo ich vor Kurzem noch mit Jiao gesessen habe, setze ich mich an dem einzigen Baum, der dort steht, ins Gras, lehne mich an seinen Stamm und schaue nach oben. Über mir die schattenspendenden Zweige und das nimmermüde Rascheln der Blätter. Zufrieden schlage ich mein Buch auf und beginne mit dem ersten Satz:

TAIЯAUϘITИA«
rebnairoK darnoK lraK :rebahnI

Diese Inschrift stand auf der Glastür eines kleinen Ladens, aber so sah sie natürlich nur aus, wenn man vom Inneren des dämmerigen Raumes durch die Scheibe auf die Straße hinausblickte.

Draußen war ein grauer kalter Novembermorgen …«

Ich spüre, wie sich ein Lächeln auf meinem Gesicht ausbreitet und eine wohlige Wärme durch meinen ganzen Körper zieht. Wie schön, denke ich, und gleich darauf tauche ich in die Geschichte dieses wunderbaren Buches ein.

Amanda

Mal schauen, wie dein Vater so drauf ist, ist leichter gesagt als getan.

Mir geht zwar nicht direkt die Muffe, als ich in die U-Bahn Richtung Stadtrand steige, aber etwas seltsam fühle ich mich schon. Es könnte ja auch sein, dass mein Koffer schon vor der Tür steht. Oder dass es eine harsche Auseinandersetzung gibt. Beide Möglichkeiten bescheren mir einen leichten Druck in der Magengegend. Immerhin, und das erleichtert mich ein wenig, ist aber die Wahrscheinlichkeit, dass er nicht da ist, ziemlich hoch, denn es ist gerade erst sechs Uhr geworden. So früh abends geht er nie aus der Firma, da müsste schon etwas Besonderes passieren.

Ich bin so weit wie möglich mit der U-Bahn gefahren und gehe nun die letzten Kilometer zu Fuß. Die frische Luft und die Bewegung tun mir gut, es schont meinen Geldbeutel – und es verzögert meine Ankunft.

Und noch etwas.

Wenn man so vor sich hin geht, keiner mit einem redet und die Umgebung auch ziemlich eintönig ist, dann machen sich die Gedanken plötzlich selbstständig.

Über gestern muss ich lachen und kann nur noch den Kopf schütteln. Der Herr Oberstudienrat. Mit seiner Filmfirma in L.A. Und dem Businessflug zur Filmparty. Und sieht aus, als würde er keinen mehr hochbringen. Eigentlich sollte ich Viola warnen, solche Typen gehören in die Klapse.

Damit schließe ich das Thema Hans-Georg ab.

Und mache das Thema Alex auf.

Wo steht er in meinem Leben? Was habe ich im Moment mit ihm? Je näher ich der Zieladresse komme, umso größer wird die Kraft, die ich plötzlich in mir spüre. Wo kommt sie her? Vom Laufen?

Plötzlich sehe ich mich und meine Situation ziemlich klar. Ich fürchte die Auseinandersetzung nicht mehr, im Gegenteil, ich möchte sie herbeiführen: Ich muss endlich mit Alex Tacheles reden. Darüber, was ich für ihn bin und wie er sich das alles hier vorstellt.

Soll ich gehen, wenn Sanne zurückkehrt?

Bin ich sein Sanne-Pausen-Überbrückerli, der Pausen-Clown? Die Pausen-Mätresse, oder was?

Was denkt er sich eigentlich? Will er mir was Gutes tun?

Oder denkt er nur an sich und tut sich selbst was Gutes?

Je näher ich dem Haus komme, umso mehr bin ich von Letzterem überzeugt. Ich denke, er ist ein ziemlicher Narziss.

Das Bild von dem schönen Jüngling, der nur sein Spiegelbild liebt, passt irgendwie. Dabei liebt Alex sicherlich nicht sein Aussehen, eher seinen Erfolg. Die Person, die er darstellt. Seine Außenwirkung.

Und vielleicht habe ich auch noch ein bisschen dazu beigetragen, denn ich habe es ihm ja leicht gemacht.

Ich bleibe mitten auf dem Gehsteig stehen.

Amanda, du müsstest Kante zeigen.

Falls er mich wirklich als Pausen-Clown sieht, dann muss ich ausziehen. Aus dem Haus und konsequenterweise auch aus dem Appartement.

Ich denke an Elena.

Die hat leicht reden. Katalogmodel, Influencerin, Ausbildung.

Wenn ich Kante zeige, stehe ich auf der Straße.

Hartz IV. Obdachlos. So sieht es aus.

Meine Zuversicht bröckelt wieder.

Zweifel schleichen sich ein.

Bis ich an der Haustür bin, denke ich, dass diese Strategie die beste ist: erst mal abwarten.

Alex' Wagen ist nicht da. In der Garage, zeigt ein Blick durchs Fenster, auch nicht. Das ist mir gerade recht, dann kann ich mich noch ein bisschen vorbereiten. Das Haus ist leer, und während ich so durch die Räume gehe, frage ich mich, ob er die letzte Nacht überhaupt da war? Ich kann keine Hinweise darauf finden.

Und das ganze Theater alles nur wegen dieser Chinesen?

Das war es ja eigentlich auch nicht wert.

Zumindest hat es bewirkt, dass er mal über uns beide nachdenkt. Hoffe ich jedenfalls.

Sanne

Ich bin tatsächlich mit dem Buch in der Hand eingeschlafen. Schon irre, denke ich. Wann habe ich zuletzt stundenlang in einem Buch gelesen? Und zwar so, dass ich es zwar zwischendurch weglegte, weil mir die Augen zufielen, aber dann doch wieder danach griff, weil ich wissen wollte, wie es weitergeht?

Nach dem Abendessen, das mir Lieselotte zubereitet hat und

das ich, mit dem Buch in der Hand, lesend einnahm, weil sie in der Küche war, bin ich direkt mit einem Glas Wein ins Bett. Und dort habe ich mich eingekuschelt und es richtig genossen. Endlich mal Zeit für mich, endlich mal Zeit für ein Buch. Wenn ich mich recht erinnere, habe ich um drei Uhr nachts zum letzten Mal auf die Uhr gesehen.

Jetzt muss es früh am Morgen sein, und während ich noch über *Die unendliche Geschichte* nachdenke, höre ich Lieselotte, wie sie laut telefoniert. Eigentlich ist das nichts Ungewöhnliches, Chinesen sind laut, aber in dem stillen Haus fällt es besonders auf, und ich beschließe, mir einen Morgenkaffee zu holen. Dabei fällt mein Blick auf die Uhr. Kurz nach sechs.

Also habe ich doch immerhin etwa drei Stunden geschlafen. Ich gähne und schwinge die Beine aus dem Bett. Barfüßig und in meinem knielangen Nachthemd mache ich mich auf den Weg.

Lieselotte sitzt am Tisch im Wohnzimmer. Als sie mich kommen sieht, springt sie auf und winkt mir zu. Ich verstehe nicht, was sie aufgeregt sagt, aber dann streckt sie mir den Hörer hin.

»Wei?«, sage ich, ja?

»Sanne, wir können fahren«, höre ich Fangs Stimme. »Sophia bleibt die nächsten Tage bei meiner besten Freundin, die hat ebenfalls eine Tochter, zwar etwas älter, aber das gefällt Sophia ganz gut. Außerdem tauschen wir die Autos. Sie hat einen Geländewagen und bekommt meinen Sportwagen. Ich bringe jetzt Sophia in die Schule, dann packe ich und hole euch ab.«

»Wie lange bleiben wir denn?«, will ich noch fragen, aber da hat Fang schon aufgelegt. Offensichtlich hat sie es eilig.

»Hoppla«, sage ich und schaue mich nach Lieselotte um. Die tanzt mit glänzenden Augen herum. Keine strenge Choreografie wie Qi Gong oder so etwas, nein, einfach ausgelassen, eine glückliche junge Frau.

Und dazu redet sie auf mich ein.

Ich kann nur die Schultern zucken und lache mit ihr. Wäh-

»Auch unter Chinas Bürgern gibt es längst Tierschützer. Gegen das Wildern der tibetischen Antilope dürfen wir mittlerweile ebenso protestieren wie gegen das Schlachten von Bernhardinern.«

Ich vermute, sie nimmt mich auf den Arm.

»Ha, ha …!«

»Nein, im Ernst, das ist das Maximum an Kritik, das erlaubt ist. Aber es gibt Dinge, die in unserem Land eben auch positiv sind. Es mag vielleicht purer Nationalstolz sein, aber wer will schon sein eigenes Land schlechtreden, selbst, wenn er im Ausland studiert hat?«

Ich denke an Jiao. Und an das, was sie mir auf der Wiese erzählt hat. Aber vielleicht liegt es an ihren deutschen Wurzeln, dass sie China kritischer gegenübersteht? Und wie sieht sie dann mit ihren chinesischen Wurzeln Deutschland? Fang wirft mir noch einen kurzen Blick zu, dann lässt sie mich nachdenklich zurück und geht zu Lieselotte ins Haus. Die steht startbereit mit Körben und Taschen im Wohnzimmer. Ich will wirklich nicht mit. Genauso wenig wie ich in Deutschland in die Tiermast-Fabriken will. Warum sind eigentlich so viele Menschen anderen Menschen oder Tieren gegenüber so gleichgültig? Hat Empathie mit Erziehung zu tun oder mit Religion? Oder umgekehrt … sind Grausamkeiten nur auf Erziehung und Religion zurückzuführen? Und was ist dann mit dem Kommerz? Tötet er die Empathie?

Amanda

Jetzt habe ich mir gestern so viele Gedanken gemacht.

Was er sagen würde, wenn er nach Hause kommt.

Was ich sagen würde.

Und dann … kommt er gar nicht.

Nicht, dass ich alleine Angst hätte, so groß ist das Haus auch wieder nicht. Und außerdem gibt es hier genügend Nachbarn, die gegenseitig aufpassen. Aber jetzt bin ich sauer, dass ich hier bin und er nicht. Dass ich meinen Ärger nicht loswerden kann. Dass wir nicht über uns sprechen können.

Ich habe lange geschlafen, draußen ist schon ein fröhlicher, junger Tag am Werk. Kein Regen weit und breit. Dabei sollte es ruhig mal wieder regnen, langsam trocknet alles aus.

Ist ja schön, so eine Sonnenperiode, aber alles hat halt zwei Seiten.

Ich schlüpfe aus dem Bett, reiße die Glastüren zum Garten auf und bediene die ach-so-komplizierte Kaffeemaschine. Sie lässt sich dazu herab, mir einen Cappuccino zu brauen.

So verstruwwelt und verschlafen in meiner kurzen Satin-Pyjamahose und dem bauchfreien Oberteil gebe ich genau den richtigen Anblick für alle Spießer ab, die um elf Uhr vormittags schon waaahhnsinnig beschäftigt sind, oder zumindest so tun.

Ich streife also mit meiner Tasse barfüßig durch das schon ordentlich gewachsene Gras des Gartens, stelle fest, dass der Morgentau leider schon verschwunden und die Erde schon sehr trocken ist, begutachte die glücklichen Sonnenblümchen und die unterschiedlichen Blumen im Beet, überlege, ob die wohl alle bienenfreundlich sind, und erschrecke mich zu Tode, als plötzlich jemand vor mir steht. Fast wäre mir die Tasse aus der Hand gefallen, aber dann sammle ich mich schnell wieder.

Der Gärtner. Natürlich.

»Wo kommen Sie denn wieder her?«, fahre ich ihn an. »Können Sie nicht klingeln?«

Er weist zur Haustüre. »Nützt das was, wenn Sie hier draußen herumstromern?«

»Dann sagen Sie wenigstens *hallo*, damit man vorgewarnt ist.«

»Hallo!«

»Sehr witzig!«

»Danke.«

Es entsteht eine kleine Pause. Er steht gegen das Licht, und ich muss die Augen zusammenkneifen.

»Und was machen Sie schon wieder hier?«, will ich wissen. »Erneut Bäume schneiden oder was? Oder junge Frauen anschauen?«

»Warum nicht, hat mir das letzte Mal ganz gut gefallen.«

Ich verziehe das Gesicht.

»Sehen Sie es doch mal so«, fährt er fort, »das ist doch eine Perspektive im an sich trostlosen Leben eines Gärtners.«

»Wenn es sonst keine Perspektive gibt?«

»Jedenfalls keine auch nur halb so reizvolle.« Er zeigt auf das Gras zu unseren Füßen. »Warum schalten Sie eigentlich ständig den Roboter aus? Der erleichtert einem Gärtner doch das Leben …«

»Aber er killt alle Gänseblümchen. Wer so einen glatt gebügelten Rasen will, der soll halt auf den Golfplatz gehen. Hier macht der alles futsch!«

Er grinst. So viel kann ich sehen.

»Gut. Dann wollen Sie vielleicht selbst den Rasen mähen?«

»Warum nicht? Das ist eine meditative Aufgabe und zudem eine gestalterische. Ich kann Inseln anlegen. Sehen Sie? Dort wachsen doch auch zarte blaue Blümchen zwischen den Gänseblümchen, die kann ich stehen lassen. Ist doch hübsch. Und dort, wo einfach nur grünes Gras wächst, mähe ich.«

Er nickt.

»Das ist eine ehrenvolle Aufgabe«, sagt er. »Aber wenn Ihnen vielleicht sowieso langweilig ist, können Sie mir ja auch helfen.«

»Ich? Wie käme ich dazu?«

»Nun, Hilfsbereitschaft und so.«

»Und wobei?«

»Die Hainbuchenhecke muss geschnitten werden. Wenn Sie die abgeschnittenen Zweige gleich auf den Schubkarren laden und, schwups, zum Anhänger fahren, dann sind wir in der halben Zeit fertig.«

»Und was bringt mir das?«

»Spaß.«

»Und Ihnen?«

»Weniger Arbeit.«

Ich überlege. »Weniger Arbeit bedeutet weniger Zeit bedeutet weniger Stundenlohn.«

»Freut sich der Auftraggeber.«

»Ist aber Ihr Schaden.«

»Das kann ich verkraften.«

Ich kämpfe mit mir. Hier herumzusitzen ist auch langweilig. Warum eigentlich nicht?

»Ja, aber dann muss ich mir noch was anderes anziehen.«

»Was? Ehrlich? Schade.«

Er sagt es in einem solch ehrlichen Ton, dass ich lachen muss.

»Warum denn?«, fragt er schließlich.

»Weil das mein Schlafanzug ist.«

»Selten einen so hübschen Schlafanzug gesehen.«

Ich werfe ihm einen schrägen Blick zu und gehe ins Haus zurück. Über die Schulter sehe ich, dass er einen offenen Lieferwagen mit Anhänger rückwärts in die Einfahrt bugsiert.

Und ich ertappe mich beim Summen. Irgendwie freut es mich, etwas Sinnvolles tun zu können. Und vielleicht bringt es mir sogar wirklich Spaß?

Als ich in Jeans und Tanktop wieder erscheine, steht ein Schubkarren mit einer Heckenschere und einer Handschere bereit. Er wirft mir einen prüfenden Blick zu.

»Okay, gerüstet?«

»Ja, die Gärtnergehilfin tritt an«, scherze ich. Und frage ihn, was mir beim Umziehen in den Sinn kam: »Wieso kommt ihr eigentlich nicht zu zweit, wenn man dafür sowieso einen zweiten Mann braucht?«

Er zuckt die Achseln. »August, alle haben Familie und sind in die Ferien abgedampft. Dann trifft es halt den Kleinsten.«

»Oooohhhh«, mache ich tröstend und werfe kurz einen Blick auf seine Muskeln, die sich unter seinem T-Shirt abzeichnen. »Da hast du aber direkt mein Mitleid.«

»Hoffe ich doch!«

Er greift zur Heckenschere. »Jetzt geht's los. Könnte anstrengend werden.«

»Ist okay.«

»Und wenn du müde wirst, sagst du es.«

»Und dann?«

»Bekommst du ein kaltes Bier!«

Ich muss lachen.

»Und wo soll das herkommen?«

Er zeigt zu seinem Wagen. »Ich bin vorbereitet.«

»Na denn«, sage ich, »los!«

Sanne

Es dauert nicht eine, es dauert tatsächlich fast zwei Stunden, bis der Geländewagen wieder in die Einfahrt biegt.

Keine Ahnung, wo die beiden haben hinfahren müssen, um den Gaumen von Lieselottes Familienmitgliedern zu befriedigen. Aber es ist auch egal, ich freue mich jetzt, dass sie da sind, vergewissere mich, ob die Terrassentür fest verschlossen ist, schnappe meine Badetasche und laufe die Treppe hinunter. Unten schließe ich die Haustüre zweimal ab und möchte dann die Hecktüre öffnen, um meine Badetasche zu verstauen, aber Fang ruft aus dem Fenster: »Bring sie mit vor. Hinten ist alles voll, die kann zu Lieselotte auf die Rückbank.« Okay, wenn Lieselotte auf der Rückbank sitzt, dann ist der Beifahrersitz wohl für mich gedacht, auch gut.

Ich steige ein und drehe mich zu Lieselotte um.

Sie sitzt nicht alleine. Neben ihr drängen sich in einem Bambus-Käfig zwei Enten.

»Ach je!«, entschlüpft mir und sofort sehe ich den schwimmenden Entenkopf in der Suppe vor mir.

»Für die Zucht«, beruhigt mich Fang lächelnd, während sie den Wagen startet. »Es ist ein Pärchen.«

»Wirklich?«, frage ich misstrauisch.

Sie nickt. Und Lieselotte strahlt. Und ich denke: Der Käfig ist viel zu klein für die beiden Tiere.

Nach einer Weile drehe ich mich noch einmal um und mustere die beiden Enten. Sie liegen schicksalsergeben nebeneinander, die Augen zu. Wer weiß, welche Strapazen sie schon hinter sich haben. »Brauchen die kein Wasser?«

»Wasser?« Fang sieht mich an.

»Ja«, sage ich. »Jedes Lebewesen braucht Wasser. Die sollen jetzt doch nicht auf der Fahrt verdursten.«

Fang sagt etwas zu Lieselotte, und die reißt die Augen auf. Dass ihre Geschenke tot ankommen könnten, gefällt ihr offensichtlich auch nicht.

Trinkwasser haben wir im Auto. Mehrere Flaschen. Plastik natürlich, halte mich aber zurück, denn gerade wir Deutschen dürfen nicht meckern. Haben wir nicht unseren Plastikmüll in die chinesischen Recyclinganlagen exportiert? All die Grüner-Punkt-Flaschen? Tausende Tonnen von Plastikmüll quer über die Meere – und nicht nur wiederverwertbaren Müll? Weiß der Teufel, was alles verklappt wurde und nun made in Germany im Meer herumschwimmt?

Ich möchte nicht weiterdenken, das frustriert mich. Also schalte ich ab und schaue einfach aus dem Fenster. Wir fahren durch endlose Häuserschluchten und seelenlose Vororte, darunter Häuser, die hochgezogen und total unbewohnt aussehen, dann wieder riesige Baustellen und kurz darauf gestaltete Plätze mit Bäumen wie Zinnsoldaten. Für mich ist es ein unglaubliches Durcheinander, alte Häuser, neue Häuser, unendliche Häusermeere, bei denen man sich fragt, wie die Infrastruktur da überhaupt noch hinterherkommen kann.

26 Millionen Einwohner, Deutschland hat 83 Millionen. Ganz Deutschland! Österreich acht Millionen. Alle Österreicher mal drei ergeben noch nicht mal Shanghai. Es ist bizarr. Und irgendwie auch beängstigend.

Wir fahren schon eine Stunde, und in meinen Augen verändert sich nichts groß, außer dass meine Sorge um die Enten wächst.

Schließlich frage ich Fang: »Hast du eine Schere im Auto?«

»Es ist das Auto meiner Freundin, schau mal da drin.« Sie deutet auf das Handschuhfach.

Da liegt alles Mögliche, aber keine Schere. Doch ganz in der Tiefe des vielfältigen Krimskrams entdecke ich ein Messer. In einer Lederscheide. Ich ziehe es heraus und ernte einen misstrauischen Blick von Fang.

»Das ist ein richtiges Jagdmesser«, sagt sie, »sei vorsichtig, das könnte sehr scharf sein.«

Ich befühle vorsichtig mit meinem Daumen die Klinge und habe auch gleich einen Schnitt, weil Fang genau in diesem Moment eine Vollbremsung macht. Dass Chinesen rücksichtslos fahren, ist nun auch für mich keine Neuigkeit mehr, aber der zieht so quer vor uns auf die andere Fahrbahn, dass es fast richtig gekracht hätte.

Fang lässt einen chinesischen Fluch los, und ich verdrücke mir ein Autsch und zeige ihr auch die Wunde nicht, denn schließlich hat sie mich ja gewarnt.

»Und was hast du nun damit vor?«, fragt mich Fang, »ich dachte, sie sollen lebend ankommen?«

Ich werfe ihr einen Blick zu, aber ich sehe gleich, dass sie mich auf den Arm nimmt.

»Wenn wir schon kein Gefäß zum Tränken haben«, sage ich, »dann schneide ich einfach den Boden der Plastikflasche ab. Das geht auch.«

»Ah«, sagt sie, »clever. Aber lass uns das lieber machen, wenn ich irgendwo anhalten kann. Sonst hält uns Lieselotte für total plemplem.«

Dann finden wir eine Haltebucht. Und während Fang an der Mineralwasserflasche herumsäbelt, befreie ich eine Ente aus dem Käfig. Schön vorsichtig, damit sie nicht in Panik davonfliegt und eine Massenkarambolage auf der viel befahrenen Straße auslöst. Und womöglich noch unter die Räder kommt.

Sie denkt aber gar nicht daran. So wie sie ist, bleibt sie. Wie eine schlafende Ente. Also nehme ich sie einfach mit nach vorn und setze sie mir auf den Schoß. Sie hebt ihren Kopf, wirkt aber teilnahmslos.

Herrje, denke ich. Kriegen die irgendwelche Beruhigungstabletten auf dem Markt? Oder was ist mit denen los?

Aber immerhin, als Fang zwei abgeschnittene Böden gefüllt mit Wasser verteilt, trinkt zumindest Lieselottes Ente etwas, was sie auch gleich stolz verkündet.

»Soll sie nun da sitzen bleiben?«, fragt mich Fang, als sie sich wieder hinters Steuer klemmt.

»Tja«, sage ich. »Ob Ente oder Schoßhund, das kommt doch zum Schluss aufs selbe raus.«

»Also gut«, sagt sie, »aber falls sie losflattert, garantiere ich für nichts.«

»Sie flattert nicht«, sage ich. »Sie freut sich, dass sie noch lebt.« Wobei, so ganz weit möchte ich mich bei einer Ente in China nicht aus dem Fenster lehnen. Und dabei fällt mir ein, dass ich in Frankfurt schon einige Male »Peking-Ente« gegessen habe …

Pfui, schäm dich, sage ich mir und laut: »Jetzt brauchen die beiden noch einen Namen.« Fang übersetzt, und Lieselotte kichert. Schließlich sagt sie etwas zu Fang, und die meint lachend zu mir: »Also, du kennst ja den Hang gewisser Chinesen zu westlichen Namen. Deshalb heißen die beiden jetzt Hänsel und Gretel.«

»Hänsel und Gretel?« Ich fasse es nicht. »Grimms Märchen?«

»Ja, klar«, sagt sie. »Grimms Märchen stehen in China hoch im Kurs. Wusstest du das nicht?«

»Ganz ehrlich, das habe ich noch nie gehört.«

Amanda

Ganz ehrlich, ich weiß nicht, habe ich Spaß an der Arbeit, oder habe ich Spaß, mit ihm zu arbeiten?

Klar, er ist ein einfacher Handwerker und nichts für mich, aber seine Art gefällt mir. So viel versteckter Humor, kurz und knapp, kein Geschwafel, alles gesagt. Keine Ahnung, warum mich das so anzieht. Es ist gar nicht der Kerl. Zugegeben, er sieht gut aus, braun gebrannt, muskulös, Gärtner halt. Aber das ist es nicht. Es ist die Art, wie wir Spaß miteinander haben.

Und wir haben diese ganze Hecke, die wirklich elend lang ums ganze Grundstück herumführt, in Rekordzeit geschnitten.

»Jetzt hast du dir ein Bier verdient«, sagt er zum Schluss.

»He! Das ist aber großzügig«, gebe ich zurück.

»Finde ich auch.«

Er holt tatsächlich aus einer Kühlbox in seinem Transporter zwei Flaschen Bier, öffnet sie, und wir lehnen uns damit an den mit Zweigen voll beladenen Anhänger.

»Prost«, sagt er, wir stoßen an, und ich genieße den schäumenden Schluck. Dabei sehe ich meinen rechten Arm und muss lachen. Gut, dass ich eine lange Hose angezogen habe, zumindest meine Arme sind ordentlich zerkratzt.

»Mit einem Schönheitswettbewerb sieht das jetzt schlecht

aus«, sage ich und streiche über die roten Abschürfungen auf meiner Haut.

Er sieht genauer hin.

»Oh ja. Aber wenn du nicht willst, dass es zu schnell wieder verblasst, dann hätte ich für morgen einen Auftrag ganz hier in der Nähe. Ebenfalls eine Hecke …«

»Super, vielen Dank! Aber sag mal, wenn bei euch alle im Urlaub sind, warum macht dein Chef den Laden nicht einfach zu? Schicht im Schacht?«

»Ich glaube, es wird ihm zu langweilig.«

»Ja, aber es ist nun doch auch kein großes Geschäft, wenn du ständig alleine losziehen musst!«

»Ich bin ja nicht alleine.«

»Nicht?«

»Ich habe dich.«

Das ist das erste Mal, dass wir uns direkt ansehen.

»Nein, nein«, sage ich, »überhaupt nicht. Ich bin keine Gärtnerin, habe keinen blassen Schimmer …«

»… aber du schützt Gänseblümchen, das ist doch schon mal ein guter Anfang.«

Ich will gerade etwas erwidern, da biegt ein Mann in Anzug und Krawatte um den Transporter. Alex.

»Na, so was!«, sagt er. »Tag, Daniel. Kleines Stelldichein?«

»Nein, Garten gemacht«, sage ich und ärgere mich darüber, dass er so blöd daherredet. Soll er doch mal drei Stunden in brütender Hitze eine Hecke stutzen!

»Ich glaube, es war auch an der Zeit.«

Mit diesem Satz läuft er einfach weiter.

Ich runzle die Stirn.

»Hat er was?«, will mein Gärtner wissen.

»Nein, ich hab was.«

»Aha, und was?«

»Eine Frage. Du bist Daniel?«

Er nickt.

»Ich heiße Amanda.«

»Angenehm«, er hebt seine Bierflasche. Wir stoßen an und trinken die Flaschen noch aus, dann gehe ich ins Haus. Ich bin wirklich verärgert.

Wie geht Alex denn mit seinem Gärtner um?

Und mit mir?

Ich finde ihn unter der Dusche. Im ersten Moment habe ich das Gefühl, er will, dass ich die Tür sofort wieder schließe, aber dann scheint er es sich anders zu überlegen.

»Na, du wilde Gärtnerin, dir dürfte eine Dusche auch ganz guttun.«

Ich bin ehrlich im Zweifel. Es ist Alex, ja. Alex wollte ich haben. Und so nackt unter der Dusche ist wirklich nichts an ihm auszusetzen. Auch wenn er fast mein Vater sein könnte, zwanzig Jahre älter, ist er wirklich gut in Schuss.

Aber irgendwie, irgendwas …

»Na?«, fragt er unter der laufenden Deckenbrause hervor, »genierst du dich?«

Ich entscheide mich, mich nicht zu genieren, und zieh mich aus.

»Meine schöne Amanda«, sagt er.

Seine … was?

»Hast du Entzugserscheinungen?«, frage ich. Ich hätte ja auch: Wo warst du?, fragen können. Aber bei Licht besehen, könnte er das ja auch fragen.

»Nicht mehr lang.«

Ach, was können Männer so selbstsicher sein. So von sich selbst überzeugt, in jeder Lage. Warum kann ich das nicht?

Fehlt mir da was?

Und Elena? Die selbstsichere Elena? Kann sie das?

Aber an Elena mag ich jetzt nicht denken, denn es sind ja Alex' Hände, die nach mir greifen. Gut, sage ich mir, Amanda, sichere deine Zukunft. Das ist im Moment das Einzige, was du kannst.

Sanne

Gretel und ich dämmern vor uns hin, während die Landschaft vorüberzieht. Inzwischen ist es grün um uns herum, einige vereinzelte Ansiedlungen, aber nichts Einladendes, wie ich mir das ausgemalt habe. Schmucklos. Einfach hingestellt, viel Wasser und manchmal Menschen, die auf ihren Feldern arbeiten. Aber immer wieder große Plakate an den Straßen und über die Straßen hinweg. Ich verstehe nicht, ist es Werbung für ein Produkt oder für eine Partei? Macht aber doch keinen Sinn, es gibt ja nur eine.

Und ich bin zu müde, um zu fragen.

Fang fährt stoisch vor sich hin, und Lieselotte schnarcht leise auf der Rückbank. Ich streichle Gretel, die das zu genießen scheint, und falle durch die Monotonie der Landschaft auch bald in einen Dämmerschlaf.

Der erste Ruckler weckt mich auf. Zunächst weiß ich nicht, wo ich bin, aber dann wird es mir klar. Und sogleich ärgere ich mich, dass ich eingeschlafen bin, denn die Landschaft hat sich verändert. Ich sehe sattgrüne Hänge, Berge um mich herum, deren Gipfel sich in den Wolken verlieren, und ein Dorf, in das wir gerade hineinfahren. Menschen, die sich uns zuwenden, alte Gesichter zumeist, einige Touristen und Kinder.

Es ist ein Dorf wie aus dem Bilderbuch, genau so, wie ich mir das alte China vorgestellt habe, die Häuser mit geschwungenen Giebeln, die Dorfstraßen vor uns so eng, dass wir parken und aussteigen müssen. Mir ist es gerade recht, seitdem Gretel auf meinem Schoß schläft, habe ich mich kaum noch bewegt.

»Noch sind wir nicht da«, klärt mich Fang auf, »aber Zhaji ist eines der wenigen Dörfer, die fast komplett erhalten wurden.«

»Und wie alt ist es?«, will ich wissen und denke an die vielen mittelalterlichen Häuser in Deutschland. Schon alleine unser Römer in Frankfurt, unser Rathaus, ist gut sechshundert Jahre alt.

Fang zuckt die Schultern und fragt Lieselotte, die weiß es auch nicht. Ist es jetzt peinlich für die beiden, wenn ich nach meinem Reiseführer greife? Offensichtlich nicht, Fang erklärt mir, dass die Dorfbewohner das wahrscheinlich auch nicht so genau wissen.

Ich ziehe meinen Reiseführer heraus, schlage ihn auf und lese vor: In Zhaji sind viele Häuser während der baufreudigen Phase der Ming-Dynastie entstanden und ein Schaufenster der traditionellen Schwarz-Weiß-Architektur im Hui-Stil. Dann warte ich, bis Fang übersetzt hat, und fahre fort: In diesem Stil besitzt Zhaji noch mehr als 300 antike Wohnhäuser. Dabei betont die elegant poetische Hui-Architektur die Harmonie zwischen Mensch und Natur.

Fang nickt und bestätigt, dass man dies wiederum mit den eigenen Augen sehen könne, und ich finde, dass sich die Häuser mit ihren weißen Mauern und schwarz-grauen Ziegeldächern wirklich gut in ihre natürliche Umgebung einfügen.

Ob ich mir das Dorf ansehen will, will Lieselotte wissen.

»Ja, gern, wenn das zeitlich noch geht?« Sie schaut Fang an, die übersetzt, und nickt.

Wir setzen Gretel wieder zu Hänsel, der das mit einem kurzen Quaken zur Kenntnis nimmt, schließen den Wagen ab und machen uns auf den Weg. Eines merke ich gleich: Hier fühlt sich die Luft völlig anders an. Kühler, frischer, reiner. Ich atme tief ein und ernte einen Blick von Fang: »Ein bisschen wie im Schwarzwald, stimmt's? Kommt von den Bergen und dem vielen Grün.«

Lieselotte geht voraus, und Fang bleibt bei mir, um gegebenenfalls übersetzen zu können. Aber erst mal braucht sie nichts zu sagen, ich finde es einfach nur schön. Die engen Gassen mit den im Lauf der Jahrhunderte von vielen Füßen rund polierten Pflastersteinen, die Bäche, die teils schroffe, kleine Schluchten zwischen den Häusern eingegraben haben, teils sanft zwischen flachen, bewachsenen Ufern dahinfließen, darüber die gewölbten Brücken, manche malerisch von Weinreben überrankt, andere ohne Brüstung, die, wie ich sehe, offensichtlich auch von den vielen Hunden genutzt werden, und schließlich entdecke ich Frauen, die ihre Wäsche mit Wäscheklopfern am Bachufer bearbeiten. Ich bleibe stehen und fasse Fang am Arm, sie lacht. »Sie glauben, dass das Wasser aus dem Fluss besser ist als eine Waschmaschine«, sagt sie. »Dabei …«, sie spricht den Satz nicht zu Ende. Ich kann mir aber gut denken, was sie sagen wollte.

Und ich blättre wieder in meinem Reiseführer herum. Aber bevor ich die Stelle gefunden habe, gestikuliert Lieselotte, und Fang übersetzt: »Lieselotte möchte uns noch einen Tempel zeigen, und außerdem möchte sie mit uns im berühmtesten Teehaus der Stadt einkehren und auf dem Weg dorthin bei einigen Ladengeschäften vorbeischauen.«

Ja, gern, ich nicke.

Unsere Ayi ist kaum wiederzuerkennen, wie sie hier aufblüht und Fang mit erhitzten Wangen etwas erklärt, während sie mir dabei vielsagende Blicke zuwirft.

»Und?«, frage ich, »was hat es mit dem Teehaus auf sich?«

»Sag du es uns!« Fang zeigt auf meinen Reiseführer. »Das ist die Stärke der Deutschen, sie sind stets gut informiert.«

Ich weiß nun nicht, ob sie das spöttisch meint. Die Deutschen, die ewigen Schulmeister?

»Ernsthaft?«, frage ich vorsichtshalber.

»Ernsthaft!«

»Ja, da steht«, beginne ich, »dass dieses Teehaus, Chawu, eine 600 Jahre alte Ruine war, als der Franzose Julien Minet auf einer

UNESCO-Mission hier ins Dorf kam. Er sah dieses Haus, verliebte sich, kaufte es und hat es so sorgfältig restauriert, dass es nun der Stolz des Dorfes ist.«

Ich warte, bis Fang übersetzt hat und Lieselotte mir stolz zunickt. Diese Stadt atmet Kunst, und dies wohl genauso im Großen wie im Kleinen, denn vor den Türen ihrer Häuser sehe ich viele Anwohner sitzen, die mit irgendwelchen Handarbeiten beschäftigt sind. Aus meinem schlauen Reiseführer weiß ich auch, dass Zhaji ein Anziehungspunkt für viele Künstler geworden ist. Kalligrafen arbeiten mit dem hier gewonnenen Tintenstein, die Steinschnitz-Künstler fertigen akribisch feine Landschaftsbilder, und aufstrebende und hoch angesehene Maler würdigen Zhaji mit ihren Werken, und einige wohlhabende Maler haben sich sogar Häuser gekauft. Überhaupt gebe es eine recht große Anzahl von Menschen, die mit ihren künstlerischen Fähigkeiten den Charme des Ortes wiederherstellen wollen.

Lieselotte nickt wissend, nachdem Fang mein angelesenes Wissen übersetzt hat. »Und wovon leben die Menschen hier«, frage ich, denn für die Handarbeiten der Einheimischen braucht es ja auch Käufer.

»Ja«, stellt Fang nüchtern fest, »überlaufen ist es hier nicht gerade. Aber soviel ich weiß, war Zhaji viele Jahre schlecht zugänglich, bis die Zugstrecke gebaut wurde. Meist leben sie hier also noch von ihren Feldern oder einem anderen Geschäft.«

»Zugstrecke?«, frage ich, denn mir sind keine Schienen aufgefallen.

»Der nächstgelegene Hochgeschwindigkeitsbahnhof ist Jing«, sagt sie, »ein Nachbarbezirk, etwa 60 Kilometer von hier entfernt.« Sie grinst. »Aber von dort musst du ja auch erst einmal herkommen – und das ist sicher nichts für Leute, die mit zwei Enten und einem Kofferraum voll Lebensmittel reisen.«

Amanda

Es ist noch helllichter Tag, und wir liegen im Bett!

Ich sehe an Alex vorbei durch das Fenster in den Himmel.

Einige Vögel fliegen vorbei, weiße Wolken ziehen dahin.

Schönwetterwolken.

Es wird wohl nie mehr regnen. Ich muss noch gießen.

Alex ist im Tiefschlaf, und ich betrachte ihn. Warum fallen Männer nach dem Orgasmus eigentlich immer direkt um?

Ob sich die Evolution dabei etwas gedacht hat?

Ich weiß es nicht. Eigentlich müsste ein Widersacher doch nur warten, bis sein Rivale einen Orgasmus hatte, dann könnte er ihn bequem aus dem Weg räumen. Ganze Städte hätte man ohne Blutvergießen einnehmen können, hätten an vorderster Front die Liebesdienerinnen gekämpft. Darauf sind die schlauen Römer und Germanen wohl nie gekommen.

Rauf aufs Pferd, Schwert hoch, ab in den Kampf.

Arm ab, Pferd weg, Kampf verloren.

Männer sind doof.

Es ist aber nicht das erste Mal, dass ich das denke. Ich sollte nur mal was draus machen. Wieder fällt mein Blick auf Alex, wie er so seelenruhig neben mir schläft. Bauchlage.

Wo war die verwundbare Stelle von Siegfried? Das verhängnisvolle Eichenblatt klebte doch zwischen seinen Schulterblättern.

Ich beuge mich zu Alex hinüber und mustere seinen Rücken.

Er hat in keinem Drachenblut gebadet, aber egal wie, es zeigt doch, dass auch der Stärkste eine schwache Stelle hat. Man muss sie nur finden.

Und, was ist mit dir, Alex?

Wo sitzt dein Eichenblatt?

Sein Rücken ist glatt und braun, und zwischen den Schulterblättern entdecke ich nur zwei kleine Leberflecke.

Ich lehne mich wieder zurück.

Sein Eichenblatt klebt woanders. Vielleicht im Kopf? Und welches könnte seine verwundbare Stelle dort sein? Seine Familie? Wenn er seinen Willen nicht durchsetzen kann, heißt seine Antwort dann Trotz?

Bin ich seine Waffe gegen die Ungerechtigkeit der Welt?

Quatsch, Amanda, du fantasierst.

Aber vielleicht habe ich auch recht. Ich muss nur kleiner denken. Ich bin nicht die Waffe gegen die Ungerechtigkeiten dieser Welt, ich bin sein Trotzwerkzeug.

Sanne, wenn du nicht tust, was ich will, dann hole ich Amanda.

Amanda ist wie ein Golfschläger.

Man holt ihn hervor, wenn man ihn braucht, und stellt ihn anschließend wieder weg. So ein Golfschläger ist praktisch. Er beißt nicht, schmutzt nicht und macht auch sonst wenig Ärger.

Ich richte mich auf. Wenn ich mich etwas strecke, sehe ich mich in dem Spiegel, der über der Kommode hängt.

Ein junges Gesicht sieht mir entgegen, etwas wilde Haargestaltung, kein Make-up, braun gebrannt. Jetzt fehlen nur noch die Sommersprossen. Ich sehe aus wie meine jüngere Schwester. Wenn ich denn eine hätte.

Mann, oh Mann.

Wieder schau ich zu Alex.

Er liegt da wie tot. Völlig bewegungslos. Nur, wenn man genau hinsieht, lässt sich eine leichte Bewegung erkennen. Er atmet noch.

Immerhin.

Sanne

Von diesem Dorf bin ich tatsächlich mehr beeindruckt als von ganz Shanghai. Ich kann mir schon vorstellen, dass es einem etwas gibt, sich einfach mal für ein paar Wochen nach Zhaji zu verkrümeln, Abschied von allem Gewohnten, weg aus der alten Welt.

Chawu, The Tea Master's House, begeistert mich auch. Es ist tatsächlich ein wunderschönes Tee- und Gästehaus, eingebettet in die gewebten Steinpfade des alten Dorfes. Während wir unseren Tee an einem einfachen Holztisch serviert bekommen, schweifen meine Augen über die vielen historischen Elemente, die Holzbalken, die alten Säulen und den Steinfußboden. Schweifen meine Sinne mit? Kann man hier etwas von der Zeit spüren, wenn man einfach sitzen bleibt und die Stunden vergehen lässt? Wenn die Dunkelheit kommt und nur eine abbrennende Kerze die verrinnende Zeit anzeigt?

Als wir gehen, nehme ich ein unbestimmtes Gefühl von Melancholie mit. Wohin gehen wir im Leben? Was ist unser Ziel? Wo gehören wir hin?

Ich sehe zu den Bergen rings um mich herum auf und bin weniger als eine Eintagsfliege im Universum. Und trotzdem schafft es die Eintagsfliege Mensch, alles zu vernichten.

Ich atme tief durch und komme erst in die Gegenwart zurück, als Fang den Wagen aufschließt und wir von den beiden Enten mit Schnattern begrüßt werden.

»Jetzt haben wir noch gut eine Stunde«, erklärt mir Fang. »Und dann geht es in die Berge. Das dürfte interessant werden.«

Ich schau nach Gretel, ob ich sie wohl wieder auf meinen Schoß nehmen soll, aber im Moment sehen die beiden ganz zufrieden aus, das beruhigt mich.

»Okay, dann los«, sage ich zu Fang und wende mich an Lieselotte: »Wohin fahren wir denn jetzt?«

»Richtung Taiping«, übersetzt Fang. »Ist leider noch weit, aber ich wollte euch unbedingt Zhaji zeigen!«

»Kanntest du Zhaij?«, will ich von Fang wissen.

»Nur aus Berichten. Selbst war ich noch nicht da, aber ich freue mich, dass ich es endlich mal geschafft habe.«

»Ja«, sage ich, »ich freue mich auch!«

Dann wende ich mich wieder an Lieselotte. »Leben dort in Tai… Taidings … Taiping noch deine Eltern? Und deine Geschwister? Bist du dort aufgewachsen?«

Sie wartet, bis Fang übersetzt hat, dann lächelt sie.

»Aufgewachsen bin ich woanders. In einem kleinen Bauerndorf. Wir hatten nichts, außer korrupte Funktionäre. Aber dann wurde plötzlich der chinesische Tee ein Renner in Europa. Der Thaiping Houkui, der *Tee des Affenkönigs*«, sagt sie stolz, »der in den steilen Hängen des Huang Shan wächst, wurde schon einmal zu den besten chinesischen Teesorten gekürt. Also ist meine Familie umgezogen.«

»Das hört sich doch gut an …«, sage ich leichthin.

»Ja, das Geschäft mit dem Tee läuft ganz gut. Meine Eltern leben davon, und meine Schwester mit ihrem Mann auch. Überhaupt leben etliche Familien davon. Aber es ist auch harte Arbeit.«

Ich nicke, obwohl ich keine Ahnung habe. »Und hast du noch mehr Geschwister?«

»Meine andere Schwester lebt in Hefei, das habe ich schon erzählt. Meine ältere Tochter und seit Kurzem auch meine jüngere Tochter leben bei ihr, und sie kann darauf achten, dass sie ihr Ziel erreichen.«

»Und … gibt es noch weitere Geschwister?«

Fang legt die Hand auf meinen Oberarm.

»Also«, sagt sie, »ich habe ja nichts dagegen, ständig zu übersetzen. Schult ja auch. Aber ich muss auch auf die Straße achten und fahren. Aufpassen, wo es hingeht. Alles zusammen ist mir zu mühsam. Also fahren wir jetzt zu Lieselottes Elternhaus, dort werden sie uns alle schon aufgeregt erwarten, wir haben uns in Zhaji ordentlich verbummelt.«

Ich stimme zu, mache eine entschuldigende Geste zu Lieselotte hin und bin eigentlich ganz froh, dass ich nun für den Rest der Fahrt einfach nur schweigen und schauen darf.

Amanda

Alex schläft noch immer. Das halte ich nicht aus. Ich kann doch nicht vom frühen Abend an einfach durchschlafen?

Also schwinge ich die Beine aus dem Bett und stelle mich ans Fenster, um zu überlegen, was mit dem Abend jetzt noch anzufangen wäre. Soll ich was kochen? Spaghetti vielleicht? Spaghetti Carbonara. Die liebe ich – und die kann ich. Eier, Knoblauch, Parmesan, Speck und Olivenöl – alles da. Glaube ich zumindest.

Ich fasse mir an den Bauch, der ist flach und knurrt. Eigentlich ist er zu flach. Er wölbt sich schon direkt nach innen, wann habe ich denn zuletzt etwas gegessen? Das bin so typisch ich. Ständig vergesse ich etwas, selbst das Essen.

Ich werfe noch einen Blick auf Alex, aber als ich aus der Tür will, höre ich seine Stimme und drehe mich um.

»Amanda? Wo willst du denn hin?«

Tatsächlich, er hat die Augen offen.

»Du bist wach?« Ich gehe zurück und setze mich neben ihn auf den Bettrand, was er sofort zum Anlass nimmt, seine Hand zwischen meinen Schenkeln zu versenken.

»Ja«, sagt er und grinst, »ziemlich.«

Und ich sehe, was er meint. Ich denke der Kerl ist fünfzig

und keine zwanzig mehr, aber irgendwie hat sein Penis das noch nicht begriffen.

»Ich habe Hunger«, sage ich und klatsche leicht auf meinen Bauch.

»Ich auch«, sagt er und zieht mich zu sich ins Bett.

Sanne

Je länger wir fahren, desto lieber hätte ich nun doch jemanden gehabt, mit dem ich meine Gedanken hätte teilen können. Dann fahren wir um eine Kurve herum, und vor uns tut sich plötzlich die spiegelnde Fläche eines Sees auf.

»Was ist denn das?«, frage ich Fang, und sie grinst: »Das ist der Taiping Lake, ein kleiner chinesischer See. Ungefähr so groß wie euer Bodensee.«

Ich kann nur den Kopf schütteln. »Unsere Hauptstadt Berlin hat um die dreieinhalb Millionen Einwohner«, sage ich, »das ist bei euch auch nur ein Dorf!«

Sie grinst.

»Und der Bodensee, unser deutscher Stolz, versteckt sich bei euch irgendwo in Anhui wie eine kleine Pfütze.«

»Dafür sind bei euch die Menschen größer.«

Ich muss lachen. »Ja, stimmt. Eigentlich komisch. Große Menschen auf kleinem Raum und umgekehrt. Ob sich dabei jemand was gedacht hat?«

Fang zuckt die Achseln.

»In Holland gibt es ja noch größere Frauen als bei uns«, überlege ich, »bei Holländerinnen denke ich immer, die könnten als Kinder zu lang in den Gewächshäusern gespielt haben.«

Fang lacht und übersetzt dann doch für Lieselotte, die sich während unseres Gesprächs etwas vorgebeugt hat.

Lieselotte kichert und sagt etwas dazu.

Und Fang übersetzt: »Sie hat nur gesagt, dass sie das mal mit eigenen Augen sehen möchte. Deutschland, die Menschen, die Kultur, die Städte.«

Ich lächle und weiß zugleich, dass Lieselotte sich das nie wird leisten können.

Wir versinken wieder in Schweigen, zumal Fang nun auf eine schmale Straße abbiegt, die offensichtlich direkt ins Gebirge führt.

»So«, sagt sie, »ab hier brauche ich einheimischen Rat. Keine Schilder mehr, und ich kenne den Weg nicht. Es könnte holperig werden. Ich muss Lieselotte fragen.«

»Sollten Lieselotte und ich dann nicht besser den Platz tauschen? Würde doch Sinn machen?«

Fang fragt etwas nach hinten, aber Lieselotte winkt ab.

»Sie sagt, das kann sie auch ganz gut von ihrem Platz aus.«

Also lehne ich mich zurück und warte ab, was da wohl kommen wird.

Amanda

Alex ist offensichtlich gut gelaunt. Ich weiß nicht so recht, ob ich das auf mich beziehen soll oder ob es mit seinem nächtlichen Verschwinden zu tun hat? Jedenfalls verliert er kein Wort darüber, sondern summt nur vor sich hin, während wir in die Küche gehen und gemeinsam die Schränke durchforsten.

»Spaghetti sind jedenfalls schon mal da«, sagt er und hält eine Schachtel in die Höhe.

»Sehr gut!« Ich plündere den Kühlschrank. »Alles andere auch.«

»Du brauchst keine Sahne für Carbonara?«, will er wissen, und jetzt kann ich endlich mal auftrumpfen: »Ne«, sage ich, »klassische Carbonara macht man ohne Sahne!«

»Und wie wird sie dann cremig?«

»Durch das Mischen von Voll-Ei, Eigelb und Käse. Und ein paar Esslöffel Nudelwasser dazu, um die Soße zu binden. Speck anbraten, Spaghetti dazu, fertig.«

»Hört sich einfach an.«

»Kannst du überhaupt nicht kochen?«

Er zuckt mit den Schultern. »Ich habe sogar schon mal einen Kochkurs gemacht. Für Männer. Bei Madeleine Graham, ich erinnere mich noch gut. Aber ich habe alles wieder vergessen.«

»Frau Graham nicht?«

Er grinst und zwinkert mir zu. »Sie war hübsch …«

Ich runzle die Stirn. »Arme Sanne.«

Sein Ton ändert sich. »Da war nichts. Und außerdem war es vor ihrer Zeit.«

Davon ist natürlich kein Wort wahr, denke ich. Wie soll das auch gehen? Sie kennen sich doch schon aus dem Kindergarten – oder zumindest fast … aber vielleicht ist es ein guter Einstieg in unsere Diskussion?

»Ich wollte sowieso mal über uns reden«, sage ich, während ich eine Schüssel hole und alle Zutaten richte.

»Aha.«

»Ja, ehrlich. Vielleicht nachher beim Essen? Wollen wir draußen decken?«

Es ist ein herrlicher Sommerabend. Warm und friedlich.

»Und Rotwein dazu?«

»Dann muss ich mir aber was anziehen.« Er sieht an sich hinunter.

»Vielleicht eine Schürze?«

Er scheint sich gefangen zu haben und grinst. »Sporthose reicht wohl.« Er nickt mir zu. »Und du vielleicht ein paar sexy Tennissöckchen? Okay, dann decke ich schon mal …«

Ganz so einfach ist kochen eben doch nicht, wenn man es nie macht, aber ich will mir jetzt keine Blöße geben und schaffe es dann auch, dass meine Carbonara wie eine richtige Carbonara aussieht. Ob sie auch so schmeckt? Ich jedenfalls finde sie gelungen und trage die Schüssel stolz hinaus.

Alex hat eine Rotweinflasche entkorkt und schenkt ein, während ich die Teller fülle und mich setze.

»Premiere«, sage ich und hebe mein Glas.

»Dein erstes Meisterwerk in der Küche«, bestätigt er, und wir stoßen an.

Ich beobachte sein Gesicht, während er die Gabel mit aufgerollten Spaghetti in seinen Mund schiebt. Aber dann lächelt er mir zu. »Gelungen! Kannst du wieder mal machen.«

Das ist mein Stichwort.

»Über das *wieder mal* möchte ich gern mit dir reden.«

»Aber nicht jetzt«, entscheidet er und greift nach seiner Serviette, bevor er einen weiteren Schluck Rotwein nimmt. »Wir reden nachher!«

Wieso lasse ich mir eigentlich ständig von anderen sagen, was zu tun ist und was nicht? Wann geredet wird und wann nicht? Wann ich mit einem schlafe und wann nicht? Es ärgert mich, aber ich lasse es mir nicht anmerken.

Und immerhin, die Carbonara ist gelungen, wir sitzen gemütlich draußen, und nachher werden wir reden, basta!

Sanne

Wir sind nun schon einige Zeit unterwegs, stets bergauf. Nach einigen Kilometern wurde die Teerstraße schlechter, dann enger, und nun ist es nur noch ein breiter Schotterweg, zudem ziemlich ausgewaschen. Fang fährt Slalom, um den tiefen Rillen auszuweichen, aber sie macht das souverän und ohne zu fluchen. Alex wäre längst ausgestiegen und hätte im Ärger den Wagen stehen lassen. Und mich auch. Aber er ist halt ein Löwe. Wenn etwas nicht so ist, wie er sich das vorstellt, wird er ungeduldig. Und dann sauer. Dann braucht es einige Zeit, bis er sich wieder einkriegt.

Komisch, warum ich gerade jetzt an Alex denke? Auf der anderen Seite würde ich diese Erfahrung eigentlich gern mit ihm teilen. Mit wem soll ich denn darüber reden, wenn ich wieder in Deutschland bin? Noch lieber hätte ich Elena dabei. Wir sollten mal eine Reise machen – nur Tochter und Mutter. Das nehme ich mir in diesem Moment vor.

Es ruckelt so gewaltig, dass der Wagen lautstark ächzt und ich mich frage, wie viel Reifen eigentlich aushalten können? Was, wenn wir eine Panne haben?

Aber da kommt von hinten die befreiende Nachricht, dass wir gleich da seien. Zumindest deute ich es so, denn Lieselotte zeigt an unseren Köpfen vorbei energisch nach rechts. Oder müssen wir jetzt direkt durchs dicht bewaldete Gelände weiterfahren? Nein, tatsächlich, nach der nächsten Kurve zweigt ein schmaler, grasbewachsener Pfad nach rechts ab. Er reicht gerade für die vier Räder des Jeeps, schmaler dürfte er nicht sein. Aber Fang lacht: »Ich stelle mir gerade vor, wir hätten Jianlins Limousine genommen!«

Wir lachen mit, aber ich muss dann doch nachfragen: »Hast du eigentlich etwas von ihm gehört?«

»Von ihm nicht, das verhindern sie wohl, aber über den Freund eines Freundes weiß ich, dass sie ihn nicht verschwinden lassen werden.«

Schon der Ausdruck bereitet mir ein schlechtes Gefühl. »Das heißt, er kommt wieder?«

»Ja«, sagt sie. »Irgendwann.«

In diesem Moment ruft Lieselotte aufgeregt nach vorn. Und Fang sagt: »Wir sind da.«

Eine Lichtung öffnet sich, und ich sehe einige Häuser, manche davon zweistöckig, gelbgraue Backsteinhäuser mit Ziegeldach und Holztüren, ein kleines Dorf. Zwanzig Häuser vielleicht.

»Super!«, sage ich und bin neugierig. Wie kann man hier wohnen? Das ist doch sehr abgeschieden!

»Dort vorn«, übersetzt mir Fang, »ist das Haus ihrer Eltern. Es ist das Größte hier, hat sie stolz gesagt.«

Ich sehe Ziegen in einem Gehege, sogar zwei Pferde auf einer Koppel und viele Hühner, die Futter suchen. Nun wird die Artenvielfalt also durch Hänsel und Gretel noch bereichert werden.

Wir fahren direkt auf Lieselottes Elternhaus zu, und ich erkenne dahinter einen rostroten Pick-up. So hinterwäldlerisch sind sie also gar nicht. Wahrscheinlich haben sie Fernseher und ein Netz, von dem wir in Deutschland nur träumen können.

Wir sind noch nicht richtig vorgefahren, da geht die Türe auf, und vier Leute kommen heraus. Noch sehen sie für mich alle gleich aus, im Näherkommen erkenne ich jung und alt. Vor allem an der Kleidung, denn zwei von ihnen tragen Jeans und T-Shirt, während sich die beiden anderen festlich angezogen haben.

»Meine Eltern«, freut sich Lieselotte, »meine Schwester und ihr Mann Michael.«

»Michael?«, frage ich.

»Michael Jackson«, übersetzt Fang. »Den fand er so gut. Und ihre Schwester Lady Gaga. Deshalb Gaga.«

Ich verkneife mir ein Lächeln. Ist eben so. Sie nehmen die Namen, die ihnen gefallen. Hat was.

Wie würde ich denn gern heißen? Madonna? Oder vielleicht Marilyn?

Lieselottes Freude ist jedenfalls ansteckend, und ich spüre, wie ich nervös werde. Wieso eigentlich, frage ich mich, aber meine Hände sind tatsächlich feucht geworden. Doch da sind wir schon angekommen, und Lieselotte springt aus dem noch rollenden Auto. Und gleich darauf liegt sich die Familie in den Armen. Fang und ich bleiben einen Moment sitzen. Als wir dann aussteigen, gibt es eine große Begrüßung mit viel Getöse, und ich bin sicher, selbst wenn ich Chinesisch gelernt hätte, würde ich jetzt nichts mehr verstehen, denn alle reden lautstark durcheinander. Somit halte ich mich zurück und warte einfach ab. Aber dann bin ich wohl doch so etwas wie eine Attraktion, denn Lieselotte deutet auf mich und fängt an zu erzählen, und alle staunen und reden auf mich ein. Ich kann nur die Schultern zucken, während Fang mich lächelnd beobachtet. »Sie heißen dich willkommen und wünschen dir viel Glück und freuen sich, dass du der Grund bist, weshalb Lieselotte nun da ist, und sie laden uns in ihr bescheidenes Haus ein und zu einem noch bescheideneren Festmahl.«

»Festmahl?«

»Na ja, Abendessen.«

Ich muss lachen. »Dann, bitte, richte ihnen meinen Dank aus und dass ich mich freue.«

Während mich Gaga in das Haus führt, machen sich die anderen daran, den Kofferraum des Geländewagens auszuräumen. Mich beschleicht das Gefühl, dass Lieselotte das so arrangiert hat. Nach dem Motto: Bringt die Deutsche weg, sonst vergeht ihr noch der Appetit. Die essen in Deutschland zwar abgehackte Schweinsfüße, aber auf abgeschlagene Entenköpfe reagieren sie empfindlich.

Das Haus ist von innen größer, als es von außen wirkt. Es scheint der zentrale Raum des Hauses zu sein, von dem einige Türen abgehen und in dem gekocht und gelebt wird. Der Herd und einige Anrichtetische stehen an der einen Seite des Raumes, an der hinteren Wand entdecke ich ein breites Sofa aus Holz. Oder ist es ein Bett? Ich bin mir nicht sicher, dafür bleibt mein Blick an dem großen, runden Tisch hängen, der bereits gedeckt ist. Auf der drehbaren Glasscheibe in der Mitte stehen dicht an dicht unendlich viele kleine Schüsseln. Gaga fragt etwas. Als ich bedauernd den Kopf schüttle, reibt sie sich über den Bauch.

Ja, das ist die Sprache, die ich mit Lieselotte auch praktiziere.

Ich nicke lächelnd und reibe mir ebenfalls über den Bauch. Sie lacht glücklich. Ich betrachte sie und denke, dass die Chinesen, die ich bisher kennengelernt habe, sich auf irgendeine Weise ihr kindliches Gemüt bewahrt haben. Vor allem wenn sie unter sich sind, nimmt das Giggeln und Kichern kein Ende. Nun kommen auch die anderen nach. Offensichtlich haben sie die Lebensmittel woanders untergebracht, denn sie kommen mit leeren Händen herein, und sofort tritt die Mutter zu mir und zeigt auf den gedeckten Tisch. Ich weiß nicht so recht. Kann ich mich als Erste setzen? Bloß keinen Fehler machen. Außerdem würde ich mir vorher gern die Hände waschen, und ich würde wirklich gern wissen, wo Hänsel und Gretel abgeblieben sind? Während ich vor dem Tisch stehe und auf Fang warte, um Rat zu holen, fällt mir auf, dass für acht Personen gedeckt ist.

Acht? Ich zähle schnell durch. Ich komme nur auf sieben.

Dann steht endlich Fang vor mir, die ich nach der korrekten Sitzordnung fragen kann. Sie erkundigt sich bei Lieselottes Mutter und erfährt, dass ich rechts vom Hausherrn sitzen werde, denn mein Besuch sei eine Ehre. Da sich Lieselottes Vater bereits gesetzt hat, ist es einfach, und ich setze mich auf den freien Stuhl neben ihm. Er nickt mir freundlich zu und stellt sich als *Song* vor. Fang, die sich rechts neben mich setzt, erklärt mir die Bedeutung seines Namens: »Das passt in diese Gegend, Song heißt übersetzt Kiefer.«

»Und wie heißt die Mutter?«

»Hui. Das bedeutet in etwa Güte, Freundlichkeit.«

Ich nicke in Huis Richtung, die beim Klang ihres Namens zu mir herschaut.

»Und wo sind Hänsel und Gretel?«, frage ich.

»Michael hat ihnen ein Gehege gebaut. Mit Häuschen und

kleinem Badeteich. Sie sollen sich ja wohlfühlen und vermehren.« Sie zwinkert mir zu: »Also keine Sorge.«

Ich habe keine Sorge, aber anschauen möchte ich mir das nachher trotzdem.

»Und auf wen warten wir noch?«, frage ich, nachdem alle am Tisch sitzen und trotzdem noch nicht angefangen wird.

»Gaga und Michael wohnen im Nebenhaus, und dahinter haben sie noch zwei Gästehäuser, die sie vor allem an Backpacker vermieten. In dem einen werden wir wohnen, in dem anderen wohnt seit zwei Wochen ein junger Mann, den sie auch zum Essen eingeladen haben.«

»Scheint unpünktlich zu sein«, sage ich.

Fang grinst. »Er ist Deutscher. Kann eigentlich gar nicht unpünktlich sein. Hatte in Shanghai eine Gastprofessur und möchte noch zwei Wochen relaxen, haben sie mir erzählt. Dolce far niente, wie man in Deutschland so schön sagt.«

Ich muss lachen. »Sprichst du eigentlich genauso gut Chinesisch wie Deutsch?«, frage ich sie scherzhaft, und Fang zuckt die Achseln. »In Deutschland habe ich sogar auf Deutsch geträumt. Darauf war ich sehr stolz.«

Das glaube ich gern. Nach meinem französischen Abitur war ich eine Weile in Frankreich unterwegs und habe Französisch geträumt. Leider habe ich in der Zwischenzeit vieles wieder vergessen. Während ich noch der Vergänglichkeit von Fähigkeiten nachtrauere, geht die Tür auf, und der verspätete Gast kommt herein. Auf den ersten Blick sieht er eher wie ein Abenteurer aus und weniger wie ein Professor. Die braunen Haare nach dem Zehn-Finger-System frisiert, ein gewollter oder ungewollter Drei-Tage-Bart, groß, ein weißes Leinenhemd, nachlässig vorn unter den Gürtel der Jeans gestopft. Und er hält einen Obstteller in beiden Händen. Gastgeschenk für Hui.

Hui freut sich offensichtlich, und ich frage mich, ob er das Obst in einem der Dörfer am Fuß des Gebirges gekauft hat, von denen Lieselotte sagte, dass sie inzwischen sehr touristisch seien. So stelle sie sich Venedig vor, hat sie mir erklärt, völlig überlaufen. Allerdings erschienen mir diese Dörfer im Vergleich zu Venedig recht schmucklos, denn die Fassaden, die ich im Vorbeifahren gesehen habe, wirkten wie eintönige, moderne Zweckbauten, manche waren sogar gekachelt. Aber wenn dort der Tourismus boomt und es Hotels, Restaurants und andere Läden gibt, dann sicherlich auch einen Supermarkt mit Obst.

Er begrüßt alle auf Chinesisch und sagt zu mir:

»Sie bringen Glanz in die Hütte. Von nichts anderem ist in der Familie die Rede, seitdem sich Lieselotte mit dieser frohen Botschaft gemeldet hat.«

»Dabei freue ich mich mindestens genauso wie Lieselotte.«

Er lächelt mir zu, und obwohl es trotz der beiden Fenster am Tisch nicht so richtig hell ist, glaube ich in grüne Augen zu sehen. Jadegrün wie meine Ohrringe.

Ich bin fast fünfzig. Und der Blitz hat mich noch nie getroffen, aber in diesem Moment trifft er mich.

Nicht der Mann. Seine Augen! Dieser Blick!

Er setzt sich auf die andere Seite des Tisches, zwischen Gaga und Lieselotte, und während alle anfangen, nach den Schüsseln zu greifen und ihre Teller zu füllen, frag ich mich, was an ihm, außer seinen Augen, dran ist. Er hat ein schmales Gesicht, blitzend weiße Zähne, scharfe Eckzähne, wie ich beim Lachen sehe, kein vom Kieferorthopäden modelliertes Gebiss, sondern echtes Ebenmaß. Der ganze Kerl ist ein Naturbursche.

Was, um Himmels willen, hat der studiert?

Ich kann mir nichts vorstellen.

Wie alt mag er sein?

Ich schätze ihn auf dreißig. Vielleicht Anfang dreißig.

Er unterhält sich mit Lieselotte, und offensichtlich erzählt er etwas Lustiges, denn sie lacht, und Gaga, die zugehört hat, lacht mit.

»Spricht er gut Chinesisch?«, will ich leise von Fang wissen.

»So gut wie ich Deutsch«, erklärt sie mir. »Erstaunlich gut.«

»Weißt du, was er unterrichtet?«

Sie zuckt die Achseln. »Ich kann fragen.«

»Nein, nein«, wehre ich ab. »Das kann ich ja selbst … mach ich nachher.«

Wie heißt er eigentlich?

Wo kommt er her?

Mein Interesse wird mir selbst unheimlich. Also muss ich mich mit etwas anderem beschäftigen und wende mich an Song. Was kann ich nur sagen? Ich zeige auf die vielen Schüsseln, lächle und klatsche leicht in die Hände. Er nickt. Und lächelt ebenfalls. Es fehlen ihm einige Zähne. Gibt es hier einen Zahnarzt? Überhaupt einen Doktor? Er sagt an mir vorbei etwas zu Fang, und sie übersetzt, dass es ihn freue, wenn es mir gefällt. Und schmeckt.

Dass sie von Region zu Region völlig unterschiedliche Speisen kochen, weiß ich schon. Und dass sie ganz im Süden auch noch Hunde auf den Speisekarten haben, weiß ich auch. In Peking soll dieses Angebot angeblich weniger werden, hat mir Xiaoxia erzählt. Aber sie hat auch hinzugefügt, was unterscheidet einen intelligenten Hund von einem intelligenten Schwein? Schweine sind sogar noch sensibler als Hunde, und wie werden sie in Deutschland gehalten? Ich hatte sofort Fernsehbilder vor Augen, eingepferchte Müttersäue mit im Dreck herumspringenden, hilflosen Ferkeln. Ich stimmte ihr zu. Das Geschäft rangiert auch in Deutschland vor dem Mitgefühl.

Trotzdem frage ich Fang lieber nicht, was ich da munter auf meinen Teller schöpfe. Ich möchte mich als würdiger Gast erweisen.

Hui sieht nun ebenfalls zu mir herüber und richtet das Wort an mich. Ich verharre, die Stäbchen zwischen den Fingern, und warte, dass jemand übersetzt. Der Professor tut es.

»Hui würde gern wissen, ob sie Ihnen die Speisen erklären soll?«

Seine Augen blitzen, und ich weiß genau, welche Antwort er erwartet. Soll ich ihn überraschen und mit *Ja* antworten? Aber damit würde ich mir selbst keinen Gefallen tun. Also antworte ich genau, wie er es erwartet hat, mit: »Lieber nicht.«

Trotzdem finde ich, dass er es ruhig wissen kann.

»Es war mir klar, dass Sie diese Antwort erwarten. Schon um Ihrer Erwartungshaltung nicht zu entsprechen, hätte ich es jetzt gern anders gemacht …«, ich stocke, »ich kann aber nicht.« Er lacht. Er lacht so herzerfrischend, dass es direkt ansteckend ist.

»Herrlich!«, sagt er und übersetzt dann für Hui, und alle lachen mit. Keine Ahnung, was er da übersetzt hat.

»Was haben Sie denn jetzt übersetzt?«, will ich wissen, »und wie heißen Sie überhaupt?«

»Oh!« Er sieht mich an. »Das darf ja überhaupt nicht sein!«

Daraufhin steht er auf, kommt um den Tisch herum zu mir, deutet eine Verbeugung an und sagt: »Oliver. Darf ich Ihnen das Du anbieten?«

Ich zögere. »Das macht immer der Ältere«, sage ich. »Oder die Ältere.«

Daraufhin er: »Also ich!«

Ich muss lachen. Und ich höre mein Herz schlagen. Es wummert in meinen Ohren.

»Sanne«, sage ich.

»Von Susanne?«

»Nein, von Sanne.«

»Du, Sanne?«

Ich stimme zu: »Ganz genau. Ich Sanne und du Oliver!« Und während ich das sage, durchzuckt es mich heiß. Ich Eva und du Adam.

Ich versuche cool zu bleiben, während er das auf Chinesisch übersetzt und allgemeines Gelächter erntet. Song sagt etwas, und während Oliver zu seinem Platz zurückgeht, dreht er sich noch einmal zu mir um. »Song möchte nachher Flaschen drehen.«

Flaschen drehen? Das sind die absolut finstersten Erinnerungen an meine Jugend. Der, bei dem der Hals der Flasche nach dem Drehen stehen bleibt, muss ein Kleidungsstück ablegen. Das werden sie doch nicht ernsthaft tun wollen?

Amanda

Ich sehe es Alex an, dass er diese »Diskussion« gern noch etwas herauszögern würde. Und es ist mir schon klar, dass sich die meisten Männer nach der Trennung von ihrer ersten Frau ein einfacheres Exemplar suchen. Eine ohne endlose Diskussionen, eine, die jünger ist und sich deshalb unterordnet, eine, die still profitiert, ohne anstrengend zu sein. *Die erste Frau für die Karriere, die Karriere für die zweite Frau*, ist da nicht was dran? Keine Ahnung. Für uns sogenannte Hochhaus-Hyänen schon. Wir wissen, wie die Männer ticken, die uns suchen. Nämlich genau so.

Ich versuche behutsam, eine Einleitung zu formulieren.

»Was waren das denn kürzlich für Chinesen, die hier so voll bepackt hereingeschneit sind?«

Alex sieht mich an, dann klatscht er sich seine flache Hand gegen die Stirn. »Auwei, das habe ich ganz vergessen. Sie haben Geschenke gebracht. Wo habe ich die nur hingetan?«

Ich zucke die Schultern. »Keine Ahnung, sie waren so schnell wieder weg ...«

»Kein Wunder!« Er schüttelt kurz den Kopf, während er mich vorwurfsvoll fixiert, aber dann steht er auf und geht ins Haus. »Hier«, höre ich ihn rufen, und als er mit drei Geschenken wieder herauskommt, fragt er kopfschüttelnd: »Wie kannst du die nicht gesehen haben? Die standen mitten im Weg.«

Ich halte es für klüger, nicht darauf einzugehen. Offensichtlich ist ihm nicht aufgefallen, dass ich eine ganze Nacht nicht da war. Da erscheint mir das Gebot der Stunde doch, jede Tretmine zu vermeiden.

»Es sind deine Geschenke«, sage ich, »also darfst du sie auch aufmachen.«

Das erste hat eine typische Flaschenform. Nachdem Alex die Flasche von dem bunten Papier befreit hat, scheint es ein Schnaps zu sein. Chinesische Schriftzeichen und darunter: Maotai.

»Maotai«, sage ich, »das sollten wir mal googeln.«

»Können wir aber auch einfach probieren. Wenn du zwei Schnapsgläser holst, öffne ich in der Zwischenzeit die beiden anderen Geschenke.«

Also gut. Als ich zurückkomme, hat Alex das nächste schon ausgepackt. Ein Bild mit einer Radierung. Ich finde es ganz hübsch, schön gezeichnet. Zwei seltsam hohe und spitze Bergrücken, durch eine geschwungene Steinbrücke verbunden und ein Baum, der von einem der Felsen schräg absteht.

»Was macht man denn mit so was?«, fragt mich Alex und hält das Bild von sich.

»Scheint jedenfalls ein Original zu sein«, sage ich. »Irgendeine chinesische Landschaft.«

»Kommt mir bekannt vor«, sagt er. »Ich glaube, so was hängt in jedem chinesischen Restaurant.«

Ich nehme es ihm aus der Hand und drehe es um. »Huang Shan«, lese ich vor. »Keine Ahnung, wo das ist.«

»Ich auch nicht.«

Er greift nach dem letzten Geschenk und öffnet es. Ein zusammengerolltes Zeichenblatt, in der Mitte von einem schmalen roten Seidenband zusammengehalten. Als er es ausbreitet und glatt streicht, entpuppt es sich als Kinderzeichnung: das Porträt einer Frau, die uns nun fröhlich lächelnd mit runden blauen Augen, einer großen Nase, großem rotem Mund und abstehenden Haaren entgegenblickt.

Wir sagen beide nichts, aber wir wissen beide, wer es sein soll, Sanne. Und der Künstler war auf dem Arm seiner Mutter hier im Haus gewesen.

»Ach«, sage ich. »Das waren die Bekannten deiner Frau in China? Das ist ja schräg.«

Ich lasse meinen Nacktauftritt Revue passieren und weiß nicht, wie ich mich fühlen soll. Ist das nun zum Lachen … oder?

»Prost«, sage ich und greife nach dem Glas.

»Prost«, sagt auch Alex, der offensichtlich auf keine weiteren Überlegungen Lust hat.

Nach seinem dritten Glas meint er nur: »Es ist, wie es ist.«

»Und genau darüber will ich mit dir reden«, hake ich ein. »Wie ist es denn?«

»Wie es ist!«

»Alex!«, versuche ich meinen Vorsatz einzuhalten, »ich möchte mit dir reden! Ernsthaft. Ich weiß nicht, was du vorhast. Was ist, wenn deine Frau zurückkommt? Gibt es dann eine Entscheidung, sie oder ich? Oder hast du die Entscheidung schon getroffen? Rede mit mir.«

Aber das Einzige, was ich sehe, ist, dass er gewillt ist, auf Alkohol auszuweichen. Nach seinem fünften Schnaps google ich Maotai und erkenne, wie hochprozentig das Gebräu ist. Und welch traditionelles Getränk.

»Du kippst hier was ohne Sinn und Verstand in dich hinein«, herrsche ich ihn an, aber da geht die Sonne gerade unter, und Alex sieht das als Zeichen, schleunigst ins Bett zu gehen.

Sanne

Das Essen zieht sich nun schon über Stunden hin und die Stimmung wird immer ausgelassener. Es liegt sicherlich auch am Alkohol, aber ich habe zudem den Eindruck, dass alle einfach glücklich sind.

Hui tischt schon wieder neu auf. Ich frage mich, wo sie das alles herzaubert. Nach den süßsauren Speisen kommen nun süße Teile auf den Tisch, und alle langen noch einmal kräftig zu. Inzwischen habe ich unendlich viele Fragen beantwortet, Deutschland scheint für die Chinesen ein spannendes Thema zu sein, zumindest Michael und Gaga wollen sich mein Leben in Frankfurt genau vorstellen können. Ich bin froh, dass Fang durch ihre Deutschland-Erfahrung dazu beitragen kann und auch Oliver kräftig mitmischt.

Und dann hält Song plötzlich eine kleine Plastikflasche in der Hand.

»Achtung«, sagt Oliver über den Tisch zu mir, »jetzt kommt der Lieblingszeitvertreib der Chinesen.«

Ich kann mir nichts darunter vorstellen und zucke die Schultern. »Was soll das sein?«

Aber da fängt Song, die Flasche in der erhobenen Hand, schon an, ein Lied zu schmettern.

Alle lachen und applaudieren, nachdem er geendet hat, und sofort gibt er die Flasche weiter und dreht sich um. Die Flasche kreist hinter seinem Rücken rasend schnell um den Tisch, bis er sich plötzlich wieder umdreht. Gaga hat sie gerade in der Hand, lacht, hält sie hoch und beginnt ebenfalls zu singen. Alle trommeln und johlen mit. Es muss ein lustiges Lied sein, ein Gassenhauer, was weiß ich. Aber nun ist mir auch klar, was auf mich zukommt. Irgendwann wird es mich erwischen.

Was soll ich singen? Ich kann nicht singen.

Aber das scheint hier keine Rolle zu spielen. Wer in Deutschland öffentlich singt, wird doch gleich an den Stars gemessen, und wenn er es nicht so kann, geringschätzig abgetan. Hier ist es ganz anders. Hier scheint es nicht darum zu gehen, ob man die Töne trifft oder nicht, sondern um den Spaß. Was soll ich nur singen, wenn ich dran bin? Im Geiste gehe ich alte deutsche Volkslieder durch, denn das wäre doch sicherlich gut. »Am Brunnen vor dem Tore«, nein, zu langsam, zu getragen. »Der Mai ist gekommen«, da bleibe ich textlich schon gleich am Anfang stecken. »Wenn alle Brünnlein fließen«, »Sah ein Knab ein Röslein stehn« … Und dann geht mir das Repertoire aus. Ich hoffe also, dass diese dumme Flasche nie bei mir stehen bleibt, und gebe sie schnell weiter.

Fang ist dran. Sie schmettert so laut, dass es sicherlich auch drei Häuser weiter noch zu hören ist. Alle klatschen ausgelassen. Und dann marschiert die Flasche weiter. Jeder war schon dran. Auch Oliver. Offensichtlich ist er das gewohnt, denn er singt ein Lied, das sich wie ein Piratenlied aus düsterer Vorzeit anhört. Lauter tiefe Töne, die wie Kanonenschüsse knallen. Die Begeisterung ist schier grenzenlos. Und dann, ich sehe es genau, verzögern sie bei der Weitergabe so lange, bis die Flasche bei mir sein muss, als Fang sich umdreht.

»Okay«, sage ich und habe in dieser Sekunde den genialen Einfall. Da können alle mitsingen. Also sing ich los:

»Auf de schwäbsche Eisebahne,
gibt's gar viele Haltstatione,
Schtuegart, Ulm und Biberach,
Mekkebeure, Durlesbach«,

– und dann dirigiere ich mit beiden Händen:

»Trulla, trulla, trullala,
trulla, trulla, trullala,

Schtuegart, Ulm und Biberach,
Mekkebeure, Durlesbach.«

Und weil es so schön ist, wiederhole ich das ganze fünfmal, und meine Mitsänger werden immer sicherer und lauter. Am Schluss trommeln sie so kräftig auf dem Tisch, dass das Geschirr scheppert und die Teller hüpfen. Und dann kreist die Schnapsflasche, und ich spüre ein Gefühl aufwallen, das so etwas wie Glück sein muss.

Amanda

Ich werde wach. Ein Geräusch, ein Stöhnen und Alex' schweißnasser Arm auf meiner Brust. Ich will ihn zurückschieben, aber er ist stocksteif. Erschrocken weiche ich zur Bettkante aus und setze mich auf.

Wieder Stöhnen.

»Alex?«

Keine Antwort.

Es ist stockdunkel, und während ich nach dem Lichtschalter suche, spüre ich Panik aufkommen. Endlich habe ich ihn gefunden, das Licht flammt auf.

Alex liegt auf dem Rücken neben mir, den Kopf unnatürlich nach hinten verdreht, die Augen offen, aus seinem Mund rinnt Speichel. Der ganze Körper ist in einer unnatürlichen, spastischen Haltung, er zuckt am ganzen Körper, offensichtlich spielen seine Muskeln verrückt. Ich bin zu Tode erschrocken.

Wieder stöhnt er.

»Alex!« Ich rüttle ihn am Arm, seine Augen zeigen keine Reaktion, er starrt weiterhin blicklos zur Decke. »Alex!«

Erneutes, tiefes Stöhnen.

»Alex, bleib bei mir!«

Was ist das? Ein Schlaganfall? Sitzt er morgen halbseitig gelähmt und lallend im Rollstuhl? Ich springe aus dem Bett. Ich muss Hilfe holen, schnell.

Wo ist mein Handy?

Am Ladegerät, Küche.

Ich renne hinaus, komme zurück, setze mich neben Alex, der unverändert zittert, seine Beine und Arme sind durchgestreckt.

Ich wähle 112.

»Feuerwehr, was kann ich für Sie tun?«

»Feuerwehr, oh, Entschuldigung, nein, ich brauche einen Notarzt.«

»Die 110.«

Ich zittere, verwähle mich, habe schließlich jemanden am Apparat, dem ich die Situation schildere. »Wir kommen. Die Adresse bitte.«

Die Adresse? Ja, welche Adresse? In der Eile fällt sie mir nicht ein, nur meine eigene in der City.

»Oh! Ich bin hier zu Gast, Augenblick bitte.« Ich kenne doch die Adresse, verdammt! Mein Gehirn ist völlig leer. In Alex' kleinem Büro, fällt mir ein, auf dem Schreibtisch … Ich laufe mit dem Handy hinüber, das Licht, Papierstöße, alles dauert zu lang, mir fliegen Papierstapel beim Suchen auf den Boden, dann habe ich einen Brief und lese Namen und Adresse ab.

»Bleiben Sie ruhig, wir kommen. Das wird zwanzig Minuten dauern, warten Sie bitte vor der Haustür und halten Sie seine Versichertenkarte bereit.«

Versichertenkarte!

Keine Ahnung, wo die ist, ich renne ins Schlafzimmer zurück. Alex liegt unverändert mit offenen Augen da und stöhnt entsetzlich laut. Wenn er stirbt? Was für eine Katastrophe.

Ich muss ihm was zum Anziehen richten. Und ich muss mir selbst was anziehen.

In der Eile ziehe ich nur Jeans und Pulli an, alles andere lasse ich weg, dann renne ich durchs Haus und mache überall Licht, damit sie das Haus gleich erkennen. Zurück, Kleider für Alex richten, sie hängen auf einem Stuhl. Jogginganzug, falls sie ihn mitnehmen müssen. Aber wo finde ich den?

Ich suche im Schrank, finde nur Businessteile und spüre dabei, wie ich immer kopfloser werde. Dann höre ich ein Motorengeräusch die Straße heraufkommen und laufe vor die Haustür. Hinter mir sehe ich gerade noch, wie sie zugehen will. Halt. Ich kann sie in der letzten Sekunde noch halten, sonst hätte ich mich ausgesperrt.

Und Alex drin.

Entsetzlich.

Ich ziehe den Fußabstreifer auf die Schwelle und laufe die Einfahrt hinaus. Ja, es ist der Rettungswagen, der die Straße herauffährt.

Blaulicht, aber kein Martinshorn, Gott sei Dank. Ich stelle mich mitten auf die Straße und winke. Dem Rettungswagen folgt ein zweites Auto, ein normaler Kombi, Notarzt steht darauf.

Ich leite sie in die Einfahrt hinein.

Drei Leute springen aus dem Rotkreuz-Sprinter. »Beckmann, richtig?«, vergewissert sich einer. Inzwischen steigt auch der Notarzt aus und stellt sich vor, dann folgen sie mir ins Haus.

Alex liegt unverändert, wie Gott ihn schuf, im Bett.

»Haben Sie ein Handtuch?«, fragt der Notarzt mich. Nachdem ich eines geholt habe, legt er es Alex über die Lenden. Inzwischen wird eine Infusion vorbereitet, und der Arzt wendet sich mir zu.

»Wie ist das passiert?«

Ich beschreibe, wie ich von dem Stöhnen aufgewacht bin. Was sich die vier Männer denken, weiß ich nicht. Bis auf den Notarzt sind sie alle sehr jung. Rettungssanitäter, soziales Jahr, denke ich. Es ist mir aber auch egal.

Während ich die Fragen des Notarztes beantworte, kommt Alex plötzlich zu sich.

»Sanne«, sagt er zu mir, »was machen die Männer da?«

»Alex, du warst weg. Bewusstlos …«

»Was machen die in unserem Schlafzimmer?«

»Sie helfen dir.«

»Wieso?«

»Ich habe sie gerufen.«

Jetzt sieht er mich zum ersten Mal an. »Und was machst du da?«

Ich bin ratlos.

Der Notarzt beugt sich vor. »Wir testen jetzt mal Ihre Reaktionen.«

»Wieso?«

»Weil wir herausfinden wollen, was Ihnen fehlt.«

»Mir fehlt nichts.«

Trotzdem folgt er dem Zeigefinger des Arztes mit den Augen und besteht auch die anderen Reaktionstests. Der Arzt notiert, da entdeckt Alex den durchsichtigen schmalen Schlauch, der zu seiner Armbeuge führt. »Und was soll das?«

»Das ist eine Infusion, damit es Ihnen gleich besser geht.«

»Mir geht es gut.«

Die Männer sehen sich an.

»Wir nehmen Sie mit«, entscheidet der Arzt. »Zur Überwachung.«

»Ich gehe nicht mit«, erklärt Alex entschieden.

»Doch«, widerspreche ich, »Alex, du musst mit. Ich habe gedacht, du stirbst. Wenn so etwas noch einmal passiert?«

»Hat er Alkohol zu sich genommen?«, will der Arzt wissen.

»Ja«, sage ich, »chinesischen Schnaps. Und vorher Rotwein. Der chinesische Schnaps war hochprozentig, 53 Prozent.«

Wieder sehen die vier sich an.

»Holen Sie ihm bitte etwas zum Anziehen«, sagt der Arzt.

»Schlafanzug, Jogginganzug. Packen Sie ihm etwas für drei Tage ein.«

»Drei Tage? Wozu?«, insistiert Alex. »Ich gehe nicht mit.«

»Und seine Versicherungskarte.«

»Wo hast du deine Versicherungskarte, Alex?«

Er gibt keine Antwort.

Schlafanzug. Jogginganzug. Ich habe keine Ahnung und hole die Kleidungsstücke vom Stuhl.

»Ich kenne mich hier nicht aus«, sage ich. »Ich weiß nicht, wo er seine Joggingsachen hat ...«

»Darf ich mal?«, fragt einer der jungen Sanitäter.

Ich nicke. Er geht hinaus und kommt kurz danach mit einem Jogginganzug und Sneakers zurück. »Im Keller. Schrank neben der Dusche.« Er grinst. »Bei solchen Sachen ticken Männer alle gleich.«

Er zieht ihm die Sachen schneller an, als Alex sich weigern kann. Und nun soll er aufstehen. Das tut er auch, aber er steht gebeugt da wie ein nasser Sack. Er bekommt kein Bein vor das andere.

Der junge Sanitäter redet auf ihn ein, aber ich habe das Gefühl, Alex ist in seinen Dämmerzustand zurückgefallen. Er steht und bewegt sich nicht, bis der Arzt ihn anherrscht.

»Mann! Jetzt reißen Sie sich zusammen. Los!«

Der Befehlston funktioniert. Wie eine Marionette setzt sich Alex in Bewegung, ein Bein vor das andere.

Im Rettungswagen legt er sich widerspruchslos auf die Trage, während die Infusionsflasche an einem Ständer aufgehängt wird.

Wir sehen uns an.

»Darf ich mit?«, frage ich.

»Natürlich«, sagt der Fahrer, »aber beeilen Sie sich.«

Ich renne ins Haus zurück, lösche die Lichter, nehme Handy, Schlüssel und Geldbeutel, klemme meine Sneakers unter den Arm und laufe wieder hinaus.

Inzwischen stehen die Fahrzeuge schon auf der Straße. Der Notarzt ruft mir zu, ein neuer Auftrag sei hereingekommen, den Rest schafften wir auch ohne ihn, und schon braust er davon. Aus der offenen Hecktür winkt mich der Sanitäter nach vorn zum Beifahrersitz, und nachdem ich eingestiegen bin, gibt der Fahrer Gas.

Ich drehe mich nach Alex um.

Durch das Glasfenster sehe ich ihn liegen.

Alex, weiß wie die Wand, die Augen geschlossen.

Mann, Amanda, was für ein Schlamassel!

Sanne

Ungewohnte Geräusche schleichen sich in meinen Traum, und eine Weile baue ich sie auch beim langsamen Wachwerden ein, ohne die Augen zu öffnen. Mein Gehirn will noch nicht so richtig arbeiten, und ich will noch nicht wirklich wach werden. Aber dann fügen sich doch kleine Erinnerungsstücke wie Bauteile zusammen, und plötzlich steht da ein großes Ganzes: Ich bin bei Lieselottes Familie! Und ich schlage die Augen auf.

Im zweiten Bett unseres Zimmers schläft Fang. Anscheinend ist sie tatsächlich noch im Reich der Träume, während ich nach meinem Handy krame, um nach der Uhrzeit zu sehen. 5:30 Uhr. Deshalb ist es so dämmrig im Zimmer, es ist die Morgendämmerung.

Draußen kräht ein Hahn.

Ich setze mich auf. Mann, habe ich einen Brummschädel.

Gaga hat uns in ihrem Gästehaus einquartiert. Im Raum stehen zwei Betten, an gegenüberliegenden Wänden jeweils eines, ein Holztisch mit zwei Stühlen vor dem Fenster und ein großer Schrank an meiner Wand. Neben der Eingangstüre eine weitere

Türe zum Badezimmer und an Fangs Wand entlang nach oben eine Art Hühnerleiter. Einseitige Stufenführung, abwechselnd rechts und links.

Wo schläft Oliver? Dort oben?

Ich kann es mir nicht vorstellen, aber ich bin so neugierig, dass ich aufstehe. Immerhin habe ich heute Nacht noch mein Nachthemd angezogen und bin nicht in meinem Kleidchen ins Bett gegangen.

Allerdings kann ich mich nicht mehr daran erinnern.

Es muss dieser Schnaps gewesen sein. Xiaoxia hatte mich ja schon gewarnt, 53 Prozent. Und überhaupt Xiaoxia, wie es ihr wohl geht? Und ob es wohl Neuigkeiten gibt?

Ich tapse über den blanken Boden zur Hühnertreppe. Das interessiert mich nun schon, aber der Aufstieg ist ganz schön verwirrend, links, rechts, links, rechts, man muss mit einem Alkoholschädel aufpassen, dass man nicht danebentritt. Oben öffnet sich ein Raum, zwei weitere Betten, ein Tisch, eine Kommode und zwei kleine Fenster. Die Betten sind frisch gemacht, offensichtlich hat niemand darin geschlafen.

Ich trete an eines der Fenster und blicke direkt auf die Fassade eines identischen Häuschens nebenan. Ach ja, zwei Gästehäuser. Das hatte ich ganz vergessen.

Gut, ich klettere die Stufen rückwärts hinunter.

Dann werde ich jetzt etwas frische Luft schnappen, bevor ich eine zweite Schlafrunde einläute. Falls das noch klappt. Die Eingangstüre ist unverschlossen, was von einem guten Vertrauen innerhalb der Dorfgemeinschaft zeugt. Sie geht leicht auf, und das Erste, was ich sehe, ist ein leichter Nebel, der sich wie ein Brautschleier zwischen den Häusern hindurchzieht. Es ist faszinierend und unheimlich zugleich. Das Zweite, das ich erfasse, ist eine menschliche Gestalt, die im Schneidersitz auf einer Mauer sitzt. Ich sehe nur den Rücken, aber augenscheinlich muss da vorn etwas sein, das sich meinen Augen entzieht. Während ich noch rätsele, scheint der Mensch meine Blicke gespürt zu haben, denn er dreht sich nach mir um.

Oliver.

Unbeweglich bleibt er sitzen, während ich unbeweglich in der Türe stehen bleibe. Zwischen uns ziehen leichte Nebelschwaden durch, manchmal verschwindet er fast, aber unsere Blicke halten sich fest. Es hat etwas Mystisches, und würde ich jetzt noch einen Gong hören, würde ich mich auch nicht wundern, denn mittlerweile bin ich davon überzeugt, dass ich noch träume. Aber dann springt er von seiner Mauer herunter und kommt auf mich zu.

»Guten Morgen«, sagt er und nimmt mich an der Hand. »Du stehst im falschen Winkel. Du musst weiter vor, von hier aus sieht man nur Mauern.«

Also gehe ich mit ihm mit. Er hilft mir auf die Mauer hinauf, und oben zieht er seinen Parka aus und legt ihn mir über die Schultern. Jetzt sehe ich, was er meint: Vor uns die aufgehende Sonne, die zwischen den wildesten Felsformationen steht, die ich je gesehen habe, und langsam höher steigt. Das Licht färbt die Nebelfetzen rot, die sich wie Schlangen um die Felsen herumwinden, und obwohl alles weit entfernt ist, ist der Anblick dieses Naturschauspiels beeindruckend intensiv.

»Um diese Uhrzeit«, sagt er, »müsste man eigentlich oben stehen, auf dem Guang Ming Ding, der Strahlenden Spitze. Von dort aus ist der Sonnenaufgang wirklich einzigartig.«

»Warst du schon dort oben?«

»Ja, einmal. Allerdings ist man dann natürlich nicht alleine. Es ist eine Touristenattraktion.«

»Na ja«, sage ich, »wir sind ja auch Touristen.«

»Stimmt. Das vergisst man gern, wenn man alles für sich alleine haben will.« Ein nachdenklicher Blick streift mich. »Aber wenn du magst, könnten wir heute eine kleine Wanderung machen. Es gibt mehrere Möglichkeiten, die bequeme Ostroute mit einer Seilbahn oder die spannende Westroute.«

»Die spannende Westroute?«

»Der Aufstieg geht über teilweise steile Pfade mit sehr schmalen, steilen Stufen nach oben. Allerdings etwa sechs Stunden Fußmarsch. Dafür ist die Aussicht atemberaubend.«

»Auf den Hauptgipfel?«

»Es sind insgesamt 72 Gipfel. Such dir einen aus. Die Bergspitzen sind allerdings nur über den Osteingang zu erreichen. Neben den bizarren Felsformationen mit den knorrigen Pinien und heißen Quellen gibt es auch eine einzigartige Pflanzen- und Tierwelt. Die Regierung hat das früh erkannt und schützt 154 Quadratkilometer als Landschaftspark.«

»Du kennst dich gut aus!«

»Angelesenes Wissen. An sich erkunde ich alles lieber selbst. Was ich sehen, tasten und riechen kann, gibt mir kein Buch.«

»Aber die Verheißung, die Verheißung, es könne etwas zum Sehen, Tasten und Riechen sein, das kommt doch aus einem Buch.«

»Stimmt.« Er sieht mich an und lächelt. »Ein Buch hat mich hierher gelockt. Aber ab jetzt übernehme ich selbst.«

Ich weiß nicht, warum mir sein Blick so in die Knochen fährt. Und warum ich mich plötzlich nach etwas sehne, von dem gestern noch keine Rede war. Was ist bloß los?

Er legt seinen Arm um mich, und wir sehen dem Sonnenaufgang zu, bis alles in einem milchigen Dunst verschwimmt.

»Zeit für ein Frühstück«, sagt er.

»Aber nicht im Nachthemd«, erwidere ich.

»Gerade im Nachthemd!«

Und dann küssen wir uns. Und ich stelle fest: Ich habe längst vergessen, dass Küsse so schmecken können.

Amanda

Ich sitze an seinem Bett in der Notaufnahme und sehe dem Zeiger der großen Uhr zu, wie die Zeit verrinnt. Nichts tut sich. Inzwischen ist es halb vier. Ganz früh war mal ein junger Assistenzarzt da, aber der hatte irgendein Kompetenzproblem, über das er sich am Telefon heftig ereiferte, und dann war er wieder weg. Wenig später kam er zurück, prüfte Alex' Reaktionen, Augen, Kniereflexe, sah in seinen Mund, fragte ihn Dinge, die er mitschrieb. Ich starrte derweil auf Alex' Herzfrequenz, die auf dem Monitor Kurven zeichnete. Auf und nieder, schön rhythmisch, nichts Beunruhigendes.

Überhaupt erscheint er mir wieder normal, nur moniert er, dass ich ihm keine Socken eingepackt habe. Stimmt, es ist kühl in dem Raum.

Also gehe ich hinaus, um eine Schwester aufzutreiben. Ich finde aber keine. Hier ist überhaupt niemand, die langen Gänge sind wie leer gefegt. Jemand in einem weißen Kittel kommt um die Ecke, aber er wehrt mich sofort ab: »Notfall!«

Ich fühle mich langsam selbst wie ein Notfall. Kann doch nicht sein, dass ich nirgends eine Decke auftreiben kann? Ich will zum Zimmer zurück, stelle aber fest, dass ich mir die Zimmernummer nicht gemerkt habe. Und den Gang auch nicht. Sie sehen alle gleich lang und gleich kahl aus. Welcher war es denn jetzt? An einem abgestellten Servierwagen kann ich mich orientieren: ein Aufnahmezimmer neben dem nächsten. Drei Türen öffne ich und schließe sie schnell wieder. Überall liegen Menschen. Alle warten.

Als ich Alex wiederfinde, bin ich richtig froh.

»Kein Mensch zu sehen«, sage ich.

»Gut, dann gehen wir wieder.« Er beginnt sich die Elektrodensauger des EKG von der Haut zu ziehen.

»Du kannst doch nicht einfach gehen«, wende ich ein.

Er wirft einen Blick auf die Uhr. »Wie lange liege ich jetzt hier? Fünf Stunden? Macht das Sinn? Wieso hast du die überhaupt gerufen?«

»Weil ich dachte, du stirbst.« Muss ich mich jetzt auch noch dafür entschuldigen, dass ich ihn gerettet habe?

»Ich fühle mich gut.«

»Mann, Alex, du warst nicht bei Bewusstsein. Verdrehter Kopf, offene Augen, der ganze Körper wie im Krampf. Sollte ich dich so etwa liegen lassen?«

Er sagt nichts mehr. Offensichtlich mag er den Gedanken nicht, dass er Schwäche gezeigt hat. Und ich das gesehen habe.

»Hattest du das schon einmal?«, will ich wissen.

Er schüttelt den Kopf und setzt sich auf. In diesem Moment öffnet sich die Tür, und der Assistenzarzt schneit herein, diesmal mit einer Schwester.

»Also«, sagt er zu Alex und schaut auf einen handgeschriebenen Zettel, »ich habe das geklärt, Sie bleiben zur Überwachung da. Nachher kommt ein Neurologe, der wird Sie genauer untersuchen, und dann wird es auch eine Reihe weiterer Untersuchungen geben, die bei einem solchen Krampfanfall notwendig sind. Wir müssen ja ausschließen können, dass Ihnen das … beispielsweise beim Autofahren passiert.«

»Wie lang denn?«

»Erst einmal drei Tage.«

Alex runzelt die Stirn.

»Erst mal?!«, schnaubt er. »Sind gerade zu viele Betten frei, brauchen Sie Privatpatienten?«

»Es steht Ihnen frei …«

»Das will ich meinen«, schneidet er ihm das Wort ab.

»Alex«, versuche ich ihn zu beschwichtigen, »sei doch vernünftig, das war keine Bagatelle! Bleib da! Ich packe dir etwas für die nächsten Tage und komme wieder, das ist doch kein Problem!«

Ich sehe es ihm an, dass er kurz davor ist, mich anzuschnauzen, aber dann überlegt er es sich anders.

»Bring mir bitte mein Handy mit! Und meinen Laptop.«

»Und die Versicherungskarte sollten wir haben«, ergänzt der Arzt mit Blick auf seinen Zettel.

»Ich bräuchte die Handynummern von Elena und Sanne. Die müsste ich doch verständigen?«, frage ich ihn.

»Auf keinen Fall!«, erklärt er finster. »Das hier ist Privatsache, das geht niemanden etwas an!«

Sanne

Ist das Dorf von Hui und Song das einzige weit und breit, das noch ein traditionelles Dorf ist? Die Frage stellt sich mir wirklich, als wir von unserem Berg hinunter ins Tal und weiter nach Tangkou zum Busbahnhof fahren. Von dort aus starten die Shuttlebusse, denn sie sind die einzigen Verkehrsmittel, die ins Gebirge fahren dürfen. Aber auf der gesamten Strecke dorthin habe ich nichts Schönes gesehen, die Städte sind zweckmäßig gebaut, alles dient dem Tourismus und dem schnellen Geldverdienen. Im Busbahnhof gehen wir in Menschenmengen unter, was Oliver aber mit einer kleinen Handbewegung abtut.

»Das ist noch harmlos. Es sind weder chinesische Ferien noch ist Wochenende, also haben wir Glück. Angeblich reisen jedes Jahr fünfzehn Millionen Menschen in die Berge.«

Fünfzehn Millionen, denke ich, unvorstellbar.

Lieselotte und Fang wollten nicht mit, und sonst auch keiner aus der Familie. Wir sind also nur zu zweit. Die anderen werden ihre Heimat auch schon zur Genüge kennen... Bei Fang bin ich mir nicht sicher, hat sie die feine Antenne, was Oliver und mich betrifft? Sie meinte nur, sie wolle einfach flexibel reagieren können, falls mit Jianlin etwas sein sollte. Das sei hoch auf dem Berg etwas schwierig.

Gut, damit hat sie natürlich auch recht.

Aber es geht schneller als gedacht: Bus und Seilbahn, und schon sind wir oben. Von dieser Höhe aus könnte die Aussicht fantastisch sein, wenn das Wetter nicht so verhangen wäre. Immer wieder tauchen plötzlich irgendwelche bizarren Felsnasen aus den Nebelschwaden auf, manche von einzelnen, knorrigen Bäumen bewachsen, die pittoresk in Felsvorsprüngen nach oben streben. Andere Felsen sind mit Pinien und Kiefern regelrecht überzogen, sodass man sich wundern muss, wo sie die Substanz zum Leben hernehmen. Aus dem puren Fels?

Viel zum Nachdenken komme ich allerdings nicht, denn die Wanderwege sind zwar breit und gut ausgebaut, aber man muss im Tritt bleiben, sonst laufen die Nachfolgenden auf. Je höher wir kommen, umso einsamer wird es, die vielen Stufen sind anstrengend, und wer Höhenangst hat, wird auf den teilweise von Felsvorsprung zu Felsvorsprung gespannten Brücken seinen Vorraum zur Hölle erleben.

Oliver geht voraus, überholt zwischendurch Chinesen, die vor uns in Schlangenlinien dahinschlendern, und ich versuche, Schritt zu halten. Er ist jung und trainiert, aber ich bin auch nicht schlecht drauf. In Gedanken versunken steige ich ihm hinterher, als er plötzlich stehen bleibt und mit seinem Arm eine ausschweifende Bewegung macht. Ich folge ihm mit meinem Blick und stelle fest, dass sich die Nebelschwaden tatsächlich verzogen haben. Das Panorama ist wirklich atemberaubend – und einfach bizarr. Es erinnert mich an etwas. Ich weiß genau, dass ich das schon einmal gesehen habe … bloß wo? Diese Bergspitzen und krummen Kiefern, genau dieses Bild, wie ein Déjà-vu.

Plötzlich fällt es mir ein. Im Kino.

Avatar!

Ich muss Oliver, der seinen Arm um mich gelegt hat, danach fragen: »Es erinnert mich an einen Film. Wurde hier Avatar gedreht?«

»Zumindest hat der Regisseur behauptet, dass er sich hier für seine Hallelujah-Berge inspirieren ließ.«

Das kann ich mir lebhaft vorstellen. Dieser Blick, diese ganzen Felsformationen haben etwas Unwirkliches.

»Gefällt es dir?«

»Ich hätte mir nie vorstellen können, dass es so was gibt.«

»Ja, das stimmt.« Er nickt.

»Höchstens im Film…«, füge ich an.

Das bringt ihn zum Lachen. »Nur diesmal ist das, was der Film zeigt, tatsächlich echt.«

Wir sehen uns an, und ich muss seinem Blick ausweichen. Er geht mir durch und durch. Um mein Gefühl zu verbergen, zeige ich auf einige der Gipfel um uns herum. »Und jetzt? Welchen hast du noch vorgesehen?«

»Lass uns noch Yun Gu Si und Jiu Long Pu anschauen, und dann drehen wir um, um den Sonnenuntergang beim Pa Yun Ting bewundern zu können.«

»Und lässt sich das auch irgendwie übersetzen?«

Er grinst. »Wir gehen jetzt zum Kloster der Wolkenschlucht und zum Wasserfall der neun Drachen, dem schönsten am Huang Shan. Und den Sonnenuntergang werden wir vom Pavillon zum Zerstreuen der Wolken aus genießen, an der Bergstation.«

Ich schüttle den Kopf. »Was für Namen.«

»Da gibt es noch viel mehr. Vor allem lässt sich in den Steinformationen alles Mögliche erkennen, die Chinesen sehen da auch gern Alltagsgegenstände, wie beispielsweise ein altes Handy mit herausziehbarer Antenne.«

»Ein Steinhandy«, sage ich, und er lacht. »Ja, genau so!«

Amanda

Ich verlasse das Krankenhaus mit dem festen Vorsatz, Elena zu informieren. Immerhin ist ihr Vater stationär aufgenommen worden. Was, wenn er einen Gehirntumor hat? Das kann man doch nicht einfach unter den Teppich kehren?

Da wir keine Handynummern ausgetauscht haben, überlege ich, einfach in der Bank anzurufen und mich durchstellen zu lassen, dann kommt mir aber ein anderer Gedanke. Mein Weg führt ohnehin durch die City, also kann ich genauso gut nach ihr fragen. Oder am Empfang eine Nachricht mit meiner Handynummer hinterlassen, das ist sowieso die beste Idee. Dann kann sie selbst entscheiden, ob sie mich anruft.

Ich habe erstaunlich gute Laune. Eigentlich dürfte ich die doch gar nicht haben, da liegt nachts ein Notfall neben mir, und alles ist ganz schrecklich – und trotzdem. Ich fühle mich wie befreit. Er ist eben doch ein alter Mann. Zwanzig Jahre älter. Bin ich sechzig, habe ich einen Pflegefall. Gut, dass mir das Schicksal das mal so ganz nebenbei klargemacht hat.

Ich steige am Bankenviertel aus und fühle mich wie daheim. Alles ist so vertraut, die Banktürme, die Straßen, das Café, selbst der Geruch. Es riecht hier anders als anderswo. Ich bilde mir das nicht ein. Ich würde die Gegend am Geruch erkennen, darauf wette ich.

Zum Café werfe ich nur einen kurzen Blick. Viola erkenne ich sofort, obwohl sie mit dem Rücken zum Eingang sitzt. Sie unterhält sich mit einer jungen Frau, die ich noch nie dort gesehen habe. Gut, dass sie abgelenkt ist, ich habe wirklich keine Lust auf ein Gespräch. Vielleicht hat sie ja in der Zwischenzeit selbst gemerkt, was für ein feiner Typ ihr Hans-Georg ist.

In die Bank bin ich wirklich und wahrhaftig noch nie hineingegangen. Das kommt mir jetzt selbst merkwürdig vor, aber bisher hatte ich eine unterschwellige Scheu. Fühlte ich mich nicht gut genug?

Heute macht es mir seltsamerweise nichts aus. Ich gehe durch die großen verglasten Eingangstüren, die sich bereitwillig für mich öffnen, und bleibe kurz stehen, um mich zu orientieren. Es ist eine richtige Eingangshalle, wie man sie sich vorstellt: lichtdurchflutet, groß, helle Farben und repräsentativ. Die Aufzüge an der rechten Wand erinnern mich an Fotos aus New York. So stelle ich mir den Hochsicherheitstrakt im Trump Tower vor. Auch hier hat jeder Aufzug eine eigene Sicherheitsschleuse. Links des Eingangs eine große Empfangstheke mit entsprechenden Empfangsdamen, die mir jetzt entgegenblicken. Und dahinter der Bereich für wartende Kunden, Ledersessel, Tische, Grünpflanzen.

Ich steuere gerade auf die Empfangsdame zu, die mir am nächsten ist, als ich hinter mir eine Stimme höre, die mir bekannt vorkommt. Ich drehe mich um, und tatsächlich, da kommt Elena aus einem der Aufzüge, im Gespräch mit – ich fasse es nicht, das ist doch das junge Ding, das Alex kürzlich angequatscht hat und mit der er dann essen gegangen ist?

Ich mache ein paar Schritte auf sie zu, aber da hat mich Elena auch schon entdeckt.

»Amanda!«, sagt sie und bleibt stehen. »Was machst denn du hier?« Und bevor ich antworten kann, fügt sie hinzu: »Bist du unterwegs zu meinem Vater?«

Ich schüttle den Kopf. »Er ist nicht hier ...«

»Nicht?« Sie schaut mich fragend an. Als ich nicht sofort Antwort gebe, deutet sie auf die junge Frau an ihrer Seite. »Das ist Lucia, Lucia, das ist Amanda.«

Wir nicken einander zu, und jetzt kann ich sie zumindest genau betrachten. Anfang zwanzig, schätze ich. Jedenfalls jünger als ich. Und recht hübsch. Aber das habe ich das letzte Mal ja schon gesehen.

»Lucia hat hier in der Bank ein Praktikum gemacht. Wir beraten sie so ein bisschen, wie es nun weitergehen kann.«

Lucia lächelt Elena zu. »Ja, Mentoren wie euch zu haben ist wunderbar!«

»Wobei mein Vater da die bessere Hilfe ist«, wehrt Elena ab und wendet sich mir zu. »Willst du auch ein Praktikum machen?« Sie grinst.

»Nein, ich will dir nur sagen, dass dein Vater …«, ich werfe einen kurzen Blick auf Lucia, »sorry, kann ich das kurz unter vier Augen?«

Lucia versteht sofort und nickt. »Ich warte draußen.« Dann geht sie Richtung Ausgang. Elena schaut ihr kurz nach und wirft mir dann einen verständnislosen Blick zu. »Mein Vater? Was ist, will er sich scheiden lassen?«

Ich gehe gar nicht darauf ein. »Er liegt im Krankenhaus.«

Es ist Elena förmlich anzusehen, wie ihr der Schreck durch die Glieder fährt. Sie wird blass, und gleichzeitig strafft sich ihr Körper, als wolle sie sofort losrennen. »Ein Unfall?«

Ich schüttle den Kopf, aber bevor ich ihr schildern kann, was vorgefallen ist, zieht sie mich zur Seite. »Wenn wir hier mitten im Weg stehen bleiben, haben wir keine Ruhe.«

Damit hat sie offensichtlich recht, denn während ich ihr nun vom gestrigen Abend und der Nacht erzähle, strömen immer mehr Leute aus den Aufzügen, und viele davon winken Elena zu. Sie scheint beliebt zu sein.

»Er will nicht, dass ich dich informiere«, sage ich. »Deine Mutter auch nicht.«

»Typisch mein Vater«, sagt Elena, »immer der Große, der Starke sein. Bloß keine Schwäche, keine Krankheit, kein Altern und überhaupt …«, sie zieht die Augenbrauen hoch, »danke, dass du mir Bescheid sagst. Was können wir jetzt tun?«

»Jetzt würde ich dich bitten, nach seiner Versicherungskarte zu suchen, ich mag seine Sachen nicht durchwühlen. Und für ihn zu packen. Drei Tage, meinen die Ärzte, muss er noch in der Klinik bleiben. Ich finde, das solltest besser du machen.«

Elena zuckt die Achseln.

»Ich weiß auch nicht, wo er sein Zeug hat.«

»Dann sind wir schon zwei«, erkläre ich.

Elena wirft einen Blick auf ihre Uhr. »Ich mach dir einen Vorschlag: Wir packen gemeinsam. Und ich bringe ihm die Sachen. Dann kann ich auch gleich mit dem Arzt reden.«

Ich nicke.

»Und außerdem bin ich motorisiert, das scheint mir mit all dem Hin und Her einfacher zu sein.«

Ich zucke die Achseln. »Das ist nicht das Problem.«

»Das Problem haben wir jetzt mit meinem Vater. Man kann nur hoffen, dass es nichts Ernstes ist … denn stell dir mal meine Mutter vor. Zuerst du und dann auch noch einen Patienten zu Hause.«

Ich hebe entschuldigend beide Hände.

»Starke Bilanz!«, sagt Elena.

Sanne

Wir sind gut drei Stunden unterwegs, bevor wir wieder an der Seilbahn stehen. Vor uns eine Menschenschlange, und hinter uns stellen sich schon die Nächsten an.

»Egal«, sage ich, »es ist unglaublich beeindruckend. Diese fantastischen Gipfelspitzen, wohin man auch sieht, diese abenteuerlichen Wege und die unendlichen Stufen, schon allein, wer das gebaut hat … es ist unbeschreiblich!«

»Schön«, sagt Oliver, »dann hat es sich ja gelohnt.«

Er streicht mir übers Haar. Ganz ehrlich. Das ist ja jetzt nichts Besonderes, aber trotzdem ist es eine Geste, die mich zu Tränen rührt. Wann bitte hat mir das letzte Mal jemand so liebevoll übers Haar gestreichelt? Meine Mutter? Ich kann mich wirklich nicht erinnern.

»Wir können natürlich auch zu Fuß hinuntergehen«, sagt er, »das wären allerdings noch einmal etwa drei Stunden. Aber«, er sieht sich um, »auch keine Garantie, dass wir da alleine wären …«

Ich nicke. »Ja, das glaube ich auch nicht.«

Zudem motiviert mich die Aussicht auf weitere drei Stunden auch nicht nicht besonders.

»Es gibt Alternativen, die wir uns noch anschauen könnten, das Hongcun-Dorf, beispielsweise, es gilt als das erste Dorf der Welt.«

»Sagst du das?«, will ich wissen.

Oliver schüttelt lächelnd den Kopf. »Nein, das würde ich mich nicht trauen, nein, das waren UNESCO-Experten.«

»Hast du das schon gesehen?«

Er nickt.

»Es sind etwa 180 alte Wohnhäuser aus der Ming- und Quing-Dynastie, aus Holz und Ziegeln gebaut und kulturell sehr wertvoll. Achtzehn davon kann man besichtigen. Das Ganze kostet natürlich Eintritt.«

»So etwas wie ein Freilichtmuseum? Ich kenne das von den Schwarzwaldhöfen.«

»Ja, so in etwa.«

»Und genauso überlaufen wie die Berge hier?«

»Da kannst du sicher sein.«

Ich schwanke. Gestern bin ich schon durch Zhaji gelaufen, das hat mir ganz gut gefallen, weil es noch bewohnt und lebendig war. Authentisch, so hatte ich das empfunden. Und nun ein Menschengedränge in einem Dorf-Museum?

»Und dann gäbe es noch die Baumriesen in Tachuan«, fährt Oliver fort. »Diese Bäume sind Hunderte von Jahren gewachsen, bei manchen brauchst du mehrere Personen, um den Stamm zu umarmen. Das Tachuan-Dorf und Hongcun liegen übrigens recht nah beieinander.«

Baumriesen interessieren mich schon mehr als alte Häuser, aber am meisten interessiert mich Oliver.

»Was würdest denn du gern tun?«, frage ich, während wir Schritt für Schritt unserem Ziel entgegengeschoben werden.

»Ich?«, er grinst. »Das sage ich nicht.«

»Bitte, sag's doch«, locke ich ihn.

»Ich kenne da ein kleines Restaurant, nicht so touristisch wie das, was du hier überall siehst, da würde ich gern mit dir hin. Es braucht etwas Zeit, ein kleiner Fußweg durch die Kiefern am Fuß des Berges, aber sehr idyllisch und schön.«

Ich sage nichts.

»Man kann natürlich auch bis vor die Haustüre fahren, wenn du nicht mehr laufen magst.«

»Ich mag aber«, sage ich.

»Und ich mag dich«, sagt er und drückt mir einen Kuss auf die Stirn.

Amanda

Irgendwie komisch ist es ja schon, wenn ich es genau bedenke. Jetzt fahre ich mit der Tochter meines Liebhabers in ihr Elternhaus, wo ich wohne.

Elena verliert darüber kein Wort. Sie telefoniert mit einem Kollegen, um sich den Rücken für den Nachmittag freizuhalten, dann möchte sie genau hören, wie das heute Nacht abgelaufen ist, und weil wir noch immer mitten in Frankfurt im dichten Verkehr stecken und noch gut dreißig Minuten Fahrt vor uns haben, erzählt sie mir, dass sie eventuell nach München in eine andere Abteilung soll, dort aber nicht hinwill, und schließlich beginnt sie, mich wie beiläufig auszufragen. »Was du kürzlich zu mir gesagt hast, hat mir dann doch ein bisschen zu denken gegeben. Du sagst, du seist durch das Raster gefallen. Nicht gefördert worden, hattest keine intakte Familie. Glaubst du nicht, dass jeder Mensch, wenn er erwachsen ist, sein Glück selbst in die Hand nehmen kann?«

»Wie meinst du das?«

»Bildung lässt sich doch nachholen. Schulabschlüsse lassen sich nachholen.«

»Du meinst, ich soll mit dreißig noch mal zur Schule gehen? Das meinst du doch nicht im Ernst?«

»Aber wenn du einen Beruf anstrebst, für den du einen Abschluss brauchst, warum nicht?«

»Ich strebe aber keinen an«, sage ich bockig. Die hat gut reden, denke ich, fährt ein schickes Auto, von den Eltern bezahlt, will mein Appartement kaufen, auch die Eltern, und beklagt sich, weil sie eventuell nach München muss. Nach München! Andere wollen nach München und schaffen es nicht.

»Was ist?«, fragt sie, nachdem ich nicht weiterrede, und wirft mir einen seitlichen Blick zu.

»Du bist jedenfalls die Tochter deines Vaters!«

»Ja«, sagt sie und zieht die Stirn kraus. »Das denke ich doch. Warum?«

»Weil du seinen Fahrstil hast.«

Sie muss lachen.

»Wenn mein Vater am Steuer sitzt, wird es mir immer übel. Das ist kein Kompliment.«

Ich zucke nur die Achseln.

»Okay«, sagt sie, »du willst nicht über dich reden, schon verstanden. Du willst einfach wie ein Kind darauf warten, dass sich deine Wünsche erfüllen. Dass mein Vater meine Mutter verlässt und dich für den Rest deiner Tage behütet und umsorgt, dir einen Blankoscheck für dein Leben ausstellt.« Sie schüttelt den Kopf. »Echt, Amanda, wie naiv bist du eigentlich?«

»Schon gut«, sage ich. Sie kann damit aufhören. Ich möchte es nicht hören.

Dann wird sie nachdenklich »Du hast ihm heute Nacht das Leben gerettet. Keine Ahnung, was gewesen wäre, wenn er alleine im Bett gelegen hätte. Vielleicht hätte er es wirklich nicht überlebt?«

»Zumindest war es angsteinflößend, wie er geröchelt und gestöhnt hat und völlig verdreht mit offenen Augen und Mund im Bett lag.«

»Ich mag es mir nicht vorstellen.«

»Aber heute Nachmittag hat er ja einige Untersuchungen, hat mir der Arzt heute Nacht erklärt, dann sehen wir klarer.«

Elena nickt. »Einen Vater als Pflegefall, das würde die Welt ganz schön verändern.«

»Als ich gegangen bin, war er schon wieder völlig okay.«

»Na, solange man nicht weiß, was da los ist mit ihm, macht er mir schon ganz schön Sorgen.«

Ja, mir auch.

Elena biegt in die Straße zu ihrem Elternhaus ein, und gleichzeitig sehen wir den großen Lieferwagen des Gärtners, der am Straßenrand vor der Einfahrt parkt.

»Hmm«, sagt sie. »Einer der Gärtner. Das passt ja nun gar nicht. Sicher muss man etwas mit ihm abstimmen.«

»Es ist ja eigentlich alles gemacht … die Obstbäume sind geschnitten, die Hecke auch …«

»Hast du etwa einen grünen Daumen?«, fragt Elena spöttisch.

»Ne, wo denkst du hin, ohne Anleitung geht da gar nichts«, sage ich wahrheitsgemäß.

»Was will er dann noch bei uns?«

Wir wollen gerade in die Einfahrt einbiegen, da kommt Daniel heraus und bleibt grüßend an seinem Auto stehen, während wir an ihm vorbei aufs Grundstück fahren.

»Daniel himself«, sagt Elena. »Welche Ehre. Und allein unterwegs.«

»Urlaubszeit, hat er mir gesagt, er ist der Einzige, der noch arbeitet.«

»Der Arme.« Sie parkt und öffnet die Autotür. »Kannst du mal hören, was er will? Ich geh schon mal rein, die Sachen suchen.«

Da kommt mir Daniel schon entgegen.

»Hallo, Assistentin«, sagt er. »Mit Elena unterwegs?«

»Ja. Und sie meint, ich soll mal hören, was du willst. Also: Was willst du?«

Er grinst. »Kurz und knapp, das ist gut. Ich bräuchte eine flinke Assistentin beim Rosenschneiden. Nicht weit von hier.«

»Sprichst du von mir?«

Er verschränkt die Arme und schaut sich suchend um.

»Außer dir«, sagt er dann, »ist keine weitere Fachfrau in Sicht.«

»Fachfrau.« Ich muss lachen. »Was für einen Stundenlohn hat denn so eine Fachfrau?«

»Vierzig Euro die Stunde, angesetzt sind wohl zwei Stunden, macht achtzig. Und von den achtzig Euro darfst du mich dann zum Bier einladen.«

Ich schau an mir hinunter. »Wartest du kurz? Ich muss das mit Elena abklären – und außerdem müsste ich mich umziehen.« Und duschen, denke ich, aber das macht bei einer anstehenden Gärtnerarbeit wohl wenig Sinn.

»Schulterschluss zwischen den Fräuleins?«, fragt er.

»Wie meinst du das?«

»Ich warte einfach hier«, sagt er, dreht sich um und geht zu seinem Wagen zurück.

Schulterschluss? Was meint er damit?

»Elena?«, rufe ich und finde sie im Schlafzimmer vor dem Kleiderschrank.

»Geldbeutel habe ich schon, seine Karten sind alle drin.

Kannst du mal eine kleine Reisetasche suchen. Wahrscheinlich bei den Koffern im Keller. Oder willst du dich lieber um seine Unterwäsche kümmern?«

Sanne

Der Weg zu dem Restaurant ist wildromantisch. Ich genieße das Gefühl des über und über mit Kiefernnadeln bedeckten Bodens unter meinen Füßen. Es fühlt sich so weich, so federnd an. Vor uns verliert sich der Weg zwischen den vielen Bäumen, und über uns bilden die Kronen ein natürliches Dach. Eine Weile gehen wir schweigend nebeneinanderher, und ich hänge meinen Gedanken nach.

Kann man sein eigenes Alter wirklich vergessen? Männer behaupten ja immer, sie seien so jung, wie sie sich fühlen, und könnten deshalb locker eine dreißig Jahre jüngere Freundin haben. Ich dachte dabei immer ... ja, ja. Mag ja sein. Aber schau mal in den Spiegel ... und neben einer so viel Jüngeren siehst du umso älter aus.

Und jetzt? Jetzt hat es mich selbst erwischt. Ich fühle mich alterslos. Denn offensichtlich sieht mich Oliver nicht als 50-Jährige, sondern einfach als Frau, die ihm gefällt. Und ich fühle mich plötzlich so alt wie er. Ist das das Geheimnis der älteren Männer mit den jüngeren Frauen? Unweigerlich fällt mir mein eigener Mann ein. Über ihn und Amanda mag ich eigentlich gar nicht nachdenken. Stellt Amanda eine ernste Bedrohung für meine Ehe dar? Für mein zukünftiges Leben?

Oliver beginnt von seiner Zeit in Shanghai zu erzählen. Das Zimmer, das er bezogen hat, die vom Hausverwalter angekündigte Jagd nach Kakerlaken, an der sich jeder Mieter beteiligen muss, der ständige Lärm der Nachbarn und der Straße, tägliches Bohren, Klopfen und Hämmern, das Leben zwischen Tausenden anderer, die morgens sehr früh ausschwärmen, um ihrer Arbeit nachzugehen, und abends spät zurückkommen.

Ich höre zu und stelle Fragen, aber das Bild von Alex und Amanda drängt sich ständig dazwischen. Ob die beiden sich auch so fühlen wie ich jetzt? So anders, so frisch geboren? Ich fühle mich jedenfalls wie ein Tier nach einer Häutung. Die alte Haut einfach auf dem Weg liegen gelassen, frisch und jung ins Leben vor mir starten. Ich seufze, so gut gefällt mir diese Vorstellung.

Oliver unterbricht sich mitten im Satz und sieht mich an.

»Fühlst du dich nicht wohl?«

»Ich fühle mich glücklich«, sage ich, und er legt im Gehen seinen Arm um meine Schulter.

»Das freut mich.«

»Das ist ein traumhafter Weg«, sage ich, »warum kann es nicht immer so bleiben?«

»Weil wir nicht wachsen würden, wir würden stehen bleiben, auf der Stelle treten. Jeder neue Eindruck ist ein Geschenk.«

Wenn jeder neue Eindruck ein Geschenk ist, dann müsste die Sache mit Amanda auch ein Geschenk sein. Fast muss ich lachen.

»Bist du sicher?«

Er lächelt. »Die Vorstellung hat mir jetzt einfach gut gefallen.«

»Welche Vorstellung?«

»Dass du mein heutiges Geschenk bist.«

Er wuschelt mir kurz durch die Haare, und ich widerstehe der Versuchung, sie mit einem Handstrich wieder zu glätten.

Gerade möchte ich seinen Satz noch hinterfragen, aber da öffnet sich der Wald, und Oliver zeigt zu einem Holzhaus, das durch sein buntes Pagodendach auffällt.

»Das hat ein findiger Mann gekauft, und jetzt ist es ein Restaurant. Aber«, Oliver legt seinen Zeigefinger auf den Mund,

»noch ist die Werbung nicht so angelaufen, dass es überfüllt wäre.«

»Und woher kennst du es?«

»Michael hat es mir gezeigt. Er ist ein wirklich netter Kerl, ist am ersten Tag überall mit mir herumkutschiert.«

»Das ist wirklich lieb!«

»Ich habe ihn dafür eingeladen. Sollte er nach Deutschland reisen, zeige ich ihm meine Heimatstadt.«

»Und die wäre?«

»Frankfurt.«

Fast wäre ich stehen geblieben. Sofort tun sich unglaubliche Bilder vor mir auf. Oliver in Frankfurt. Will mir das Schicksal etwas sagen?

»Aber ich bin eigentlich nie da. Ich bin der typische Zigeuner, demnächst bin ich an der Nelson Mandela Universität in Port Elizabeth, Südafrika. Und vor Shanghai war ich in Beirut, an der Lebanese University. Ich liebe es, die Welt und die Menschen auf diese Weise kennenzulernen.«

»Ja«, sage ich. »Das kann ich mir denken. Toll!!«

Er muss es meinem Ton angehört haben, dass ich seine Begeisterung nicht teile. Und weil ich mich nicht verraten will, frage ich interessiert: »Was unterrichtest du denn dort?«

»Finance and Economics.«

So sieht er gar nicht aus. Eher nach Ethnologe und Philosoph. Aber Finance? So einen habe ich schon zu Hause.

Es fällt mir schwer, in Begeisterung auszubrechen, aber er scheint auf eine Antwort zu warten. Also frage ich schnell: »Wer vermittelt denn so etwas?«

»Das geht über den Deutschen Akademischen Austauschdienst. Mit Mitteln des Auswärtigen Amtes und in Absprache mit den Kultusministern der einzelnen Länder in Deutschland. Eine tolle Sache.«

Ich nicke, während wir Hand in Hand auf das Gebäude

zusteuern. Eine wirklich tolle Sache, denke ich säuerlich. Und dann schießt mir ein anderer Gedanke durch den Kopf. Was hat er gesagt? Port Elizabeth?

Ganz bestimmt gibt es doch dort eine Granny-Au-pair-Stelle?

Schlagartig ist die Welt für mich wieder in Ordnung, und ich gehe mit Oliver auf das Restaurant zu, betrachte im Vorbeigehen noch die Dachkonstruktion, die Formen, Farben und speienden Drachen des wunderschönen Pagoden-Daches und verharre dann stocksteif. Vor mir tut sich ein Abgrund auf, und ich brauche ein paar Sekunden, bis ich begreife, dass das Gasthaus auf einem Felsvorsprung steht. Granit, wie überall, sicherlich haltbar und trotzdem erschreckend nah an der Unendlichkeit.

Und diese Unendlichkeit, die sich hier vor mir ausdehnt, erschlägt mich fast. Oliver hat das offensichtlich erwartet, denn er drückt meine Hand.

»Ist das real?«, frage ich ihn und muss tief durchatmen. Er legt seinen Arm um mich, und so stehen wir vor dem Geländer, das uns vor einem Absturz schützt, und schauen auf einige der mythischen Huang Shan-Gipfel, die im Abendlicht ihre Farbe wechseln. Auch von hier aus hat jeder von ihnen eine andere Form, stehen wagemutige Kiefern wie Scherenschnitte vom blanken Fels ab, sieht alles wie die Kulisse eines Hollywoodfilms aus.

Ich halte den Atem an, denn in dem grandiosen Sonnenuntergang, der nun alle Felsen zum Glühen bringt und mich eng an Oliver schmiegen lässt, fühle ich etwas Göttliches. Ich, die vor 27 Jahren alles darangesetzt hat, dass unsere eben geborene Tochter keiner Religion angehört, stehe nun da und fühle mich kosmisch, fühle mich Mächten verbunden, von denen ich bisher keine Ahnung hatte.

»Welche Religion ist für dich die richtige?«, frage ich, während die Felsen vor uns im Licht der Abendsonne changieren. Gelb, ocker, hellrot, pink, violett, dunkelrot, alles verändert sich, es sind unendlich viele Farbkombinationen, es ist so, als säße dort ein Maler, der sich mit seinen Farbtuben an einer riesigen Leinwand austobt.

»Keine«, sagt er. »Die Natur ist meine Religion. Sie betrügt nicht.«

Ich schmiege mich noch enger an ihn. Was hätte Alex in diesem Moment gesagt? Ich mag nicht an ihn denken, nicht in diesem Moment, aber ich kann es auch nicht verhindern. Was hätte er also gesagt? Ich weiß es nicht. Wahrscheinlich etwas Sachliches wie: Du lehnst Religion doch generell ab, warum fragst du jetzt?

Ja, warum frage ich jetzt?

Ich habe keine Antwort darauf.

Wir stehen, bis die Dunkelheit siegt, dann drehen wir uns um und gehen in das Gebäude hinein.

Viele Tische, einige Nischen an der Wand. Es ist tatsächlich erstaunlich wenig los. Nach all dem Trubel inmitten der chinesischen Touristenscharen finde ich das großartig. Ein Ober führt uns, nach einem kurzen Gespräch mit Oliver, direkt zu einer der Nischen, und ich spüre zunächst Hunger und dann ein schlechtes Gewissen: Was ist mit Fang, Lieselotte und deren Familie?

Die seien heute Abend auf eigenen Pfaden unterwegs, erklärt mir Oliver, das sei abgesprochen. Das hinterlässt bei mir trotz allem einen etwas seltsamen Beigeschmack. Wenn es abgesprochen wurde – haben sie Oliver dann beauftragt, sich einen Tag um mich zu kümmern? Damit ich ihnen nicht wie ein europäischer Klotz am Bein hänge? Aber als er über meine Hand streicht und ich in sein Gesicht sehe, vergesse ich das wieder. Was ist es denn, was mich so anzieht? Diese Frische, dieses Jungenhafte in seinen Zügen oder der ganze Kerl, der diesen Hauch von Freiheit und Abenteuer verströmt, dieses heute da, morgen dort, das Ungebundensein, das Leben: ein großes Spiel?

Und ich? Was will ich? Will ich in seinem Spiel die Königin

sein, reizt mich das? Will ich ihn domestizieren, wie alle Frauen das mit dieser Spezies Mann versuchen? Wo man doch weiß, dass das zum Scheitern verurteilt ist?

Suche dir einen, der mit dir ein Nest bauen will.

Das hat meine Mutter gesagt.

Und keinen, der von Nest zu Nest hüpft. Die, die von Nest zu Nest hüpfen, machen sich die Leistungen der anderen zunutze, tragen aber nichts zum Leben bei. Es sind Nutznießer. Und sollte so einer bei dir bleiben, musst du ihn versorgen, denn er ist fluguntauglich, ganz genau wie Kinder im Nest.

Oliver hält die Speisekarte in der Hand, erklärt mir die Gerichte und reißt mich aus meinen Gedanken. Mutti, er ist Professor, denke ich noch, bevor ich ihm zuhöre. Er leistet was. Und kann sich selbst ernähren. Er genießt einfach noch das Leben. Er ist doch noch jung. Er hat recht!

Amanda

Elena ist abgezischt, und ich bin kurz darauf mit Daniel losgefahren. Sie hat mir versprochen, mir die Alex-News postwendend zu übermitteln. Ob sie sich daran hält? Ich weiß es nicht. Die Frage, wie sauer Alex sein wird, weil ich seine Tochter nun doch benachrichtigt habe, beschäftigt mich. War das richtig oder falsch?

Mein Bauch sagt ja, mein Kopf nein.

Daniel kann ich nicht fragen, dieser Verrat wäre dann ja noch schlimmer. Er ist schließlich ein völlig Fremder. Inzwischen sind wir am Ziel angekommen, und er lädt seine Gartengeräte ab, während ich in dem fremden Garten stehe und mir das riesige Haus anschaue.

Ein regelrechter Sicherheitstrakt, würde ich so wohnen wollen? Allein der Aufwand, nur durch das elektronisch gesicherte

Tor zu kommen. »Brauchen die deinen Fingerabdruck dazu?«, habe ich Daniel gefragt. »Oder Gesichtserkennung?« Denn tatsächlich war eine penible Abfrage durch die knarzende Gegensprechanlage am Einfahrtstor gekommen, bevor die Kamera vor uns sich einschaltete und das Tor schließlich aufging.

»Sind wir beim Schatzmeister des Königreichs Deutschland?«, wollte ich wissen, »haben die Kronjuwelen im Keller?«

Daniel grinste. »So ähnlich«, sagte er.

»Also gut.« Ich sah zu, wie sich das Tor hinter uns wieder schloss. »Hoffentlich kommen wir hier auch wieder raus.«

Nun drehe ich mich um meine eigene Achse, aber ich sehe nur das Haus, Daniels Lieferwagen, den sehr gepflegten, weitläufigen Garten, aber keine Menschenseele.

»Und jetzt?«, frage ich Daniel.

»Jetzt stutzen wir die Rosen, damit sie das Auge erfreuen.«

»Von einem Auge keine Spur«, sage ich.

»Aber immerhin sind die Rosen da«, entgegnet Daniel gut gelaunt.

Ja, und er hat recht. Rosen säumen die gesamte schmale Fahrstraße bis zum Haus. Rosenstock neben Rosenstock. Hunderte. Tausende. Und dann wird mir klar, das sind keine einzelnen dicht nebeneinander gepflanzten Stöcke, das ist eine Hecke. Eine Rosenhecke. Eine pink blühende Hecke.

»Gewaltig!«, sage ich.

»Ja, gewaltig viel Arbeit«, erklärt Daniel, sieht auf seine Uhr, macht eine Eintragung in sein Handy und nickt mir zu. »Und außerdem hätte man die besser im Frühjahr schneiden sollen, aber da kam kein Auftrag. Das hat irgendjemand verbummelt.«

»Auftrag ist Auftrag«, sage ich, und er grinst.

»Ganz genau. Auf geht's. Ich schneide, du sammelst auf.« Er zeigt auf ein paar grüne Gärtnerhandschuhe und die Schubkarre. »Die ziehst du zum Schutz an, die Karre kennst du ja schon. Wenn wir fertig sind, kommt die Belohnung.«

Ich muss lachen. »Darf ich raten? Ein Bier?«

Er grinst. »Ja. Auf deine Kosten. Das ist dein Einstand als Gärtnerfachfrau. Und wenn du die Prüfung in zwei Stunden bestanden hast, lade ich dich in eine Gartenwirtschaft ein.«

»Ja, Wahnsinn!«, sage ich.

»Aber nur, wenn du die Prüfung bestanden hast.«

»Dann rede nicht lang«, ich streife mir die Handschuhe über, »sondern fang an!«

Wir arbeiten wie ein eingespieltes Team. Es macht mir Spaß, das muss ich zugeben, obwohl mir der Schweiß in Strömen rinnt und mein Rücken vom ständigen Bücken zu schmerzen beginnt. Aber Daniel zuzuschauen, wie er schnell und fachmännisch die verwelkten Blüten abknipst, verholzte Äste entfernt und jungen Trieben Luft verschafft, motiviert mich. Das ist eine Arbeit, die Sinn macht. Anders, als eine Wohnung zu putzen, die kurz danach wieder gleich aussieht. Hier helfen wir den Pflanzen, sorgen dafür, dass sie sich entfalten können, Licht bekommen. Und später noch Nahrung, hat Daniel gesagt, Düngen sei der letzte Akt vor dem gemeinsamen Bier. Als wir oben beim Haus angekommen sind, strecken wir uns erst mal.

»Und?«, fragt Daniel.

Ich stehe auf dem Fahrweg und sehe die Strecke hinunter. Rechts unsere bearbeitete Rosenhecke, links die, die nun noch vor uns liegt, und klatsche in die Hände. »Ein echter Unterschied!«

»Das will ich meinen. Hast du Durst?«

Wir trinken aus den in der Schubkarre deponierten Mineralwasserflaschen, und Daniel mustert den Himmel.

»Was ist?«, will ich wissen.

»Schönwetterwolken. Kein Regen in Sicht.«

»Kennst du dich da aus, oder tust du nur so?« Ich blicke ebenfalls in den Himmel. Alles strahlend blau und einige dahinsegelnde Wattebällchen.

»Wenn man mit der Natur zu tun hat, sollte man das wissen.«

»Okay«, sage ich, »ich saß meist im Café, da gibt es keinen Himmel.«

Er sieht mich verständnislos an, aber ich habe auch keine Lust, das zu erklären.

»Los«, sage ich, »die Zeit läuft.«

Daniel wirft einen Blick auf seine Uhr. »Aber jede Pause ist doch ein Gewinn für dich? Immerhin läuft das ja als deine Arbeitszeit.«

Schon wahr, und ganz sicher ist, dass ich jeden Euro brauchen kann, trotzdem müssen wir nicht schummeln. »Achtzig Euro sind okay«, sage ich. »Wir wollen deinen Arbeitgeber ja nicht schröpfen, sonst wirst du noch entlassen!«

Er runzelt kurz die Stirn. »Wie recht du hast. Immerhin will ich dich ja noch in den Biergarten einladen – falls du durchhältst!«

Ich werfe ihm einen herausfordernden Blick zu, das kann ich gut, das weiß ich, und ernte ein Lächeln, das ich nicht deuten kann.

Sanne

Für den Rückweg wählen wir die Straße. Es ist inzwischen stockdunkel, und der schmale Waldweg wäre ohne Licht zu mühsam gewesen. Und die Straße ist nur halb so lang wie der gewundene Pfad durch den Wald. Wir haben die ganze Fahrbahn für uns, und die wenigen Autos, die hinter dem Restaurant geparkt haben, hören wir schon von Weitem kommen.

Es war ein schöner Abend, zumal Oliver Gerichte aussuchte, die mir auch geschmeckt haben, und er mich dabei über die vielfältigen Regionen der chinesischen Küche aufklärte.

»Wie Spätzle und Labskaus, Süden und Norden?«

»Ja, nur noch viel differenzierter. Manchmal reichen schon ein paar Kilometer, und die Küche ändert sich vollkommen.«

Wie selbstverständlich gehen wir Hand in Hand, auf der einen Seite der Wald und auf der anderen die Berge, die allerdings nur zu sehen sind, wenn die dicke Wolkenschicht kurz aufbricht und dem Mond eine Chance lässt. Es ist immer noch warm, für eine Nacht fast zu warm, aber besser als zu kalt, ich habe keine Jacke dabei. Und dann frage ich laut, wann ich zuletzt mit einem Menschen den Abend verbracht habe, der so aus meiner Welt gefallen ist wie Oliver. Ich kann mich nicht erinnern. Selbst Elenas Schulkameraden waren anders, hatten schon früh ihr Leben eingeteilt in Abitur, Studium, Auslandsaufenthalt, Master, ein halbes Jahr die Welt sehen und dann die große Karriere. Oliver hat sich nie dergleichen auf die Fahnen geschrieben.

»Vielleicht kommt es noch«, sagt er und drückt meine Hand. »Zunächst fliege ich nun nach Frankfurt zurück, kümmere mich um alles Liegengebliebene, bringe alles wieder auf Vordermann, besuche meine Eltern im Taunus, esse den selbst gebackenen Kuchen meiner Mutter, packe – und bin wieder weg.«

»Und bin weg«, wiederhole ich, »das habe ich auch gedacht, als ich mich bei der Granny-Au-pair-Agentur angemeldet habe.«

»Bist du doch auch. Und noch dazu in eine völlig fremde Welt eingetaucht. Wie fühlst du dich eigentlich dabei?«

»Frei«, sage ich spontan. Und als ich es sage, finde ich, dass ich mein Zigeunerblut möglicherweise erst mit 50 entdecke. Ungebunden sein, frei. Auf der anderen Seite habe ich Familie. Und meine Eigenständigkeit durch meinen Beruf stets bewahrt. Ich weiß selbst nicht, was ich denken soll.

»Erzähl mir von deiner Kindheit«, fordere ich ihn auf. »Ich möchte wissen, wie du geworden bist, wie du bist.«

»Wie bin ich denn?«

»Anders … als andere.«

Das ist der Moment, als er den Arm um meine Schultern legt und mich fest an sich drückt.

»Meinst du, es ist auch anders, wenn du mit mir schläfst?«

»Das…«, ich stocke, »weiß ich nicht.«

»Würdest du es denn wollen?«

»Zumindest wüsste ich es dann.«

Er lacht. »Um keine Antwort verlegen. Aber die Frage ist nicht beantwortet. Es geht ums Wollen. Willst du?«

»Ja, ich will«, sage ich und habe schlagartig meine Hochzeit vor Augen. Es sind exakt dieselben Worte, mit denen ich meinen Mann zum ersten Mal betrügen werde.

Amanda

Daniel hat Wort gehalten. Er zahlt mir noch am Transporter mein Geld aus und erhöht sogar auf hundert.

»Erstens war es besonders mühsam, und zweitens war es heiß, und drittens haben die zwei Stunden längst nicht gereicht«, erklärt er.

»Soll ich dir dafür nichts unterschreiben?«, will ich wissen.

»Weshalb?«

»Nun, das musst du doch mit deinem Chef abrechnen?«

»Das glaubt er mir auch so.«

Und dann laufen wir die Rosenhecke noch einmal ab, die eine Seite rauf bis zum Haus und dann die andere wieder runter bis zum Wagen – und sind mit unserer Arbeit total zufrieden.

»Prüfung bestanden«, sagt Daniel, »jetzt kommt dein Bier und dann meine Einladung. Ab in die Gartenwirtschaft.«

»Eigentlich sollte ich duschen«, erkläre ich, als er zwei Flaschen Bier aus seiner eingebauten Kühlbox herauszieht.

»Besser kannst du auch geduscht nicht aussehen.«

»Aber ich bin schmutzig, zerkratzt und der Schweiß? Das riecht man doch!«

»Besser kannst du nicht riechen. Das ist dein Geruch, der Amanda-Geruch.«

»Na, Prost!«, sage ich.

Er lacht, öffnet die beiden Flaschen mit einem Feuerzeug und reicht mir eine. »Prost! Das haben wir uns verdient.«

Wenig später sitzen wir bereits an einem Biertisch, Daniel hat sich ein Schnitzel bestellt, ich habe Lust auf einen bunten Käsesalat. Es ist immer noch warm, ein Sommer, der keine Minute nachlässt.

Die beiden Radler kommen schnell, und während wir auf das Essen warten, reden wir über dies und das, und dann fragt er unvermittelt: »Was ist dir im Leben eigentlich wichtig?«

»Dass ich morgens ohne Bauchschmerzen aufwache«, kommt mir über die Lippen.

»Bauchschmerzen?« Daniel beugt sich etwas vor und mustert mich. »Bist du krank?«

»Nein, ich meine das im übertragenen Sinn. Angst.«

»Angst? Vor wem?« Er sagt das in einem Ton, als müsse er direkt in den Boxring springen.

»Angst vor der Zukunft.«

»Angst vor der Zukunft?« Er wiederholt meine Worte, und es ist ihm anzusehen, wie es in ihm arbeitet. »Wieso Angst vor der Zukunft? Was wartet denn da so Bedrohliches auf dich?«

»Eben gar nichts.«

»Eben gar nichts? Das verstehe ich nicht.«

»Meine Zukunft gibt es nicht.«

»Wie kann das denn sein? Du wohnst bei den Beckmanns, mit der Tochter scheinst du dich auch gut zu vertragen, irgendwie gehörst du dort zur Familie? Verwandtschaft?«

Aus irgendeinem Grund will ich ihm jetzt nicht die ganze Geschichte auf die Nase binden.

»Wir sind nicht verwandt«, sage ich schnell, »ich bin dort, solange Sanne weg ist. Ich helfe so ein bisschen.«

»Ja, aber«, er zuckt mit den Achseln, »das ist doch gut.«

»Das hat aber nichts mit meiner Zukunft zu tun.«

Er greift nach seinem Radler.

»Was machst du denn beruflich?«

»Ich habe keinen Beruf. Ich habe nichts gelernt. Ich kann nichts.«

»Das ist doch nicht wahr«, protestiert er, nimmt einen Schluck und stellt den schweren Glaskrug mit einem Ruck ab. »Du warst jetzt schon zum zweiten Mal eine super Gärtnergehilfin. Das schafft auch nicht jede!«

»Ja«, ich greife nach meinem Glas, denn der Durst will gar nicht mehr aufhören, »aber was ist das schon? Ich bin ein Handlanger, sei doch ehrlich.«

»Wie alt bist du denn?«

»Eine Lady –«

»Lass den Quatsch, nein, ehrlich. Ich bin 35. Und du?«

»30.«

Er zuckt die Schultern. »Also ehrlich, Amanda, mit dreißig kannst du noch jeden Beruf anfangen. Was fehlt dir denn? Das Abitur? Das brauchst du zum Beispiel im Garten- und Landschaftsbau nicht. Also, bei uns jedenfalls nicht.«

»Ich weiß nicht.«

Ich weiß wirklich nicht. Ich habe mir mein Leben irgendwie anders vorgestellt. Größer. Exklusiver. Gärtner. Na ja, ich muss zugeben, das hat mir jetzt Spaß gemacht. Es war eine schöne Erfahrung. Und Daniel … ich mustere ihn unauffällig. Er ist ein guter Typ. Aber Gärtner?

»Ich muss ja auch von irgendwas leben«, sage ich.

»Wovon lebst du denn gerade?«, will er wissen.

Heikle Frage.

»Was verdient man denn so als Gärtner?«

Er zuckt die Achseln. »Kommt auf den Betrieb an. Der Einstieg nach der Ausbildung liegt bei etwa 2300 Euro, und dann können es schon mal 3300 Euro werden.«

Also verdient Daniel 3300 Euro. Abzüglich Steuern, Krankenkasse, Miete, Auto und so, reicht das dann noch für zwei?

»Das ist doch okay?«

Ja, so schnuckelig zu zweit, eingekuschelt in einer gemütlichen Wohnung … in meinem Appartement, und schon sehe ich es vor mir, Daniel, der abends nach Hause kommt und wir uns dann in der Küche gemütlich etwas brutzeln, lachend und schäkernd, aber: *Halt*, schießt mir durch den Kopf, *Hallo*?! Mein Appartement bei einem Gehalt von 3300 Euro? Nie und nimmer!

Er wartet auf Antwort, und Gott sei Dank kommen in diesem Moment sein Schnitzel und mein Käsesalat.

»Oh, sieht lecker aus«, sage ich und greife in den Brotkorb.
»Das freut mich«, sagt die Bedienung.

Ich mag das jetzt abbrechen. Ich habe sowieso schon zu viel erzählt.

Aber Daniel lässt nicht locker. Kaum haben wir unseren ersten Appetit gestillt, greift er das Thema wieder auf.

»Und wenn du keine Lust auf einen ständigen Gärtnerjob hast, dann gäbe es sicher einen Platz im Büro. Bei uns geht gerade eine junge Frau in den Mutterschutz. Kannst du mit Zahlen umgehen? Hast du schon mal kaufmännisch gearbeitet?«

Ich schüttle den Kopf.

»Siehst du«, sagt er, »auch das kann man lernen.«

Ich kaue erst einmal zu Ende, bevor ich antworte, das bringt mir Zeit.

»Bist du heute irgendwie missionarisch drauf?«, will ich wissen.

»Nein, aber es gibt ungeschliffene Diamanten, die laufen durch die Gegend und wissen noch nicht mal, dass sie einer sind.«

»Und du denkst, ich wäre so einer?«

»Ich denke, dass du deine Qualitäten vergeudest.«

»Die kennst du doch gar nicht.«

»Ich würde sie gern kennenlernen.«

Wieder hat er mich so weit, dass ich nichts mehr darauf antworten kann. Aber ich sehe, dass er lächelt, und lächle ebenfalls. Ich kann gar nicht anders. So maskulin er auch ist, das kantige Kinn, die arbeitenden Muskeln unter seinen Wangen, so fröhlich und gutmütig sieht er zugleich aus. Die blauen, warmen Augen, seine dichten, dunkelblonden Haare, die er morgens nach dem Duschen sicher sorgfältig kämmt, die aber bereits nach einer Stunde eigenwillig werden, all das und nicht zuletzt seine Art. Wie ich ihn kennengelernt habe, schnoddrig, kurz angebunden, trockener Humor. Und wie er sich jetzt um mich kümmert, als läge ich ihm wirklich am Herzen. Dabei kennen wir uns gar nicht.

»Ich weiß wirklich nicht, was ich sagen soll«, sage ich.

»Wo wohnst du denn, wenn du nicht bei Beckmanns wohnst?«

Ich nenne ihm die Adresse meines Appartements.

Er pfeift durch die Zähne. »Das lässt doch darauf schließen, dass du zumindest keine Geldsorgen hast. Denn unter 4000 dürfte da eine Wohnung eher illusorisch sein. Wie geht das mit deiner Zukunftsangst zusammen?«

»Die Wohnung gehört mir nicht.«

»Also hast du Eltern, die sich das leisten können?«

Ich schüttle den Kopf.

»Du musst es nicht sagen.« Er widmet sich wieder seinem Schnitzel. »Es geht mich auch nichts an.«

Ich schiebe meinen halb leer gegessenen Teller weg. Mir ist der Appetit vergangen.

»Ich weiß nicht, wie ich dir das erklären soll, Daniel«, sage ich. »Du wirkst so bodenständig, so geradlinig, so verlässlich. Ich glaube, auf dich kann ein Freund bauen.«

»Das will ich meinen!« Er blickt auf.

»Siehst du, solche Menschen habe ich nie kennengelernt. Ich bin … ich kann das so schlecht beschreiben. Du bist der Dachs, der seinen Bau hat, und ich bin der Vogel im Wind.«

»Aber ein hübscher Vogel«, er grinst, »ein Kolibri. Steht in der Luft, saugt Nektar und fliegt dann blitzschnell zur nächsten Blüte, neuer Nektar.«

Den Vergleich finde ich gar nicht so unpassend.

»Ja,« sage ich, »vielleicht so. So in etwa.«

»Ein Dachs und ein Kolibri.« Er zieht die Stirn kraus. »Da muss ich drüber nachdenken.«

Sanne

Die erklärte Absicht, mit einem Mann ins Bett zu gehen, habe ich in meinem Leben überhaupt noch nie gehabt. Entweder war es spontan oder gar nicht, aber dass sich Paare in Hotelzimmern treffen, um den Reiz zu erhöhen, das hatte ich nie. Wenn, dann waren Alex und ich während unserer Urlaube oder auch mal am Wochenende in Hotels, und dann war es auch nicht anders als zu Hause.

Aber jetzt ist es so. Und die ganze Fahrt über wusste ich nicht so recht, was ich empfinden sollte. Vorfreude? Beklemmung? Olivers Leihwagen, ein kleiner Geländewagen, fährt völlig problemlos durch die ausgewaschenen Fahrrinnen den Berg hinauf, und wir sind schnell wieder im Dorf. Es scheint wie ausgestorben.

»Kein Mensch da«, stelle ich fest.

»Unsere Truppe ist sicher in einer Karaoke-Bar zum Feiern«, sagt er, »und die anderen schlafen vielleicht schon.«

Ich muss lachen. »Karaoke scheint wirklich das Lebenselixier der Chinesen zu sein, das höre ich überall.« Und denke gleichzeitig, Gott sei Dank sind sie dort alleine hin.

Er parkt neben meinem Gästehaus. »In vielen chinesischen Dörfern gibt es keine andere Zerstreuung, und du musst auch sehen, jeder kann mitsingen. Viele chinesische Lieder werden daraufhin komponiert, sie haben einfache Tonfolgen, sind einprägsam, also hat auch jeder seinen Spaß.«

Wir steigen aus, und ich bleibe unentschlossen stehen. Er kommt um den Wagen herum. »Komm«, sagt er, »wir gehen zu mir, ich habe eine Flasche Rotwein, du musst also keinen Báijiu trinken, keinen weißen Alkohol, wie die Chinesen so schön sagen.«

»Da bin ich nicht unfroh, der steigt mir nämlich recht schnell in den Kopf. Und schmeckt nicht mal besonders.«

Oliver lacht und nimmt mich an der Hand. »Ja, aber Báijiu ist typisch für China, Branntwein auf Getreidebasis. Für Europäer eher gewöhnungsbedürftig, das stimmt.«

»Da gehöre ich definitiv dazu«, sage ich und schaue in den dunklen Himmel. »Schade, dass kein Mond zu sehen ist, ich hätte jetzt gern ein Glas hier draußen getrunken, schön romantisch, mit vom Mond angestrahlten Bergen und deinem Liebesgeflüster im Ohr.« Ich glaube selbst kaum, was ich da sage.

»Das Liebesgeflüster kann ich dir bieten«, er grinst, »den Mond leider nicht. Aber wir werden es uns auch so schön machen.«

Und damit öffnet er die Tür zu seinem Gästehaus. »Ich habe nämlich etwas, was ihr dort drüben nicht habt.« Aber bevor ich nachfragen kann, habe ich es im grellen Deckenlicht schon selbst entdeckt, ein großes Bett mitten im Raum. »Und falls wir draußen duschen wollen, ist das auch kein Problem. Hier gibt es eine Außendusche. Wenn wir Glück haben, sogar mit warmem Wasser.«

Und damit holt er zwei Gläser und eine Flasche Wein aus einem Schränkchen, stellt beides auf einen kleinen Tisch, trägt ihn zum Bett, stellt noch einige Kerzen dazu, und während ich mitten im Raum stehe und mich wie eine Salzsäule fühle, zündet er die Kerzen an, entkorkt die Flasche, schenkt die Gläser ein, löscht das Deckenlicht und kommt auf mich zu.

»Fühlst du dich wohl?«

»Noch nicht«, sage ich vorsichtig.

»Fühle dich nicht gedrängt. Es ist das, was dein Körper dir sagt. Es sind Yin und Yang, die einander entgegengesetzt sind und dennoch miteinander verbunden, es sind wir beide, die sich von Anfang an gut gefunden haben und nun aufeinander zustreben.«

Wie er das sagt, wie er aussieht und mich leicht an den Schultern berührt, spüre ich es. Es geht mir durch den Körper, ein unmittelbares Sehnen nach Berührung und nach Vereinigung. Ich beginne, mich auszuziehen, und schaue ihm zu, wie er es mir Kleidungsstück für Kleidungsstück gleichtut. Schließlich stehen wir nackt voreinander, und nicht nur er ist erregt. Ich bin es auch.

Amanda

Schon wieder tausend Fragen, tausend Möglichkeiten, alles, was ich nicht will. Ich will einen klaren Weg, ich wollte Alex heiraten, ihn Sanne wegnehmen und mit ihm ein neues, ein eigenes, ein sorgloses Leben beginnen.

Und jetzt?

Jetzt zweifle ich.

Als mich Daniel vor der Hauseinfahrt rauslässt und sagt, dass er noch wartet, bis ich sicher im Haus bin, habe ich einen frechen Spruch auf den Lippen. Bis ich dann aber wirklich aufgeschlossen habe, bin ich einfach nur froh darüber, dass jemand so gut auf mich aufpasst. Mein Gott, Amanda, schimpfe ich mit mir, reiß dich zusammen. Das wird ja immer schlimmer.

Ich drehe mich um und winke Daniel zu, worauf er startet und losfährt. Erst da fällt mir auf, dass das Haus beleuchtet ist. Als Elena und ich Alex' Sachen gepackt haben, war es noch taghell, da hat keiner von uns Licht eingeschaltet.

Habe ich nun Daniel zu früh losgeschickt?

Im ersten Moment packt mich die Furcht, aber dann bezwinge ich mich.

He, Amanda, beruhige ich mich, welcher Dieb schaltet schon das Licht ein. Es wird etwas anderes sein. Und es ist etwas anderes, ein DIN-A4-Blatt auf dem Wohnzimmertisch.

»Habe bis jetzt auf dich gewartet, wollte dir von
meinem Besuch im Krankenhaus erzählen. Wo treibst
du dich denn rum?
Elena.«

Super, Elena, denke ich, jetzt habe ich noch immer keine Handynummer von dir. Wie soll ich mich jetzt also bei dir melden?

Ich ziehe mein Handy aus der Hosentasche und setze mich auf den nächsten Stuhl.

»Liebster Alex«, schreibe ich, »ich denke, es war ganz gut, dass Elena sich um dich kümmert. Nur haben wir uns leider verpasst, und nun weiß ich nicht, wie es dir geht ...?«

Kaum abgeschickt, klingelt es bereits.

»Alex?«

»Das will ich meinen.«

»Schön, dass du gleich anrufst.«

»Du hattest heute wohl keine Zeit ...«

»Ich saß bis heute Morgen an deinem Bett, falls du das vergessen hast.«

»Und schickst mir dann meine Tochter.«

»Stell dir mal vor, es passiert wirklich was, und ich hätte deine Tochter nicht verständigt?«

»Sie hat mich nach einer Patientenverfügung gefragt. Und nach einer Bankvollmacht. Die ist ja schlimmer als du!«

Trotz allem muss ich lachen. »Sie ist deine Tochter! Wahrscheinlich kommt sie nach dir …«

»Sehr witzig!«

»Aber jetzt sag doch, was haben sie herausgefunden? Wann kommst du heim?«

»Ein Krampfanfall. Zu viel Alkohol mit zu viel … Bewegung. Passiert auch jungen Männern mal.«

»Aha. Und? Kann das wiederkommen? Nichts Spastisches?«

»Das ist in dem Moment spastisch. Aber wenn du keine Rettung gerufen hättest, hätte es auch von ganz allein wieder aufgehört.«

»Na, danke!«, sage ich. »Hätte ich ein Video gedreht, würdest du das anders sehen.«

»Jedenfalls sind meine Werte in Ordnung, und mein Hirn ist es auch. Ich komme morgen Nachmittag raus.«

»Das ist doch eine gute Nachricht«, sage ich.

»Ja«, sagt er. »Und dann, Amanda, müssen wir reden.«

Müssen wir reden. Wollte ich das gestern nicht den ganzen Abend lang, und er hat sich nur zugeschüttet? Jetzt will er also reden. Ich gehe langsam ins Schlafzimmer und frage mich, was Elena ihm sonst noch so geflüstert hat.

Ganz bestimmt hat sie ihn nicht zur Amanda-Eroberung beglückwünscht. Sie wird gesagt haben: Schaff sie aus dem Haus, bevor Mutti heimkommt, sonst gibt es eine Katastrophe!

Also will er reden.

Er will nicht reden, weil er neue Eheringe will, sondern weil er die alten erneuern will. Einen zweiten Heiratsantrag hat er ihr gemacht, das fällt mir gerade wieder ein. Einen zweiten Heiratsantrag. Dann ist die neue alte Braut nach China abgezischt. Und ich war als Lückenbüßerin gut genug, für diese Zeit einzuziehen und den Herrn mit Sex zu versorgen.

Es schnürt mir so die Brust zu, dass ich mich aufs Bett werfe.

Echt! Da ziehe ich alle Register, streng mich an, und zum Schluss bin ich dann doch nur zweite Wahl und werde ausgemustert.

Elenas Auftritt mit diesem Makler fällt mir wieder ein. Ach nein, es war ja der Wohnungsbesitzer selbst, Herr Weissherr. Weissherr. Der wäre doch vielleicht das lohnendere Objekt gewesen. Immerhin gehört ihm das Appartement schon. Und so schlecht sah er auch nicht aus.

Sollte ich mal ein bisschen googeln?

Ich greife nach dem Handy, froh, eine Ablenkung zu haben, da sticht mir eine Nachricht ins Auge. Daniel.

»Schlaf gut. Du bist wirklich eine tapfere Kämpferin. Kennst du die Häuptlingstochter Neyitri in *Avatar*? So kommst du mir vor. Hab schöne Träume, Daniel.«

Daniel.

Was wäre so falsch an Daniel? Wenn er 3300 Euro verdient und ich nach der Ausbildung, was hat er gesagt, 2300 Euro, dann wären das doch zusammen auch schon mal immerhin 5600 Euro. Brutto, natürlich, aber damit könnte man doch schon was anfangen.

Ich schreibe ihm zurück.

»Schickst du mir ein Foto von dir? Zum Träumen?«

Aber was gleich darauf kommt, bin ich. Ich knie in den blühenden, pinkfarbenen Rosen, und – unglaublich – ich sehe richtig glücklich aus. Selten habe ich auf einem Foto so entspannt ausgesehen, so von innen heraus strahlend. Ich bin selbst ganz fasziniert. Das werde ich mir ausdrucken, es ist tausendmal schöner als das im Bikini. Bei dem Gedanken fällt mir das Foto an der Wand in der Familienbilderserie wieder ein, und ich sehe hin. Was für eine alberne Idee. Morgen werde ich das wieder abnehmen. Was kann Sanne dafür, dass ihr Mann fremdgeht?

Da müsste doch eigentlich er bestraft werden und nicht seine Frau.

»Und das bin ich?«, schreibe ich zurück. »Vielleicht würde ein Gärtnerberuf ja wirklich zu mir passen?«

»Sag ich doch«, schreibt er und hängt ein Selfie an, wie er mir in diesem Moment zublinzelt.

Sanne

Einmal umdrehen, und wir schlafen wieder miteinander. Ich weiß nicht, wie oft das in dieser Nacht geschehen ist, aber es ist ein ständiges Verlangen, sobald ich seinen Körper spüre. Wie kann man so dermaßen auf einen Mann abfahren? Ich kann mich nicht erinnern, dass es mit Alex jemals so gewesen ist. Auch in den Anfängen nicht. Oder habe ich es vergessen?

Mitten in der Nacht tapsen wir hinaus, duschen kalt, gehen wieder zurück ins Bett und entbrennen von Neuem. Keine Verrenkungen, einige Stellungen, ja, aber nichts Inszeniertes, alles nur, wie es gerade kommt. Und es kommt oft. Auch mir. Ich erkenne mich selbst kaum wieder.

Als es draußen hell wird, liegen wir eng ineinander verschlungen. Er streicht mir die Haare aus dem Gesicht, und ich wache langsam auf.

»Geht es dir gut?«, fragt er, und ich sehe den heraufziehenden Tag durchs Fenster und spüre es schon wieder. Schon wieder steigt das Verlangen in mir hoch, und ich dränge mich an ihn.

»Ja, ich glaube schon«, murmle ich, als ich merke, dass er reagiert. Yin und Yang, was für eine tolle Einrichtung. Diesmal ist es kurz und intensiv, genau richtig, um danach wieder einzuschlafen.

Als ich erneut aufwache, ist es taghell.

»Oh«, erschrecke ich, »Fang! Sie weiß ja überhaupt nicht, wo ich bin!«

»Ich schätze mal«, beruhigt mich Oliver, »das kann sie sich denken.«

Trotzdem ist es mir nicht recht, sie nicht informiert zu haben, und ich suche nach meinem Handy. Kein Akku mehr, klar, ich habe es auch nicht geladen. Hielten Handy-Akkus früher nicht bis zu drei Tage? Mist!

»Dann sollte ich vielleicht mal …«, sage ich, aber genau in diesem Moment klopft es, und Fang steht in der Tür. »Sorry«, sagt sie atemlos, »ich wollte euch nicht stören … darf ich reinkommen?«

Wir nicken beide, und sie stellt sich mit ihrem Handy vor unser Bett. »Also«, sagt sie und klopft auf ihr Display. »Das muss ich euch vorlesen. Hört ihr mir zu?«

Wir nicken.

»Warum auch immer«, übersetzt sie, »aber plötzlich werde ich entlassen. Gestern wusste ich noch nichts, heute haben sie mich in ein Büro gebracht, den langen Gang hinunter dachte ich schon … aber das Gegenteil war der Fall. Ich habe meine Entlassungspapiere unterschrieben. Heute Abend bin ich zu Hause. Fang, mein Glücksstern … na ja«, bricht sie ab, »das tut hier nichts mehr zur Sache.«

Ich sitze kerzengerade im Bett, das Laken vor die Brust gepresst.

»Das heißt ja …«

»Lieselotte weiß schon Bescheid.«

»Und?«, frage ich. »Fährt sie mit uns zurück? Sie könnte ja noch hier bei ihrer Familie bleiben, solange Xiaoxia und Zitian nicht zurückkommen … oder? Werden sie zurückkommen? Wenn Jianlin frei ist, würde das ja auch für die beiden bedeuten …«

»Dazu kann ich nichts sagen, ich denke, sie wissen es noch gar nicht. Ich möchte erst mit Jianlin sprechen, bevor ich ihnen eine Nachricht schicke.«

»Ja, klar«, sage ich, »verständlich.«

»Und was heißt das jetzt?«, möchte Oliver von Fang wissen.

»Dass ich so schnell wie möglich aufbreche. Lieselotte fährt mit – und du, Sanne? Du kannst nachkommen, wenn du magst. Mit Bus und Zug, das geht recht gut.«

Ich fühle mich etwas in der Zwickmühle.

»Wenn du noch zehn Minuten hast«, sagt Oliver zu Fang, »dann besprechen wir das.«

Fang hebt die Hand. »Ich richte schon mal den Wagen, lasst euch Zeit.«

Ich sehe ihr hinterher, wie sie hinausgeht, und sage dann: »Eigentlich sind das gute Nachrichten.«

»Und uneigentlich?«

»Ich weiß nicht.« Ich sehe ihn an. »Im Moment weiß ich wirklich nicht.«

»Dann kann ich dir vielleicht helfen.« Oliver legt den Arm um mich, und wir kuscheln noch einmal unters Laken. »Ich hatte auch vor, heute aufzubrechen. Ich möchte noch nach Peking, Freunde besuchen. Und von dort aus fliege ich in zwei Tagen zurück nach Frankfurt, die Flüge sind schon gebucht. Wir können uns in Frankfurt sehen, wenn du möchtest.«

»Das wird nicht dasselbe sein«, sage ich, und in dem Moment spüre ich, wie mir die Trauer in die Augen steigt. Keine Tränen, sage ich mir. Keine Tränen!

Oliver küsst mich auf die Stirn.

»Es ist deine Entscheidung. Ich habe eine Wohnung in Frankfurt, es wäre also kein Problem.«

Ich spüre die Verlockung und gleichzeitig schon jetzt unbändige Sehnsucht, obwohl er noch neben mir liegt.

»Und dann bist du in Südafrika.«

»Die Welt ist groß genug für zwei.«

»Als Granny-Au-pair in Port Elizabeth.« Ich spüre, wie mein Lächeln in Schieflage gerät. Darüber habe ich schon nachgedacht. Aber ist das mein Leben? Bin ich für so etwas nicht schon zu alt?

Ich lege mich auf ihn, sodass ich ihm in die Augen sehen kann. »Es gibt eine Blume, die blüht nur wenige Stunden lang, dann schließt sie ihre Blüte wieder. Sie heißt *Königin der Nacht*. Behalten wir das doch einfach so in Erinnerung. Wir hatten unser eigenes Königreich, eine ganze Nacht lang.«

Oliver sagt nichts darauf.

»Ich kann es versuchen«, erklärt er schließlich und nimmt mein Gesicht in seine Hände, »aber wenn etwas schön ist, möchte man es wieder haben. Immer mehr, immer öfter, ganz. Nun davon Abschied zu nehmen, von dir, stimmt mich traurig.«

»Ich bin auch traurig«, sage ich, und jetzt kommen die Tränen doch, die er mir behutsam mit dem Daumen wegwischt und schließlich von den Wangen küsst.

Ich lege meine Arme um ihn, und eine Weile liegen wir aneinandergeschmiegt still da, bis ich mich aufrichte. »Es wird Zeit.«

»Gut.« Er wartet, bis ich aufgestanden bin, und steht dann ebenfalls auf. »Aber wir tauschen unsere Handynummern aus, falls sich etwas ändert. Falls die *Königin der Nacht* die Königin vieler Tage und Nächte werden will.«

Ich lächle. Gleichzeitig weiß ich, dass dies nicht geschehen wird. Ich will dies hier wie einen Diamanten im Herzen bewahren, ein ganz seltenes Aufeinandertreffen, ein wertvolles, ein unvergängliches Geschenk.

Amanda

Ich wache mit einem Lächeln auf und frage mich: Warum eigentlich? Bei genauerem Nachdenken gibt es nichts, was mich in gute Laune versetzen könnte.

Alex wird heute aus der Klinik entlassen und sucht ein Gespräch.

Hätte ich ein Auto, könnte ich ihn wenigstens abholen. So aber sitze ich hier herum und warte wieder mal, dass etwas passiert.

Dass andere die Weichen für mich stellen.

Ich greife zum Handy. Sieben Uhr. Noch recht früh.

Funkstille.

Von nirgendwoher eine Nachricht. Ich könnte genauso gut tot sein. Die Welt dreht sich weiter, nur meine eigene Welt steht still.

Hör auf, Amanda, ermahne ich mich selbst, sonst redest du dich noch in eine Depression hinein. Du musst dein Leben selbst in die Hand nehmen. Was war jetzt mit diesem Weissherr? Ich google den Namen. Über den steht einiges geschrieben. Immobilien, Investor, verheiratet, Vater von drei Kindern.

Ich lasse das Handy sinken.

Da ploppt eine Nachricht auf:

»Na, Fräulein Rosenlady, schon wach?«

Und dabei eine weitere Fotografie von mir. Wie hat er die denn gemacht? Ich habe nichts gemerkt. Diesmal lade ich den vollen Schubkarren im Hänger aus. Es sieht lustig aus, wie ich mit den vielen Zweigen hantiere, und mein Gesicht hat einen teils strengen, teils amüsierten Ausdruck. Das kenne ich an mir. Wenn etwas nicht gleich so klappt, wie ich mir das vorstelle, schaue ich manchmal so. Grundtendenz zufrieden mit leicht genervten Ausrutschern.

»Ja«, schreibe ich zurück, »hast du einen neuen Auftrag? Hecken und Rosen kann ich ja jetzt, wie man sieht …«, und ich hänge ein Grins-Emoji dahinter.

»Ich würde dich zum Frühstück abholen und dir bei dieser Gelegenheit deine neue Arbeitsstelle zeigen.«

Meine neue Arbeitsstelle? Was meint er damit?

Ich schicke ihm nur fünf Fragezeichen zurück.

»Lass dich überraschen. Hast du Lust?«

Ich überlege kurz. Alex wird vermutlich erst am späten Nachmittag hier aufkreuzen. Also, was habe ich so lange zu tun, außer Trübsal zu blasen?

»Was muss ich anziehen? Geht es um Seerosen? Badeanzug? Oder Palmen? Steigeisen und Kopfschutz?«

Ein lachendes Emoji kommt zurück: »Bis gleich.«

Ich stehe auf, lasse einen Kaffee durchlaufen, öffne die Verandatüren, stelle fest, dass es wieder heiß werden wird, dusche, bändige meine Haare und entscheide mich für knielange, helle Jeans und eine kurzärmelige Bluse.

Als er eine halbe Stunde später vorfährt, stehe ich mit dem Gartenschlauch am Blumenbeet.

»Löblich«, sagt er beim Näherkommen. »Sanne wird sich freuen, wenn bei ihrer Rückkehr noch etwas lebt.«

Vorgestern hätte ich ihm bei dieser Bemerkung den Schlauch an den Kopf geworfen, aber jetzt muss ich lachen.

»Die armen Blumen. Sie können sich nicht welken, so zusammengepresst in ihren Beeten. Hast du das gepflanzt?«

»Nein. Ich mag es freier, wilder, mehr Naturgarten. Das hat sie schon selbst so gemacht.«

»Lässt eigentlich auf den Charakter schließen«, sage ich, während er um das Beet herum zu mir kommt.

»Ich denke, du kennst sie?«, sagt er.

Ich lasse das im Raum stehen und drücke ihm statt einer Antwort den Schlauch in die Hand. »Halt mal, dann hole ich uns noch zwei Kaffee, magst du?«

»So wird man zum Gärtner degradiert«, sagt er nur. »Aber bitte mit Milch und Zucker. Kondensmilch. Bärenmarke, wenn's geht.«

Bärenmarke. Irgendwie finde ich das süß, es erinnert mich an meine Kindheit. Und sofort habe ich auch den Werbespruch dazu im Kopf. Und ich weiß nicht warum, aber urplötzlich habe ich sprühend gute Laune.

»Mit Bärenmarke«, sage ich, als ich mit zwei Bechern zurückkomme.

»Da hast du dir reichlich Zeit gelassen, damit ich bis dahin den ganzen Garten selbst gesprengt habe.«

»War das nicht so gedacht?«

Statt mir die Tasse abzunehmen, schwenkt er den Schlauch und spritzt mich nass.

»Na warte«, fauche ich, lasse die Tassen ins Gras fallen, und im Nu liegen wir balgend auf dem Rasen, wie zwei große Kinder. Wir rollen links- und rechtsherum, mal liegt er unten, mal oben, aber ich wehre mich, denn das habe ich in meiner Kindheit gelernt ... Wer oben sitzt, muss die Arme des unten Liegenden mit den Knien auf den Boden pressen. Mit voller Kraft. Das klappt auch kurz, bis er sich aufbäumt und mich unter sich begräbt.

»Und jetzt?«, fragt er.

»Du bist schwer!«, keuche ich, und er lacht und rollt von mir herunter. »Das sind die Schnitzel von gestern«, erklärt er, »denn Frühstück hatten wir ja noch nicht.«

Und wie er so daliegt, im Gras, mit offenem Blick und einem unwiderstehlichen Lachen im Gesicht, rolle ich mich auf ihn und küsse ihn. Völlig unüberlegt, einfach so. Zuerst zögert er, dann umfasst er mich, und wir küssen uns, bis wir atemlos voneinander ablassen.

»So, jetzt hast du dein Frühstück«, sage ich, springe auf und laufe zum Haus. Er sammelt die beiden Becher auf und kommt hinterher, bleibt aber an der Verandatür zur Küche stehen.

»Wo ist eigentlich Alex abgeblieben?«

»Im Krankenhaus. Kurze Kontrolle. Kommt heute wieder raus.«

»Also nicht in der Tiefkühltruhe?«

»Was?«, pruste ich. »Wie kommst du denn auf so eine Idee?«

»Liest man doch immer wieder, dass junge Frauen gefährlich sind. Die einen landen im Krankenhaus, die anderen in der Tiefkühltruhe.«

»Da hat Alex ja noch Glück gehabt.«

Er grinst.

»Hast du sonst noch irgendeinen Typen versteckt? Ich meine, in deinem Leben?«

»Ich nicht.« Ich nehme ihm die beiden Becher ab. »Und du?«

»Ich spekuliere auf dich.«

»Du tust was?«

»Ja, verdammt, was soll ich sagen? Ich habe mich in dich verliebt. Oder, was glaubst du, warum ich dir 40 Euro Stundenlohn zahle, wo es tariflich doch nur zwischen 14 und 17 Euro wären?«

»Willst du mich mit Geld locken?«

»Nein, ich wollte dich nur für ein paar Stunden bei mir haben.«

»Du hättest mich für das gleiche Geld zum Essen einladen können, dann hättest du mich auch gehabt.«

»Wäre das das Gleiche gewesen?«, will er wissen. »Für dich?«

Ich muss nachdenken, dann schüttle ich den Kopf. »Nein.«

Wir stehen uns gegenüber, er draußen, ich drinnen, und sehen uns an.

»Hab ich's jetzt kaputt gemacht?«, fragt er. Ich stelle die beiden Becher neben mir auf dem Tisch ab, und dann nehmen wir uns in die Arme, zwischen Tür und Angel, einfach so, drücken uns fest. So bleiben wir eine Weile. Während wir so stehen, überkommt mich ein nie gekanntes Gefühl von Geborgenheit.

Schließlich löse ich mich von ihm. »Wo bleibt das Frühstück?«

Er lacht gelöst. »Willst du dir vielleicht noch was Trockenes anziehen? Und außerdem hast du überall Grasflecken.«

»Du auch!«

»Aber ich bin Gärtner. Da erwartet man das …«

Sanne

Nach Shanghai zurückzukommen ist ein seltsames Gefühl. Das Haus liegt wie eine große Burg vor uns, und ich kann nicht sagen, dass ich mich freuen würde, wieder da zu sein. Lieselotte sieht auch nicht so aus. Vielleicht hätten wir doch auf dem Land bleiben sollen? Aber ohne Oliver? Das wäre ja noch trauriger gewesen. Der einzige Lichtblick ist, dass es Hänsel und Gretel gut geht. Als ich mich von ihnen verabschiedet habe, schwammen sie zufrieden nebeneinander im Teich. Zwei Tiere, die leben dürfen. Der Gedanke schenkt mir ein kleines Glücksgefühl.

Lieselotte und ich stehen in der Einfahrt und winken Fang nach, die eilig davonfährt. Wenigstens darf sie heute Abend etwas Schönes erleben. Ihre Tochter wird sie erst morgen holen, hat sie mir erklärt, sie braucht einen ungestörten Abend mit ihrem Mann. Ich kann das gut verstehen, wer weiß schon, was Jianlin zu erzählen hat?

Lieselotte schließt die Haustüre auf, und wir tragen unser Gepäck hinauf. Sie sagt etwas zu mir, aber nun fehlen unsere Übersetzer, ich könnte die Achseln zucken, stattdessen antworte ich auf Deutsch. Sie lacht und bringt mich auch zum Lachen. Oben zeigt sie zur Küche und reibt sich den Bauch. Ich nicke. Ja, essen hilft. Vielleicht auch gegen Sehnsuchtsgefühle? Ich mag nicht daran denken, mag nicht an Oliver denken. Es wird eine Zeit brauchen, bis ich diesen Diamanten hervorholen und still genießen kann.

Während Lieselotte in den Kühlschrank schaut, gehe ich in

mein Zimmer. Es kommt mir vor wie am ersten Tag. Dass man sich so schnell fremd fühlen kann?

Und auch so allein?

Ich drehe mich um meine eigene Achse.

Ach ja, der Laptop. Und das tote Handy. Die Nabelschnur zur Welt. Ich suche in meinem Gepäck nach dem Ladekabel, hänge das Handy an den Strom und klappe den Laptop auf. Aber ich habe überhaupt keine Lust, ihn einzuschalten. Was erwartet mich schon groß?

Jedenfalls nichts Erfreuliches.

Ich will ihn schon wieder zuklappen, da stelle ich mir die Frage: Und? Was willst du jetzt tun? Der Tag ist noch lang. Was fängst du damit an?

In die City?

Neben den Huang-Shan-Gipfeln erblasst jedes noch so großartig gebaute Hochhaus. Kein Wolkenkratzer kann an den Lotusblumen-Gipfel heranreichen. Und erst die Kiefern. Diese wunderbaren Bäume. Allen voran die sogenannte Willkommens-Pinie, die mehr als tausend Jahre alt sein soll. Hier gibt es nur Steine und Beton, Straßen und Häuser und spärliches Grün in den künstlichen Anlagen.

Ich spüre, wie unzufrieden ich bin. Ich muss mich beruhigen, also fahre ich den Laptop hoch und gebe »Huang Shan« ein. Ich kann mich kaum sattsehen an den Fotos von den Gipfeln, den Kiefern und den Stimmungen. Wie traumhaft schön! Und endlich greife ich auch nach meinem Handy, jetzt hat es genug Saft, und schaue meine Fotos von Anhui an. Oliver. Eine Stufe über mir, wie er mich anlacht. Ich schließe die Augen, dann lege ich es weg und verharre in einer tiefen Traurigkeit.

Lieselottes Stimme reißt mich wieder heraus. Wie lange bin ich so gesessen? Ich weiß es nicht. Zeit spielt im Moment keine Rolle. Sie existiert gar nicht für mich, ich fühle mich in einem schwerelosen Zustand.

»Sanne?«

Ein zweites Mal. »Wei?« Das passt auf alles. Ein Klopfen, sie öffnet die Tür und stellt mir ein Glas hin. »Aperitif«, sagt sie, und ich merke, dass sie das extra auswendig gelernt hat, so drollig spricht sie es aus. Und dann hält sie ihre Fäuste an die Wangen und schüttelt dabei den Kopf.

Aha, ich nicke und lächle. Sie will nicht, dass ich weine.

Wo doch die Chinesen überhaupt keine Happy Ends kennen. In allen Filmen, so hat mir zumindest Xiaoxia gesagt, stirbt einer, verlässt einer den anderen oder passiert sonst eine Katastrophe. Chinesen lieben es, wenn sie so richtig mitheulen können. Und da kommt Lieselotte und will mich zum Lachen bringen. Kurios. Aber es wirkt.

Ich nehme einen Schluck, keine Ahnung, was sie da zusammengemischt hat, es ist leicht süßlich, erinnert mich an Pfirsich, aber es schmeckt gut. Ich lasse Laptop Laptop und Handy Handy sein und gehe mit meinem Aperitif zu ihr in die Küche. Sie füllt gerade Teigtäschchen, Dim Sum. »Lecker«, sage ich und lache.

Sie lacht auch. Sie hat ihre Familie gesehen, einen Abend lang Karaoke-Spaß gehabt und ist zufrieden. Aber ihre Töchter? In Hefei? Das muss doch schmerzen. Fang hat mir erklärt, dass die Kinder von Wanderarbeitern oder Geringbeschäftigten, wie die Ayi, keine Schulerlaubnis bei ihren arbeitenden Eltern bekommen. Die Gefahr wäre zu groß, dass die Landbevölkerung ganz in die Großstädte umsiedelt und die Städte dadurch ins Uferlose wachsen. Deshalb die Lösung mit den Großeltern und den Kindern, die man nur zum chinesischen Neujahrsfest sieht, dem wichtigsten traditionellen Fest in China. Einmal im Jahr.

Aber es sind meine traurigen Gedanken, Lieselotte ist glücklich. Also hebe ich das Glas, und sie stößt mit mir an, denn sie zaubert ihren eigenen Aperitif hinter der Küchenmaschine hervor. Wir sind zwei Frauen, die zwei völlig unterschiedliche

Schicksale haben. Zwei Dinge aber verbinden uns: Freude und Schmerz.

Amanda

Wir fahren in seinem Transporter, und ich sehe ihn von der Seite heimlich an. Daniel ist also verliebt in mich.

Bin ich das auch?

Es kribbelt. Aber ich habe schon so lange ein solches Kribbeln nicht mehr gespürt. Heißt das nun, dass ich verliebt bin?

»Daniel?«, frage ich ihn, »wenn du in mich verliebt bist, wie du sagst, wie fühlt sich das an?«

Er wirft mir einen Blick zu.

»Willst du mich jetzt veräppeln?«

»Nein, ehrlich. Ich … ich muss es wissen.«

Er schweigt, und erst vor einer roten Ampel sagt er: »Es ist hier«, damit deutet er auf seinen Kopf. »Ständig sehe ich dich vor mir. Wie wir uns zum ersten Mal im Garten gesehen haben. Wie kratzbürstig du warst …«

»… das fandest du gut?«

»Ja. Sonst sind immer alle lieb und nett zu mir.«

»Tatsächlich?«, staune ich, »warum das denn?«

»Weil … keine Ahnung. Vielleicht versprechen sie sich was davon.«

»Was kann man sich denn …« Den Satz lasse ich unbeendet stehen. Warum soll ich ihn kränken?

Er hat es offensichtlich nicht gehört, denn er spricht weiter, während die Ampel umschaltet und er Gas gibt. »Und zudem habe ich ständig diese Bilder vor Augen. Du zwischen den Rosen, gestern. Das hat einfach gepasst. Da habe ich zum ersten Mal gedacht, diese Frau ist die Frau meiner Träume. Mit ihr kannst du ein Leben aufbauen. Sie ist es.«

Ich staune. »Nur, weil ich zwischen den Rosen stand?«

»Nein, *wie* du zwischen den Rosen standst. Diese Leidenschaft in deinen Augen, diese Liebe zu den Pflanzen, da war alles da.«

»Davon habe ich aber nichts gemerkt.«

»Schau dir die Fotos an, ich habe noch mehr. Die entlarven dich.«

»Aha.«

»Und dann«, er fasst sich ans Herz, »hier. Da pocht es, wenn ich an dich denke. Das ist das heftigste Zeichen. Mehr geht nicht.«

»Wo ist denn der kaltschnäuzige Typ geblieben, den ich am ersten Tag kennengelernt habe?«

»Der versucht gerade, seine verborgene Seite ans Licht zu kehren.« Er zeigt nach vorn. »Da, sieh! Rotlicht!«

Ich muss lachen. Wir stehen schon wieder vor einer roten Ampel.

»Und das alles«, sagt er und sieht zu mir herüber, »strahlt auch auf die untere Region aus.«

»Na ja«, sage ich, »die würde in deinem Alter auch ohne die obere Region funktionieren.«

»Sag das nicht so herzlos!«

Ich beuge mich über die breite Mittelkonsole zu ihm hinüber und drücke ihm einen schnellen Kuss auf die Wange. »Das hast du schön gesagt.«

»Was nützt mir das, wenn du mich nicht leiden kannst?«

Ich muss lachen. Und dann sage ich etwas, das mir in meinem ganzen Leben noch nicht in den Sinn gekommen ist: »Wir würden hübsche Kinder haben. Ein Junge und ein Mädchen. Der Junge käme nach dir, das Mädchen nach mir. Gil und Gina.«

»Jonas und Franziska!«

Er fällt in mein Lachen ein, wirft mir dabei aber einen fast schüchternen Blick zu. Dann finden unsere Hände zueinander, und so sitzen wir stumm mit verschränken Händen, bis die Ampel grün wird und er wieder schalten muss.

»Und du?«, fragt er mich dann schüchtern.

»Bei mir prickelt es im Bauch, ich weiß aber nicht, warum.«

Sanne

Lieselotte und ich unterhalten uns während des Essens, diesmal über die schnelle WeChat-Übersetzung ihres Handys. Und sie bestätigt mir noch einmal, wie glücklich sie es gemacht habe, dass sie zu Hause gewesen sei und ich ihre Heimat hatte kennenlernen können. Und ihre Eltern und ihre Schwester Gaga und Michael. Es sei eine große Freude gewesen und ein großes Geschenk. Aber nun hoffe sie, dass auch Xiaoxia, Zitian und Tian bald zurückkämen und alles wieder gut sei.

Ich stimme ihr zu, obwohl ich im Moment überhaupt keine Begeisterung verspüre, noch länger zu bleiben. Habe ich Heimweh?

Ich weiß es nicht.

Ursprünglich wollte ich doch drei Monate weg?

Ja, aber will ich drei Monate hierbleiben? Das Land ist so groß. Es gibt so vieles zu sehen. Will ich wirklich drei Monate hier, in diesem Haus, bleiben? Mit Tian jeden Morgen in den Kindergarten gehen? Instinktiv greife ich an meine Ohren. Sie sind noch da, meine Jade-Ohrstecker. Warum die Lehrerin das wohl fotografiert hat? Mich mit Tians Zeichnung? Rein aus Freude oder doch eher zur Dokumentation? Ich werde aus diesem Land nicht schlau. Aber vielleicht muss man das ja auch gar nicht? Ich bin Touristin, ich lebe nicht hier. Ich darf die Schönheiten des Landes einfach genießen. Huang Shan. Im Internet habe ich gerade gelesen, dass es für fast jeden Chinesen der größte Wunsch ist, einmal in seinem Leben dieses Gebirge zu sehen. Kein Wunder, dass es so viele waren. Und mir fällt der Spruch eines weltweit gereisten Künstlers wieder ein, der sagte, wer einmal in diesem Gebirge war, braucht nicht weiterzusuchen.

Ich war dort.

Aber es gibt noch vieles, was ich gern sehen würde.

Nur nicht allein.

Zurück in meinem Zimmer setze ich mich wieder an meinen Laptop. Jetzt sollte ich mir doch mal die Mails durchlesen. Und auch in meinem Handy nach neuen Nachrichten forsten. Es wird Zeit, dass ich aus der Traumwelt in die reale Welt zurückkehre. Im Gegensatz zu meinem Büro zu Hause laden die Mails hier blitzschnell. Alles sofort da. Ich verkneife es mir, darüber nachzudenken, sondern öffne die letzte, denn die ist von Elena.

Und sofort erfasst mich der Schreck. Alex im Krankenhaus. Ein Krampfanfall. Er wird nun neurologisch untersucht, man wolle einen Gehirntumor ausschließen. Vielleicht einfach zu viel Alkohol mit zu viel Bewegung. Könnte an der Kombination liegen.

Alex und Bewegung?, denke ich.

Wo hat denn der sich schon mal bewegt? Er fährt doch nur mit dem Auto oder dem Lift?

Trotzdem, die Nachricht versetzt mich in Alarmbereitschaft, und ich sehe sofort im Handy nach, ob von Alex eine entsprechende Nachricht eingegangen ist.

Nichts.

War ja auch eigentlich nicht zu erwarten, Schwächen hat er schon seit jeher verheimlicht.

Und jetzt?

Ich spüre ein Aufwallen in mir, ein Ziehen in der Brust, das ich sofort abstelle, indem ich abrupt aufstehe und ans Fenster trete.

»Halt!«, sage ich laut zu mir. »Alex! Was geht mich Alex an? Er lebt sein eigenes Leben. Was ist mit Amanda? Elena erwähnt sie mit keinem Wort. Lebt sie noch bei uns zu Hause?«

Ich gehe an den Tisch zurück und hämmere in die Tastatur.

Nicht gerade freundlich, denke ich, als ich es mit dem letzten Ausrufezeichen abschicke. Aber genauso schnell ist Antwort da. Doch was ich lese, verwirrt mich. Meine Tochter Elena, die kühle, analytische Elena, schreibt doch tatsächlich, Amanda sei eigentlich eine ganz nette, fast schon wie eine große Schwester, die halt immer mal wieder Unsinn baue. Sie habe nur nicht denselben Start ins Leben gehabt wie sie, Elena. Kein Familiennest, keine Förderung, daraus folgend keine Energie, sich selbst etwas aufzubauen. Keinen Mut, keine Traute.

»Ach«, schreibe ich zurück, »aber sich an einen verheirateten Mann heranzumachen, dafür hatte sie Traute genug?«

»Dazu gehören immer zwei«, kommt die Retourkutsche.

Ich klappe den Laptopdeckel zu und sage laut: »Ich lasse mich scheiden! Dann können die beiden ein Amanda-Sozialprogramm entwickeln.«

Wieder nehme ich meine Wanderung auf, diesmal quer durchs Haus, auf die Terrasse. Aber es ist heiß und drückend, also wieder zurück in mein Zimmer.

Laptopdeckel aufgeklappt, und schon habe ich eine Mitteilung von Elena.

»Bist du jetzt beleidigt?«

»Nein«, schreibe ich zurück, »ich suche mir jetzt einen Amadeus.«

»Keine schlechte Idee«, schreibt sie, »pari, das beruhigt die Gemüter und ist auch irgendwie … erwachsener.«

Ich stehe auf und gehe ans Fenster. Muss ich mir von meiner Tochter sagen lassen, dass ich mich gefälligst erwachsener zu benehmen habe? Mensch, der Kerl hat mich betrogen. Soll ich jetzt Amanda als Stieftochter aufnehmen?

Es wird ja immer bunter.

Zurück am Schreibtisch schreibe ich genau das.

»Elena, mein Mann, dein Vater, hat mich betrogen. Soll ich jetzt Amanda als Stieftochter bei uns aufnehmen?«

»Wenn du sie kennen würdest, würdest du sie mögen. Sie ist halt etwas … unkonventionell. Aber sie ist kein schlechter Mensch.«

»Ich lasse mich monatelang betrügen, sie will mich nicht nur aus meiner Ehe drängen, sondern auch aus unserem Haus, und dann sagst du, sie ist kein schlechter Mensch? Schläft in meinem Bett!!! Das ich gekauft habe … Mit meinem Mann? Plündert sein Bankkonto? Also echt, das ist doch ein schlechter Witz!«

»Beruhig dich, Mama, du bist doch sonst so cool. Das ist eine Phase. Du hast doch auch Phasen? Jeder Mensch hat Phasen. Meine Pubertät war auch eine Phase, siehst du, alles wieder gut.«

Okay, warum rege ich mich eigentlich so auf? Es geht gar nicht um Amanda, gestehe ich mir ein, es geht um meinen eigenen Verlust. Oliver. Ich könnte die ganze Welt anschreien und dafür verantwortlich machen, dass das Leben nicht nach meinen Spielregeln läuft. Ich bin zu alt, er ist zu jung, er ist ungebunden, findet überall eine Heimat. Gestern Beirut, heute Shanghai, morgen Port Elizabeth. Seine sesshafte Zeit kommt noch. Mit Frau und Kind. Kann ich jetzt deshalb alles Porzellan an die Wand pfeffern?

Wieder nehme ich meine Wanderung auf.

Er rumort in mir und zwar gewaltig. Ich weiß wirklich nicht, ob ich wegen Alex so wütend bin oder wegen mir oder wegen der Umstände, die das Leben so schwierig machen.

Schließlich schreibe ich Elena: »Ich gehe in mich!«, und mache mich auf zu dem Schrank im Wohnzimmer, wo der Maotai steht. Und mit einem gut bemessenen Glas lege ich mich in meinem Zimmer ins Bett. Okay, der haut mich jetzt um, und wenn ich nach einem tiefen Schlaf alle Sinne wieder beieinanderhabe, komme ich vielleicht auch drauf, was ich eigentlich will.

Amanda

Das ist ja herrlich, da rede ich mit einem über unsere zukünftige Familie, obwohl wir uns vor Kurzem noch gar nicht gekannt haben. Und es fällt so leicht. Wir scherzen hin und her, bis wir in eine ruhigere Gegend kommen und er in ein von einer hohen Hecke umrandetes Areal abbiegt. Etliche Besucher-Parkplätze, dahinter unzählige Pflanzen in allen Farben und Formen, Gewächshäuser und ein recht großes Bürogebäude, auf das wir jetzt zusteuern.

»Ah«, sage ich, »die Firma, in der du arbeitest?« Er nickt und parkt den Lieferwagen neben anderen Lieferwagen hinter dem Gebäude. »Gar nicht so klein«, sage ich und überhaupt erscheint mir der Fuhrpark hier riesig, große und kleine Bagger, Anhänger, alles steht in Reih und Glied wie die Zinnsoldaten.

»Vierzig Leute.«

»Und alle im Urlaub?«

»Wie?«

»Das hast du doch gesagt, als wir uns kennengelernt haben.«

»Ach so«, er lacht. »Ja, einige schon, und eigentlich war ich immer der spezielle Sanne-Betreuer. Jeder Kunde hat halt seinen Lieblingsgärtner. Aber inzwischen habe ich eben auch andere Aufgaben, andere Bereiche, und nun hat ein junger Kollege übernommen, aber trotzdem mag ich zwischendurch auch mal wieder bei ihr oder überhaupt in kleinen Gärten arbeiten. Das bringt Spaß – siehe Rosen.«

»Fährst du sonst eher Bagger? Landschaftsbau?«

»Rollrasen in Fußballstadien.«

»Im Ernst?«

»Das gehört auch dazu.«

»Ist ja spannend!«, ich sehe mich um. »Baggerfahren würde ich auch mal gern.«

»Siehst du«, sagt er, »ich sage doch, du bist für den Job geschaffen. Eine Frau für alle Fälle.«

»Und was machen wir jetzt hier?«, will ich wissen, während wir auf das Gebäude zugehen.

»Jetzt lasse ich dich mal aufklären, was du tun könnest, falls du wirklich anfangen willst. Es gibt mehrere Möglichkeiten.«

»Was macht dich so sicher, dass ich überhaupt anfangen will?«

»Weil jeder Mensch im Leben eine Aufgabe braucht und Erfolg will. Und ich schätze dich einfach so ein. Ich glaube, du hast bisher nur noch nicht das Richtige für dich gefunden.«

Die zweiflügelige Glastür vor uns gleitet zur Seite, und wir gehen hinein, zwei junge Frauen an zwei Kassen blicken auf und nicken uns zu. »Aber so was nicht«, sage ich sofort. »Für eine Kasse bin ich nicht geeignet.«

»Daran habe ich auch nicht gedacht«, meint er, »aber wir haben hier jemanden, der dir alle Berufsanforderungen erklären kann. Ganz egal, ob du in die Verwaltung, in die Beratung, in die Planung, den Verkauf oder als Gärtnerin raus magst. Hör's dir einfach an.«

Ich gehe neben ihm her, und bis wir eine Etage höher sind, fällt mir auf, wie respektvoll er von allen, die uns begegnen, gegrüßt wird. Es scheint hier ein nettes Arbeitsklima zu herrschen, die Menschen gehen gut miteinander um, das gefällt mir.

»Aber wenn mir gar nichts zusagt, fährst du mich dann wieder heim?«

»Wo ist denn heim?«

»Na, zurück …«

»Wenn du alles ganz anders willst … natürlich. Sofort.« Er fasst mich leicht am Oberarm. »Aber es wäre schade. Sehr schade.« Ein eindringlicher Blick, dann ein »Wartest du kurz?«, und er verschwindet hinter einer Tür. Kurz darauf kommt er wieder heraus. »Okay, Herr Obermaier hat Zeit für dich, du kannst ihn alles fragen, was dich interessiert.«

Und mit diesen Worten hält er mir die Tür auf.

Sanne

Der Vorsatz war okay, aber schon nach dem ersten Schluck merke ich, dass das nichts wird. Ich liege im Bett und spüre Übelkeit aufsteigen, dieser Chinesische Schnaps ist einfach zu stark! Also setze ich mich wieder auf und disponiere um.

Ich bin ja gleich an der ersten Mail von Elena hängen geblieben. Vielleicht sollte ich noch einmal besser in meinen PC schauen? Kann ja nicht alles sein.

Ich finde eine Mail meiner Agenturchefin, die nachfragt, ob alles in Ordnung sei? Das finde ich sehr nett und fürsorglich, und ich schreibe auch gleich entsprechend zurück. Und einige Freunde und Kolleginnen möchten wissen, wie es sich als Granny-Au-pair so lebt. Auch denen antworte ich, allerdings mache ich es mir einfach, ich kopiere meine erste Mail und verändere nur Vornamen und ein paar kleine Details. Das beruhigt mich, und ich fühle mich schon fast wieder wohl.

Alles gut, Sanne, das Leben geht weiter. Mach was draus.

Und überhaupt, so viel Lob meiner Freunde für meinen angeblichen Mut, das tut doch auch irgendwie gut. Ich durchforste meinen Account nach älteren Mails und sehe in dem Moment, dass eine neue Nachricht hereingekommen ist.

Als ich sie öffne, halte ich den Atem an. Von Xiaoxia.

Unwillkürlich bekomme ich eine Gänsehaut. Oder ist die Klimaanlage doch zu stark eingestellt? Ich streiche mir über die Oberarme, während ich sie öffne.

Liebe Sanne,
Zitian hat geschäftlich alles erledigt – und alles ist gut, aber da wir ja nun schon einmal mit unserem Sohn da sind, hängen wir noch eine Woche Europa dran. Rom, Paris und London. Für uns, aber auch für Tian, damit er einen ersten Eindruck europäischer Städte bekommt.
Ich hoffe, es geht euch gut? Grüße bitte Jianlin und Fang, wir bringen einen kleinen, beleuchteten Eiffelturm für Sophia mit. Magst du noch so lange bleiben? Oder doch ein wenig herumreisen? Lass es uns einfach wissen, beides wäre okay, wir sehen uns ohnehin wieder, danke für alles, Xiaoxia und Zitian.

Ich lese die Mail dreimal. Was will sie mir durch die Blume sagen? So wie ich das lese, wissen sie bereits, dass Jianlin aus der Haft entlassen ist und Zitian offensichtlich nichts zu befürchten hat. Dass sie nun noch eine Woche dranhängen, scheint eher eine Erleichterungsreise zu sein. Ich versuche eine ebenfalls vorsichtig formulierte Antwortmail zu schreiben.

Liebe Xiaoxia, lieber Zitian,
ihr habt natürlich recht. Wer als Familie schon einmal in Europa ist, sollte das auch genießen. Falls Tian noch etwas anderes sehen mag als den Eiffelturm, dann geht mit ihm in Paris ins Disneyland, Elena hat das als Kind geliebt. Und liebt es als 27-jährige noch immer.
Was ich machen werde, weiß ich noch nicht. Das Huang Shan-Gebirge hat mich so sehr fasziniert, dass ich wirklich noch gern sehr viel mehr von China sehen würde.
Aber allein?
Ich denke noch darüber nach, aber so oder so werden wir uns wiedersehen, denn es war eine wunderschöne Zeit mit euch und Tian,
liebe Grüße, Sanne

Ich lese es mehrfach aufmerksam durch und schicke es dann ab. Ja, es stimmt. Alleine reisen mag schon gehen, aber zu zweit kann man sich an vielen Dingen eben doch mehr freuen. Ich denke an Oliver und dann an Alex. Seine geplante Hochzeitsreise. Aber dann lasse ich den Gedanken wieder fallen, ich muss mich einfach neu orientieren, Oliver geht seiner Wege und Alex auch. Bei beiden stehe ich nicht im Fokus. Alex ist ganz weg, und Oliver mag sich das noch einreden, aber ich weiß genau, so wie es in unserem Gästehaus war, kann es nicht mehr werden. Wie auch? Frankfurt im Vergleich zu dieser grandiosen Bergwelt, zu unserem aneinander Herantasten, die Frankfurter City im Vergleich zu unserem Fußweg durch den Kiefernwald und dann diese einfache Hütte, alles das war doch auch der Reiz. Diesen Tag und diese Nacht wiederholen zu wollen, kann doch nur einen schalen Beigeschmack hinterlassen.

Nein, diese Liebesnacht ist und bleibt ein Diamant, ein Solitär, ganz allein für meine Erinnerung. Und ich muss mir nun einfach einen eigenen, einen neuen Weg suchen. Ich atme ein paarmal tief durch, und dann weiß ich, was mir helfen könnte.

Ich laufe quer durchs Haus und rufe laut: »Lieselotte? Qi Gong?«

Und schon ist sie da, von irgendwoher, und strahlt mich an.

»Qi Gong?«

Ich nicke und zeige auf sie und auf mich, zwei Finger hoch in die Luft.

»Peace«, sagt sie, und wie sie das sagt, bringt mich zum Lachen. Ja, denke ich, Peace. Ganz einfach.

Amanda

Als ich da wieder aus dem Büro rauskomme, ist mir ganz schwindelig. Was ich alles machen könnte … ja, unglaublich. Ich hätte nie gedacht, wie viele Möglichkeiten es für eine Hochhaus-Hyäne wie mich gibt. Über das Wortspiel in meinem Hirn muss ich lachen und laufe direkt Daniel in die Arme, der offensichtlich auf mich gewartet hat.

»Feiner Laden«, sage ich auf sein fragendes: »Naaa?«

»Und?«, will er wissen.

»Jetzt möchte ich mir das alles mal ansehen. Herr Obermaier hat mir so viel erklärt, das war klasse, aber eben Theorie. Zeigst du mir mal die Praxis? Oder«, ich schau mich schnell um, »darfst du das während deiner Arbeitszeit überhaupt?«

»Bei dem Fachkräftemangel, der gerade herrscht, darf ich das bestimmt.«

Ich vergrabe meine Hände in meinen Jeans und fühle mich schon ein bisschen so, als wäre ich bereits angestellt. Wie alle hier, irgendwie ein bisschen wichtig.

»Kennst du diesen Lobinger?«

Daniel nickt, während wir die Treppe hinuntergehen.

»Scheint ein netter Chef zu sein, der Obermaier hat jedenfalls voller Respekt von ihm gesprochen. Lobinger hier und Lobinger da.«

»Aha?«

»Meinst du, ich hätte eine echte Chance, hier etwas zu werden?«

»Würdest du das denn gern?«

Ganz ehrlich, ich habe ein seltsam gutes Gefühl und flüstere Daniel mitten auf der Treppe zu: »Dein Gehalt und mein Gehalt, da könnten wir dann doch gemeinsam schon was stemmen, meinst du nicht?«

Sein Gesicht ist ein einziges Grinsen.

»Das wollte ich hören. Meinst du es ernst?« Er bleibt auf zwei Treppenstufen stehen. »Dass ich in dich verliebt bin, weißt du ja schon. Aber du?«

»Ich möchte hier morgen einen Arbeitsvertrag unterschreiben und dann in ein neues Leben starten. Mit dir.« Ich sage das schneller, als ich nachgedacht habe. Geht es jetzt mit mir durch, nur weil ich mich mit einem Gärtner auf einer Wiese herumgebalgt habe?

Er reagiert nicht darauf.

Vielleicht glaubt er mir genauso wenig, wie ich mir selbst glaube. Meine ich es ernst? Ich weiß nur, dass mein Herz pocht und dass mich dieser Mensch anzieht. Als Mensch. Und als Mann.

»Ich zeige dir jetzt die Rosen«, sagt er. »Wir haben die schönsten Rosen weit und breit.«

»Die gestern waren doch auch von euch?«

Er nickt. »Rosen haben viele Gesichter, aber egal, welches sie einem zeigen, sie sind immer besonders.«

Wir gehen weiter, und ich sehe ihn fragend an.

»Okay«, er lacht. »Ich sage es nicht. Ich habe sowieso schon zu viel gesagt. Kein Mensch kennt mich so!«

»Komm, du bärbeißiger Gärtner, sag es!«

Er schüttelt den Kopf.

»Willst du dich mit mir herumbalgen?«, frage ich, kurz bevor wir die letzte Treppenstufe erreicht haben.

»Nichts lieber als das.«

»Grasflecken hast du ja schon!«

Er schaut an sich hinunter und muss lachen, und so gehen wir durch das Gebäude zum Hintereingang.

Einige Leute grüßen, und mir gefällt es, wie freundlich hier alle miteinander umgehen, also grüße ich freundlich zurück.

Wir gehen in dem großen, angelegten Gärtnerei-Garten einen schmalen Weg entlang, und Daniel erklärt mir fachmännisch den Unterschied zwischen den einzelnen Rosensorten, die rechts und links blühen.

Vor einer blutroten Rose mit leicht pinkfarbenem Innenleben bleibt er stehen, zieht ein Klappmesser aus seiner Hosentasche, klappt es auf und schneidet sie ab.

»Was tust du denn da?«, erschreckt schaue ich mich um. Hat das jemand gesehen?

»Das ist die Rosensorte Amanda. Und diese hier ist die allerschönste, deshalb passt sie zu dir.«

Er entfernt die Dornen und überreicht sie mir. »So, jetzt habe ich es gesagt«, fügt er schmunzelnd an.

Ich weiß im Moment nicht, was ich antworten soll, so überwältigt bin ich. Eine kleine Geste, aber so wunderbar besonders, dass ich ihn mitten zwischen den Rosen umarme und küsse. Und so stehen wir küssend und zeitverloren da, bis mir die Situation klar wird und ich mich abrupt loslöse.

»Oje«, entschuldige ich mich. »Tut mir leid. Jetzt kündigen sie dir, und ich bekomme keinen Job … und dann …«

»Und dann?«, will er wissen.

»Dann machen wir uns selbstständig!« Ich lache und küsse ihn gleich noch einmal. »Du als Gärtner, und ich mach die Akquise und stemme das Büro.«

»Das sind perfekte Aussichten!« Er lacht und nimmt mich bei der Hand.

»Frühstück hatten wir allerdings immer noch nicht …«, bemerke ich, denn mein Magen knurrt.

»Stimmt«, sagt er, »Zeit, dass wir das ändern. Aber dann muss ich an die Arbeit, sonst werde ich wirklich noch entlassen.«

Sanne

Diese tänzerischen Bewegungen, langsam, konzentriert, wie in Zeitlupe, eine Choreografie, die uralt zu sein scheint, voller geheimnisvoller Zeichen und Riten. Und während ich Lieselottes Bewegungen nachahme, beschließe ich ernsthaft, Qi Gong auch in Frankfurt weiter zu betreiben, denn es tut mir gut. Die schweren Gedanken werden leicht, verschwinden ganz, der Kopf wird leer. Nach einer Weile fühle ich nur noch mich und meinen Körper, schweife nicht mehr ab, alles ist im Einklang. Ich hätte stundenlang so weitermachen können, aber Lieselotte lässt alles langsam ausklingen, und schließlich stehen wir uns lächelnd gegenüber.

Sie sagt etwas, das sich für mich wie »gut?« anhört, und ich antworte mit »sehr gut«, und wir bezeugen uns mit einem *Wai* gegenseitig Respekt, indem wir die Hände flach aneinanderlegen und zum Gesicht führen. Dann lächelt sie mir zu und hat offensichtlich irgendetwas zu tun, während ich in dieser schönen Stimmung noch etwas verweilen will. Ich gehe einen Raum weiter in die Bibliothek, lege mich in die lederne Liege und gebe mich meinen Gedanken und Tagträumen hin.

Amanda

Alex will mit mir reden.

Das hat mir gestern noch richtig Angst gemacht. *Amanda, die Lückenbüßerin, hat ihre Arbeit getan, Amanda kann jetzt gehen.* Komischerweise habe ich das Gefühl nun gar nicht mehr. Ich habe ein paar Snacks aus der Tiefkühltruhe aufgetaut, kleine gefüllte Blätterteig-Hörnchen, und der Backofen hat die Temperatur, dass sie in fünf Minuten fertig wären, sollte er aufkreuzen. Zwei Sektgläser stehen parat, und den Champagner müsste er selbst holen, sollte es ihm danach sein, es ist ja sowieso seiner.

So sitze ich eine Weile herum, pendle dann zwischen Schlafzimmer, Garten und Küche und stelle während meiner Wanderungen fest, dass ich überhaupt nicht sexy angezogen bin. Vor dem großen Wandspiegel im Flur bleibe ich stehen und mustere mich. Ich sehe jetzt nicht gerade schlecht aus, Jeans und Bluse sind voll okay, aber ich tanze nicht in Spitzen-Dessous durch die Gegend.

Es lässt mich kalt.

Ich kenne mich nicht wieder.

Was ist an meinen Spitzen-Dessous so verkehrt?

Nichts.

Ich habe nur keine Lust.

Während ich noch über mich nachsinne, sehe ich durch das Fenster im Flur ein Taxi vorfahren. Aha, also hat er die Anonymität eines Taxifahrers der Nähe seiner Tochter vorgezogen. Also die Hörnchen in den Backofen und ab zum Empfang.

Ich öffne die Haustür und warte ab.

Er kommt mir mit seiner Reisetasche, die wir ihm gepackt hatten, beschwingt entgegen. So voller körperlicher Energie und ausstrahlender Zuversicht, dass es schon wieder Alarmwirkung hat, finde ich.

»Amanda«, sagt er, »wie schön, dass du da bist.«

»Alex«, entgegne ich, »wie schön, dass du wieder da bist.«

Er umarmt mich mit einem familiären Begrüßungskuss, und dann gehen wir ins Haus.

»Ich habe eine Kleinigkeit zur Begrüßung vorbereitet«, sage ich und zeige zur Küche.

»Wie lieb von dir.« Er stellt seine Reisetasche ab und geht mir voraus. »Jedenfalls duftet es gut.«

Er erscheint mir wie ein Fremder. Small Talk unter Fremden. Habe ich ihn hier schon mal gesehen?

»Ja«, sage ich, genauso gestelzt. »Und ein Glas Champagner, falls du das Wiedersehen feiern willst.«

»Das will ich«, erklärt er, »das Glas für dich, für mich Wasser … eine kleine Abstinenz scheint angebracht.« Er lächelt, öffnet den Kühlschrank und greift nach einer Flasche.

»Nein, wegen mir nicht«, wehre ich ab. »Erzähl lieber, wie es dir geht und was sie festgestellt haben.«

»Zu viel von allem«, sagt er, und nun trifft mich der erste ehrliche Blick, »ich muss runterkommen.«

Ich wische die heißen Blätterteig-Hörnchen aus dem Backofen auf eine weiße Porzellanplatte und weiß nun nicht so richtig, wohin damit. »In den Garten?«, frage ich. »Und statt Champagner einen Kaffee?«

»Wasser reicht«, sagt er. »Ich komme nach.«

Und während ich mit der Platte und den bereitgelegten Servietten hinausgehe, denke ich, dass man Glück nicht erzwingen kann. Es kommt ganz von alleine, unvorhergesehen, oder gar nicht. Alex bringt eine Mineralwasserflasche und zwei Gläser und setzt sich mir gegenüber hin.

»Amanda«, beginnt er, »du bist eine wahnsinnig aufregende, begehrenswerte und sehr spannende Frau.«

Ich sehe ihm direkt in die Augen, und er zuckt mit keiner Wimper.

»Wir hatten eine Zeit, die ich nicht missen möchte.«

Wenigstens das, denke ich.

»Aber im Krankenhaus ist mir einiges klar geworden. Ich verletze Menschen, die es nicht verdient haben.« Er stockt, schenkt die beiden Wassergläser voll und spricht dann weiter. »Dich, wahrscheinlich meine Tochter und vor allem … meine Frau.«

Gut, denke ich, jetzt ist es raus.

»Ich habe den ganzen Vormittag darüber nachgedacht, wie ich das regeln könnte. Wie kann ich das wieder in die Bahnen lenken, in denen mein Leben mal war?«

»Wieso bist du überhaupt ausgebrochen?«, will ich wissen, denn wenn jetzt eine Selbstbemitleidungstour kommen sollte, raste ich aus.

Er presst die Lippen aufeinander. »Das habe ich mich auch gefragt.«

»Und keine Antwort gefunden?«

Wie armselig ist das denn, frage ich mich.

»Doch, natürlich.« Alex entspannt sich wieder. »Dein Sex-Appeal, meine Midlife-Crisis, die Frage, ob es das wohl schon gewesen sein soll, dein aufreizend junger Körper, das Gefühl, wieder jünger zu sein, ich in deinem Spiegelbild.« Er sieht mich an und schüttelt den Kopf. »So ein Quatsch. Ich werde nicht jünger, nur weil du dreißig bist. Ich bin immer noch fünfzig. In dein Gesicht zu schauen macht aus mir keinen Jüngling mehr, so gern ich das in deiner Gegenwart wäre.«

Ich sage nichts, sondern warte ab.

Eine Weile denkt er in sich hinein und isst gedankenlos einige der Blätterteig-Hörnchen. Und dann: »Elena mag dich«, sagt er plötzlich. »So irre das klingt.«

»Für mich klingt nichts mehr irre«, sage ich.

Er muss lachen, und das ist für mich eigentlich irre.

»Ja«, sagt er, »dein ganzes Leben ist irre. Aber weil das so ist und ich ein Teil davon war…«, er korrigiert sich, »nein, bin. Oder doch besser: war… fühle ich mich auch verantwortlich.«

»Verantwortlich für was?«

»Was war. Was ich dir angetan habe. Die Liebe, deine Hoffnung. Das Schnuppern an einer anderen Welt, all das, was ich dir vorgeführt habe, ein Leben in Unbeschwertheit, teures Essen, teure Getränke, Luxus.«

»Jetzt übertreib mal nicht!«

Er sieht mich an und runzelt die Stirn. »Das Appartement, die Dinner, der Champagner … ist das kein Luxus?«

Ich hole Luft. »Vielleicht ist es an der Zeit, dass ich da mal was zurechtrücke. Das Appartement willst du kaufen, meine Anwesenheit ist begrenzt, das ist also kein großer Verlust für dich. Champagner und Dinner … die Dinner kann ich an einer Hand abzählen. Champagner hast du selbst auch getrunken. Berlin … ja, Berlin war schön. Aber mal ehrlich, lieber Alex, jede Escortdame wäre teurer geworden. Du hast mit meinem Glauben an eine gemeinsame Zukunft gespielt, denn du hast von Anfang an gewusst, dass du nur ein Spielzeug suchst.«

Er sieht mich an, als bemerke er zum ersten Mal, dass ich auch sprechen kann. Schließlich holt er tief Luft.

»Wenn du das so siehst…«

»Wenn du ehrlich bist, siehst du es auch so. Genau so!«

Er lässt wieder einige Zeit verstreichen, dreht sein Wasserglas in der Hand.

»Ich habe darüber nachgedacht, wie ich dich entschädigen könnte.«

»Entschädigen?« Ich muss aufpassen, dass ich mich nicht im Ton vergreife. »Entschädigen? Für was?«

»Für deine Hoffnung, für deine Zeit, für deine Zukunft – für deinen tollen Sex.«

Er scheint nicht zu spüren, wie ich koche.

»Ich will nicht *entschädigt* werden«, sage ich möglichst ruhig. »Das hört sich … das hört sich einfach falsch an.«

»Aber, ja doch … 20 000 Euro auf dein Konto?«

»Willst du dich freikaufen?«

»Und dein Appartement bis … wie abgemacht?«

»Ich will«, sage ich, »ich will … gar nichts.« Und im gleichen Atemzug sage ich: »Ich will Daniel!«

Er merkt auf. »Daniel?«

Und in dem Moment, da ich es sage, spüre ich, dass ich es wirklich will.

»Ich werde eine Ausbildung machen. Ich möchte Gärtnerin

werden. Ich kann mir das vorstellen, das ist ein Ziel, eine Aufgabe, ich glaube, dass mich das erfüllen kann.«

Alex sieht mich nur groß an und sagt nichts.

»Doch! Ehrlich. Ich will nichts von dir, ich will auch nicht den Schlüssel zu deinem Haus.« Und genauso beiläufig, wie er ihn mir hingeschoben hat, drücke ich ihm das Ding in die Hand und rede einfach weiter: »Wir hatten eine schöne Zeit, alles gut. Deine Frau wird zurückkommen, auch gut. Deine Tochter ist speziell, aber irgendwie mag ich sie auch – warum, weiß ich auch nicht, aber …«, ich erwidere seinen Blick, »du bist mir nichts schuldig. Ich habe einen Weg gefunden, den ich ohne dich nie gefunden hätte. Ich glaube, dass ich glücklich werden kann, das spüre ich, das fühle ich in mir.«

»Wer …«, sagt er, »hast du Daniel gesagt?«

»Ja, der Gärtner. Euer Gärtner. Er hat nicht viel, macht nichts. Wenn ich meine Ausbildung abgeschlossen habe und wir zusammenlegen, reicht es. Ich möchte eine Familie, kannst du das verstehen? Kinder. Mit ihm«, in Erinnerung an unsere Wortspiele muss ich lächeln, »Gil und Gina – oder Franziska und Jonas, ganz egal. Ich träume davon. Es beschwingt mich. Es hat nichts mit Geld zu tun … sondern«, ich horche in mich hinein, »mit Liebe. Ja, mit Liebe.«

Ich bin von diesem Gedanken selbst so beseelt, dass ich weinen könnte.

»Daniel?«, wiederholt Alex.

»Ja, hörst du nicht zu?«, fahre ich ihn an. »Daniel, der Gärtner, der bei euch die Hecke schneidet. Ja, kein Banker, kein Krösus, einfach ein Gärtner.«

Alex fängt an zu lachen.

»*Der* Daniel?«, fragt er noch einmal.

»Was heißt denn da *der* Daniel?«, äffe ich ihn nach. »Wie viele Gärtner habt ihr denn, die Daniel heißen?«

»Der Lobinger?«

»Der … was?« Spinnt er? Ich schüttle den Kopf. Vielleicht geht es ihm doch nicht gut?

»Haben sie dich zu früh entlassen?«, will ich wissen. »Stimmt was nicht?«

»Also«, Alex schüttelt den Kopf. »Mein liebes Kind, Daniel Lobinger ist mein Kunde. Im Private Banking. Ganz weit vorn. Lobinger Gärtnerei und Landschaftsbau, vierte Generation. Wenn der sich in dich verguckt hat, brauchst du von mir wahrlich keinen Segen.«

Sanne

Während ich so liege und durch das Fenster in den dunstigen Himmel von Shanghai blicke, geht mir wahnsinnig viel durch den Kopf. Es ist, als würde ich in einem Bilderbuch blättern, in dem Bilderbuch meines Lebens.

Meine Kindheit, meine Eltern, meine Schulzeit, meine Freunde und Freundinnen, es ist herrlich, solche alten Schätze hervorzukramen, sich ein sonntägliches Frühstück als Zehnjährige im Familienkreis vorzustellen, oder die Bilder aus meiner Erinnerung abzurufen, wie wir miteinander gespielt haben, welche Spiele, welche Musik wir toll fanden. David Cassidy, fällt mir ein. Diese Single habe ich mal geklaut. Ich war so verliebt in ihn, ich hatte keine andere Wahl.

Ich glaube, denke ich, diese Trophäe habe ich heute noch.

Irgendwann bin ich bei Alex. Und dann bei Elena. Den Anfängen meiner Ehe. Mein berufliches Zurückstecken. Aber jetzt kann ich ohne Bitternis daran denken, stelle ich fest, eher mit einem Lächeln. Und Oliver. Diese Nacht. Sie wird mir stets unvergesslich bleiben. Oliver bekommt einen Stern – und immer, wenn es mir schlecht geht, werde ich nachts hinaufschauen und dieses Gefühl abrufen, dieses Gefühl der Begierde, der Freude, der Freundschaft, des Staunens und des Ertastens – für eine Nacht.

Ich bin so gut drauf, dass ich an meinen Laptop gehe und Alex schreibe. Und ich schreibe nur wenige Sätze:

»Lieber Alex, gerade geht mir viel durch den Kopf. Alles ist gut, ich fühle mich frei und zufrieden. Und gleichzeitig denke ich: Wissen wir eigentlich, was wir aneinander haben?«

Amanda

Ich finde das gar nicht toll. Ich weiß nicht, was in mich gefahren ist, aber eigentlich fühle ich mich um diese Zukunft, die ich mir schon ausgemalt hatte, betrogen.

Und genau das schreibe ich ihm.

»Du bist der Lobinger? Nein!!! Das höre ich vorhin von Alex! Wieso rennst du als Gärtner verkleidet herum? Hat das Spaß gemacht, die kleine Amanda so hinters Licht zu führen? Gärtner? Ich habe mich verliebt. In Daniel, den Gärtner. Und jetzt?? Jetzt ist mein Gärtner der Lobinger. 4. Generation. Private Banking. Und ich bin Amanda, der Depp!«

Seine Antwort kommt sofort.

»Amanda! Ich liebe dich! Was soll ich sagen, ich gärtnere gern, das tu ich immer noch. Ich habe meine Kunden von früher, aus meiner Lehrzeit, es macht mir Spaß, Sanne kennt mich seit vielen Jahren. Es ändert nichts zwischen uns. Du machst eine Ausbildung, und unsere Kinder werden Franziska und Jonas heißen.«

»Was heißt das?«

»Dass ich dich morgen früh abhole und wir über alles reden. Und vergiss nicht … meine Gefühle für dich sind tief. Im Lobinger wird immer der Daniel stecken. Wenn du dich in Daniel verliebt hast, dürfte das andere auch kein Problem sein.«

»Ich möchte nicht Frau Lobinger sein. Ich möchte einen eigenständigen Posten, selbst erarbeitet, mit meinen eigenen Fähigkeiten.«

»Das spricht für dich. Und für uns. Trotzdem hört sich Amanda Lobinger nicht schlecht an.«

Ich schicke nur noch ein schräges Emoji zurück, antworte aber nicht mehr. Zu viel, zu schnell. Mein Kopf schwirrt. Ich habe mich recht früh ins Bett gelegt, allerdings im Gästezimmer. Ich hätte es heute nicht fertiggebracht, mich neben Alex zu legen, nicht mal freundschaftlich. Es hätte sich falsch angefühlt. Und außerdem rumort er ständig herum, wie ich höre. Was macht er denn? Räumt er um?

Es ist schon spät, als er klopft.

»Ich habe noch einen Flug erwischt… ich hau ab. Ich wünsche dir viel Glück. Halt mich auf dem Laufenden.«

»Halt!«, sage ich. »China? Da brauchst du doch ein Visum?«

»Meines ist gültig. Habe zwischendurch in China zu tun… aber danke.« Er grinst schräg. »Amanda, auf dem Esstisch liegt ein Kuvert. Für dich. Nimm es. Es ist keine Abfindung«, er zieht eine Augenbraue hoch, »es ist ein Dankeschön. Für die schöne Zeit. Leg's an. Du kennst ja meine Bank …«

Dann höre ich die Haustüre klappen, und ich bin allein.

Allein mit mir und meinen Gedanken.

Und was jetzt?, frage ich mich. Aber dann überkommt mich doch die Neugier, und ich hole das Kuvert vom Esstisch und öffne es im Bett.

»Liebe Amanda«, lese ich, *»Du hast recht. Groß shoppen waren wir nicht. Das liegt daran, dass Du auch in jedem Jutesack eine Schönheit bist. Du brauchst keinen größeren Aufwand, eher weniger, das habe ich immer gedacht. Pur gefällst Du mir am besten. Aber damit Du trotzdem nicht nackt in deine Zukunft laufen musst, soll dies ein kleiner Wegbegleiter sein. Und solltest Du wirk-*

lich Frau Lobinger werden, dann bitte den Schleier von diesem Geld kaufen … das bringt Glück. Und beschert mir ein gutes Gefühl.

Ich schließe Dich in meine Arme, und ich hoffe, dass wir alle einen Weg zueinander finden – auch wenn das vielleicht reichlich buddhistisch klingt. Dein Alex.«

Ich sinne eine Weile über seinen Brief nach, dann ziehe ich die Scheine aus dem Kuvert und blättere 5000 Euro auf meine Decke.

»Das gibt aber viele Schleier«, schreibe ich ihm eine Nachricht, »Herzlichen Dank. Vor allem für deinen Brief. Er beschert mir das beste Gefühl, das ich in unserer Zeit je hatte: Wärme.«

Und mit diesem Gedanken kuschele ich mich in meine Decke, denke an Daniel und träume von unserer Zukunft. Und darüber schlafe ich ein.

Sanne

Ich habe mich entschieden. Ich möchte auf alle Fälle mehr von China kennenlernen und auf der Rückreise noch eine Woche hier verbringen, wenn alle wieder da sind, Xiaoxia und Zitian und Tian. Während Lieselotte das Frühstück richtet, gehe ich mit meinem iPad zu ihr in die Küche und schreibe es ihr. Sie wirkt zunächst betrübt, aber dann schreibt sie, es sei ihr eine Freude, wenn ich dann wiederkäme.

Sie ist wirklich ein Schatz, finde ich, und denke an Fang. Auch sie werde ich unterrichten und vor allem hören, wie es ihr geht. Und Jianlin. Und ob wir wohl noch einmal alle zusammen feiern, bevor ich wieder zurück nach Deutschland fliege? Und auch Jiao werde ich eine Mail schicken.

Ich bin so voller Tatendrang, dass ich nach dem Frühstück schier platze. Als Erstes schreibe ich meiner Agentur und schildere der Chefin meinen Plan. Dann unterrichte ich meine Tochter. Und als Nächstes suche ich mir Reisen heraus, die interessant sein könnten.

Dazu brauche ich allerdings Lieselotte.

Und so sitzen wir am Nachmittag am Tisch, und sie erzählt mir mithilfe des Übersetzungsprogramms von so vielen Sehenswürdigkeiten, dass ich total den Überblick verliere. Vor allem als sie auch noch einen Atlas aus der Bibliothek holt und ihn aufschlägt. Ihr Zeigefinger fliegt von einer Stadt zur anderen, und wenn ich mitschreiben will, ist sie schon weiter. Während ich ihr zuschaue, beschließe ich, später Jiao um eine sinnvolle Reiseidee zu bitten, und bestaune mit vielen »Ohhs« Lieselottes Eingebungen, denn ich will nicht, dass sie ihr Gesicht vor mir verliert.

Es ist schon später Nachmittag, als sie sich plötzlich mit der flachen Hand auf den Mund schlägt und mir erklärt, dass sie ja noch einkaufen müsse. Für das Abendessen. Was ich mir denn wünschen würde? Ich könnte ja Hessisch kochen, schreibe ich ihr. Als Abschiedsessen, denn morgen würde ich ihre vorgeschlagenen Reisen buchen.

Sie lacht und freut sich, doch gemeinsam stellen wir fest, dass zu meinem hessischen Reibekuchen mit Apfelmus noch die Äpfel fehlen. Das bringt sie dazu, aufzuspringen und mit ihrem Einkaufskorb die Treppe hinunterzulaufen. Ich höre die Haustür ins Schloss fallen und bin allein.

Und jetzt?

Soll ich schon mal packen?

Oder doch noch nach einem deutschen Reisebüro in Shanghai googeln?

Ich habe noch keinen Entschluss gefasst, da klingelt es.

Lieselotte hat einen Schlüssel, denke ich, außerdem kann sie nicht schon zurück sein.

Also wer?

Jianlins Häscher fallen mir ein.

Aber das ist Unsinn, ich bin ja einfach nur eine deutsche Touristin, nichts Besonderes. Soll ich überhaupt öffnen? Ich könnte von der Terrasse aus nachsehen, aber das erscheint mir albern. Und die hauseigene Sicherheits-Kamera habe ich mir nicht erklären lassen, außerdem bin ich zu Hause doch auch nicht so ängstlich?

Es klingelt – und was soll schon sein?

Also gehe ich die Treppen hinunter und öffne die Haustür mit Schwung.

Und dann stehe ich da, und ich denke mal, dass mir die Kinnlade heruntergeklappt ist.

Vor mir steht Alex in einem türkisfarbenen Pullover und einem Lächeln auf den Lippen.

»Schön, dich zu sehen, Sanne«, sagt er, als wohnte er nur eine Straße entfernt.

»Alex?«

»Ja, leibhaftig!«

»Was machst denn du hier?«

»Ich habe über mich nachgedacht. Und bin zu einem Ergebnis gekommen. Deine Adresse hast du mir ja gegeben. Notfälle. Und so.«

»Ist das ein Notfall?« Ich schwanke zwischen Freude und Widerstand.

»Ja. Ziemlich. In den letzten Wochen war ich wahrscheinlich ein einziger Notfall.«

Das entlockt mir ein Lächeln.

»Und dann deine Worte«, fährt er fort.

»Welche Worte?«

»Wissen wir eigentlich, was wir aneinander haben?«

Das macht mich kurz nachdenklich. Ja, das habe ich geschrieben.

»Wissen wir es wirklich?«, frage ich ihn.

»Ich weiß, was ich an dir habe.«

Wir sehen einander an. Eine kleine Weile lang. Ich in der offenen Haustüre, er davor. Noch mag ich ihn nicht hereinbitten. Noch ist mir das zu wenig.

»Seit wann weißt du das?«

»Seitdem ich mich wie im Spiegel gesehen habe.«

»Was meinst du damit?«

»In einem kahlen Raum, in einem weißen Bett, im Krankenhaus. Ich hatte Zeit. Zeit, über alles nachzudenken.«

»Und das Ergebnis ist, dass du weißt, was du an mir hast? Im Haushalt, im Büro, in der Küche – und so?«

»Das Ergebnis ist, dass ich ein totaler Idiot war. Ich habe mir selbst etwas vorgespielt. Eitel und beleidigt dazu. Ich möchte das wiedergutmachen.«

»Wiedergutmachen?«, höre ich mich sagen. »Wie kannst du es bei deiner Tochter wiedergutmachen, bei deiner Zwischenfrau und bei mir? Wie soll das gehen?«

»Soll ich mich vor dir in den Staub werfen?«

Ich muss lachen bei dieser Vorstellung. »Ja, das wäre schon mal ein Anfang.«

Unversehens liegt er vor mir.

Ich gehe in die Hocke.

»Vielleicht können wir ja darüber reden.«

»Ja?«Er blickt zu mir hoch.

»Alexander Beckmann, die Theatralik eines Büßers steht dir nicht, also steh wieder auf.«

»Nur, wenn du mir vergibst.«

Ich hole tief Luft, sehe Oliver vor mir, unsere Nacht, meinen geheimen Diamanten.

»Komm rein. Ich denke, wir haben einigen Gesprächsbedarf.«

Er rappelt sich auf, dann stehen wir uns gegenüber. Und sehen uns in die Augen, ohne ein Wort zu sagen. Ich spüre das Lächeln, das sich langsam über mein Gesicht zieht, und sehe das gleiche bei Alex. Ein vertrautes, ein tiefes Lächeln, eine ewig lange Verbindung.

»Okay,« sage ich, »was war, das war. Lass uns nach vorn schauen.«

»Da hätte ich was«, erklärt er spontan, ganz der alte Alex.

»Da bin ich aber gespannt …«

»Falls du hier wegkannst, hätte ich an eine Reise gedacht …«

»Eine Reise?« Ich ziehe skeptisch die Augenbraue hoch.

»China entdecken. Nur wir zwei. Ein Abenteuer für ein frisch verliebtes Ehepaar.«

»Frisch verliebt?«, frage ich, trete zurück und mache die Tür frei.

»Na gut, dann halt alt verliebt!« Damit nimmt er mich in den Arm. »Und du weißt doch«, flüstert er mir ins Ohr, »auf unserer zweiten Hochzeitsreise fangen wir noch mal ganz neu an. Mit allem Pipapo.«

Danke an

meine Tochter Valeska, die ein Praktikum bei einer internationalen Bank in Frankfurt machte und eines Abends kurz von den sogenannten »Hochhaus-Hyänen« erzählte … und da rollte vor meinem inneren Auge sofort der Stoff für einen ganzen Roman ab.

Und während ich darüber nachdachte, kamen mir die Granny-Au-pairs in den Sinn. Ich recherchierte und stieß auf die Agentur von Michaela Hansen, Erfinderin von *granny au-pair*. Sie half mir sofort mit Rat und Tat und vermittelte mir Granny Evelyn, die schon dreimal in Shanghai war und mir wertvolle Tipps und Granny-Informationen geben konnte – und dies kurz vor ihrem mitternächtlichen Abflug nach Melbourne, zu ihrer nächsten Stelle. Danke, Evelyn.

In Shanghai recherchierte ich dann alles, was ich brauchbar fand … also verschiedene Viertel wie das »Französische Viertel«, wo mir die jungen Frauen bei *Tiffany* und die Boxernasen-Katze auf dem Restauranttisch auffielen, Pudong mit seinen Wolkenkratzern und die Luxus-Wohnviertel (zu sehen in meinem Fotoalbum: www.piper.de/gaby-hauptmann-china).

Aber einige Tage Recherche vor Ort machen noch keinen Insider. Also brauchte ich einen echten China-Kenner. Dabei half mir Kai Strittmatter, Journalist und Buchautor. Er war viele Jahre Korrespondent der *Süddeutschen Zeitung* in China und kennt das Land von innen. Danke, lieber Kai Strittmatter, für die Antworten auf meine vielen Fragen. Immer, wenn ich wieder eine hatte, fanden Sie zwischen Ihren eigenen Recherchen und Artikeln Zeit, sie mir zu beantworten.

Doch im Huang-Shan-Gebirge war Kai Strittmatter nie gewesen. Da stieß ich dann im Internet auf den China-Reiseblog *Der Sinograph* und seinen Macher: Oliver Zwahlen. Es war nicht ganz so einfach, telefonisch an ihn heranzukommen, weil er den vielen Touristen, die ihn um Rat bitten, normalerweise direkt über seinen Blog antwortet. Aber nachdem ich ihm meine Bitte erklären konnte, hat er mit mir die Berge quasi bestiegen. Auch ihn habe ich nur übers Telefon kennengelernt, aber genau wie Kai Strittmatter hat er einige Jahre als Korrespondent in China gelebt und kennt sich dort bestens aus. Und gab seine Kenntnisse und Erfahrungen – wie das Flaschendrehen – gut gelaunt an mich weiter. Dafür heißt Oliver im Buch nun auch Oliver.

Kai Strittmatter und Oliver Zwahlen kennen sich übrigens nicht persönlich, aber auf Olivers Online-Portal findet sich unter seinen China-Buchtipps *Die Neuerfindung der Diktatur* von Kai Strittmatter.

Und dann gibt es noch Bettina und Johann, von Euch beiden habe ich die Inspiration für die originelle Eingangshalle von Fang und Jianlin. Ich verrate aber nicht, wo Ihr wohnt … ☺

Und Madeleine, klar, die beste Köchin auf dieser Welt, das musste mal gesagt werden.

Nicht zuletzt danke ich »meiner« Heidi Zell, die mir seit 22 Jahren in meinem Büro gegenübersitzt und mit mir durch dick und dünn, Auf und Abs, aufreibende und lässige Zeiten geht. Aber wie es auch immer kommt: Wir bleiben gut gelaunt und schenken uns ein Lächeln.